OUTAOUAIS

Page COMANN

OUTAOUAIS

M+ ÉDITIONS
5, place Puvis de Chavannes
69006 Lyon
mpluseditions.fr

Composition Marc DUTEIL
ISBN : 978-2-38211-141-3

À dompter les pitounes à coups de drave et de misère, savaient-ils qu'ils seraient les derniers ? Ces hommes, aux mains crevassées de silence, qui traversèrent les forêts insondables en bétail docile, les menant ensuite sur les eaux capricieuses d'une rivière rancunière.

Ils ont fait de ce bois le papier d'où jailliront les poèmes qu'ils ne pourront pas lire.

Je les leur chanterai et la rivière, repentante, écoutera.

Stéphane Rostin-*Magnin.*

I

Bon voyage
4 avril 1847

En cette fin d'après-midi de pluie, les rues sombres et luisantes de Sligo sont presque désertes. Quelques silhouettes longent les façades chaulées et se protègent du vent d'ouest qui souffle sans fin. Certaines, plus téméraires que d'autres, poussent la porte du pub de Jeff Brady. Deux colosses roux filtrent les entrées. Ce soir, les femmes ne sont pas admises. « Pas besoin de pleureuses, que des hommes prêts à se battre », a répété haut et fort Deaglán Mullargh aux fermiers concernés par la réunion.

Les types convoqués, eux, sont tous là. Ceux de la côte, ceux du comté de Leitrim. Les huit métayers du *lough* Gill aussi, et les six représentants des prairies de Ben Bulben ou des monts Dartry. Des hommes sales, épuisés de retourner une terre qui ne leur donne plus rien.

Depuis des mois, les cultures meurent, rongées par le mildiou. Avec un inexorable appétit, la Grande Faucheuse se rassasie des âmes de ceux qui n'ont plus rien à manger. Sous les toits des fermes, pour parachever la volonté de Dieu, la dysenterie, le choléra et le typhus puent et emportent les vieux et les plus faibles. Toutes les familles sont en deuil. D'un père, d'une mère, d'un enfant. Aujourd'hui, ne restent debout que des affamés. Une tribu d'êtres décharnés, obnubilés par un dernier rêve : quitter cette île de misère et de tombes ouvertes au ciel. Pluie et malédictions s'abattent sur eux. Ventre vide et regard fou, ils n'ont presque rien à se mettre sous la dent. Leurs mains noires de tourbe ne cultivent même plus le maigre espoir de vivre. Elles ne sont utiles qu'à lâcher les cordes qui claquent sur les cercueils. Les visages râpeux de barbe n'expriment qu'une résignation hagarde, une incompréhension dénuée de compassion. Leur seul pain quotidien, pour eux, c'est la mort.

Au début de la grande famine, si les gars restaient dignes, les mères pleuraient en enterrant leurs petits, honteuses de ne pas avoir su les nourrir. Maintenant, elles lorgnent leurs dépouilles avec un soulagement coupable : le malheur est derrière elles. De toute façon, elles n'ont plus de larmes à verser.

Vie de misère, cœur de pierre.

Trois nouveaux arrivants poireautent devant la porte du pub de Jeff Brady. Un groupe descend la rue qui serpente depuis le cimetière. Tous semblent sortir d'une tombe. Les femmes, encombrées de parapluies que le vent trousse, de jaquettes épaisses et de robes lourdes, se dirigent vers la maison du curé. Galoches boueuses, vestes et pantalons fumants d'humidité, les hommes dépassent le mur du cloître où Glenn McBride a parqué sa carriole. De la capote percée dégoulinent des rigoles de pluie qui dessinent des fils d'araignée. Le cheval de trait, tête baissée pour se protéger de l'averse, tire de temps en temps sur son mors dans un cliquetis métallique.

– Bien le bonjour, McBride. On te verra à la réunion ?

Celui qui pose la question est un gars des prairies de Tobernalt Holy Well. Sa ferme est voisine de celle du Français, à un jet de caillou du sanctuaire construit autour de la source sacrée. Ça ne l'a pas empêchée de brûler. C'est ce qui arrive à ceux qui refusent de payer le prix du fermage aux *landlords* anglais.

– Alors ? insiste le type.

– Peut-être.

– Si tu ne viens pas, Mullargh t'enverra ses chiens de garde. Ses consignes sont claires : tout le monde en âge de se battre doit rester en Irlande et prendre les armes.

– Un de ses neveux a pourtant filé vers le Nouveau Monde, raille McBride. Il s'appelait comment ce héros ?

– Steven, répond l'autre après un long grattage de barbe. C'était un bâtard, de toute manière. Ici, c'est la révolution qui repoussera l'Anglais.

– On verra bien… Passe ton chemin, l'ami. Dis à Mullargh que ce soir je n'ai pas le cœur à fomenter une émeute ; j'ai besoin des services du curé. Ma femme est en train de rendre son âme à Dieu.

– Désolé. Je lui dirai. Salut.

– C'est ça, salut.

Glenn McBride, encombré de son mensonge, cherche une courte supplique pour demander au Tout-Puissant d'éloigner le mauvais sort de sa ferme. Pour lui, hors de question d'assister à cette fichue réunion. Si Dieu a envoyé le mildiou en Irlande, c'est l'Angleterre qui y a répandu la famine. Comment obliger un peuple qui meurt de faim à payer ses impôts en semailles abîmées ? Mieux vaut crever de faim que planter des graines qui ne pousseront jamais. Le vieux Deaglán Mullargh a peut-être raison de vouloir réveiller la conscience des hommes, mais le moment de la révolte est déjà passé. Se rebeller contre les propriétaires terriens de Sa Majesté la reine ne fera pas repousser les pommes de terre. Pour vaincre les fusils et les canons de cette garce de Victoria, les hommes d'Irlande auront besoin d'être armés d'autre chose que de fourches et de pierres. Alors, si c'est pour mourir, autant que ce soit loin de cette île de misère. Ce n'est pas lever une troupe qui importe, c'est partir, mettre un océan entre l'enfer d'ici et le paradis d'une vie ailleurs.

Depuis plusieurs semaines, Glenn McBride s'est inventé de nouveaux espoirs. Encourager son fils, petit Paul, à guerroyer contre des chevaliers imaginaires armés d'épées en bois. Entendre la voix de Kate, sa fille, chantonner une ballade irlandaise depuis la chambre où elle brode au point de croix. Regarder sa douce Erin s'endormir devant un feu de cheminée et caresser le ventre qui porte leur troisième enfant. Ancrer sa famille sur un carré de terre fertile pour que cet innocent ne naisse pas au milieu des morts de faim. C'est pour eux et avec eux que Glenn McBride partira vers le Nouveau Monde.

Et l'espoir est là-bas, au bout du quai de Sligo.

Le *Carrick of Whitehaven*, c'est le nom de son rêve. Un brick de quatre-vingt-sept pieds, voiles affalées, tourné vers l'entrée de l'estuaire de Sligeach, comme un défi à l'horizon. McBride veut croire en ce navire, même si ses deux mâts ressemblent aux bras d'un pénitent tendus vers le ciel d'un dieu insensible. Sa proue pointe face au large qu'il fendra bientôt. Pourtant, sa masse sombre rappelle l'image d'un lourd et immense cercueil oublié le long du quai par les Tuatha dé Danann. Combien auront la chance d'embarquer demain matin pour ce voyage vers l'inconnu ?

De ceux qui sont déjà partis, plus personne n'a reçu de nouvelles. Mary Finegan est restée. Cette fille du comté de Sligo a, paraît-il, écrit une lettre à son père dans laquelle elle l'implore de lui donner la force et les moyens de la sortir de la pauvreté pour le rejoindre. Dans une autre, que Glenn McBride a lue, une veuve demande à son fils de respecter sa promesse et de revenir la chercher pour l'emmener loin de l'Irlande. « Pour l'amour de Dieu, l'honneur de Jésus Christ et de sa Sainte Mère, je te supplie de te dépêcher, car je crains d'être obligée de mourir. » En parcourant les dernières phrases de la missive, Glenn McBride s'est juré de ne jamais avoir à affronter un tel malheur. C'est ce jour-là qu'il a décidé de partir. Les deux femmes, celle du comté et la veuve, n'ont jamais reçu de réponses. Elles sont aujourd'hui enterrées dans le cimetière de la ville.

Le cheval secoue l'encolure du harnais qui le dérange et Glenn McBride récupère sous son siège la bourse lestée du prix de la traversée. Les lacets sont serrés et il met du temps à l'ouvrir pour en vérifier encore le contenu : trois livres et quatorze shillings pour chacun des enfants. Dix livres pour lui et Erin, à condition que le fourgueur de billets ne remarque pas la grossesse de sa femme. De toute façon, il faudra négocier et il a conservé d'autres pièces dans la poche de sa veste.

Devant le pub de Jeff Brady, des hommes se regroupent. Dix, peut-être quinze. Le foyer des pipes éclaire des visages exsangues. Les fumées qui s'enroulent autour des casquettes sont des volutes recrachées par les poumons du diable. Deaglán Mullargh est accompagné de ses deux imbéciles de fils, Robert et Owen. Tous trois fendent la foule. Le vieux désigne la route qui file vers la sortie de la ville et expédie ses stupides héritiers dans cette direction.

Pour Glenn McBride, c'est trop dangereux de passer devant ce troupeau de crève-la-faim déguisés en révolutionnaires. À voir leurs trognes, les gars sont déjà résolus à en découdre. Il décide de remonter par la rue de l'Église avant de redescendre vers le port. À cette heure, le quai longeant les ateliers des ferblantiers et des marchands de cordages est désert. Les rênes flattent la croupe du cheval et la carriole cahote dans l'obscurité des ruelles, vers la boutique de Padraig Fergusson, le vendeur de voyages et de vie meilleure.

Le tintement aigrelet de la clochette sur la porte dérange un homme suiffeux, avachi derrière son bureau encombré de papiers et de vieux journaux. Dans le magasin, des manches de pioche, des socs de charrue et des outils rouillés prennent la poussière sur des sacs de semailles périmées de longue date. Les dernières lueurs du jour donnent au décor des reliefs de caverne de flibustier. Cheveux gris et gras, barbe de plusieurs années, Padraig Fergusson a le faciès d'un fou mystique échappé d'un prieuré. Ses sourcils en broussaille barrent un front étroit d'homme peu enclin à se préoccuper du malheur des autres. À côté de lui, un matou roupille d'un œil, enroulé dans une couverture miteuse. La bête est vieille, maigre et pouilleuse. C'est sans doute ce qui lui a évité de passer à la casserole. Une lampe à huile éclaire la scène et étire les ombres des étagères surchargées de pots remplis de n'importe quoi. Fergusson lève un regard torve et une moue lippue vers Glenn McBride. Rassuré de le reconnaître, il se gratte les joues et le menton avant de replonger le nez dans son livre de comptes.

– Tu as l'argent, j'espère ?

– Bien sûr.

– Parfait. Je suis en train de préparer les papiers d'embarquement. La traversée te coûtera plus cher que prévu, ajoute le margoulin sans lever le nez de ses chiffres.

– Et je peux savoir pourquoi ?

Padraig Fergusson, les doigts tachés d'encre violette, range son porte-plume dans l'encrier et recule sur son siège avec l'air satisfait d'un besogneux qui vient de marier sa fille à un bourgeois.

– Pourquoi ? s'étonne-t-il. Je pourrais te répondre « parce que c'est comme ça », mais ma bonne éducation m'oblige à te donner quelques explications. Je te préviens, ça ne changera rien au prix.

Plutôt que de jeter au visage du coquin une provocation sournoise, Glenn McBride tire une chaise, s'assoit et pose la bourse sur le bureau.

– Je t'écoute.

– Voilà, continue Fergusson avec l'obséquiosité d'un notaire vénal. Rien que cette année 1847, plus de cent mille Irlandais ont embarqué pour les Amériques ou le Canada. Le Connacht et l'Ulster sont les régions les plus touchées et, depuis peu, le Munster s'ajoute aux territoires d'exode.

– Ne te perds pas en phrases inutiles. Dis-moi seulement combien je dois payer et qu'on en finisse.

Sans se préoccuper de Glenn McBride, Fergusson continue sur le même ton monocorde.

– Pour avoir organisé de nombreux départs, j'ai remarqué que ce ne sont pas les plus démunis qui émigrent. Les paysans, sans terre et sans toit, n'ont tout bonnement pas les moyens de s'offrir une traversée. Avant la grande famine, l'émigrant type était un homme de bonne constitution, issu d'un milieu de fermiers ou d'artisans. À partir de 1845, j'ai vendu des billets à de jeunes femmes et des familles entières. Aujourd'hui, les Anglais subventionnent les départs et les prix augmentent.

– Et pourquoi les Anglais financeraient-ils notre volonté de partir ? Ils nous ont toujours tout pris sans jamais rien nous donner.

– Tu es bien naïf, McBride ! Mais parce que les *landlords* profitent de vos départs pour améliorer l'exploitation de leurs cultures.

– Comment ça ?

– Ils n'ont plus à gérer des têtes de lard dans ton genre qui ne paient pas leurs impôts. Ces hommes riches planteront sur leurs terres autre chose que des patates qui pourrissent ou ne rapportent rien. Qui plus est, en organisant l'exil, ils orientent le flot des émigrants vers les colonies de la Couronne. Là-bas, Victoria a besoin de bras pour couper du bois et grossir les cultures. Ça l'arrange aussi d'avoir à disposition sur place des ventres qui pondront des mômes acquis aux principes de la toute-puissante Angleterre. Le *Carrick of Whitehaven*, que tu as vu à quai, se rendra à Québec et embarquera dix hommes d'équipage, sans compter les gradés, et un fret vivant de cent quatre-vingt-seize passagers. Deux cents, si tu as de quoi payer.

– Combien ?

– Dix livres par tête.

– C'est du vol !

– Peut-être, mais ça englobe les dépenses d'eau et de nourriture, les frais de transport, quelques achats vestimentaires et, une fois sur place, un petit pécule pour démarrer une nouvelle vie de l'autre côté de l'océan.

– Tu dis n'importe quoi, Fergusson. Pourquoi te donnerais-je de l'argent si on doit me le rendre une fois que ma famille aura débarqué ?

– Parce que vous n'arriverez pas tous vivants. L'argent des morts ira à ceux qui s'en sortiront. La première moitié récompensera l'équipage et l'autre sera partagée entre les émigrants. Un bon conseil si tu veux en bénéficier, trouve une place ailleurs que dans la cale et évite de boire de l'eau croupie. Ces explications, ce voyage et ces avertissements te coûteront quarante livres.

En annonçant la somme, Padraig Fergusson pousse un acte d'embarquement vers Glenn McBride, mais garde sa grosse pogne tachée d'encre dessus. Dans la tête de McBride germe l'envie d'étrangler cet escroc, mais il se maîtrise. Contrairement à sa douce épouse, il s'arrange très souvent de sa relation avec Dieu, mais, en honnête homme, comment pourrait-il vivre avec la conscience noircie par un meurtre ? Il n'a jamais tué, sinon des lapins ou des poules.

Fergusson lui met alors sous les yeux un autre document, calligraphié de lettres épaisses et de nombreuses ratures.

– Je sais que l'envie de m'égorger t'a traversé l'esprit, ajoute le broussailleux. Ce n'est pas une bonne idée. Si tu commets une telle folie et que tu as la chance de poser le pied sur la terre d'en face, on te rapatriera pour te pendre, mais on gardera ta femme et tes enfants pour la reproduction. Tu vois ce que je veux dire ? Comme tu es un être doué de raison, j'ai une proposition honnête à te soumettre. Ce document est un acte de donation de ta ferme et de tes terres. Tu n'en as plus besoin puisque tu pars. Tu le signes, je deviens propriétaire de ce que tu abandonnes et je te laisse les billets de la traversée pour vingt livres. Pour le même prix, Deaglán Mullargh ne sera pas informé de ton départ, mais cela implique une condition : vous embarquez tous les quatre cette nuit, avant deux heures du matin.

– Il sait que je suis venu te voir ? s'inquiète McBride.

– Bien sûr qu'il le sait. Mullargh sait tout ce qui se trame dans le comté. Nous avons parlé de ta visite, mais je l'ai persuadé que j'arriverais à te convaincre de rester en Irlande. J'oubliais, tu prendras ces deux sacs de semailles pour rentrer chez toi.

– Et qu'est-ce que tu veux que j'en fasse ?

– Ici, sur les quais, je vends des graines. Donc, les gars qui sortent de chez moi ont des sacs de jute sur l'épaule. Qui plus est, si la milice de Deaglán te cherche des noises, tu pourras toujours négocier ta tranquillité et les abandonner à ceux qui te barrent la route.

Tel un homme en pénitence, Glenn McBride lorgne ses grosses bottes boueuses. Pourquoi a-t-il l'impression de trahir ses ancêtres ? Ses mains hésitent lorsqu'il appose une croix sur l'acte de donation de sa ferme et de ses terres. Elles tremblent quand il sort les vingt livres de sa bourse.

– Parfait, conclut Fergusson. Maintenant, tu vas chercher ta petite famille et tu reviens dès que possible. De mon côté, je préviens le capitaine Thompson de votre embarquement. C'est un vieux complice qui ne me refusera pas ce service. Souviens-toi, vous devez être sur le *Carrick* avant deux heures du matin, sinon… Après, les autres passagers monteront à bord. Les sbires de Deaglán Mullargh seront là pour surveiller ceux qui souhaitent déserter notre beau pays. Seuls les Anglais, les femmes, les vieux et les enfants ont le droit de partir, mais les hommes capables de se battre sont fermement priés de rester à quai. Mullargh déteste les déserteurs et ses méthodes pour les convaincre sont plutôt musclées. Le mois dernier, sur un autre bateau, trois gars de Dublin ont été tabassés à coups de manche de pioche. Le curé a bâclé une prière et on a enterré ces malheureux dans la fosse commune de la ville. Donc, je te conseille de ne pas jouer les fanfarons. Encore un détail… Évitez de vous charger. Avec près de deux cents personnes sur un brick de vingt-cinq pieds, je peux t'assurer que certains ne trouveront pas de paillasse pour dormir. Bon voyage.

II

… tes hommages du soir.
Nuit du 4 au 5 avril 1847

Le clocher de Sligo carillonne les huit coups du début de soirée quand la carriole de Glenn McBride longe le pub de Jeff Brady. À l'intérieur, à travers les vitres sales, il devine une foule d'hommes en colère, engoncés dans le brouillard de leur tabac et les relents des pintes qu'ils ingurgitent. Vers le cloître du curé, deux mômes rachitiques se disputent un quignon de pain. Une gifle répond à un coup de godasse dans les tibias, puis les dépenaillés déguerpissent au creux d'une ruelle quand une fenêtre s'éclaire à l'étage du presbytère. Plus loin, une veuve referme la grille du cimetière. Les fleurs de rhododendron qu'elle a déposées sur le gravier de la tombe ne servent qu'à implorer Dieu de l'emporter elle aussi.

La nuit tombe et s'annonce fraîche. Glenn McBride ajuste sa casquette. Dans sa tête, la possibilité d'avoir été piégé par Fergusson devient une obsession. Si c'était le cas, maintenant qu'il a échangé ses biens contre la promesse de s'enfuir, il n'aurait plus que ses yeux pour pleurer et des années de honte à ruminer. Sera-t-il capable de regarder les siens en face sans éprouver de remords ? La ferme appartenait aux parents d'Erin. Les sous abandonnés au vieil escroc viennent de la vente d'un collier et de plusieurs bagues reçues en héritage par sa femme. Les vingt livres qui restent dans sa bourse ne sont qu'une infime partie de la sueur qu'il a versée sur ses terres.

Et maintenant, il n'est riche que de ça. Maigre consolation pour apaiser sa mauvaise conscience.

La carriole s'engage sur le chemin pierreux d'Aughamore. Encore six *miles* à parcourir. Le principal est de précipiter le départ sans inquiéter les enfants. Petit Paul, du haut de ses sept ans, voudra sans doute emporter son cheval de bois et son cerceau. Ça ne sera pas simple de le convaincre de les abandonner. Kate, qui vient d'avoir seize ans, choisira de conserver la Bible que sa mère lui a offerte. Connaissant Erin, elle chargera ses sacs de nourriture et de plusieurs gourdes d'eau afin de surmonter les premiers jours de traversée. En souvenir de sa terre d'Irlande, Glenn McBride ne gardera que son couteau de chasse. Sur un bateau, il se raconte que la promiscuité impose souvent de devoir se battre et c'est lui qui veillera sur les sacs de leurs maigres trésors.

Au détour d'un virage qui surplombe la ville, il ne peut s'empêcher de contempler le port en contrebas et l'ombre du Carrick amarré au quai. Son âme cherche une prière pour bénir ce brick qui paraît majestueux, mais qui sera bien trop exigu pour embarquer plus de deux cents passagers. « Ne pas boire de l'eau croupie. Ne pas séjourner à fond de cale… » Les conseils de Padraig Fergusson résonnent dans son crâne comme autant de sinistres avertissements. « Parce que vous n'arriverez pas tous vivants. L'argent des morts ira à ceux qui respirent encore. » Sans y parvenir, Glenn McBride tente de chasser de son esprit ces phrases de mauvais augure. Cette nuit qui s'annonce de pleine lune ne lui inspire aucun bon présage. Un frisson lui court sur les épaules et il cherche en vain une prière rassurante.

Plutôt que d'importuner le Seigneur avec ses suppliques, il préfère imaginer la vie qui s'ouvre devant sa famille. Ses idées vagabondent et le pas lourd du cheval dans les ornières berce la carriole. Il sera bûcheron. Sa femme fera une excellente couturière. Petit Paul usera ses fonds de culotte dans une école catholique et Kate… L'année dernière, elle rêvait d'épouser un prince. Son chenapan de frère avait calmé ses lubies d'un pet de cervelle maladroit, comme un môme de sept ans sait les inventer : « T'es trop laide ! » Avant de claquer la porte de sa chambre, Kate avait hurlé depuis le couloir : « Alors, je serai nonne ou infirmière ! »

Glenn McBride sourit : c'est bien de s'occuper des autres. Pour mieux porter chance à sa famille, il essaie une nouvelle fois de bredouiller cette fameuse prière qui s'égare dans le fatras de ses pensées. « Eh ! Dieu ! Pour que tu veuilles bien m'écouter, je commence comment ? Merci, Seigneur de bien… »

Un craquement dans les branchages suspend sa phrase et lui glace la nuque d'inquiétude. Le cheval renâcle et Glenn McBride tire sur les rênes pour le calmer. La quasi-obscurité décuple son angoisse. Un autre bruit étouffé. Puis, plus rien. Le ronronnement du torrent gonflé des dernières pluies. Rien d'autre ne dérange le silence. La ferme est à moins d'un demi-*mile*. À cet endroit des tourbières, les renards n'hésitent pas à s'approcher pour s'abreuver, protégés par les feuillus rabougris qui longent la rive. Peu à peu, l'inquiétude le transforme en statue de granit. Avec une infinie précaution, McBride glisse sa main droite le long de sa jambe. Ses doigts remontent son pantalon et cherchent dans sa botte le manche du couteau de chasse. L'arme lui échappe quand il devine une forme blanche à travers des touffes d'ajoncs.

– Qui va là ?

Pas de réponse. Les bosquets d'épineux s'énervent une nouvelle fois et McBride, la voix éraillée, repose sa question en essayant de la gonfler de colère.

– Qui va là ? Sors de derrière ce buisson, je suis armé !

Toujours rien.

– Si tu ne te montres pas, je tire, finit-il par mentir.

Et si c'était un mouton empêtré dans le barbelé qui le protège des tourbières ? Non, impossible. Avec la famine, toutes les bêtes ont été mangées. Et si… Mais le *mouton* lui répond. D'abord, ce n'est qu'un gémissement, une plainte aiguë. Après un court silence,

McBride entend quelque chose qui ressemble à des sanglots. Il saute de sa carriole.

– Du calme… Tu ne risques rien. Je vais t'aider à…

– Papa ? C'est toi, papa ?

– Kate ! Mon Dieu, Kate ! Mais qu'est-ce que tu fiches ici ?

Poussée par une main invisible, la gamine se précipite dans les bras de son père. Son visage est déformé par la peur. Un mauvais démon a pris possession de son corps, elle tremble de tous ses membres. McBride la secoue en vain pour qu'elle cesse de hurler, mais les yeux écarquillés, les joues maculées de boue, Kate est comme une bête devenue folle. Incapable de calmer son hystérie avec des paroles réconfortantes, il lui assène une gifle qui lui dévisse le cou. L'esprit empoisonné qui la torture s'évapore.

– Kate ? Ça va ? Bon, maintenant tu respires et tu m'expliques ce qui se passe !

La gamine le dévisage sans vraiment le reconnaître. Elle ressemble à une nonnette pétrifiée par l'apparition d'un ange déchu. Alors qu'il se prépare à lui asséner une autre claque, elle parvient à reprendre son souffle et s'effondre contre lui.

– C'est bien, ma belle, c'est bien. Respire doucement… Dis-moi maintenant… Qu'est-ce que tu fiches là ?

– Des… Des hommes sont entrés dans la cour. J'étais dans la grange avec Petit Paul. Tout l'après-midi, il m'avait cassé les pieds pour que je joue avec lui.

– Ils étaient nombreux ? Ces types, tu les as vus ? Tu les connaissais ?

– J'étais dans la grange, je te dis ! Dehors, maman parlait fort, mais sa voix tremblait, comme pour nous prévenir d'un danger. Elle leur demandait de partir. Qu'ici, c'était pas chez eux ! Que pour le moment elle était toute seule, mais que tu allais rentrer de la chasse. Quand un des gars lui a crié dessus, j'ai baissé la tête. Petit Paul en a profité pour me filer entre les doigts. Tu te rends compte ? Il est sorti pour la défendre et moi, j'ai fermé les yeux. Maman a hurlé. Là, je ne sais pas quelle folie m'a traversé l'esprit, mais je me suis sauvée en passant par l'écurie. J'avais l'impression que le diable courait derrière moi. Par moments, je sentais sa main s'agripper à mes épaules. Alors, j'ai longé les tourbières par le sentier du lac et je me suis cachée ici. Je savais que tu rentrerais par ce chemin.

– C'est bien, ma belle, tu as bien fait.

– Mais je n'ai pas eu le courage de défendre maman. Petit Paul, lui…

– Ton frère est une tête sans cervelle, il aurait dû rester avec toi. Bon, maintenant tu vas bien m'écouter et me promettre de suivre mes ordres. D'accord ?

– D'accord.

– C'est bien, Kate. Tu sais où habite Martin Sullivan ?

– Le fils de la Française ? Bien sûr que je sais. C'est chez lui que j'ai appris à parler cette langue impossible à écrire.

– Parfait. Tu vas te cacher là-bas et tu ne bouges pas une oreille tant que je ne suis pas revenu te chercher. Tu vas y arriver ?

– Mais il habite à un *mile* !

– Je sais Kate. Tais-toi et écoute. Dans cette bourse, il y a les papiers du voyage et vingt livres que tu conserveras avec toi. Elle est aussi précieuse que la prunelle de tes yeux. On en aura besoin pour embarquer cette nuit avec petit Paul et maman. Padraig Fergusson m'a dit qu'on devait être sur le bateau avant deux heures du matin.

– Compris. Mais toi, qu'est-ce que tu vas… ?

– Moi, je retourne à la ferme pour discuter avec les hommes qui se disputaient avec maman. Je ne risque rien. Ces gars sont certainement les questeurs des *landlords* et ils sont venus pour encaisser le fermage que je n'ai pas encore payé. Je suis persuadé de les convaincre de patienter un jour ou deux. D'ici là, on sera partis.

– Mais maman a hurlé quand petit Paul a essayé de…

– Calme-toi, Kate ! Maintenant, ça suffit ! Maman était en colère de les voir arriver sans prévenir. C'est tout. Garde ton souffle pour cavaler jusque chez Martin Sullivan et surtout ne perds pas la bourse et tout ce qu'elle contient. D'accord ?

– D'accord.

– Parfait. Je compte sur toi. Dernière chose… tu ne parles de rien avec Martin. S'il te pose des questions, je te donne le droit de lui mentir. Tu sauras te débrouiller ?

– Promis.

En regardant la carriole de son père s'éloigner, Kate bâcle un signe de croix pour le protéger. Elle se rappelle qu'avant de s'enfuir par l'écurie, elle a cru reconnaître la voix d'un des deux hommes : Robert, le fils aîné du vieux Deaglán Mullargh. L'autre ne peut être que son cadet, Owen le vicieux. Les deux sont comme cul et chemise. Pourquoi n'a-t-elle pas eu le courage d'en parler à son père ? D'habitude, elle ne ment jamais. C'est interdit par le Seigneur. Est-ce qu'un péché par omission lui fermera les portes du paradis ? Maman est la seule à pouvoir répondre à une telle question.

Après avoir relevé la jupe qui la gêne, elle se fraye un chemin à travers les ajoncs et court vers la baraque de pêcheur de Martin Sullivan. Les épines déchirent ses bras et, en voulant se dégager, elle s'étale dans une flaque boueuse. La bourse est toujours là, au creux de sa jaquette. Pour éviter de se tordre une cheville, Kate McBride cesse de courir comme une dératée et se contente de marcher le plus vite possible. Pour s'accorder les bonnes grâces du ciel, elle récite un premier chapelet de *Je vous salue Marie*. Elle en commence un second après s'être enfoncée jusqu'aux genoux dans une tourbière et avoir poussé un juron de poissonnière.

Les flammes chancelantes du feu de cheminée remuent les ombres de la chambre. Allongé sur le dos, jambes écartées, Martin Sullivan goûte à ce moment de félicité. Le drap défait entortille les reins de la femme couchée à ses côtés. Elle se retourne, se blottit contre lui et abandonne son bras sur le torse de son amant. Martin se demande combien de gars du comté tueraient père et mère pour être à sa place. Parce que Sinéad O'Leary est le fantasme de beaucoup. Pourtant, malgré sa troublante réputation, rares sont ceux qui peuvent se vanter de lui avoir dégrafé le bustier. Vingt-cinq ans, peut-être un peu plus, belle comme un arc-en-ciel sur une tourbière. Un visage de madone lascive. La bougresse possède le feu dans les hanches et un regard de vipère responsable de nombreuses mauvaises pensées. Beaucoup d'appelés, mais peu d'élus. La coquine choisit ses cibles. Grands et larges d'épaules, d'une vigueur affirmée et d'une moralité qui ne s'embarrasse pas de pudibonderie. Les bruns aux cheveux bouclés et au menton carré ont sa préférence. Comme Martin possède en plus les yeux noirs d'un étalon, il coche toutes les cases de l'amant recherché. C'est pour cette raison qu'elle est dans son lit.

– Martin Sullivan, je t'aime de tout mon corps, murmure la délurée en se redressant au-dessus de son amant.

– Je préférerais que ce soit de tout ton cœur.

– Impossible, je suis promise à Robert Mullargh.

Martin ferme les yeux pour masquer son agacement. Il sait bien que Sinéad doit épouser ce crétin violent et sans moralité, mais plus l'échéance arrive, plus leurs étreintes sont torrides. Dans quelques semaines, cette liaison deviendra un adultère que les familles offensées laveront dans le sang.

– Je peux te poser une question, Martin ?

– Et si je n'ai pas envie de te répondre ?

– N'oublie pas que j'adore manier le couteau. Je suis capable d'enlever ce qui fait de toi un homme.

– Vas-y.

– Est-ce que tu m'aimes ?

– Pas encore, Sinéad, mais je commence à…

– J'en étais sûre. Ne *commence* rien du tout. Ne va surtout pas dire des mots impossibles. Robert se chargerait de te les rentrer dans la gorge. N'oublie pas que je suis plus âgée que toi.

– Cinq ans, ce n'est rien.

– Sept, pas cinq. Et ils ne sont pas dans le bon sens. Ici, un vieux peut taquiner une jeunette ; l'inverse est mal vu.

– Tu n'as pas mauvaise conscience de tromper un type avant même de l'avoir épousé ?

– Ce n'est pas parce qu'une chèvre est promise à un bouc qu'elle n'a pas le droit de se frotter contre la jambe d'un cheval.

Et la main de Sinéad glisse sous le drap. Martin arrête ce geste qui le dérange.

– Je préfère qu'on en reste là, Sinéad. Pourquoi prolonger ce moment qui ne mène à rien ?

– Pour se donner du plaisir. Pour jouir encore !

– Ça ne me suffira pas. J'ai vingt ans, Sinéad. Ma mère disait qu'à cet âge-là on devait décider de sa vie et ne pas se tromper de route. Depuis sa mort, l'année dernière, je vis seul dans cette baraque et si tu épouses Robert Mullargh, je n'aurai plus rien à espérer ici. Qu'est-ce qui me retient ? Pour tout le monde, je ne suis que le fils de la Française. Les gars me respectent parce que je suis capable de soulever une charrette et que j'ai le coup de poing facile si on me cherche, mais j'ai envie d'autre chose.

– De quoi ?

– De partir loin de cette famine. De fonder une famille. Je pourrais retourner en France, ma mère avait une vieille tante et quelques cousines en Bretagne… Et si tu venais avec moi au lieu de te marier avec cet imbécile de Robert ?

– Et on vivra d'amour et d'eau fraîche, c'est ça ?

– Pourquoi pas ?

– Désolée, Martin. Robert est sans doute moins intelligent et moins fort que toi, mais il est plus fortuné. Moi, ma mère me répétait sans cesse la même chose : « Prends-le plus bête et plus riche que toi et ne le trompe jamais dans le comté. Robert Mullargh te va comme un gant. » Une dernière question, Martin Sullivan.

– Je t'écoute.

– Avant de partir pour la France ou je ne sais quel pays, est-ce que tu peux m'expliquer pourquoi une gamine crottée jusqu'aux cheveux vient d'entrer dans ta chambre ? C'est ta future épouse ? Je te conseille de la récurer si l'idée te prend de lui présenter tes hommages du soir.

III

La bête respire encore
Nuit du 4 au 5 avril 1847

L'apparition crachée par les enfers du Síth se tient dans l'encadrement de la chambre. Sinéad se redresse et s'appuie sur le torse de son amant, hébétée elle aussi. Puis, Martin Sullivan la reconnaît. Kate McBride, plus maigre qu'une épaule de chat, claque des dents et se dandine d'un pied sur l'autre. Sa robe est maculée de boue. Ses bras décharnés sont marqués de griffures et son visage émacié est celui d'une mendiante torturée par la faim.

Martin saute du lit et enfile son pantalon pour cacher sa nudité. Sinéad s'enroule dans le drap et se précipite vers Kate pour la serrer contre elle. Hagarde, la fille de Glenn et Erin McBride reste pétrifiée. Les questions qui l'agressent la laissent sourde. Elle ne sait que respirer trop fort. Un soufflet de cheminée percé. Puis, dans un spasme qui la déchire, la gamine hurle sa douleur. Le pichet d'eau froide que Martin lui envoie au visage la décroche de son cauchemar. Ses jambes se dérobent, mais Sinéad parvient à la soutenir jusqu'au lit où elle l'oblige à s'asseoir.

Après une nouvelle salve de questions auxquelles elle ne répond que par des mots sans queue ni tête, Kate se lance enfin dans le récit des évènements de la nuit. C'est débridé, ça gicle dans tous les sens. Son père parti pour Sligo. La partie de cache-cache avec son frère. La dispute de sa mère avec des inconnus. Petit Paul qui la rejoint. Les cris. Sa fuite par l'écurie. L'attente ensuite, dissimulée derrière les ajoncs, et son père qui revient alors qu'elle n'y croyait plus.

Martin essaie de l'interrompre pour obtenir plus de détails, mais chaque fois Sinéad lui ordonne de se taire et intime l'ordre à Kate de continuer.

– Arrête de la houspiller, Martin. Elle est sous le choc.

– Mais sous le choc de quoi, bon sang? Kate, j'ai l'impression que tu nous caches quelque chose.

– Papa m'a dit que j'avais le droit de mentir si on me posait des questions.

– Es-tu en train de nous expliquer que tu racontes n'importe quoi?

– Non, Martin, c'est la vérité. Mon mensonge n'est que dans mes silences.

Martin assène un violent coup de poing contre la porte de l'armoire. Le bois ne résiste pas. Le silence envahit la chambre. Après s'être calmé, il prend une profonde inspiration, s'agenouille devant la jeune fille crottée de tourbe et pose ses deux mains sur ses cuisses squelettiques.

– Écoute, Kate, on se connaît bien, tous les deux. Quand ma mère t'apprenait à lire et à écrire, j'étais là, souviens-toi. Si Dieu ne l'avait pas rappelée à lui, aujourd'hui tu parlerais le français aussi bien que moi. Je suis à peine plus vieux que toi… Tu dois avoir confiance en moi.

– Non.

– Alors, je vais sortir de cette chambre et tu raconteras tout à Sinéad.

– Non. Elle, je ne veux rien lui dire. C'est une mauvaise femme. Elle est promise à Robert Mullargh et elle est toute nue dans ton lit. En plus…

– Quoi, *en plus*?

– Les hommes après qui maman criait… J'ai reconnu les voix des frères Mullargh. Au début, je n'étais pas certaine que c'était eux, mais maintenant…

– D'accord… Mais tu ne les as pas vus, c'est ça ? Qu'est-ce que ton père fichait à Sligo ? Il n'assistait pas à la réunion chez Jeff Brady ?

Kate McBride regarde ses chaussures, puis lève ses yeux vides vers Martin. Pour elle, Sinéad n'existe pas. C'est une pécheresse doublée d'une possible traîtresse. Le silence qu'elle leur impose devient insupportable. Quand elle comprend que Martin est sur le point de perdre patience, elle accepte enfin de se confier.

– Tu promets de ne rien dire à papa ?

– Juré.

– Il était à Sligo pour acheter les billets de la traversée vers le Nouveau Monde. On doit embarquer cette nuit. Padraig Fergusson a dit qu'on devait monter sur le bateau avant deux heures du matin et…

– Attends un peu, Kate. C'est Fergusson qui lui a vendu les billets ?

– Oui.

– Et les frères Mullargh étaient chez toi, c'est ça ?

– Qu'est-ce que tu cherches à lui faire avouer de plus ? s'énerve Sinéad.

– Je cherche à comprendre pourquoi Glenn McBride a demandé à sa fille de venir se cacher ici, alors qu'il devait se douter que les Mullargh rôdaient dans la cour de sa ferme. Pour quelques pièces et un peu de reconnaissance, Fergusson est capable de les avoir dénoncés et Glenn l'a compris. Je suis prêt à parier que le vieux Deaglán a envoyé ses crétins de fils pour calmer les envies de départ des McBride. Connaissant ces excités, je crains le pire. Robert est un sanguin et Owen un obsédé. J'enfile une chemise et je cours chez les parents de Kate. Sinéad, tu restes ici avec elle.

– Hors de question, je t'accompagne.

– Et comment vas-tu expliquer à ton futur mari que tu traînes avec moi au milieu de la nuit ? Rassure-toi, sauf si ces deux chiens galeux montrent les crocs, je n'ai pas l'intention de me battre.

– Moi, je veux venir avec toi ! supplie Kate.

– On y va toutes les deux, insiste Sinéad. Cette gamine est plus sale qu'un soc de charrue. Je préfère que ce soit sa mère qui la décrotte. Ne t'inquiète pas, je ne suis pas idiote, je resterai en retrait.

La ferme des McBride n'est pas très éloignée, plantée sur un bout de terre qui dégringole vers la source de Tobernalt. C'est un endroit étrange de tourbières et de collines boisées le long du *lough* Gill. Slieve Killery et Slieve Daen dominent la rive sud et ses terres épaisses. Vers la rivière Garavogue qui draine le lac à l'ouest près de Sligo, les forêts de Slish Wood et Dooney Rock ceinturent le paysage. Martin connaît chaque pouce de ces sentiers, chaque espèce de plante rare, comme la fougère nid d'oiseau, la gaulthérie et la bryone noire qu'il sait laver de son côté toxique.

Pour gagner du temps, Martin traverse la rivière vers le pont des Fomoires et emprunte un sentier balisé de pierres blanches qui serpente au milieu des tourbières. Derrière lui, Sinéad suit à moins de trois pas avec Kate accrochée à sa robe. Les deux posent les pieds dans ses traces pour éviter de s'enfoncer dans la tourbe. La fille de Glenn McBride ressemble à un épouvantail. Son visage pâle est barré par une tignasse blonde qui dégouline devant ses joues. On ne distingue de sa figure que ses dents et une grimace d'épuisement. Cette môme est affublée d'un corps sans formes, une gargouille au torse de garçon habitée par une détermination et une rage hors du commun. À cet instant, la peur du drame décuple sa volonté d'avancer.

La ferme est là, dissimulée par les branches contorsionnées d'un bosquet de sorbiers. Ce printemps de famine, trop occupé à tuer les hommes, ne les a pas décorés de corymbes de fleurs blanches. Martin désigne une souche morte.

– On attend là-bas de voir si ça bouge. Je ne veux pas vous entendre !

Le groupe avance sous la ramée et s'abrite derrière un muret effondré. Le vent, qui jusqu'alors s'énervait, accepte enfin de se tenir tranquille. Kate découvre sa grotesque silhouette dans le reflet d'une flaque et brouille cette vision qui la dérange d'un coup de talon. Là-bas, dans la cour, des rires d'hommes éclatent, épais, incongrus dans ce sinistre silence. C'est trop pour elle. La gamine se jette dans l'obscurité, plus vive qu'une pie vorace sur un ver de terre. Martin n'a pas le réflexe de la retenir. Lorsqu'il se retourne pour ordonner à Sinéad de ne pas bouger, un cri aigu crève la nuit.

Martin fonce vers le drame, un terrible pressentiment lui noue la gorge. Lorsqu'il rattrape la fille, il la ceinture d'un bras pour lui éviter de découvrir l'horreur que Dieu met sous ses yeux. Leurs regards se croisent. C'est trop tard, Kate a déjà vu.

Le bras de petit Paul dépasse de l'abreuvoir à moutons. Sa tignasse rousse flotte autour de lui comme les sphaignes d'une tourbière. Dans l'encadrement de la cuisine, sa mère est allongée, jambes écartées et jupe relevée jusqu'au ventre. Son bustier déchiré découvre sa lourde poitrine salie par les mains de son violeur. Son père est affalé contre la porte de la grange, une fourche plantée dans le ventre.

Tout se fige. Les ombres mangent la terre. Vers l'écurie, une charrette qu'un homme charge de plusieurs sacs de jute. La lune éclaire le désastre. Robert Mullargh, surpris, défie Martin du regard et tire de sa ceinture une longue lame à désosser. Le rictus qui lui tord le visage est celui d'un possédé. Ses joues sont rougies de violence. Un cri sort de sa poitrine et résonne en écho entre les murs de la ferme. Robert, bien décidé à tuer, s'avance vers sa proie, dos voûté et tête baissée, avec la hargne d'un taureau courroucé. Dans un geste de protection, Martin repousse Kate qu'il serrait contre lui. La gamine s'étale dans la boue. Le premier coup qu'il expédie au hasard écrase le nez de son agresseur et l'oblige à reculer. Les bras de l'homme au couteau moulinent de rage pour le garder en équilibre, mais la violence du second choc lui déforme la mâchoire. Hébété, Robert Mullargh lâche son arme et vacille sans aller à terre. Le poing de Martin le cueille alors à la pointe du menton et l'envoie en arrière. Son crâne percute l'angle de l'étai en bois qui soutient l'appentis et Robert Mullargh s'effondre, un filet de bave sanguinolent au coin des lèvres. Le futur époux de Sinéad, plus blême qu'une tranche de rave, n'est plus qu'un pantin désarticulé. Bras ballants, son corps glisse le long de la poutre jusqu'à s'asseoir dans la boue.

Kate file à quatre pattes vers le cadavre de sa mère. Dans son regard de gamine terrorisée, la hargne d'une chienne blessée. Un autre cri traverse la nuit. Celui d'un homme. Martin se retourne. Deux pas derrière lui, une ombre sortie de nulle part s'avance en titubant. Owen Mullargh, le cadet de Robert, a lui aussi une envie de tuer dans le regard, mais le couteau planté dans sa gorge le transperce d'une douleur qui bientôt le terrasse. Le frère vicieux porte la main à son cou sans comprendre ce qui lui arrive. Il avance encore, hésite avant de tomber à genoux. Son hurlement devient râle puis se transforme en gargouillis. Ses insultes ne sont plus que des bulles visqueuses qui explosent à ses lèvres. Ses mains ne parviennent pas à retenir le sang qui s'échappe entre les doigts.

Et il meurt sans avoir eu le temps de l'admettre.

Derrière lui, prosternée dans une flaque, Sinéad se cache le visage. C'est elle qui lui a asséné le coup fatal. Puis, elle écarte les bras et tourne ses mains vers le ciel pour implorer Dieu de lui pardonner son geste. La honte d'avoir tué lui donne une laideur qu'elle ne mérite pas.

Pendant que Martin et Sinéad portent les corps sur la charrette et les dissimulent d'une couverture, Kate reste prostrée. Ses lèvres remuent à peine et son monologue silencieux est plus une promesse de vengeance qu'une prière. La scène macabre qui se déroule sous ses yeux semble ne pas la concerner. Elle est dans un ailleurs de souffrance qui lui déforme la bouche. Sa respiration siffle. Devant son regard de gargouille, les dépouilles cadavres de ses parents et de petit Paul ressemblent à des épouvantails renversés par le vent. La vie de ceux qu'elle aimait s'est envolée, mais une force étrange lui interdit de se plaindre. Son corps refuse de pleurer. Tout son être lui intime l'ordre de passer à autre chose. Là, dans cet endroit de tourbe et de famine, elle ne peut s'appuyer que sur un seul piquet pour tenir debout.

Martin Sullivan.

Depuis quelques minutes, Sinéad s'est confectionné un nouveau personnage. Plus dur. Plus intransigeant. La mauvaise fille n'est plus la meurtrière affolée qui s'est donnée en spectacle. Son costume de comédienne est maintenant celui d'une fourbe pénitente qui minaude pour s'accorder les bonnes grâces de Dieu. À n'importe quel prix.

Personne n'a pris le temps de s'occuper d'Owen Mullargh. Un violeur égorgé mérite de rester allongé dans la fange. Martin enjambe sa dépouille et s'approche de son frère. Lorsqu'il se baisse vers lui pour le saisir, son geste se fige.

Robert émet un bref gémissement. Sa jambe gauche tressaute et ses bras cherchent à repousser la mort qui s'évertue à le faucher. Puis il perd de nouveau connaissance. Malgré les coups qu'il a encaissés, Dieu ne veut pas de son âme souillée.

La bête respire encore.

IV

Les dés sont jetés
5 avril 1847

Kate se lave d'un seau d'eau et déniche dans un placard des vêtements de sa défunte mère. Une robe trop ample, une jaquette, des bottes et un bonnet de laine. Un accoutrement de farfadet tiré d'un cauchemar.

Sinéad fouille dans la cuisine à la recherche d'un peu de nourriture. Une miche de pain rassis, un reste de fromage de chèvre et deux bouts de couenne plus secs que des morceaux de bois. Martin regarde la cheminée s'étouffer. Les briquettes de tourbe n'ont plus envie de brûler. Dans sa tête, un bouillonnement de questions. Pas de réponse, mais une évidence douloureuse : ils doivent fuir le plus loin possible de ce charnier. Quitter l'Irlande ? Pourquoi ne pas profiter des billets achetés par Glenn McBride ? Comment aborder le sujet avec Kate sans jeter du sel sur la plaie de sa souffrance ?

Alors qu'il s'empêtre dans un fatras d'impossibilités, c'est Kate qui prend les devants et lui évite de s'enliser dans ses tourments. L'adolescente file dans l'alcôve où elle a abandonné ses affaires sales et revient avec une bourse qu'elle pose sur la table de la cuisine.

– C'est ce que mon père m'a donné quand je l'ai croisé sur le sentier qui le ramenait de Sligo. Il m'a dit de la conserver comme la prunelle de mes yeux. C'est notre sésame pour le Nouveau Monde. Il est à toi, Martin. Cet argent et ces papiers ne me servent à rien. Dieu m'ordonne d'enterrer ma famille.

– Kate ! C'est impossible ! s'énerve Sinéad. Robert n'est pas mort, il est juste inconscient. Moi, il ne m'a pas vue, mais toi, avant de goûter aux poings de Martin, il a eu le temps de te reconnaître. Jamais il ne te laissera l'accuser. Ce sera ta parole contre la sienne. Connaissant le pouvoir de nuisance de son père, Martin portera le chapeau. Ici, les gens ne l'apprécient pas, c'est « le fils de la Française », le parfait bouc émissaire. Et toi, Kate, tu deviendras la mauvaise conscience de tout un clan. Vous devez fuir tous les deux.

– Puisque tu as la main chaude, tu n'as qu'à égorger cette pourriture de Mullargh, rétorque Kate remplie de haine. Tu ne t'es pas embarrassée d'états d'âme pour planter un couteau dans la gorge de son frère.

– Ne dis pas de bêtises, intervient Martin. On se calme… Sinéad, pourquoi ne pars-tu pas avec nous ? Rien ne nous interdit d'embarquer tous les trois.

– Tais-toi, Imbécile. Si on file ensemble, on ne pourra jamais monter sur le *Carrick*. Les sbires de Deaglán Mullargh contrôlent les embarquements. En ville, tout le monde me connaît. Par contre, en étant malins, à deux, vous avez des chances de passer à travers les mailles du filet.

Kate se gonfle de la colère qui la tenaille.

– Si on s'enfuit, Martin sera accusé. C'est toi qui as égorgé Owen ! Pas lui !

– La ferme, Kate ! s'agace Martin. Owen était sur le point de me saigner. Sans elle, j'étais un homme mort. C'était de la légitime défense. Qu'est-ce que tu proposes, Sinéad ?

– Rien. Je n'arrive pas à réfléchir… Tout ce que je sais, c'est que tu dois partir avec Kate. Le vieux a envoyé ses fils chez McBride pour le persuader de rester, mais ils ne rentreront pas, surtout pas Owen. Dans moins de deux heures, le comté va se transformer en chasse à courre et, si vous ne fichez pas le camp, ce sera vous le gibier.

– C'est de la folie !

– Martin, si vous n'êtes plus là, personne ne saura expliquer ce carnage. Surtout si tu pars avec Kate.

– Comment ça ?

– Bon sang ! Ne sois pas stupide ! Pourquoi une gamine accepterait-elle de s'enfuir avec le meurtrier de ses parents ?

– Admettons… Et pour Owen ?

– Sa sale réputation plaidera en ta faveur.

– Admettons, encore. Et si Robert s'en sort ?

– Il fera profil bas et obéira à son père. De quoi pourrait-il se vanter ? D'avoir été complice d'une tuerie et d'un viol ? Martin, vous devez filer maintenant. Après la réunion chez Jeff Brady, en ne voyant pas revenir ses fils, le vieux enverra ses gars ici et ça sera la panique. Avant de prendre une décision, ils devront informer le clan. Vous devez en profiter, ça vous laissera le temps d'embarquer.

– Et toi ?

– Moi ? Je ne suis jamais venue dans cette bicoque de malheur. Je raconterai que j'ai passé la soirée à attendre La Vermine, comme d'habitude. Ne t'inquiète pas, dans moins d'une heure, je suis chez moi et je me glisse dans mon lit, propre et fraîche comme une bonne sœur.

– C'est qui « La Vermine » ? Ton chien ?

– Non, Kate, c'est mon demi-frère.

Kate, toujours aussi bougonne, ramasse la bourse sur la table et se dirige vers la porte. Le regard qu'elle jette à Martin est celui de la résignation. Quand elle se tourne vers Sinéad, les mots qu'elle prononce sont ceux de la damnation d'une banshee.

– Elle a raison, Martin, on doit partir. On utilisera la carriole de mon père et on passera par le sentier des tourbières pour ne croiser personne. Toi, Sinéad, j'ai compris ton jeu. Tu restes pour éviter la corde en devenant une belle mariée. Tu t'arrangeras pour que Martin soit accusé du meurtre d'Owen.

– Tais-toi, idiote !

Mais Kate ne lâche pas. Son regard foudroie Sinéad.

– Tu peux crier… Tu es une sale femme. Je te déteste. Toi aussi tu mérites de mourir. Je te maudis. Toutes mes prières te conduiront vers le désespoir. Ta vie ne sera que tristesse. À chaque larme versée, tu penseras à moi. Sinéad, crois-moi, je connais les mots qui ouvrent les portes des enfers.

– Kate, tu n'as pas le droit de dire des choses pareilles, s'énerve Martin.

– Si, j'ai le droit ! N'adresse plus une parole à cette catin ! Son malheur commencera avec ton silence. Si elle ne veut pas que ma malédiction l'étouffe, elle doit me faire une promesse et la tenir.

– Laquelle ?

– Sinéad O'Leary, je t'ordonne d'enterrer mes parents et mon petit frère dans la dignité chrétienne. J'exige une messe et des prières. Que des cierges éclairent les visages de ceux qui sont responsables de leur mort. En es-tu capable ? Quelle est ta réponse ? Ne mens pas. Je me confie à Dieu tous les jours. Si tu te dérobes, j'en serai avertie. Alors ?

Sinéad froisse sa robe. Un voile de peur brouille son regard et son esprit cherche à se défiler. À son regard, Martin sait qu'elle est sur le point de pactiser avec le diable.

– Je te promets, ose la damnée… Maintenant, fichez le camp !

Sur le chemin qui les mène vers Sligo, Martin ne parvient plus à réfléchir. De derrière le moindre bosquet, il s'attend à voir surgir le fantôme d'Owen Mullargh. Le râle de sa mort cogne à ses oreilles. Chaque bourrasque lui rappelle le cri de Robert, lorsqu'il s'est précipité vers lui, son couteau à désosser pointé vers sa poitrine. Comment la folie peut-elle à ce point embraser l'esprit des hommes ?

Sinéad… pourquoi n'es-tu pas partie avec moi ? Je te promets de revenir te chercher… Sinéad…

Et ses pensées s'entrechoquent dans la carriole que chahutent les ornières. Où l'emmène-t-elle ? Sa vie a basculé en un rien de temps. Celui de prendre une mauvaise décision et de se jeter dans une histoire qui ne le concerne pas vraiment.

Dans le ciel de nuit sinistre, le vent balaie les nuages. Une constellation d'étoiles scintille soudain au-dessus de leurs têtes. Lorsque la guimbarde fatiguée longe le bois de feuillus, Martin reconnaît le mur bordier derrière lequel il se cache pour piéger les lièvres. La terre d'Irlande crache ses odeurs. Le fade des tourbières. L'âcre des fleurs d'ajoncs mortes. Le cuir de l'attelage. Le parfum des cheveux de cette gamine qui se colle à lui.

Et, à sa surprise, un fol espoir berce alors cette fuite vers l'inconnu. Le Nouveau Monde ! Il n'y a jamais pensé. Pour lui, c'est aussi loin que la lune. Un lieu mystérieux dont il connaît l'existence, mais qu'il n'a jamais voulu atteindre. Est-il préférable de mourir ici, pendu sur cette terre d'Irlande, plutôt que d'errer seul dans un monde inconnu ? Quelle divinité sait la fin de son histoire ? Aura-t-il au moins la chance d'être heureux avant de redevenir poussière ? Kate a raison. Du haut de ses seize ans, cette gamine de misère a compris qu'il était sage de fuir pour espérer survivre. Dans quelques années, elle sera femme. Dieu lui accordera peut-être d'être belle. Que lui restera-t-il alors de ce drame ? Quel prix devra-t-elle encore payer pour l'accepter ? Sa foi est capable de déplacer les montagnes, mais qui lui enlèvera sa peine ? Sa vie est rompue.

Martin la regarde. Elle ne ressemble à rien. Un animal blessé, inerte, presque mort. C'est peut-être elle, ce fameux signe du destin qu'il attend depuis le jour où il a enterré sa mère. Agenouillé devant sa tombe, il lui avait promis de devenir un homme.

D'autres pensées s'entremêlent, chaotiques, épuisantes.

Et Martin décide que ça ne sert à rien de se torturer l'esprit.

Une heure plus tard, les premières lueurs de Sligo. Devant, des langues de brouillard recrachées par la terre humide. Encore un demi-*mile*. Là-bas, les faubourgs de la ville.

L'attelage longe une masure déserte. Les flammes ont brûlé les poutres et noirci les murs de pierres qui se sont effondrés par endroits. Dans l'ancien potager détruit, trois croix en bois résistent aux mauvaises herbes et aux pieds de rhubarbe sauvage.

Kate se pelotonne contre le bras de Martin. Elle pleure. Encore quelques ornières. Plus loin, le gargouillement d'un torrent couvre ses sanglots. Quand il la regarde, il ne discerne qu'un corps tordu de tristesse. Avec maladresse, il tente de bredouiller des mots de réconfort. Elle ne répond pas. Son âme est vide. Martin prie le ciel pour qu'elle s'assoupisse. Et la charrette les emporte vers le quai de Sligo. Vers nulle part. Le crissement des roues. La nuit. Là-bas, à la lisière des tourbières, l'épaisseur d'un buisson retient le squelette d'un arbre mort. Alors, Martin décide qu'il est urgent de continuer à se taire. Soudain, une main remonte le long de son bras, légère comme une araignée. Elle se faufile sur son cou et, au milieu de ce décor sans vie, Kate approche son visage contre son oreille et murmure une phrase qui le bouleverse.

– Je n'ai plus que toi. Tu veux bien être mon frère ?

Une boule dans la poitrine. Un nœud dans la gorge.

– On longera la rivière pour entrer dans la ville, répond Martin pour ne pas s'étouffer d'émotion. On laissera la carriole vers le pont et on terminera à pied. C'est à côté de chez McManamann, il s'occupera du cheval.

Kate se colle encore plus contre lui.

– Je déteste cette vieille carne. Elle m'a mordue deux fois.

– Tant mieux, ce sera plus facile de t'en séparer.

Des phrases creuses. Rassurantes. Des « tu peux compter sur moi ». Des silences inconfortables. Et, au bout de ce sentier à peine carrossable, l'espérance d'un monde meilleur.

Peu de mots, peu de remords lorsqu'ils abandonnent le cheval. Quelques chuchotements inutiles lorsqu'ils marchent le long des berges inondées. Des troncs d'arbres charriés par les fortes pluies écrasent les fourrés et leurs branches basses s'énervent dans le tumulte du courant. Un chien noyé s'est empêtré dans un fouillis de ramures tordues. Ses pattes raides pointent vers le ciel comme une chaise renversée. Sa gueule, tétanisée par la mort qui l'a gorgée d'eau, ne parvient pas à mordre les nuages. Kate s'inquiète de savoir si la bête a souffert. Avant que Martin n'invente un mensonge pour lui répondre, l'onde en colère accepte de libérer la charogne. Le torrent macabre s'amuse avec l'amas de poils boursouflé puis décide de le pousser derrière le tourbillon d'un tas de pierres.

Kate est fascinée. Assise sur la berge, ses doigts fourragent dans l'herbe humide. Le bruit de la rivière qui enfle vers Sligo éteint ses paroles encombrées de sanglots. Martin préfère la laisser là et s'en va. Dans sa sous-ventrière, la bourse de Glenn McBride pèse le poids d'un foie d'ivrogne. Qui lui reprochera d'abandonner cette môme décharnée au mauvais sort qui s'acharne sur elle ? Il accélère. Dans son dos, les lamentations s'éloignent.

« Martin, je n'ai plus que toi. Tu veux bien être mon frère ? »

La phrase qui lui a mordu le cœur quelques instants plus tôt le harponne encore. Il s'arrête et se retourne. Au bout du compte, Kate lui ressemble. Comme lui, elle est seule. Ils sont vivants et orphelins. Dieu a écrit pour eux une vilaine partition qu'ils vont devoir jouer malgré tout. Ensemble.

Il revient sur ses pas. Kate gronde comme une chatte malade. Lorsqu'il lui tend la main pour l'aider à se relever, la gamine se hérisse. Il reste immobile à la regarder. Ses doigts touchent son épaule. Elle hésite. Indécise. Puis accepte enfin de saisir la main qu'il lui propose. Entre eux, le pacte est signé.

L'écho d'une détonation roule dans l'obscurité depuis l'entrée de la ville. Les ruelles sombres qui mènent vers le quai forment des gueules de monstres. Là-bas, une cavalcade de pas pressés. Des torches brûlent par endroits. Martin tire Kate derrière lui. Le renfoncement d'une arche les dissimule un instant avant que des cris ne les surprennent. Des ombres hystériques les croisent sans même les remarquer, affamées de violence.

Martin se lève, mais Kate reste là, les genoux repliés contre sa poitrine. Elle serre ses bras autour. Son regard est éteint. « Maman », elle répète le mot en litanie. Enfin, elle accepte de le suivre.

D'autres ruelles. D'autres peurs.

Devant la passerelle du *Carrick*, des miséreux aux regards inquiets piétinent, agglutinés les uns contre les autres. Des phrases courtes, en gaélique irlandais. Des coups d'épaule pour se rapprocher du quai. À l'écart du groupe, une gamine joue du violon. Une mélodie grinçante coule de son archet. Sur le pont du brick, deux officiers avancent, chargés de la crainte qu'ils inspirent.

– Reculez ! hurle l'homme à la redingote. L'embarquement aura lieu dans trois heures. Pour le moment, ne montent à bord que les marins ! Dégagez !

Martin tire Kate par le col de sa jaquette.

– Redresse-toi. Arrête de pleurer et tâche de ne pas faire pitié.

La distance qui les sépare du bateau paraît infranchissable. La foule se fend quand Martin bouscule les premiers émigrants. Une horde dépenaillée, sale et puante. Les visages de certains sont déjà mordus par la fièvre. La fille qui joue du violon enchaîne sur un air déplacé, presque guilleret. Kate ne quitte pas Martin des yeux. La taille du gaillard impressionne les récalcitrants qui s'écartent. Elle a sur les lèvres un sourire qui ressemble à une grimace.

L'homme à la redingote descend sur le quai pour leur barrer le passage. Sa main serre la crosse d'un pistolet qu'il dissimule sous le pan de son habit de maître. Son visage n'est pas celui d'un rustre, mais sa barbe mal coupée masque la sérénité qu'il souhaite exprimer. Dans son regard, le pouvoir qui ordonne aux autres d'obéir.

– Tu n'as pas compris ? rudoie l'officier.

– Je suis marin, rétorque Martin.

– Je ne te connais pas.

– C'est un de vos hommes qui m'a proposé de prendre sa place. Sa femme vient de mourir et il n'a pas le cœur à embarquer.

– Quel homme ? insiste le capitaine.

– Un gars plutôt vieux et pas bien épais. Je ne l'avais jamais vu, mais il m'a dit que vous auriez besoin de ma taille et de ma force.

L'homme à la redingote dévisage ce gaillard qui ne paraît pas avoir été touché par la famine.

– J'ai surtout besoin de marins. Tu t'y connais en matière de bateaux ?

– Je suis pêcheur.

– Ce n'est pas ce que je te demande.

Martin désigne le brick.

– C'est un navire capable d'avaler trois cents tonnes de charge. Les deux mâts portent trois voiles carrées. À l'arrière, de la base vers le haut, la grand-voile, le grand hunier et le grand perroquet. Sur le mât de misaine, à l'avant, la voile de misaine, le petit hunier et le petit perroquet. À cela s'ajoutent des voiles triangulaires.

– C'est bon, coupe l'officier. Elle, c'est qui ?

– Elle s'appelle Kate McBride. C'est Fergusson qui a vendu les billets d'embarquement à son père.

– Où est le reste de sa famille ?

– Ils sont morts, avoue Martin. Quand je l'ai trouvée, elle errait vers les ateliers des ferblantiers. Elle m'a fait pitié, alors je l'ai emmenée avec moi.

– Je travaille comme chambrière et lavandière dans un hôtel de la ville, intervient Kate. Chez Jeff Brady.

– Brady ? Le pub sur le quai ? Je ne savais pas qu'on pouvait y dormir, s'étonne le capitaine.

– Pas tout le monde, Monsieur. Des rustres peuvent s'y reposer en compagnie de filles faciles. J'ai appris à cuire la viande et à peler les légumes quand il y en avait encore, ajoute Kate, avide de convaincre. Ma mère était cuisinière.

– Si tu le dis… Et c'est Fergusson qui a vendu les billets à ton père, c'est bien ce que prétend ton ami ?

Kate McBride, fière comme une rate sur un bout de fromage, présente les papiers d'embarquement à Thompson. Il les lit en diagonale et les range dans sa redingote.

– Tu mesures combien ? demande-t-il à Martin.

– Six pieds et demi.

– Ton âge ?

– J'ai vingt ans depuis un mois.

– Ton nom ?

– Martin Sullivan.

– Dernière chose avant d'embarquer, Martin Sullivan… Par vent arrière, quelles voiles ne sont pas déployées ?

– Les triangulaires. Le foc, la voile d'étai et la brigantine restent ferlés car elles n'ont pas d'utilité.

– C'est bien. Tu es engagé. Ne traîne pas sur le quai et monte à bord. Monsieur Woodward, mon second, montrera ma cabine et la cuisine à la gamine. J'espère qu'elle ne ment pas. Toi, va sur l'arrière du *Carrick*. Prends un seau et nettoie le pont. Une fois au large, tu t'installeras sur le gaillard d'avant. Aux ordres, tu manœuvreras les voiles.

Et la main de Kate agrippée à sa chemise tire Martin vers le Nouveau Monde. Les dés sont jetés.

V

... brasser des vergues.

Les familles s'agglutinent devant la passerelle contrôlée par les hommes de Deaglán Mullargh. Trois jeunes émigrants sont écartés et allongés sur le quai lustré de pluie. Des bottes écrasent leurs poitrines. Les mères et les femmes hurlent d'être séparées d'eux. Des coups éteignent leurs cris qui se transforment en plaintes étouffées de sanglots. Les gros bras de Mullargh les tirent par les cheveux et menacent de les laisser là, elles aussi. La peur de crever de faim sur cette terre d'Irlande est la plus forte. Vaincues et lâches d'abandonner leur fils ou leur amant, elles montent sur le *Carrick*, honteuses et gémissantes.

Kate se faufile dans la cabine du capitaine Thompson. Martin profite de la bousculade sur le quai pour descendre dans la cale arrière. Ce qu'il découvre est pire que ce qu'il imaginait. De la paille propre est éparpillée sur les litières, mais le bois du navire est imprégné de l'odeur fétide des excréments. L'humidité semble ne jamais pouvoir sortir du ventre de ce bateau cercueil. La mort a pris ses quartiers dans cet enchevêtrement de paillasses. Quand Kate pointe sa frimousse en haut de l'escalier, il la repousse sans ménagement.

– Je t'interdis de descendre ici ! Tu files dans le quartier des officiers et tu me trouves des couvertures. Je dormirai sur le pont.

Je préfère être emporté par une vague plutôt que respirer cette puanteur.

Quand ils se retournent, un gaillard aussi grand et large d'épaules que Martin les dévisage. L'homme serre ses poings calleux. Menton carré et regard clair, son apparence est celle d'un vrai marin. Sur sa joue, une cicatrice que le soleil de l'océan refuse de brunir. Son pantalon moulant aux hanches s'écarte à ses chevilles. Sa chemise à carreaux, ample et bouffante, exagère sa carrure et l'épaisseur de son ventre. La coiffe basse et vernie qui lui sert de chapeau lui donne un air de curé en vadrouille. Le gars n'a pas l'air de plaisanter. Puis, alors que rien ne l'y oblige, son visage se fend d'un sourire.

– Ne me dites pas que vous ne me reconnaissez pas ! J'étais avec le capitaine Thompson quand il vous a autorisé à monter à bord. Toi, la fille… Kate, c'est ça ?

– C'est ça, Kate McBride.

– Fini les présentations, tu files dans la cabine du capitaine. Je suis Stanley Woodward, second maître d'équipage. Pour vous, à partir de maintenant, ce sera *Monsieur* Woodward. Toi, Martin, tu trouveras des vêtements dans le poste des hommes. J'espère que tu dénicheras des frusques à ta taille afin de ressembler un peu plus à un marin. Là, j'ai sous les yeux un paysan échappé d'une écurie… Rejoins les autres et tu recevras tes ordres. Si je te dis « Capelage des bouts-dehors de bonnette, établissement des vergues de cacatois », tu comprends ce que ça signifie ?

– Ça veut dire qu'on se prépare à prendre le large.

– C'est ça… Bon, dernière chose. Tout ce qu'on vous demande, c'est d'obéir aux ordres. Je ne suis pas mauvais bougre, mais si vous jouez les fortes têtes, je suis capable de devenir une franche pourriture. J'oubliais : soyez les bienvenus à bord. Martin, gagne le poste pour te changer et rejoins les hommes de la bordée tribord.

Monsieur Woodward s'en va. Avec les larges enjambées d'un homme habitué au roulis, il traverse le pont et descend sur le quai.

L'embarquement des émigrants ne se passe pas comme prévu et certains excités méritent quelques coups de poing pour les calmer.

Le reste de la nuit, après les préparatifs, Martin prend le premier quart avec un type plus muet qu'une étole de curé. Les rares mots qu'il prononce sont en gaélique irlandais et ses phrases ne sont que des colliers de consonnes. Martin ne retient de lui que son surnom : Pike. Ils ont pour mission de surveiller le ciel et de prévenir Thompson si la brise tourne à l'ouest. Vers six heures du matin, le vent devient favorable. Les ordres fusent : « Tout le monde sur le pont, paré à la manœuvre ! » Les matelots entrent en action. Voiles larguées. Vergues brassées. Et l'ancre dérape du fond.

En position sur le gaillard d'avant, un gabier responsable de la mâture affecte Martin à tirer sur des boulines pour forcer la misaine et le petit hunier fixe à prendre un meilleur vent. L'eau jaillit contre l'étrave. Les voiles du *Carrick of Whitehaven* se gorgent de la brise humide, dernier parfum d'Irlande, et le brick se penche et roule sur la houle du large. Le nez en l'air et les yeux perdus dans les gréements, Kate reste bouche bée devant la manœuvre nécessaire aux marins pour dompter le bateau. Des grincements, des claquements de cordage. Tel un cheval sauvage, le navire se cabre et refuse d'affronter les éléments. Des ordres. Des fûts qui glissent en travers du pont et percutent les passagers coincés dans l'encadrement des descentes vers les cales. Puis le *Carrick of Whitehaven* cesse de résister, renâcle encore un peu et finit par se soumettre aux bras des hommes qui le maîtrisent.

Pendant ce temps, deux caliers poussent les embarqués dans le ventre du navire. Des hurlements répondent aux bastonnades. Les familles sont parquées sur des rangées de grabats recouverts de paille. Les parents sur les couchettes basses, les mômes sur celles d'en haut afin d'éviter les cavalcades. Et un marin les menace d'une tresse en cordage : « vous goûterez de la garcette si vous ne restez pas tranquilles ! »

Un seau par lit pour les besoins les plus intimes. Une cuvette en fer-blanc pour garder l'eau encore potable. Les passagers qui présentent les premiers signes de fièvre sont parqués à fond de soute. «De toute façon, ils seront les premiers à crever», entend dire Kate par un des caliers. «Deux sorties sur le pont, une le matin et une l'après-midi.» «Que les hommes pissent par-dessus bord, ça économisera les seaux pour le cul des femmes et des gamins!»

Combien vont mourir?

Lorsque Martin pose la question à un vieux matelot, le gars répond par un haussement d'épaules. Le problème ne le concerne pas et le bourru garde ses yeux délavés sur la ligne d'horizon.

– Une grosse moitié, peut-être, dit-il enfin. Ça dépend du nombre de fiévreux qu'on embarque. Cinq ou six semaines, c'est long… et ils ne sont pas préparés au voyage. Après huit jours en mer, sans lumière et sans air, l'émigrant devient un autre homme. Une bête, si tu vois c'que j'veux dire.

– Et Thompson ne fait rien? s'étonne Martin.

– Thompson est un brave homme et un bon capitaine, mais il n'est pas Dieu. Les cadavres sont passés par-dessus bord sans les rites de l'Église. Crois-moi gamin, évite la cale, et si tu dois descendre pour chercher un corps, couvre-toi la bouche et le nez de ta chemise. Les mourants sont étendus entre ceux qui sont sains. Les couchages sont si exigus qu'une mère peut conserver son nourrisson mort contre elle pendant une journée entière avant de se rendre compte qu'il ne respire plus. En bas, c'est un concert de plaintes délirantes et d'appels à l'aide. Bouche-toi les oreilles et remonte le plus vite possible.

– Qui les nourrit?

– Nous, répond le matelot après s'être bourré une pipe. Quand ils sont sur le pont. Des feuilles de chou bouillies, de l'eau chaude et du pain. Certains jours, ils ont droit à de la farine d'avoine, du riz, de la mélasse qui ressemble à du thé.

Puis l'homme dévisage Martin et sa bouffarde l'enveloppe de fumée.

– C’est vrai, ce que disent les autres ? Tu vas dormir sur le pont avec ta sœur ?

– C’est vrai.

– Alors, je te conseille de te passer une corde autour du ventre et de garder les mains libres pour te détacher si besoin. Je t’apporterai des couvertures et un hamac pour toi et la môme. Pour fermer l’œil pendant une tempête, y a rien de mieux. Contrairement à ce qu’on pourrait penser, quand le navire se balance, le hamac reste en place… Tiens, prends ce couteau à désosser et glisse-le dans ta botte. La lame est courte, mais effilée. Si tu te réveilles la tête en bas, tu risques d’en avoir besoin. Je m’appelle O’Neil, mais les gars me surnomment *Papy Paddy*. Tu me trouveras sur le gaillard d’arrière. Je commande les voiles. Ma préférée, c’est la cargue de brigantine. Elle a un nom de putain. Dernière précision, marin : on m’a demandé de veiller sur les Kavanagh. C’est la famille de la petite qui joue du violon. Le père, la mère, cinq filles et un garçon. S’il m’arrive quelque chose, je te serai reconnaissant de t’occuper d’eux.

– D’accord.

– C’est bien. Un conseil, ne boit pas d’eau sur ce bateau, sinon tu avaleras la maladie. Les tonneaux d’alcool et les bouteilles de rhum qui nous sont réservés sont dans la cabine qui jouxte celle de Thompson. C’est lui qui décide des rations. Au fait, t’as quel âge et quel est ton nom ?

– Martin Sullivan. J’ai vingt ans.

– C’est bien.

Et le vieux matelot s’en retourne à son poste. Deux fois, à hauteur d’un écubier, il expédie un cramiot dans les vagues. Pour conjurer le mauvais sort, sûrement.

Les côtes d’Irlande s’éloignent. Les lumières de Sligo ne sont plus que des points lumineux plus imprécis que des étoiles dans le brouillard. Avec vent arrière, le *Carrick* a pris noroît. Ses carrées sont tendues pour le porter sans affronter les vagues de face. Au large des derniers hauts-fonds, le navire bifurque à l'ouest. Martin garde le plus longtemps possible les yeux rivés sur le sommet plat et les versants de Ben Bulden.

Les souvenirs d'anciennes promenades le bouleversent.

Un coucher de soleil qu'il regardait en tenant sa mère par la main. Les ombres des nuages qui mangeaient les versants creusés de sillons. « C'est une baignoire renversée. C'est là que le roi irlandais Conall Guilban aimait se laver des péchés de son peuple. » Les histoires de sa mère n'étaient pas vraiment des mensonges. Cette montagne était propice aux légendes. Celle de Diarmund Ua Duibhne et de sa rencontre avec le sanglier fantastique. Celle de l'amour de Grainne qui repose avec son amant quelque part sur la montagne.

Kate connaît aussi ces histoires. Cette terre d'Irlande qu'ils quittent restera le sang qui nourrit leurs âmes. Pas besoin de parler. La mélancolie n'exige pas d'explication.

Et le visage de Sinéad se dessine au milieu des embruns. « Je t'aime de tout mon corps. » La phrase le hante, mais le soleil écarte les nuages et gomme l'image irisée de la femme qui le passionne. Les flancs du *Carrick of Whitehaven* fendent la houle qui le supplie de revenir au port. Des tourbillons de mouettes crient pour interdire au brick d'avancer encore. La tête de Kate vient s'appuyer sur son bras.

– Je peux te poser une question, Martin ?

– Bien sûr.

– Pourquoi as-tu menti ?

– Comment ça « j'ai menti » ?

– Tu as dit au capitaine Thompson que tu étais marin.

– Je ne lui ai pas dit que j'étais *marin*, je lui ai dit que j'étais *pêcheur*, mais que je connaissais les bateaux.

– Comment as-tu appris le nom des voiles ?

– Par mon père. Lui aussi naviguait sur un brick. Il partait en mer six mois par an pour remplir les cales de la morue d'Islande. Quand il rentrait, il me racontait sa vie sur le bateau. Ses souffrances et ses peurs, la vie de chaque voile. Celles qu'il aimait et celles qu'il détestait. Elles ont toutes un nom. Chaque morceau de bois sur ce bateau en a un. En pointe, c'est le clinfoc. Ensuite, tu as le grand, le faux et le petit foc. Le mât qui les tend est le beaupré, qui est fixé sur le bout-dehors. Les câbles qui les soutiennent sont portés par la martingale. On les appelle la barbe et la sous-barbe.

– Tu me barbes. Là-haut, c'est quoi ?

– La pomme de mât et en dessous le nid-de-pie.

– Il est mort comment, ton père ?

– Son bateau a coulé au large de l'Islande.

Kate regarde ce grand gaillard aux cheveux noirs et bouclés qui serre les mâchoires pour éteindre la tristesse qu'elle a réveillée en lui. Elle le trouve beau. L'étonnante fixité de son regard lui tourneboule l'esprit. Est-il capable de voir dans le monde d'ailleurs ? Celui des âmes qui ne brillent plus ? Bien sûr, il est plus âgé qu'elle, mais à cet instant, sur ce brick qui file vers le Nouveau Monde, une idée saugrenue devient pour elle une évidence. Pourquoi ne pas lui proposer de l'épouser ? De peur d'essuyer un refus, elle se mord la lèvre au lieu de lui poser la question qui la chamboule. Comment pourrait-il accepter ? La nuit dernière, Sinéad O'Leary se roulait dans ses draps. L'odeur de cette catin doit encore courir sur lui. Et puis, elle lui a demandé d'être son frère. On ne se marie pas avec son frère.

Le silence qui s'installe entre eux ne les dérange pas. Pendant plus de six semaines, ils devront se serrer les coudes, chercher un peu plus de nourriture ou de l'eau propre pour espérer s'en sortir sans être contaminés. Trouver d'autres couvertures pour se protéger du froid humide de la nuit. Pour survivre. Parce que la mort est là, dans le ventre du *Carrick*. Les visages exsangues des embarqués ne laissent planer aucun doute : le typhus est monté à bord avec nombre d'entre eux. Et le choléra, tapi dans la soute, attend de les mordre.

Kate cherche quelque chose à dire, mais c'est Martin qui décide de continuer l'histoire de son père.

– Quand son brick a coulé, il était sur le gaillard d'arrière. Les vagues scélérates prennent toujours le bateau par l'arrière. Par grosse mer, file vers le gaillard d'avant et attrape un cordage attaché à la lisse ou à un canot de sauvetage. Même si Thompson t'ordonne de rester dans le carré des marins, ne l'écoute pas et suis mon conseil. Si le *Carrick of Whitehaven* se couche sur le flanc, rejoins-moi ici ; il n'y aura pas beaucoup de survivants dans les cales.

Après trois jours de temps assez calme, un vent glacial se lève. Les cordages sont lourds à tirer. Les ralingues et les écoutes se raidissent jusqu'à devenir tranchantes comme des rasoirs. Dans ces conditions, border ou choquer se transforme en punition pour les hommes. Un gars a perdu deux doigts. Un autre a sur la main gauche un abcès qui suppure. Thompson charge son second de trouver parmi les émigrants valides trois gars capables de les remplacer. Il n'en recrute qu'un seul.

Ce jour-là, lors de la sortie quotidienne, le troupeau des miséreux parqués dans les cales du *Carrick* monte sur le pont pour recevoir une pitance qui ne les rassasie pas. Hagards, ils se protègent le visage de la lumière qui les aveugle et titubent avant de s'agenouiller devant les barils fumants de choux. Plus d'eau que de légumes. Les mains tendent des gamelles cabossées vers la bouillie écœurante. Un homme repousse un gamin effrayé. L'instinct de survie rend une mère folle et elle écarte ses mioches pour manger à leur place. Et, comme d'habitude, sur le gaillard d'arrière, la protégée de Papy Paddy joue du violon. Sa musique apaise les ventres. Au début, ses notes saccadées se cognent les unes aux autres avant de se tisser en mélodie. Personne ne s'occupe des deux caliers qui remontent le cadavre d'une femme. Personne ne s'aperçoit de rien quand ils balancent le corps par-dessus bord. C'est la première.

Puis ils redescendent à fond de cale et le manège recommence. Trois fois. Toujours le violon. Encore ces corps qui basculent dans les vagues dans la plus grande indifférence. Toujours la bousculade sur le pont, les cris des gamins affamés qui renversent leurs gamelles et lèchent le bois pour récupérer quelques miettes de nourriture. Pitoyable tableau d'êtres humains capables de tout pour survivre.

« C'est peut-être ça, l'enfer ? »

Sans s'en rendre compte, Martin pense tout haut. Papy Paddy le rejoint avec une bâche rugueuse et un nouveau hamac, assez large pour coucher une vache et son veau. Le vieux gabier prend la réflexion à voix haute de Martin pour le début d'une discussion. D'un geste lent, il se bourre une nouvelle pipe et s'assoit. Comme lors de leur première rencontre, sa première phrase a du mal à sortir. Il cramiote pour aider ses mots.

– Non, l'enfer c'est ce qui arrive, dit-il enfin en désignant le ciel du côté d'où vient le vent.

Martin regarde vers nulle part sans comprendre.

– Je ne vois rien du tout.

– Va falloir te nettoyer les yeux, mon gars. Dans moins d'une heure, si le vent ne tourne pas à l'est, ça va balancer fort. Des nuages se regroupent. Tiens-toi prêt. Woodward va donner l'ordre de brasser les vergues.

VI

Tu vas tout me raconter

C'est une journée boueuse et grise. La brume d'un ciel bas étouffe les toits de Sligo. Sur la place, les chariots sont parqués en rang d'oignons. Encolure brisée par l'averse, les chevaux gardent les naseaux au ras des flaques dans lesquelles ils piétinent. Alignement de bêtes éteintes. Remugles de crottin. Carrioles tordues. Moyeux collés de tourbe. Parmi cet alignement de carnes, Rafale, une jument teigneuse plus noire que la tignasse du diable, est la seule à montrer un peu de dignité. L'animal renâcle, secoue son harnachement et bouscule la charrette sur laquelle est rangé le cercueil d'Owen Mullargh.

C'est un instant silencieux. Dans la foule des dépenaillés venus rendre hommage au défunt et présenter leurs condoléances au clan, pas un homme n'ose affronter la colère sourde du vieux Deaglán. Autour du patriarche, Robert, la tête enturbannée de pansements et le visage marqué de coups, soutient sa mère. Clara Mullargh est dévastée de douleur. Tous ses gestes sont ceux d'une marionnette. Sous son foulard noir, le visage livide d'une femme presque morte.

Sinéad O'Leary, la promise de Robert, se tient en retrait, à côté d'autres femmes. Accroché à son bras, un gamin peigné d'un coup de vent. Encore môme, pas vraiment adolescent, mais déjà plus mauvais qu'une teigne, l'énergumène piaffe sa rage d'être là. Ici, à Sligo, on le surnomme *La Vermine* sans que personne ait cherché à connaître son vrai prénom. « Un crasseux né d'une vilaine nuit » disent les moins méchants. « Un résidu de fausse couche » assurent les autres. Depuis treize ans, Sinéad élève comme elle peut ce demi-frère que la vie lui a collé dans les pattes, sans se préoccuper de savoir où et avec qui il occupe son désœuvrement. La plupart du temps, le gnome rôde autour des hangars du port avec des traîne-misère devenus eux aussi chasseurs de rats.

Le glas sonne l'entrée dans l'église.

Deaglán Mullargh propose aux siens de le précéder et s'arrête sous le porche de l'abbaye. Le visage fermé, il regarde là-bas, vers le quai d'embarquement. De futurs émigrants se regroupent déjà, sans savoir quand arrivera le prochain navire en partance pour le Nouveau Monde. Des semaines peut-être ? D'un simple mouvement de menton, il ordonne à ses sbires d'aller les disperser. L'air grave, le patriarche se retourne vers la foule.

– Sans mon autorisation, plus un homme valide ne quittera l'Irlande depuis ce quai, ceux de Limerick ou de Galway. Aujourd'hui, j'enterre mon fils et je vous remercie de partager ma peine. Owen était un fier patriote et il sera vengé. Celui qui l'a tué a aussi assassiné presque tous les membres d'une famille amie. Martin Sullivan, le fils de la Française, a disparu en enlevant Kate McBride pour protéger sa fuite. Je le retrouverai où qu'il se cache, quitte à mettre sens dessus dessous notre terre d'Irlande. Des complices ont facilité sa fuite, je jure devant Dieu de tous les envoyer en enfer. Après la messe et le cimetière, j'offre la bière chez Jeff Brady à celles et ceux qui le voudront. Pour le moment, l'heure est à la tristesse et aux prières. La chasse commencera demain.

La fumée d'un feu de tourbe se mêle à celle des bouffardes. Autour des tables, les discussions restent discrètes. Pas de rire ni de coup de gueule. C'est une soirée d'enterrement. On parle d'Owen. Ses frasques deviennent des exploits, son tempérament bouillant attire les compliments. Derrière le comptoir, Sinéad remplit les pichets et désigne les tables sur lesquelles La Vermine doit les porter. Le morgueux s'exécute sans entrain, avec l'arrogance d'un âne bâté.

Peu à peu, l'alcool éteint la bienséance et porte aux voix. Le volume des discussions augmente, celui des plaisanteries aussi. Au bout d'une heure, le pub de Jeff Brady redevient ce qu'il est d'habitude, une taverne à fermiers ravis de se bousculer, de se défier aux fléchettes ou de fomenter la révolte contre les *landlords* anglais.

Clara Mullargh, enlaidie de tristesse, se lève alors et ajuste les plis de sa lourde robe de deuil. La mère d'Owen dépose une bise sur le front de son époux et, sans dire un mot, s'éloigne de la table réservée à la famille. C'est le signal donné aux femmes pour s'en aller et laisser les gars entre eux. Depuis le fond du pub et le fauteuil dans lequel il trône, Deaglán Mullargh dévisage les hommes qui sont encore là. À sa droite, Robert ressemble à un blessé de guerre et rumine son humiliante défaite. Mieux vaut se taire que d'attiser la fureur qu'il sent couver chez son père.

Chaque fois qu'un type s'avance pour présenter ses dernières condoléances avant de partir, Deaglán lui renvoie un bref merci. Après un sourire crispé, il note le nom du quidam sur un registre ouvert devant lui. Quand Robert lui demande à quoi servira cette liste, son paternel lui répond que les Judas ne s'attardent jamais aux funérailles de ceux qu'ils ont trahis. C'est comme ça depuis que les Tuatha Dé Danann ont vaincu les Fomoires à la bataille de Magh Tuireadh. Le premier nom inscrit est celui de Sean Murphy, le ferblantier des quais. Robert s'en étonne.

– Je croyais que Murphy était fiable.

– Tu sauras qu'un homme ne l'est jamais vraiment. Tu en es l'exemple vivant. Costaud, toujours prêt à te battre et pourtant Martin Sullivan t'a démoli en trois coups de poing. Un de plus et j'enterrais mes deux fils le même jour. D'ailleurs, je me demande bien pourquoi il ne t'a pas achevé ?

Robert ne relève pas le fiel dans la question et avale une longue gorgée de bière.

– Il venait de tuer un père et son fils, ça devait sans doute lui suffire, dit-il en étouffant un rot dans sa manche.

– Peut-être. Mais Sullivan avait aussi violé la mère sans perdre une once de ses forces, ironise Deaglán. D'habitude, un gars qui sort des cuisses d'une galante est moins fringant. Qui plus est, vous étiez deux…

– Sullivan n'était pas seul lui non plus, je te l'ai déjà dit.

– Qui était l'autre ?

– J'en sais rien. Sans doute un gars du port.

– Ne me prends pas pour une andouille, fils. On les connaît tous et pas un ne manquait à l'enterrement de ton frère. Si le Français a foutu le camp, son complice aussi. Mieux vaut être deux pour enlever une gamine du tempérament de Kate McBride. Cette môme est une vraie anguille. Hé ! La Vermine ! Approche ! On a soif !

Le gnome s'avance, chargé de deux pintes bien pleines. Lorsqu'il les dépose, Deaglán Mullargh le saisit par le col de sa vareuse et l'entraîne dans l'alcôve puante qui sert de bureau à Jeff Brady. Robert se précipite derrière lui. En voyant disparaître son demi-frère et son futur mari derrière l'épais rideau, Sinéad blêmit.

D'un coup de poing dans les reins, Deaglán pousse le gamin au fond d'un canapé miteux.

– Non, mais vous êtes dingue ! Qu'est-ce que j'ai fait ?

– La ferme !

– Si j'veux !

Une claque monumentale écrase le teigneux dans les coussins. Les yeux ronds, sans comprendre, La Vermine se masse la joue et le menton. Quand il voit Deaglán ouvrir son cran d'arrêt, sa haine devient masque de trouille.

– Écoute et réponds à mes questions. Quand le *Carrick Of Whitehaven* a appareillé l'autre matin, tu étais sur les quais ?

– Non, j'dormais !

– Et pendant la nuit ?

– Pareil, j'vous dis ! Moi, la nuit, je dors. Pas vous ?

Nouvelle gifle. Toujours du même côté. Toujours aussi violente. Deaglán Mullargh se recule et dévisage le morveux d'un air navré.

– La Vermine, un conseil : ne me prends pas pour un crétin. Si tu veux vivre vieux, évite de me manquer de respect. Le dernier qui s'est foutu de moi est en train de crever dans l'arrière-cour de cette taverne. Je vais te dire ce que tu trafiquais, cette nuit-là. Toi et ta bande de rats… Au fait, comment vous vous appelez déjà ?

– Le Gang de Sligo, bredouille le gamin terrorisé.

– C'est ça, « le gang de Sligo » ! Tu parles d'un « gang » ! Vous maraudiez parmi les émigrants pour les voler. Ne dis pas le contraire, ton copain Little Boy m'a tout avoué. En revanche, lui n'était pas avec vous. Je le crois, vu que ses deux oreilles sèchent dans ma blague à tabac. Alors voilà ce qui va arriver dans les prochaines heures. Tu rameutes ta horde de minables et demain, je veux tout savoir de ce qui s'est passé sur ce fichu quai d'embarquement cette nuit-là.

– Pas besoin d'attendre. Cette nuit-là, comme vous dites, Martin Sullivan a embarqué sur le *Carrick* avec la fille McBride. Et j'peux même vous dire que la Kate était contente de grimper sur la passerelle avec lui.

Fou de rage, Deaglán saisit le fanfaron par le col de sa vareuse. Sa main libre se crispe sur le manche de son cran d'arrêt. Le môme ne cille pas, au contraire. Sa trouille redevient arrogance. Pendant de longues secondes, Robert, resté jusque-là muet, s'attend au pire. Comme il connaît son père, si le vieux devine le moindre début de mensonge dans cet aveu, La Vermine perdra une oreille. Les deux, peut-être. Si sa colère se transforme en folie, c'est la gorge du demi-frère de Sinéad que le patriarche tranchera. Mais Deaglán Mullargh s'apaise. Avec lenteur, presque souriant, il relâche sa misérable proie et la pousse vers la porte donnant sur l'arrière-cour.

Dehors, la lumière d'une torche remue les ombres dans un remugle de pourriture et d'urine. Sur les pavés couverts de détritus, des rats se carapatent vers les escaliers de la cave. Adossé contre un tonneau éventré, dans un désordre d'ordures et d'outils rouillés, Little Boy se vide de son sang. Sans ses oreilles, le chef du « gang de Sligo » ressemble à une vilaine poupée de chiffons.

– La Vermine ! Mets-toi à genoux ! ordonne Deaglán. Tourne sept fois la langue dans ta bouche avant de parler sinon je te la coupe. Tu es certain de m'avoir dit la vérité ?

– Certain ! Monsieur Mullargh, j'vous l'jure !

– Jurer, c'est pécher. Pense à ta langue.

Deaglán Mullargh avance de deux pas. Lentement, comme un homme qui s'approche du bord d'une falaise pour contempler le vide. Son visage n'exprime rien. La torche, vers la descente de la cave, brille sur la lame de son couteau. Derrière lui, Robert a compris. Son père est devenu fou. Et La Vermine s'effondre, le visage contre les pavés, refusant de regarder la mort en face.

– J'vous en supplie, Monsieur Mullargh. Je sais plein de choses qu'on vous dit pas ! Moi, j'entends tout et je vois tout ! Ici, les gens vous craignent, mais ils préfèrent vous raconter n'importe quoi plutôt que de vous mettre en colère. J'suis p't'être une vermine, mais j'suis pas un menteur. Dans votre discours, avant la messe, vous avez juré de retourner le pays pour retrouver Martin Sullivan et Kate McBride. C'est pas la peine. À c't'heure que j'vous cause, ils sont en route pour le Nouveau Monde et je sais qui est responsable de leur départ. Je connais toute l'histoire !

Deaglán Mullargh referme son cran d'arrêt et aide le piteux à se relever. D'un geste amical, il tapote l'épaule de celui qu'il avait décidé d'égorger.

– C'est bien, petit. Tu vas tout me raconter.

VII

... tu joues ta vie.

Avril semble ne pas vouloir se terminer. Tous les jours, de nouveaux décès. Dans les rues de Sligo, sur les quais et dans les rares tavernes encore ouvertes, l'accablement cède à la résignation. Plus personne ne se salue. La mort ne se partage pas. On enterre les siens sans s'occuper des autres, dans un rituel bâclé par d'inutiles prières. Les cadavres des villes sont mis en bière sans attendre. Ceux des campagnes s'amoncellent dans les granges des fermes. Pourtant, dans ce désordre de douleurs, malgré la pluie qui ne cesse de se confondre aux larmes, un espoir arrive de l'autre bout du monde.

Sur le port, il se raconte que le *Jamestown*, un deux-mâts, est parti de Boston pour Cork, chargé de provisions. La rumeur enfle. Au bout d'une semaine, le brick devient caravelle et gagne un artimon à l'arrière. D'autres doivent accoster. Des centaines. Et les voiles de l'espoir se gonflent de ces mensonges.

Depuis le jour de l'enterrement d'Owen, Sinéad n'est retournée en ville que pour servir chez Jeff Brady ou aider Padraig Fergusson à ranger le capharnaüm de son antre. Le reste du temps, elle tourne en rond dans la cuisine de sa fermette où son angoisse la ronge, incapable de surmonter son geste meurtrier. Chaque fois qu'elle ferme les yeux, elle revoit la lame de son couteau transpercer la gorge d'Owen. La nuit, ce sont les malédictions de Kate McBride qui bourdonnent dans ses oreilles. Quand Robert Mullargh la pénètre, c'est Martin Sullivan qui la possède. Alors elle pleure et le rustre qui la baise s'imagine la combler.

Pourquoi ne fuit-elle pas, comme Kate et Martin ? Elle a les trente livres volées dans le coffre de Jeff Brady et un pendentif en argent chapardé à l'épouse de Deaglán. La vieille ne s'en rendra pas compte, elle ne le portait plus. Pourquoi rester ? Quel est son avenir ici ? Épouser Robert ? L'idée lui donne la nausée. Toutes ses pensées tournent autour du souvenir de Martin et des phrases maladroites qu'elle lui a dites pour calmer ses ardeurs. « Je t'aime de tout mon corps, Martin Sullivan. » Quelle idiote ! Pour qu'il revienne, juste une fois, elle abandonnerait dix ans de sa vie. Dans ses bras, elle existait.

Elle doit partir parce que dans le comté la chasse est ouverte par le clan Mullargh. Les gens parlent et inventent n'importe quoi pour s'attirer les grâces du patriarche. Son statut de future bru ne lui évitera pas de devenir gibier. Ce mois d'*aibreán*, commencé sous la pluie, se terminera dans le sang.

Un corps sans tête a été découvert à côté du puits de Tobernalt. C'était il y a trois jours, un matin de Saint-Parfait. Dans le dos du malheureux, une croix celtique marquée au fer rouge. Pour ne pas attirer le malheur, personne n'ose prononcer le nom du martyr. Quand on parle de lui, on dit « le tronc ». Quoi qu'il en soit, Little Boy ne traîne plus sur les quais avec les autres chasseurs de rats.

Hier, c'est le cadavre de Sean Murphy qui a été repêché dans la Garavogue, coincé contre une pile du pont. La langue et les oreilles coupées, les yeux crevés. La signature du clan Mullargh.

Soudain, le portillon grince. Sinéad sursaute.

Torse bombé et menton haut, La Vermine traverse le jardinet sans se préoccuper de ce qu'il piétine. Plus sale qu'un cul de vache, le roublard porte un couteau à la ceinture et une besace en bandoulière. La pluie dégouline de sa casquette de racaille. D'un coup de botte, il pousse la porte de la cuisine et balance son paquetage sur la table.

– Et voilà le travail ! claironne le crasseux à la manière d'un maquignon.

– D'où arrives-tu ? Tu n'es pas rentré depuis cinq jours.

– J'étais nulle part. J'travaillais, c'est tout.

– Toi ? Travailler ? Je croyais que ce mot te rendait bègue.

– J'étais avec les Mullargh. Tu sais, la famille de ton futur mari. Au fait, le Robert m'a chargé de te prévenir qu'il viendra te bourriquer demain, à la fine pointe de l'aube. « Dis-lui de se tenir propre » qu'il a même ajouté.

– Non, mais tu as vu comment tu me parles ? Un gamin de treize ans…

– J'suis plus un *gamin !* coupe La Vermine en cognant sur la table. J'suis un homme à partir de maintenant.

– Bonne nouvelle ! Et qu'est-ce qui s'est produit dans ta misérable vie pour que tu te transformes ? Ne me dis pas que tu as pactisé avec le diable ! Si je te tords le nez, tu pisses encore du lait !

– J'sais pas c'que ça veut dire *pactiser,* mais c'est Deaglán Mullargh qui a décidé que j'étais un homme. Un conseil, si tu me *tords le nez,* j'te tranche un nichon.

– Alors, tu t'expliqueras avec Robert. Je ne suis pas certaine qu'il accepte de m'épouser avec un sein en moins.

– Et qu'est-ce qui te dit qu'il a encore envie de te marier ?

Dans la tête de Sinéad, la réflexion tinte comme la clochette d'un enfant de chœur pendant l'élévation. Son instinct de fille des rues la prévient d'un danger. Son demi-frère est bête à manger du foin, mais ses menaces vicieuses ne sont jamais gratuites. Depuis une semaine, il se pavane sur les quais. Avec la fougue d'un chien affamé cavalant après un os, il court derrière le vieux Deaglán. Et si La Vermine avait deviné ses coucheries avec Martin ?

Pour ne pas montrer son inquiétude, Sinéad change de sujet.

– Et qu'est-ce que tu caches dans cette besace ?

– Robert m'a payé d'un chat. J'l'ai dépecé, t'as plus qu'à le faire bouillir.

Puis, tel un paysan pressé de partir aux champs, La Vermine ajuste sa casquette et se lève.

– Bon, c'est pas tout ça, mais j'dois y aller.

– Où ? Tu as vu l'heure ? C'est déjà la nuit.

– Y a pas d'heure pour les braves, frangine, surtout quand c'est Deaglán Mullargh qui paie.

– Et il te paie à quoi faire ? À tuer des chats ?

– Non, on va rendre visite à quelqu'un que tu connais.

– Qui ?

– Ça t'regarde pas. Après, avec les gars, on part fouiller une nouvelle fois la baraque de Sullivan.

– Comment ça, « une nouvelle fois » ? Vous y êtes déjà allés ?

– C'est ça, mais on n'a encore rien trouvé, donc on y retourne. Bon, ça suffit, tu m'agaces avec tes questions, j'vais finir par croire que t'as mauvaise conscience. C'est le sort du fils de la Française qui t'inquiète ? Hé ! frangine ! Ne me dis pas que t'as quelque chose à t'reprocher ?

Sinéad sent monter une boule d'angoisse. Impossible de déglutir. Pour se donner une contenance, elle se retourne vers l'évier et verse un broc d'eau claire dans une marmite qu'elle porte sur les chenets.

– Dégage, La Vermine. T'es con comme une fouine qui crie à la lune.

– Méfie-toi des fouines, elles égorgent les poules.

Là, ce n'est plus une clochette d'enfant de chœur qui tinte dans le crâne de Sinéad, c'est le tocsin d'une ville en feu. C'est décidé, elle fiche le camp cette nuit. À pied, ce sera plus sûr.

La Vermine se balance sur une chaise, les croquenots posés sur un guéridon. Quand Deaglán Mullargh s'en aperçoit, il assène au mal élevé une gigantesque claque derrière la tête. Questionner un homme, même avec fermeté, le tuer si besoin, exige un minimum de dignité. « On ne se moque pas de ceux qui saignent », rappelle le patriarche pour justifier son geste.

L'antre de Padraig Fergusson pue l'urine et la sueur. Celle de la peur et de la violence. Le vieux marchand d'outillage et de billets vers le Nouveau Monde comprend que la mort le renifle. Pour le moment, malgré le couteau planté dans sa main gauche, il ne s'en est pas trop mal tiré. Ses ongles griffent le bureau. La transpiration, c'est lui. L'odeur de pisse aussi.

– Je résume, annonce Deaglán en reculant sur sa chaise. Tu as vendu des billets à Glenn McBride pour lui et toute sa petite famille, c'est bien ça ?

– Deaglán… Je… Tu savais, bon sang ! C'est… c'est moi qui te l'ai dit.

– C'est aussi toi qui m'as juré de le dissuader de partir, si j'ai bonne mémoire.

– Mais j'ai essayé ! Deaglán, tu le connais… Ce fermier est une vraie bourrique.

– Arrête de m'appeler par mon prénom. À partir de maintenant, c'est *Monsieur* Mullargh.

– Mais on a été à l'école ensemble !

– Et alors, j'ai bien baisé ta femme ! C'est pas pour ça qu'on est amis. Tu sauras, Fergusson, que je déteste plein de choses et de gens sur cette terre d'Irlande. Les Anglais, en premier lieu, les traîtres, bien sûr, ceux qui me mentent, et pour finir, ceux qui me volent. Tu coches les trois dernières cases.

– Deaglán, je…

– *Monsieur* Mullargh, j't'ai déjà dit. Du respect, cré Dieu ! Robert, remue le couteau planté dans la main de cet abruti pour qu'il comprenne les ordres.

Un cri inhumain déchire la poitrine de Padraig Fergusson. Le vieux marchand se pisse une nouvelle fois dessus. La douleur le défigure. Ses yeux injectés de sang, ronds comme des billes, lui dessinent un regard de fou. Un filet de bave mouille sa barbe.

– Laissez… laissez-moi la vie, Monsieur Mullargh, je vous donnerai tout ce que je possède.

– C'est gentil, Padraig. J'en attendais pas moins de toi. Mais voilà : tu ne me donneras rien, je vais tout te prendre. À voir les taches d'encre sur les doigts de ta main droite, tu peux encore signer. Robert, l'acte de transfert de propriété, s'il te plaît.

Deaglán Mullargh déroule le document marqué du sceau des *landlords* du comté, trempe la plume dans l'encrier et la tend à Fergusson. De sa main valide, le marchand paraphe les pages et appose une signature tremblante sur la dernière.

– Voilà… Parfait ! Bon, maintenant passons à la sanction du tribunal. Moi, Deaglán Mullargh, accuse le dénommé Padraig Fergusson de tout ce que j'ai déjà dit. Après avoir entendu ledit accusé qui vient de me transmettre l'intégralité de ses biens, je lui laisse la vie sauve. En revanche, je dois l'informer d'un dommage qui mérite la peine capitale. J'appelle le sieur La Vermine pour nous livrer son témoignage. Avance, petit, et tiens-toi droit.

– D'accord, Monsieur Mullargh. Voilà… La nuit du 5 au 6 avril, j'ai vu Kate McBride et Martin Sullivan monter à bord du *Carrick Of Whitehaven*. D'après un type que je connais et qui n'a pas embarqué, ils ont présenté les billets vendus au père de la gamine.

– T'as entendu La Vermine, Padraig ? Désolé pour toi. Le jour de l'enterrement d'Owen, j'ai juré devant Dieu d'envoyer les complices de Martin Sullivan en enfer avant de l'y expédier lui-même. Le concernant, tu me prives, pour l'instant, de ce plaisir. Donc, tu vas mourir.

Deaglán Mullargh arrache le couteau planté dans la main du condamné. Le type grimace, mais ne dit rien. Contre toute attente, il recule sur sa chaise, tire avec peine le tiroir de son bureau et sort de son fatras une bouffarde de flibustier.

– J'ai le droit d'en fumer une dernière ?

– Tu as le droit.

– Merci.

Tant bien que mal, Padraig Fergusson bourre sa pipe et gratte sa pierre à silex pour l'allumer. La large bouffée qu'il inspire puis recrache au visage de Mullargh ressemble à une insulte.

– Ce merdeux, dit-il en désignant La Vermine, est pire qu'un furoncle, et toi tu crois ce que raconte un furoncle ? Tu me déçois, *Monsieur* Mullargh. Moi, Padraig Fergusson, je vais t'infliger une vérité qui risque de ne pas te plaire. Ce mioche est une plaie et sa sœur, que ton fils épousera bientôt, est une pute à marins.

Robert sort sa lame et se précipite. Son père le retient.

– Est-ce que le *furoncle* t'a dit que cette salope couchait avec Martin Sullivan ? insiste le provocateur. Parce que s'il ne l'a pas fait, c'est que lui aussi est un traître. On est tous des traîtres, à Sligo ! Sur les quais, mis à part toi et ton connard de fils, tout le monde est au courant. C'est pas des cornes qu'il a sur la tête, le futur marié, c'est des rameaux d'olivier ! Comme dans la Bible !

Hors de lui, Robert se dégage de la poigne de son père et saute sur Fergusson. D'un geste rageur, il lui arrache la pipe de la bouche pour la lui planter dans l'œil. De sa main libre, il lui laboure la gorge et la poitrine de son couteau. Sous le choc de ce qu'il vient d'entendre, Deaglán Mullargh réagit trop tard pour arrêter la folie de son fils. C'est en l'étouffant de son coude qu'il parvient à le maîtriser.

– Ça suffit, Robert ! T'es en train de transformer ce porc en bouillie ! Robert ! Putain, Robert ! Ressaisis-toi ! On ne tue pas un mort ! Toi ! La Vermine ! Va chercher les gars, faut nettoyer ce merdier. Personne ne parle de ce qui vient de se passer. Compris ?

– Compris, Monsieur Mullargh.

– T'as intérêt. Après, on cause. N'imagine même pas foutre le camp. Sur ce coup-là, crevure, tu joues ta vie.

VIII

... la plus sincère de tes prières.

Pendant des jours, les vagues se succèdent. Rien ne calme leur agressivité. Le *Carrick* les domine, puis s'écrase, remonte et redescend dans des gerbes d'écume. Dans le fracas du bateau, dans le claquement des voiles, toujours ce violon lancinant qui accompagne les morts jetés par-dessus bord. Entre ces bruits que plus personne n'entend surgissent des silences assourdissants. L'océan respire. Des nuages glissent dans le ciel, folâtrent autour du navire avant de s'effilocher et se regrouper vers l'horizon. Sur la dunette, du côté du vent, le capitaine scrute le temps à venir. Woodward, son second, garde le côté sous le vent et se tient près du passavant. Sur le pont, les marins qui ne sont pas de bord sont affectés à la fabrication des menus cordages.

Martin, occupé à la confection de fils de caret, noue en pelote les torons séparés pour approvisionner le moulinet à bitord. Quand il lève les yeux vers l'immensité ridée des vagues, il s'imprègne de sensations qu'il n'a jamais ressenties. Tout ce qui l'entoure est un mélange d'émerveillement et d'inquiétude. La mort est là, dans la cale, mais le *Carrick* s'en moque. Ceux qui crèvent dans son ventre ne sont pas ses enfants. Ce brick se fiche des âmes qu'il transporte. Il les emmène ailleurs, sans se préoccuper de savoir si elles sont encore vivantes une fois débarquées dans ce Nouveau Monde dont elles ont rêvé.

Le vent refuse.

La bordée de quart est appelée à la manœuvre. La pluie s'invite, fine et piquante, avant de tambouriner sur le pont. Les ordres envoient les marins dans le grincement des poulies. Le *Carrick* gîte et se couche sur le côté puis se redresse. L'océan bat l'étrave et s'engouffre sur le pont. Deux marins barrent les écoutilles et enferment les passagers dans leur cercueil de grabats et de paille souillée. Les drisses des huniers sont filées. Les carrés se collent contre les mâts puis se gonflent de vent dans des bruits de canon. Tout ce qui n'est pas arrimé se déplace, prêt à mordre les jambes des matelots. Et la pluie s'arrête sans que les gars s'en aperçoivent.

Papy Paddy, redescendu de la mâture pour prendre un ris dans les huniers, est assis sur le gaillard d'avant. Il tire sur sa bouffarde et surveille les manœuvres, un curieux sourire aux lèvres. Martin, chahuté par les vagues, s'agrippe au hasard pour le rejoindre. Kate le suit, tétanisée de peur, nauséeuse et plus pâle qu'un cierge de Pâques. Elle tombe, s'agenouille pour essayer de se relever, mais vomit tout ce que son maigre estomac parvient à rendre. Papy Paddy éclate de rire devant le pitoyable spectacle.

– La gamine n'est déjà pas bien épaisse. Si elle continue, elle finira par dégueuler sa culotte. Porte-la dans le hamac, ça bougera moins. Là, elle ne risque que de s'endormir.

Martin la soutient. Kate lui envoie un regard de prière. Un spasme gonfle sa poitrine. Dans ses yeux, toute la misère du monde. Un filet de bave sort de ses lèvres puis dégouline sur son menton et dans son cou. Une haussière glisse sous ses pieds et la couverture qu'elle saisit se coince sous des glènes de filins. Elle tombe une nouvelle fois. Le mal de l'océan l'accompagne et son ventre se creuse pour cracher ce qu'elle est incapable de vomir.

– La tempête va durer combien de temps ? demande Martin après avoir couché Kate dans le hamac.

– Ça, une tempête ? s'étonne Papy Paddy. C'est juste un gros grain. Le vent tourne et ça ne devrait pas tarder à baisser. On verra briller les étoiles cette nuit.

Et les prédictions du vieux marin se réalisent. Les vagues s'apaisent. Avant que l'obscurité n'enveloppe le *Carrick*, le manège des corps jetés par-dessus bord recommence. Ce jour-là, quatre cadavres sont donnés en pâture à l'océan. La gamine au violon leur rend un dernier hommage. La cloche du navire frappe sept coups. Sur le pont, ignorant la mort qui se pavane, les matelots gardent les yeux accrochés à la voilure qu'ils ont choisie pour les protéger. Les pensées de Martin gonflent la grand-voile, en bas du mât arrière. Kate expédie ses prières dans le petit perroquet, tout en haut du mât avant, en dessous du nid-de-pie. Quelques jours plus tôt, Martin lui avait demandé pourquoi cette voile avait sa préférence. La réponse était tombée, comme une évidence.

– J'adore regarder le ciel. C'est l'endroit de la maison de Dieu. C'est là-haut que vivent maintenant mes parents et petit Paul. Cette voile me portera chance parce que c'est la plus haute. Toi, je t'aime bien pour la même raison… Tu es grand, Martin Sullivan. Pour te parler, je dois lever les yeux vers les cieux. J'ai l'impression que ma famille entend mieux mes paroles.

La nuit devient moins sombre. À l'est, vers la ligne d'horizon, l'aube s'éclaire peu à peu. Les nuages se dissipent. À l'arrière du *Carrick*, debout sous la brigantine, Martin assiste au lever du jour. C'est beau et triste à la fois. Bien sûr, la majesté de l'océan le subjugue, mais rien ne ressemble à l'arrivée de l'aube sur terre. Surtout sans les chants d'oiseaux. Et comparé aux tintements des cloches d'un troupeau, le claquement des drisses n'a aucun charme. Les craquements des mâts et des vergues ne sont que des bruits de survie. La lumière naissante n'infiltre pas les branches des feuillus. Rien ne remplace les rayons d'un nouveau soleil qui perce les collines de Tobernalt pour lui redonner vie.

L'océan n'est pas un paysage, c'est une masse sournoise, sombre et ourlée de vagues qui se gonfle avant d'attaquer.

Les jours se ressemblent et deviennent des semaines de silence. Toujours les mêmes gestes, les mêmes ordres. Fauberter le pont, lover les manœuvres, attendre les sept coups piqués à la cloche qui annoncent l'heure de la pitance. Et, après la sortie quotidienne des émigrants, le sempiternel rituel macabre. Celui du violon qui grince quelques notes pour accompagner les morts jetés dans les vagues. Le glas de la cloche du brick en guise d'oraison funèbre.

Sans être devenu un vrai marin, Martin a gagné l'estime des hommes. Sa taille et la barbe qui lui mange les joues l'affublent d'une allure de forcené. Quand il lève les yeux, les moqueries se détournent de lui. Les gabiers ne le cherchent pas. Les caliers respectent le courage de cette Kate McBride, pas plus épaisse qu'un courlis, qui n'hésite pas à descendre dans le ventre du *Carrick* pour apporter un peu de réconfort aux familles. L'eau salie par les excréments amène le choléra et les ventres des contaminés se vident en quelques heures. Lorsque les signes apparaissent, il est déjà trop tard. Au milieu du désastre, à fond de soute, le typhus s'en donne lui aussi à cœur joie.

La maladie a été embarquée avec la misère des émigrants et prolifère maintenant par la morsure des poux de corps et des puces. Les symptômes ne mentent jamais. Une fièvre de cheval, des frissons et des nausées et, au bout de quelques jours, l'apparition de taches rougeâtres qui deviennent purulentes avant de saigner. Mis à part des cataplasmes de paille trempée dans l'eau de mer, rien ne calme l'inéluctable.

Pour Kate, toujours en babillage avec le Seigneur, sauver les corps ou aider les âmes est une seconde nature. Elle défie la mort et la regarde en face. Ses chuchotements sont des prières. Elle ne négocie pas avec Dieu, elle exige de lui qu'il accueille dans le bonheur de son paradis les âmes qu'il a délaissées sur terre. Au milieu des mourants, elle paraît immortelle.

– Ta sœur est une sainte, mais elle ne fera pas un beau cadavre, remarque Papy Paddy. Elle est trop maigre, la Grande Faucheuse n'aura rien à manger sur elle.

Quarante-quatre jours de traversée et presque autant de morts. Les hommes ne sont pas d'accord sur les chiffres et parient sur tout. Le prochain : homme, femme ou enfant ? L'âge : moins de vingt ans ou plus de quarante ?

Ce matin, le vieux matelot est de mauvais poil. Sans arrêt, il scrute le ciel.

– Quelque chose ne va pas ? demande Martin.

– C'est pas bon.

Martin ne comprend pas. Malgré le froid qui durcit les cordages, le soleil brille dans un bleu d'azur. Une brise sèche bouscule les drisses et le *Carrick* fend la vague comme un destrier pressé de regagner l'écurie. Sa proue avale la houle et lorsque la poupe s'enfonce, des guirlandes de mer décorent son étrave. Un ordre claque et interdit à Paddy de s'expliquer. « Tous les hommes devant la dunette ! Le capitaine Thompson veut parler à l'équipage ! »

La dizaine de matelots se regroupe, y compris le blessé aux deux doigts coupés et celui aux mains gercées. Les visages sont creusés de fatigue, mais la première phrase de Thompson illumine les cœurs.

– Dans une journée, nous arriverons à l'embouchure du Saint-Laurent. Nous nous sommes écartés de la meilleure route de plusieurs centaines de *miles*, mais j'ai donné l'ordre au premier officier de maintenir le cap, car nous étions à bonne mer. Nous longerons la côte jusqu'au Cap-des-Rosiers, sur la pointe de la Gaspésie. J'ai besoin de vos bras et de votre courage pour ces derniers jours de navigation. Restez vigilants. Je double les rations d'alcool pour vous tenir éveillés. Monsieur Woodward se chargera de les distribuer.

Les hommes détestent les manières brutales de Woodward, mais acquiescent. Ce gars, plus long qu'un jour sans pain, ils le craignent. Comme eux, il arise et ferle les huniers en grimpant dans la mâture, mais refuse de se salir les mains dans la graisse des poulies. Les ordres qu'il transmet sont parfois accompagnés de virulentes engueulades.

– Regagnez vos bordées, ordonne Thompson.

– C'est pas une bonne idée, Capitaine.

L'officier, sur le point de rejoindre ses quartiers, dévisage l'outrecuidant qui défie son omnipotence.

– Et qu'est-ce qui n'est « pas une bonne idée », Monsieur Paddy ?

– D'élonger la côte, Capitaine. Vous me connaissez, Monsieur, j'ai effectué plusieurs traversées sous vos ordres et jamais je ne vous ai manqué de respect. Mais là, remonter le long des Rosiers, c'est une erreur qui peut nous coûter cher.

– Et pourquoi donc, Monsieur Paddy ?

– Pour le moment, le temps est clair, mais le froid gagne. La houle s'épaissit et mes vieux os me disent que le vent va se lever et qu'il amènera une vraie tempête. Si le *Carrick* se rapproche trop de la côte, avec les hauts-fonds et les récifs, il risque de s'échouer.

– Ça suffit, Monsieur Paddy ! Ne discutez pas mes ordres et regagnez votre poste. Monsieur Woodward, veillez aux manœuvres et servez-vous de vos poings si un récalcitrant refuse d'obéir.

Martin et Kate rejoignent Papy Paddy, adossé contre la lisse surplombée par le mât de misaine. L'air renfrogné du matelot les dissuade de lui demander des explications. Son altercation avec Thompson a jeté le trouble dans les esprits et l'équipage ne s'est dispersé que sous les coups de garcette distribués par Woodward. Kate se maquille le visage d'un air coquin pour dérider le vieux loup de mer.

– C'est quoi cette histoire d'os, Monsieur Paddy ? Les jointures de vos cartilages prédisent-elles l'avenir ?

– Pose tes fesses sur ces cordes, petite, et ouvre tes oreilles. Je parle peu, mais je navigue depuis des lustres. J'étais déjà sur le *Carrick of Whitehaven* en 1832, avec une cargaison d'émigrants mangée par le choléra. Certains accusent ce bateau d'avoir apporté la maladie au Canada et occasionné des milliers de morts. Je ne sais pas si c'est vrai, mais ce dont je suis sûr, c'est qu'une baleine noire accompagnait le navire dans le golfe du Saint-Laurent. C'était mauvais signe.

– Je ne vois pas où vous voulez en venir avec vos *os* et votre *baleine*, Monsieur Paddy.

– Quand une franche noire suit un bateau, c'est toujours le signe prémonitoire d'un désastre. Depuis deux jours, y en a une qui marsouine à moins d'un demi-*mile* derrière la poupe.

– La fumée de votre bouffarde vous embrume le cerveau, Monsieur Paddy ! Vous devriez scruter les vagues, je n'en vois pas une plus haute que les autres et ça dure depuis plus d'une semaine.

– Ce n'est pas la houle qui me contrarie, petite, c'est le vent. À cette époque de l'année, ce n'est pas normal que les nuits soient aussi claires. L'abondance d'étoiles est toujours une menace à l'horizon d'une traversée. Thompson a le nez assez fin pour sentir le danger, mais garde une fâcheuse tendance à trop se rapprocher des côtes en cas de coup dur. Dans ce coin de Gaspésie, les cartes sont imprécises et les instruments de navigation ne compensent pas l'erreur humaine. Le manque de vigilance est le principal défaut des hommes trop sûrs d'eux.

– Vous me fichez la trouille !

– La peur est le meilleur moyen de survivre. Est-ce que tu sais nager, ma belle ?

– Non.

– Et Martin ?

– L'été dernier, mon père m'a raconté qu'il s'était jeté à l'eau pour sauver un mouton emporté par un torrent.

– C'est déjà mieux que rien. Reste à côté de lui. Un conseil, Kate : si l'océan se met à respirer comme un dragon, si les voiles claquent sous un vent qui change de sens et devient roublard, attrape une bouline. Ne réfléchis pas, attache-la à la lisse du navire et récite la plus sincère de tes prières.

IX

... des boucs en rut.

– Mon Dieu ! Faites que je m'en sorte !

Dieu ? C'est rare quand elle s'adresse à lui. Souvent pour des broutilles, des choses égarées, impossibles à retrouver. Là, c'est plus un réflexe qu'une vraie supplique.

Le cœur au bord des lèvres, Sinéad se colle contre le ventre d'une barque retournée. C'est ici, le point de rendez-vous. Elle crève de faim. Depuis son départ de Sligo, elle n'a presque rien avalé. Le peu de nourriture volée chez Jeff Brady n'a pas fait long feu, même en se rédimant. Après ? Un quignon de pain mendié par ci, un bol de mélasse par là. Des racines et des baies.

Huit jours, c'est une éternité.

C'est un miracle qu'elle soit arrivée jusque dans ce port perdu d'An Clochán parce que les hommes de Mullargh ne sont jamais loin. Deux types armés jusqu'aux dents, plus larges que des armoires de ferme. Elle ne les connaît pas. Le vieux les a sans doute recrutés parmi les pêcheurs de Far Finisklin. Seuls les abrutis forts comme des arbres sont capables de survivre dans ce coin désertique. Robert est avec eux. C'est lui qui mène la chasse. Par deux fois, elle a réussi à leur échapper. La première en se faufilant dans la paille d'une grange abandonnée, la seconde en se cachant dans le placard d'une sacristie.

Jamais deux sans trois ?

Pour vérifier si la voie est libre, Sinéad se redresse. Un clou griffe son épaule et lui arrache un jacassement de pie. Par chance, l'entaille est peu profonde. Pour ne pas crier, elle s'agenouille, se mord la main et prie pour que la douleur s'apaise. La cloche du village cogne dix fois. Lentement, des nuages de pluie effacent le dernier quartier de lune. Là-bas, le bruit des vagues qui s'agacent contre les rochers.

L'obscurité et la puanteur du varech. Un froid humide en guise de couverture.

La peur. Cette garce de peur à laquelle elle s'est habituée.

Le dos calé contre le bois moussu, le menton sur la poitrine, Sinéad repense à son périple. Le refus de McManamann de lui prêter son cheval. Le goût du dernier morceau de pain sec qu'elle a avalé. Le visage de la bonne sœur qui lui a apporté un bol de mélasse. Le bruit des pas dans la cour de la grange. Le parfum du foin et l'odeur de cierge dans la sacristie. Sa peur quand Robert et ses hommes sont entrés dans l'église pour questionner le curé.

Et sans pouvoir résister, elle dérive vers le sommeil.

C'est un cauchemar qui la réveille. Toujours le même. La nuit s'est encore assombrie. Depuis combien de temps dort-elle ? Pour l'instant, le quai est désert. Sur la jetée ne traînent que des filets entassés et des fûts vides. Le pêcheur qui lui a promis de l'emmener jusqu'à Galway en longeant la côte lui a dit d'attendre dans ce trou gorgé d'eau, à côté de cette barque vermoulue. Après ? Peu importe, pourvu que ce soit loin d'ici. Pourquoi n'est-il pas encore là, cet imbécile ? Quelle heure est-il ?

« C'est dix livres. Départ à minuit, lui avait claironné le quidam d'une voix de canard. Ensuite, c'est pas mes oignons, tu te débrouilles. T'as d'la chance, c'est pleine lune. Par contre... »

Le gars avait l'air fiable. Elle ne se rappelle ni son nom ni son prénom et n'a conservé que le souvenir de son odeur et de ses mains calleuses sur ses hanches. Parce que le bougre en a demandé un peu plus pour accepter de l'aider. Par chance, ça n'a pas duré.

Belle queue, facile à dégorger, le gars a joui en moins de temps qu'il n'en faut à un curé pour bénir un mort. Et elle a rangé ses jupons.

Amen !

Sinéad sourit. C'était rapide, mais pas désagréable. Sur son épaule, la douleur de sa blessure s'efface. Lorsque le clocher du village lui répond enfin en sonnant onze fois, elle se rassure d'une longue inspiration. Comme tous les autres, le port d'An Clochán pue à marée basse. Une heure encore à attendre, les fesses dans la boue.

C'est pas grave, elle a connu pire.

Vers les appentis, la lumière d'une torche troue la nuit. Du côté des hangars, une autre danse à travers les mâts. Des hommes parlent fort. Ce ne sont pas des ivrognes. Quand les bruits se rapprochent, elle reconnaît la voix de Robert et celle, plus nasillarde, du pêcheur qu'elle a satisfait. Ça cavale dans tous les sens. Sinéad se recroqueville contre la coque de la barque qu'elle essaie de soulever. Impossible de se glisser dessous, l'embarcation est trop lourde. D'autres torches maintenant. Les bottes martèlent le ponton qui mène vers la grève et viennent dans sa direction. Roulée en boule, la tête dans ses bras, elle cherche une prière pour que Dieu la renvoie dans le ventre de sa mère.

D'un seul coup, la nuit s'éclaire. Fin de cavale. *Ite missa est.*

– J't'avais dit qu'elle était là.

Livide, Robert Mullargh saisit le traître par le revers de sa veste.

– Combien elle t'a payé ?

– Cinq… non, dix livres, bredouille l'homme à la voix de canard.

– Donne !

– Dans… dans ma poche. J'ai…

Sa phrase reste en l'air. Robert lui plante son couteau dans la gorge. L'autre ne comprend pas. Les yeux ronds, il ne s'aperçoit pas qu'il meurt quand il s'effondre enfin. Dans son dos, les deux colosses rangent leurs surins. Pas de surprise sur leurs sales gueules. Pas un regard vers le cadavre qui saigne dans la boue.

– Ramassez la femme et portez-la dans la carriole, ordonne Robert aux deux brutes. Si elle résiste ou si elle crie, vous l'assommez.

Front bas, le plus large d'épaules n'entend que les derniers mots de l'ordre donné. Son violent coup de poing cueille Sinéad sur la tempe et l'expédie sur le côté. Poupée désarticulée, sa tête cogne contre la barque. Tout s'éteint. Au ralenti, elle glisse contre le bois vermoulu avant de s'étaler dans la fange.

Dans sa tête, c'est un glas qui résonne. Pour calmer la douleur qui lui secoue le crâne, Sinéad préfère garder les yeux fermés. De toute manière, le sac qui la coiffe l'empêche de voir. Pas d'odeur de torches ni de bougies. Ses ongles griffent le sol. La terre battue sur laquelle elle est allongée la transperce d'humidité. Une cave ou une grange. La seule chose dont elle est certaine, c'est qu'elle s'est pissée dessus et qu'elle n'est pas morte. Pas encore. Dans sa bouche, un goût de sang. Autour de ses poignets et de ses chevilles, les cordes labourent sa chair. Combien de temps est-elle restée inconsciente ?

Vaincue.

C'est la fin. Ses pensées deviennent des peurs qu'elle n'arrive pas à hurler. Alors, elle se résigne et tente de s'apaiser.

Le grincement d'une porte appelle de l'air frais. Des pas. Une poigne vigoureuse la maintient assise et la colle contre la palissade.

– Je vais t'enlever le sac de jute que tu as sur la tête. Tu écoutes et tu la fermes. Compris ?

L'homme chuchote, mais Sinéad reconnaît la voix de Robert. Pour ne pas le contrarier, elle acquiesce d'un mouvement de menton.

– Parfait. On est dans la cave du Château d'An Clochán, chez John D'Arcy, un vieux revêche qui a perdu la boule. James, son fils, est au moins aussi têtu que son père, mais il me doit d'être en vie. Tout Clifden appartient aux D'Arcy.

Robert arrache le sac et Sinéad cherche de l'air pour évacuer la puanteur moisie qu'elle a dans les narines. En face d'elle, celui à qui elle est promise se tient accroupi, comme un chasseur guettant un lièvre. Avec sa barbe de plusieurs jours, il ressemble à un fou, mais ses yeux sont tristes. Pas de colère, de la résignation.

– Tu vas me rendre le pendentif volé à ma mère et l'argent de Jeff Brady.

– Le bijou est dans mon bustier. Le reste, j'ai tout dépensé.

Une claque.

– La ferme ! Je vais te fouiller, de toute manière.

Robert déchire le corsage et récupère le gousset. Un instant, il contemple cette poitrine qu'il aime tant pétrir. Sinéad s'imagine le pire quand il remonte son jupon et glisse sa grosse pogne entre ses cuisses. Ses doigts s'insinuent dans l'intimité de ses dessous. C'est là, au chaud, qu'elle cache la bourse contenant les pièces de Jeff Brady.

– Je te connais, petite garce !

– Tu vas me tuer ?

– Peut-être, j'en sais encore rien. Ça dépendra de tes réponses. Tu as couché avec le fils de la Française ?

– Quoi ? Mais t'es dingue ! Martin Sullivan a tout juste vingt ans ! Qui t'a raconté ces sornettes ?

– Padraig Fergusson.

– Et tu crois ce margoulin ?

– Mon père l'a torturé. L'animal n'était pas en position de mentir.

– Il l'a tué ?

– Non, c'est moi qui l'ai égorgé.

– Robert… Robert, sois sérieux. Un type sur le point de mourir jurerait n'importe quoi pour sauver sa peau !

– Sur le port de Sligo, paraît que tous les gars sont au courant.

– Et alors ! T'en connais un qui refuserait de me baiser ? C'est de la jalousie ! Tu te rends compte ! Sinéad O'Leary va épouser Robert Mullargh ! Ils en bavent, je te dis. T'as vu ce qu'ils ont dans leur lit, ces cloportes ? Des génisses ! T'aimerais dormir à côté d'une génisse ?

– Tu me rends fou, Sinéad ! Tais-toi !

Les mains calleuses et froides reviennent se poser où elles étaient, sous sa robe. Lentement, elles remontent entre ses cuisses qu'elles écartent. Le pire se précise. Un mauvais moment à passer ? Surtout ne pas crier. Gorgé d'envie et de colère, Robert est capable de tout.

– Épouse-moi, Robert. C'est tout ce que je souhaite.

– Alors, pourquoi t'es partie ?

– J'avais peur, Robert. Peur du clan Mullargh. Ton père est doué pour la folie et tu le sais mieux que personne. La Vermine m'a raconté n'importe quoi sur lui. Qu'il était devenu fou à force de vouloir venger Owen ! Oui, je connais Martin Sullivan. C'est sa mère qui m'a aidée à élever mon crétin de demi-frère et c'est Martin qui m'apporte du poisson quand il en pêche. Tu crois que je couche avec tous ceux qui me donnent du poisson ?

Robert sort son couteau. Sinéad ferme les yeux, mais ce n'est pas sa gorge qu'il tranche. Ses poignets et ses chevilles se libèrent.

– On ne va pas se marier. Pas tout de suite, continue Robert en rangeant sa lame. Mon père veut te voir morte. Tu vas te cacher ici, au château d'An Clochán, jusqu'à ce que la colère lui passe.

– Et je vais moisir dans cette cave ?

– Ne sois pas idiote. Tu vivras dans les appartements des D'Arcy.

– Pendant combien de temps ?

– J'en sais foutre rien, Sinéad. Un an, peut-être deux. Moins, si mon père meurt avant. Pour le moment, il n'a que ce Martin Sullivan en tête. Ce salopard a quand même tué mon frère. Ce fils de pute vogue vers le Nouveau Monde, mais crois-moi, il le retrouvera. Des lettres sont déjà parties, adressées à des hommes que le clan a sur place.

Un frisson de panique glisse dans le cou de Sinéad. Bien sûr qu'elle sait que Martin et Kate naviguent vers un avenir meilleur. Mais elle ne dit rien. S'en étonner éveillerait les soupçons. Robert est peut-être un rustre, mais il n'est pas complètement idiot. C'est surtout un méfiant. Pour ne pas l'alerter, elle revient sur la question qui la préoccupe.

– Et les D'Arcy sont d'accord ?

– James me doit la vie, j't'ai déjà dit. Depuis, il ne peut rien me refuser. Tu seras en sécurité chez lui tant que tu ne mettras pas le nez dehors. Si tu veux sortir, demande à James qu'un de ses hommes t'accompagne. Personne ne provoque les D'Arcy à Clifden. Ici, c'est le sud du Connacht. Ceux du nord, surtout ceux de Sligo, n'y sont pas les bienvenus.

– Et qu'est-ce que tu vas raconter à ton père ?

– Que tu es morte. Tu vas t'allonger sur le ventre, bras écartés et jupe relevée. Je vais te remettre le sac sur la nuque. Le sang de ton crétin de passeur te déguisera en cadavre. Violée et égorgée. Mes deux égorgeurs viendront constater les dégâts. Essaie de ne pas bouger ; ils n'y verront que du feu. La pièce est sombre et ils sont plus stupides que des boucs en rut.

X

... le pouvoir de repousser la mort.

Depuis trois jours, l'océan gronde. Un froid venu de nulle part durcit les ralingues et les écoutes. Les embruns glacés alourdissent les voiles. Dans un paysage de coton, de furieuses rafales se lèvent et dispersent le brouillard. La houle s'énerve et le *Carrick* craque pour lui résister. La cloche s'agite sous les premiers assauts de la tempête. Une pluie coupante perle la barbe des hommes appelés sur le pont. Figés comme des statues d'église, ils sont tous à leurs postes. Sur leurs visages froissés de fatigue et d'inquiétude, Martin peut lire le pire. L'étonnante fixité de leur regard sonde la nuit pour mieux apercevoir le monstre qui soulève l'étrave. Les ordres fusent, mangés par les déferlantes qui balaient le pont.

Sur la dunette, Thompson s'accroche au gouvernail et hurle à ses officiers de maintenir le cap coûte que coûte. Et toujours la cloche qui salue la folie du vent. Par moments ses yeux se ferment, brûlés par le froid et le sel, mais il résiste au chaos des vagues. Le capitaine se tient debout pour mieux sonder le monde des naufragés, là où son navire risque d'aller. Vers le fond.

Dans le vacarme de l'orage qui se déchaîne, un cri monte du gaillard d'avant

– Récif droit devant ! Virez à tribord !

Le second se précipite pour aider Thompson à pousser la barre dans le bon sens. Rien ne se produit, le *Carrick* s'obstine à défier les hauts-fonds. Lorsqu'il accepte enfin de changer de cap, le brick offre son flanc bâbord aux griffes de granit qui écument de rage. Les pointes des hauts-fonds le lacèrent. La poupe donne plusieurs coups de boutoir sur un autre affleurement qui fracasse le gouvernail. L'arrière du navire s'arrache et les vagues le digèrent en un clin d'œil. La balancine et le palan de garde cèdent au même moment. Le grand perroquet se déchire et ses vergues tendent les drisses de pic qui tirent le mât arrière vers les flots en furie. Il se brise dans un craquement sinistre, emportant avec lui ses voiles qui s'entremêlent.

Le *Carrick* se redresse comme un animal blessé. Le brick cherche à se dégager du piège qui va le tuer, mais retombe pour se fracasser plus loin. L'éclatement du flanc du navire produit un vacarme épouvantable. Les hommes que l'océan n'a pas encore avalés s'accrochent à ce qu'ils trouvent pour ne pas être jetés par-dessus bord, aspirés par les vagues scélérates qui digèrent chaque bout de bois. L'océan déchaîné s'amuse des cris et des hurlements qui montent des cales. Les éléments ont décidé de noyer la misère. Les canots de sauvetage sont emportés à leur tour et se disloquent sur les pointes de granit. Les gueuses en fonte, libérées de leurs amarres, traversent le pont et fauchent les squelettes qui tentent de s'extraire des soutes. Les corps se tordent avant de disparaître dans l'obscurité des flots.

Dans le fracas des vergues qui se brisent les unes sur les autres, celui des voiles qui cèdent sous le vent dans de lugubres déchirures, Martin se protège sous l'escalier de la dunette. Sur sa gauche, au milieu d'un brouillard d'écume et des tourbillons soulevés par l'ouragan, il aperçoit Kate, accrochée par sa bouline à la lisse tribord qui n'a pas encore craqué. La gamine est une marionnette démantibulée, secouée par les bourrasques. Les flots essaient de l'arracher au navire pour l'emporter. Deux fois, elle passe par-dessus bord avant qu'une vague ne la recrache sur le pont, épuisée de respirer. Martin tire de sa botte le couteau à désosser que lui a donné Papy Paddy. Sa main s'accroche à un bout de madrier que l'océan n'a pas pu digérer. Malgré le froid qui le pénètre et lui mord les os, il attend une improbable accalmie pour aller chercher cette gamine dont il est devenu le frère par la volonté meurtrière de Dieu.

La proue du navire talonne sur une roche et une voie d'eau se déclare à l'avant. Tous les focs se déchirent quand le beaupré se brise. C'est au tour du mât de misaine de craquer comme un morceau de bois trop sec. Depuis la dunette, Thompson reste imperturbable. Il ordonne à Woodward de trancher les vergues et les haubans à la hache, mais de nouvelles déferlantes balaient ces épaves comme de simples fétus. C'est ce que devient le *Carrick* : un brin de paille dans un torrent fougueux qui ne cesse de le cogner contre des pierres. Et l'omnipotent capitaine assiste, impuissant, au dépeçage de son navire, comme si Dieu lui arrachait la peau lambeau par lambeau.

Sur le pont, les moignons des mâts se dressent au milieu des voiles déchirées. Le vent glacé rase la surface du désastre pour vérifier les dégâts et se calme un peu. Martin profite de ce répit et se rue vers Kate. La lame de son couteau tranche la bouline pendant qu'il soutient la gamine. La morsure de l'eau et le froid pétrifient sa chair, son visage est déjà celui d'un ange mort. La corde cède. Au milieu du mugissement de l'océan, Martin hurle aux oreilles de Kate.

– Tu me fais confiance, petite sœur ?

Elle ne répond pas, mais ses yeux le supplient de la sortir de cet enfer. Elle bredouille une phrase inaudible qui explose en bulles de bave sur ses lèvres. Kate acquiesce d'un mouvement de menton. Martin la prend sur son dos et passe une corde autour de leurs corps.

– Tiens-toi à mon cou et essaie de ne pas m'étrangler.

Elle ne répond pas.

– Kate, on va sauter. On s'accrochera à ce morceau de madrier pour ne pas couler. L'eau est glacée… Le récif est large de trente brasses, on doit s'en écarter avant de le contourner. Derrière, la côte ne doit pas être très loin… C'est notre seule chance de nous en tirer. Tu es prête ?

Elle cogne sur son épaule.

– C'est bien, ma grande. Invente une prière qui nous réchauffe.

Au moment où la hune du mât de misaine percute la lisse, ils basculent par-dessus bord.

À moins de vingt pieds, une partie de la carcasse du *Carrick* est encastrée dans le récif. Les vagues appuient sur ses flancs. Le vent secoue les voiles comme des draps déchirés sur un étendage. Des cris dans l'obscurité. Partout des débris chahutés par la houle endiablée qui transforme le moindre morceau de bois en projectile. Martin se laisse couler pour éviter une vergue brisée. L'eau glacée tente de le broyer, mais il résiste et émerge quelques brasses plus loin pour se cogner contre le cadavre d'un môme épouvanté de s'être noyé. Il replonge, cherche à se dégager des mains mortes qui veulent le saisir. Les bras de Kate serrent sa gorge jusqu'à l'étrangler. Une nouvelle fois, il donne un coup de reins pour remonter à la surface. Sur sa gauche, dans un bouillon d'écume, il croit apercevoir une grappe d'hommes accrochés à un morceau de chaloupe. Le radeau improvisé grimpe sur la crête d'une déferlante et son rouleau s'écrase sur une pointe de granit pour se débarrasser des naufragés qui l'encombrent. Deux corps sont aspirés par le flot qui recule vers la noirceur de l'océan. Dix brasses. Dix autres encore, et les décombres du *Carrick* se dispersent.

Devant le malheur qu'il a créé, Dieu décide enfin d'offrir un peu d'espoir à ceux qu'il torture. Plus les récifs s'éloignent, plus l'océan se calme. Ses vagues poussent Martin et son fardeau dans la direction d'une plage que la lune éclaire d'un rayon laiteux. Encore vingt brasses avant de pouvoir poser le pied sur un fond d'algues qui se dérobe. Dix autres pour s'extraire de l'eau glacée et avancer de quelques pas sur un banc de sable. Martin tombe à genoux puis s'étale de tout son long. À bout de souffle, les membres tétanisés, il ne sent plus le poids de Kate sur son dos. Pourtant, elle est là, collée contre lui. Alors qu'il pense charrier un cadavre, elle se détache et roule sur le côté. La phrase qu'elle essaie de prononcer l'étouffe. Puis les mots arrivent enfin.

– Martin… ? Martin, est-ce que je suis morte ?

– Non, je ne crois pas.

– Je suis gelée… Je vais me briser en mille morceaux… Martin ?

– Quoi ?

– J'ai l'impression de prendre feu !

– Respire doucement. Ton corps se réchauffe. C'est ton sang qui te fait mal.

Dans une nuit de fin du monde, une phrase réconfortante n'est jamais un mensonge.

Martin s'agenouille et tire contre lui cette gamine que la vie lui a confiée. Kate McBride, raide et tordue comme un soc de charrue s'agrippe à sa chemise pour ne pas s'évanouir et tente de lui voler un peu de chaleur. Les mots qu'elle prononce ne sont que des bouts de phrases entortillés de gémissements. Ses bras battent l'obscurité et son corps s'arc-boute avant de se relâcher, vaincu par la morsure du froid devenu bête vorace.

Dans la semi-obscurité, une brise glaciale balaie ce bout de terre où des ombres échouées se relèvent. Les flots rassasiés vomissent çà et là des survivants. Ils titubent au milieu des mâts brisés et des carcasses de chaloupes. Certains se regroupent entre des barils éventrés. D'autres courent vers l'océan pour tirer sur le sable les cadavres que le courant régurgite. La plage devient un cimetière où les vivants sont aussi laids que les morts. Pour compléter le funeste tableau, des cris et des pleurs se mêlent au fracas des vagues.

– S'il vous plaît… Monsieur ?

Martin se retourne. La femme qui l'interpelle est un squelette grisâtre, grotesque et effrayé. L'océan lui a arraché les boutons de sa jaquette et les pointes de ses seins découverts sont raides et sombres comme des bouts de fusain. Sa respiration siffle et le gamin hébété qui s'accroche à sa robe est aussi laid qu'un farfadet.

– J'ai perdu mes filles… Mon mari ne peut plus marcher… Vous pouvez nous aider ?

– Où est-il ?

– Là-bas… devant un rocher. Je vous en supplie !

Martin tire Kate par le bras et suit l'inconnue qui avance telle une ivrogne entre les tabourets d'une taverne. Deux fois, la femme trébuche sur des décombres. Son môme ébouriffé, collé contre elle comme un chiot au cul d'un mouton égaré, tombe avec sa mère.

L'homme que l'océan a posé là avec dédain essaie tant bien que mal de se redresser en les voyant arriver, mais ses bras n'ont plus assez de force pour le soutenir. Il hurle de douleur et se couche sur le côté. Sa jambe gauche est tordue.

D'autres survivants les rejoignent. Papy Paddy est avec eux et c'est lui qui donne les premiers ordres. Le cuisinier du bord porte sur son dos le cadavre du moussaillon chargé d'éplucher les légumes des officiers. Après avoir gratifié le mitron d'un vague signe de croix, il l'allonge contre une vergue et le recouvre d'un morceau de voile. Les six hommes qui accompagnent le vieux Paddy sont des matelots du *Carrick*. Tous sont éreintés et transis de froid. Aucun n'est capable d'expliquer pourquoi ils sont encore en vie.

– Ravi de te revoir, Martin. Comment se porte ta crevette ? Pas trop secouée, la môme ? Tu vois les moitiés de chaloupes là-bas ? Emmène les vivants qui sont avec toi pour les abriter du vent.

Et Papy Paddy expédie une bouteille de rhum vers Martin.

– Je l'ai récupérée avant de sauter par-dessus bord. Réchauffe la femme et ta sœurette d'une gorgée de ce truc et garde le reste pour attiser les braises. Tu sauras allumer un feu ?

– Si je trouve des branches sèches et des brindilles, je devrais y arriver. La plage est cernée de bouleaux blancs. Même humide, ce bois s'enflamme à condition de ne pas avoir peur de s'abîmer les mains.

– Parfait. Deux gars ramasseront ce qu'il te faut. Je veux voir monter au ciel un feu digne de la Saint-Jean. Les autres viennent avec moi. On va chercher de l'aide. Si des rescapés arrivent, arrange-toi pour qu'ils se réchauffent la couenne, mais garde-les à distance. La charité chrétienne ne vous protégera pas du typhus ou du choléra.

Le vieux Paddy s'agenouille devant la mère dépoitraillée. Dans un réflexe de crainte, la pauvresse serre son gamin contre elle. Il lui relève le menton.

– Cré Dieu ! Madame Kavanagh ! C'est votre mari qui est là ? Sarah ! Couvrez-vous, bon sang ! Vous allez attraper la mort ! Désolé, je ne vous avais pas reconnue. Où sont vos filles ?

– Je ne sais pas. Mary refusait d'abandonner ses sœurs et voulait les calmer en leur jouant du violon… Je crois qu'elles étaient toujours dans la soute quand le navire s'est brisé… Après… Après, tout est allé si vite ! Je ne me souviens de rien. Patrick a sauté dans l'eau avec notre fils dans ses bras. Je les ai suivis sans réfléchir. Mon Dieu, je les ai abandonnées ! Je ne… C'est… C'est horrible ! Elles sont mortes, peut-être.

– Calmez-vous, Madame Kavanagh. Si le Tout-Puissant vous a sauvé la vie, il a sans doute épargné celles de vos filles. Je vais envoyer un gabier arpenter la plage. Le capitaine Thompson, le premier officier et Monsieur Woodward sont sortis indemnes de ce naufrage. Ils regroupent les survivants. Peut-être ont-ils vu vos gamines.

– Je vous en prie, retrouvez-les.

– Je vais faire de mon mieux. Restez sous ce morceau de chaloupe avec votre fils. Martin allumera un feu et veillera sur vous. Sa jeune sœur s'occupera de la jambe de votre époux. Elle s'appelle Kate. Cette môme a le Bon Dieu dans les doigts. Elle possède le pouvoir de repousser la mort.

XI

... je prierai pour toi, Kate McBride.

Les flammes dansent sur les visages fermés que la pluie n'a pas réussi à dessaler. La chaleur du feu rassure ces âmes incapables de parler, devenues statues de tristesse et de fatigue. C'est un tableau d'ombres errantes autour des braises qui les réchauffent. Devant les restes du naufrage, elles respirent à peine. Çà et là, des quintes de toux déchirent une poitrine et paraissent sacrilèges dans cette fin de nuit d'apocalypse.

Malgré les épreuves endurées, les ventres tordus par la famine, personne n'imaginait que le pire pouvait encore arriver.

Le silence est ce qui soulage le mieux ces malheureux. La mort des leurs, étendus sur le sable, devient un peu moins insupportable. Les corps de ceux qu'ils aiment sont là-bas, allongés en face de cet océan qui les a tués. Ils ont envie de les rejoindre, pourtant, ils ne bougent pas. Le moindre mouvement, la moindre parole dérangent leurs prières muettes. Leurs regards vides scrutent l'obscurité de la plage, parce que plus rien ne peut désormais les atteindre.

Kate passe de l'un à l'autre. Sa main sur leurs épaules est plus légère qu'un papillon sur un roncier. Dans un premier réflexe, ils sursautent, puis ils baissent les yeux. Elle caresse la tête d'une gamine ébouriffée, rassure une mère qui pleure. Devant un homme qui n'a plus que la peau sur les os, elle s'agenouille pour lui glisser deux phrases de réconfort au milieu de sa détresse. Les cœurs de ces êtres résignés cognent fort, mais le sang a du mal à gonfler leurs veines. Les respirations graveleuses sont celles de moribonds prêts à vendre ce qu'il reste de leur âme pour une gamelle d'eau claire ou un bout de pain.

Kate continue de distribuer l'amour qu'elle possède. À travers les ténèbres qui s'écartent pour abandonner le sable à un jour sinistre, elle ressemble à un ange qui papillonne. Pourtant, malgré les mots qu'elle offre, plus la nuit se dilue, plus le décor prend forme. À l'arrière d'une frange de bouleaux, un mur montagneux hérissé d'arbres inconnus. Devant, l'aube découvre un cimetière de bas-mâts, de mâts de hune et de vergues éventrées. Les voiles déchirées sont des fantômes qui s'agitent dans de soudaines rafales.

Thompson, le capitaine du désastre, contemple les restes de son *Carrick of Whitehaven* éparpillés par les récifs et la tempête. Des portes de cabines aux hublots brisés, plantées là par la malice du vent, semblent inviter les survivants à rejoindre leurs morts dans les enfers du Síth. L'officier baisse les yeux. Les hommes qui ont apporté le bois pour alimenter le feu viennent aux ordres, mais il les congédie d'un geste de la main.

Le jour surprend Martin, couché sur le côté, adossé contre un étai qui le protège de l'humidité. Des parfums iodés. Une brise légère. Il trébuche de son rêve et ne se souvient de rien, sinon d'avoir sombré dans un sommeil animal. Les détails de la nuit lui reviennent. Calmer les cris. Chercher les corps. Trouver le moindre récipient pour voler la pluie du ciel. Allonger les cadavres sur la plage. Rassurer des gamins effrayés. Tenter d'apaiser des mères hystériques. Porter des vergues pour grossir les feux. Lorsqu'il s'appuie sur les coudes pour se redresser, son corps lui intime l'ordre de le laisser tranquille encore un peu. Il s'assoit, le visage croûté de sueur sèche et de sel.

Sort-il d'un mauvais rêve ?

Devant lui, un paysage de désolation. Le soleil levant allonge les ombres. Tout est calme. Repue, la mort s'est assoupie. Là-bas, des pièces d'or miroitent à la surface de l'océan satisfait de son carnage. Maintenant, le monstre est apaisé et ses vagues paresseuses rident le sable. Deux rochers ferment la plage. Des mouettes tournoient et crient en se moquant des survivants.

Les flots ont recraché quatre-vingt-sept corps et gardé en vie vingt-deux émigrants. Parmi les matelots du *Carrick*, hormis le mitron préposé aux épluchures, tous les hommes sont sains et saufs. Devant les feux qui les réchauffent, les estomacs réclament leur pitance, mais les hommes envoyés par Thompson pour trouver des secours ne sont pas encore rentrés de leur quête. Des fûts de nourriture retrouvés sur la plage, un seul n'était pas éventré. Les feuilles de chou qu'il contenait n'ont rassasié personne. L'eau de pluie distribuée avec parcimonie n'a permis d'étancher aucune soif.

Thompson décide enfin d'abandonner son poste d'observation. Tête baissée, mains dans le dos, le capitaine déchu de sa morgue contourne les rescapés et rejoint ses hommes regroupés devant le deuxième feu.

– Monsieur Woodward, prenez cinq gabiers et fouillez les décombres. Il reste peut-être un fût de mélasse et…

Le coup de poing qui le cueille au menton lui coupe la chique. L'officier vacille et se retrouve à quatre pattes, étonné de voir le sable se tacher du sang de ses gencives.

– Vous la fermez, Thompson ! hurle Woodward. Sur le *Carrick*, vous étiez seul maître à bord, mais ici on est à terre. Vos galons ne servent qu'à vous torcher le cul. Paddy vous avait averti, mais c'est vous et vos ordres imbéciles qui nous ont conduits sur ce récif. Ces cadavres sont les vôtres ! Maintenant, c'est moi qui commande ! Croyez-moi, je n'ai pas l'intention de croupir sur cette plage.

Thompson se relève et s'essuie les lèvres. Une traînée rougeâtre tache la manche de sa chemise. Il titube un peu pour se donner le temps de reprendre ses esprits. Tous les survivants restent pétrifiés par le spectacle de ces deux enragés qui se défient et se tournent autour.

– Vous en voulez encore ? grogne Woodward qui tire un couteau de sa ceinture.

En voyant arriver le pugilat, Kate se carapate contre Martin et sent le bras de son *frère* se durcir.

– Je t'en supplie, ne t'en mêle pas. Woodward est armé.

– Moi aussi, répond Martin. J'ai mes poings.

– Les matelots ont pris le parti de Woodward, insiste Kate.

– Dommage pour eux.

Et Martin fend la rangée des marins. Le premier tente de le repousser. Un coup de tête à la base du nez l'expédie les bras en croix dans le sable. Un deuxième s'interpose. Il est plus large d'épaules, mais le genou de Martin lui remonte les parties. Bouche ouverte, le gars se fige, les mains sur le bas-ventre. Un violent coup de coude derrière la nuque le foudroie. Inconscient, le gabier bascule sur le côté. Le troisième s'écarte. Les autres, après avoir esquissé un geste agressif, décident de battre en retraite devant le colosse qui les bouscule.

Martin avance vers Woodward et la pointe du couteau tendue vers sa poitrine.

– Ne t'occupe pas de ça, gamin. C'est pas tes oignons.

– Pose ton coupe-légumes, insiste Martin.

– Tu fais un pas de plus, je te plante ! menace Woodward.

Thompson tente d'apaiser son second, mais la lame effilée lui taillade la paume de la main et le repousse. Martin interpelle le capitaine.

– Monsieur, me permettez-vous d'intervenir ?

– Vas-y, petit. Méfie-toi, ce type est un serpent.

Woodward en est un.

Sans prévenir, il se jette, dard en avant, vers sa nouvelle proie. Martin pivote et esquive. Emporté par son élan et aidé par le croche-pied qui le fait trébucher, le second s'étale dans le sable.

Lorsqu'il se relève, la haine lui tord le visage. Son couteau passe d'une main à l'autre. Woodward cherche un angle d'attaque. Martin reste stoïque. Il observe cet individu fou de rage avec la sérénité d'un pêcheur qui guette le gobage d'une truite. Autour de lui, le monde n'existe plus. Visage fermé, il attend. Dans ses yeux, une détermination sourde que Kate ne lui connaissait pas. Dans le groupe qui entoure les deux adversaires, les femmes se pressent contre les petits épargnés par le naufrage, comme si la foudre pouvait les frapper. Les hommes, plus habitués qu'elles aux échauffourées dans les pubs, s'agitent et miment l'assaut à venir.

La détonation d'une espingole résonne sur la plage et frissonne dans les broussailles. Moins d'une enjambée devant Woodward, un autre projectile soulève une courte gerbe de sable.

– Woodward ! Tu oses un pas de plus et j'ai cinq fusils prêts à te trouer la couenne. Pose ton couteau !

Papy Paddy sort de derrière une voile tendue sur un morceau de vergue. Avec lui, les matelots sont tous armés de pétoires et pointent leurs canons vers le second du *Carrick*. Dans leur dos, des hommes et des femmes arrivent, bringuebalés par les ornières. Les chevaux sont épais. Les plateaux de leurs charrettes sont chargés de nourriture, de tonneaux, de tas de couvertures et de vêtements.

Le groupe est mené par un inconnu aux allures de nobliau. Son destrier bai piaffe d'impatience. Le gars a le menton haut et le regard sévère. Son chapeau laisse dépasser des boucles grises et sa barbe taillée avec soin est celle d'un sage courroucé. D'un geste aristocratique, il époussette sa redingote sur son épaule gauche et sur sa manche. Sur sa poitrine, l'insigne d'un homme de loi : deux épées entrecroisées sous une étoile en cuivre. Le notable descend de sa monture avec une souplesse inattendue. Les pouces dans son ceinturon, il se dirige vers le troupeau des rescapés. Sans prononcer une parole, il dévisage ces fantômes recrachés par l'océan. Son allure est celle d'un chef de guerre défait inspectant ce qu'il reste de ses troupes. De la pointe de sa botte, il éloigne le couteau lâché par Woodward.

– Jacques Ledigne, annonce l'homme sans accorder la moindre importance au second. Je suis sergent de la milice et chargé de la police municipale de Saint-Alban-des-Rosiers. J'ai cru comprendre que le capitaine de ce navire était encore en vie.

Thompson s'avance en soutenant sa main blessée.

– C'est moi, capitaine Thompson.

– Combien de cadavres sur la plage ? demande Ledigne sans une once de compassion.

– Quatre-vingt-sept.

– Combien de survivants ?

– Vingt-deux passagers.

– Des victimes parmi vos hommes ?

– Un seul… le mousse de la cuisine. Les autres sont sains et saufs.

L'officier de police se tourne vers le groupe des immigrants et les détaille une nouvelle fois. Une moue de dégoût pince ses lèvres. Sur son front, des rides marquent son embarras à s'occuper de ce troupeau dépenaillé.

– Bien… Navré pour vos familles. Tous les bateaux qui arrivent d'Irlande sont porteurs de typhus ou de choléra. Les hommes du village creuseront une fosse commune où vous alignerez vos proches. Le curé se chargera de les bénir. En attendant, du pain et de la viande séchée seront mis à votre disposition. Des vêtements aussi… Brûlez vos vieilles frusques. Dans les tonneaux, vous trouverez de l'eau. C'est pour boire, pas pour vous décrotter. Pour ça, l'océan est assez vaste. Étant donné que vous êtes sans doute contaminés, interdiction d'approcher des villageois. Le docteur viendra vous examiner. Pour le moment, vous êtes consignés ici.

– Et ensuite ? ose Kate en avançant de trois pas. Vous allez donner l'ordre d'abattre les malades ?

Martin n'a pas su la retenir et se place derrière elle.

– À qui ai-je l'honneur, Mademoiselle ? s'étonne Ledigne.

– Kate McBride. Je me suis occupée de ces gens pendant la traversée. Ce ne sont pas des pestiférés ! Ils n'ont pas besoin d'être *examinés*, ils ont besoin d'être soignés. Certains sont faibles, mais en bonne santé. D'autres risquent de mourir si personne ne se charge d'eux. Je pense que…

D'un geste autoritaire, Ledigne interrompt la colère de Kate.

– Désolé, mais c'est comme ça. S'il y a d'autres morts, on les enterrera aussi. Très bientôt, un convoi emmènera les immigrants en quarantaine sur la Grosse-Île. C'est la loi. La maladie se propage à chaque arrivée de navire et c'est le seul moyen de la contenir. Je pense que le grand gaillard derrière toi est capable de mener une charrette attelée de plusieurs plateaux. Un curé vous accompagnera pour vous montrer le chemin. En cas de pépin, des villageois armés veilleront sur le convoi. Je ne peux rien proposer de mieux, sinon de vous laisser crever sur cette grève.

– Et mon équipage ? s'enquiert Thompson.

– Les marins sont rarement touchés par la maladie, répond Ledigne sans quitter Kate des yeux. Suivez-moi au village, le docteur vous auscultera en premier. Si vous ou vos hommes ne portez pas de mauvais signe, un chariot vous conduira sans attendre vers Québec. Les bateaux qui retournent en Angleterre avec une cargaison de bois ont besoin de bras.

Thompson et ses gabiers emboîtent le pas du cheval de Jacques Ledigne. Sans se joindre à eux, Papy Paddy salue le policier d'un mouvement de tête presque complice. Quand Woodward croise Martin, le second le bouscule d'un coup d'épaule et le défie une dernière fois.

– Tu es déjà mort, marin d'eau douce. Numérote tes abattis.

– Apprends à te battre d'abord, rétorque Martin sans broncher.

Vexé, Woodward lui crache au visage

Ne pas répondre. Martin serre les poings. On ne défie pas le diable sans une bonne raison.

Creusée de deux brasses, la fosse commune est terminée en début d'après-midi. Après le froid glacial de la nuit, un soleil plus lourd qu'une enclume réchauffe la plage de Saint-Alban-des-Rosiers. Toute la journée, le curé du village bénit les corps alignés face au ciel, mains croisées sur le ventre. Trois coups aigrelets sont piqués à la cloche du *Carrick* que Kate a retrouvée parmi les décombres. Ils accompagnent chaque signe de croix. Le premier a surpris tout le monde, pas les autres.

Et les *Notre Père* succèdent aux *Je vous salue Marie.*

Puis la journée s'écoule, laborieuse et triste. De temps à autre, lorsque la douleur lui est insupportable, un des survivants s'agenouille devant la fosse recouverte de sable. Sa prière s'adresse à tous les morts, peut-être pour s'excuser de les abandonner là, sur cette grève où personne ne se souviendra d'eux.

Papy Paddy revient du bord de l'océan. Patrick Kavanagh claudique avec peine, mais il va mieux. Sarah et son môme, collé à elle, les accompagnent. Avec du sable et de l'eau salée, elle a nettoyé la plaie sur la cuisse et le mollet de son mari. Kate, jamais avare d'une idée pratique, a récupéré des ceintures en corde sur les cadavres afin de fabriquer une attelle. Maintenant, la jambe de Patrick Kavanagh est bloquée entre deux morceaux de bois arrachés à l'escalier de la dunette. Si l'homme marche avec difficulté, il parvient à se tenir debout.

Sur la plage, malgré la chaleur de cette fin de journée, un feu crépite encore. Ses braises incandescentes sont aspirées vers le ciel. Martin les regarde s'envoler, incapable de reconstituer les évènements qui l'ont amené dans ce coin du bout du monde.

Bien sûr, dans ce fatras d'images, celle de Sinéad s'impose à toutes les autres. Mais il n'en retire qu'une angoissante nostalgie. Où est-elle en ce moment ? Quand sera-t-elle prévenue du naufrage ? La reverra-t-il un jour ? Au bout du compte, aura-t-elle épousé ce rustre de Robert Mullargh ?

La fumée de la bouffarde de Papy Paddy lui chatouille les narines. Le matelot s'assoit sur un rondin en se tenant le dos.

– Mon échine me lâche… J'suis trop vieux pour ces bêtises. Sans vouloir te vexer, tu tires la tête d'un cocu qui découvre sa femme dans le lit d'un autre.

– Et qu'est-ce qu'elle a, ma tête ?

– Elle est en colère. Si le cœur t'en dit, tu peux me raconter ton histoire. Ça aura le mérite de me distraire, ajoute-t-il après avoir cramioté un morceau de tabac qui lui dérange la langue.

– Pas envie, se renfrogne Martin.

– C'est comme tu l'entends. Alors, laisse-moi te dire ce que je sais de toi.

Avant que Martin n'exprime sa surprise, Paddy continue.

– Sur un bateau, en principe, les marins ne se confient pas, mais le rhum possède la vertu de rendre la parole aux muets. Tu es monté sur le *Carrick* par la grâce d'un mensonge. Personne ne t'a demandé d'embarquer à la place d'un gars qui voulait enterrer sa femme. Sur les papiers de la traversée que ta soi-disant *sœurette* a donnés à Thompson, ton nom n'apparaît pas. Ça, c'est pas trop grave. Ce qui l'est plus, c'est que le bougre qui les a rédigés est à la solde de Deaglán Mullargh. Et ce *bougre*, Padraig Fergusson, est moins franc qu'un âne qui recule.

– Je ne vois pas en quoi c'est un problème, s'agace Martin.

– T'as raison. Par contre, Woodward en est un. Le second que tu as dérouillé est lui aussi un homme de Mullargh.

– Comment vous êtes au courant ?

– Dans ma jeunesse, j'ai traîné mes galoches et mes poings avec Deaglán jusqu'à ce qu'il prenne un chemin qui ne me plaisait pas. J'ai bourlingué avec lui. Au début, c'était pour rapporter des peaux de castor en Irlande, mais le commerce s'est tari peu à peu. Le chêne a remplacé la fourrure et les coureurs des bois sont devenus des égorgeurs d'Indiens afin de chasser les tribus des parcelles d'abattage. J'ai changé de voie.

– Deaglán Mullargh vient encore au Nouveau Monde ?

– Plus maintenant. C'est pour ça qu'il a embauché Woodward. C'est pas une perle, crois-moi, mais c'est un roublard. Le gars avec qui il trafique ici est une planche pourrie. Comment il s'appelle, déjà ? Jackson Lynch, c'est ça… En plus d'être borgne, ce type prend un réel plaisir à tuer. Avant, lors de nos premières traversées, Deaglán était un homme bien… Dur en affaires, intransigeant, mais honnête. On était comme cul et chemise. Pour tout te dire, on s'est même échangé quelques amoureuses. Après, comme je viens de te l'expliquer, ça a dérapé. Pour gagner ma pitance, j'ai préféré devenir marin plutôt que d'être voleur de vies. J'espère que tu ne dois rien à Deaglán Mullargh ou à l'un des hommes de son clan.

– Sinon ? insiste Martin, soudain inquiet.

– Sinon, le vieux finira par te retrouver. C'est pour ça que tu dois te méfier de Woodward. Essaie de disparaître dans un coin ravitaillé par les corbeaux. Quand tu partiras avec Kate et le troupeau des rescapés ce sera pour rejoindre la Grosse-Île. Je ne sais pas combien de temps durera le voyage, mais vous resterez sur cette île de quarantaine tant qu'un médecin n'aura pas décidé du contraire. Ensuite… (Paddy crache une nouvelle fois dans les flammes) ensuite, je te conseille de vous rendre dans la région des lacs ou des forêts de l'Outaouais. C'est rude, les tribus indiennes sont mal embouchées, mais mieux vaut se coltiner un Indien fourbe qu'un Irlandais en rogne. Tu trouveras du travail, là-bas. Tu as la force et la taille pour être bûcheron. Moi, je reste dans le coin. Si tu as besoin d'un coup de main…

– Vous ne venez pas avec nous, Monsieur Paddy ? s'étonne Kate qui les rejoint, accompagnée de Sarah Kavanagh et de sa sangsue de gamin.

– Non, ma belle. J'emmène la famille Kavanagh dans un petit village à l'est de la Gaspésie.

– Monsieur Ledigne a dit que…

– Ce policier municipal est fier et cupide, poursuit Papy Paddy. Avec la bourse que Madame Kavanagh lui a laissée, Ledigne acceptera de regarder ailleurs. Nous partirons cette nuit pour la pointe Forillon.

– Sans rester à Saint-Alban-des-Rosiers, nous refusons de trop nous éloigner, insiste la femme. Nos cinq filles se sont noyées ici. Nous voulons être là si l'océan décide de nous les rendre.

Kate se serre contre cette mère que Dieu a réduite en miettes. Sarah la remercie de quelques larmes. Sa main glisse dans les cheveux bouclés de ce bout d'adolescente qui a accepté d'être son ange gardien pendant la traversée et sur cette plage sinistre.

– Toute ma vie, je prierai pour toi, Kate McBride.

XII

Son regard est vide

Souvent, depuis le départ de Papy Paddy et de la famille Kavanagh, Kate s'assoit sur le rondin que choisissait le gabier pour soulager ses reins. Sa peine de l'avoir quitté est immense. Le vieux marin suggérait de partir vers l'Outaouais, mais ce pays au nom bizarre appartient à un monde inconnu. Plus dangereux, peut-être ? Continuer la route ? Sa vie avec Martin sera-t-elle toujours une fuite en avant ? Devant ses godillots, les flammes s'énervent, elles aussi.

Et cette fin de nuit traîne en longueur.

– Tu devrais dormir un peu, conseille Martin en se couvrant le visage de la veste déchirée d'un officier.

– Pas envie.

– Ne sois pas idiote, Kate. Le voyage risque d'être long.

– M'en fiche… je n'ai pas sommeil. Je l'aimais bien, Papy Paddy. Madame Kavanagh aussi… Je n'arrive pas à comprendre comment tu peux dormir. Moi, dès que je ferme les yeux, j'ai l'impression d'être ensevelie sous un monceau de cadavres.

En ronchonnant, Martin se lève. Enveloppé dans sa protection de fortune, il s'assoit à côté de Kate qui se pousse un peu.

– Balance ce truc pourri ! s'énerve celle-ci. Cette tunique pue la mort.

– Pourquoi n'es-tu pas partie avec les Kavanagh ?

– Pour plein de raisons.

Martin n'insiste pas, jette l'oripeau dans les flammes et se tait. Bousculer Kate avec trop de questions est le meilleur moyen de la rendre muette. Alors, il procède comme avec une truite méfiante : il laisse dériver le silence de sa mouche et attend le gobage pour la ferrer.

Et ça marche.

– D'abord, je me vois mal abandonner ces gens, continue-t-elle sur un ton péremptoire. Ensuite, tu es mon frère. Tu es la seule personne que j'ai emmenée de mon Irlande. Donc, je reste avec toi.

Puis sa voix devient presque sourde.

– Tu sais, je me disais que dans ce pays, une sœur a peut-être le droit d'épouser son frère ? Non ? Tu n'es pas obligé de me répondre tout de suite, Martin Sullivan, mais cette idée me tord l'esprit depuis la nuit de Sligo. Je m'en serais voulu de ne pas t'en parler. Je sais, je n'ai que seize ans, je mesure la moitié de ta taille et je suis épaisse comme le bras d'une brouette, mais rien ne m'interdit d'espérer. Malgré ces tares, Dieu finira bien un jour par me donner les mêmes formes que cette garce de Sinéad O'Leary. Sois honnête, t'en penses quoi ?

Pour masquer sa gêne, Martin éclate de rire et passe son bras autour des épaules de la ronchonneuse.

– Je vous promets de réfléchir à votre demande en mariage, Mademoiselle Kate McBride.

– C'est ça : « Chante, beau merle, t'auras une belle cage ! » Tu sais, je suis loin d'être idiote. J'ai hérité le bon sens de ma mère et l'honnêteté de mon père. Si Dieu ne veut pas que je sois jolie, il devra en assumer les conséquences.

– Comment ça ?

– Je l'épouserai à ta place. Pour lui gâcher la vie, je choisirai un nom de nonne diabolique ; un truc du genre sœur Dolorès ou Méphistophélès.

– Ne dis pas de sottises, Kate. D'abord, tu n'es pas laide et ensuite…

– Arrête de te justifier ! Je connais les balivernes du genre : « La beauté de l'âme est plus importante que l'ingratitude du corps. » N'empêche, un laideron reste un laideron, même avec une auréole de sainte autour de la tête. D'ailleurs, en parlant de bondieuseries, je crois bien que le lourdaud qui s'approche est le curé du voyage.

L'homme, aussi haut que large, porte une soutane que sa bedaine interdit de fermer. Ses yeux en capote de fiacre, ses joues rosées de porcelet lui donnent l'air d'un bourgeois gavé de bombances arrosées. Son nez en garde les rougeurs. Sur son crâne, deux mèches en tire-bouchon se bagarrent avec le vent. Il a l'air soucieux, mais un sourire de jésuite illumine son visage quand il aperçoit Martin et Kate assis sur leur rondin.

– J'avais raison, murmure la perfide. La foi est souvent la canne de la mocheté.

– Bienvenue en terre inconnue ! William Cartier, dit le curé en présentant une main mollassonne. Mon nom de famille résonne d'une certaine importance dans cette contrée. En effet, Jacques Cartier a découvert la péninsule de Gaspésie en 1534. Mais je vous dois d'être honnête, je n'ai aucun lien de famille avec cet aventurier. Je ne suis arrivé au Canada qu'en 1841, accompagné d'autres missionnaires.

– Vous n'êtes pas le curé qui a béni les morts enterrés sur la plage, remarque Kate.

– Non, Mademoiselle. Ce prêtre est catholique et même si j'appartiens à cette confession, je suis oblat de Marie Immaculée. Ma congrégation a répondu à l'appel pressant de Monseigneur Ignace Bourget, évêque de Montréal. Nous avons trouvé refuge dans la paroisse de Saint-Hilaire de Rouville et mes amis sont restés sur place pour convertir les âmes de la région. Moi, j'ai choisi de venir ici. J'espère les rejoindre un jour. Aux dernières nouvelles, ils sont partis vers l'Outaouais, à Maniwaki. Pardonnez ma verve, mais j'ai tendance à pérorer… Revenons à ce voyage qui nous préoccupe. Les chariots sont-ils prêts ?

– Il suffira d'atteler les chevaux et d'installer les survivants sur les plateaux, confirme Martin.

– Combien sont-ils ? Je veux parler des *survivants*, pas des *plateaux*.

– Une vingtaine, répond Martin, agacé par l'humour du bonhomme.

– C'est parfait. Certains transferts vers la Grosse-Île concernent parfois trop de miséreux. Je prendrai place sur la banquette avec toi et ta sœur. J'espère que tu es capable de mener ce convoi avec ses deux chariots ; mes bras n'ont plus cette force.

– Sans problème.

– Tant mieux. C'est bien ta sœur, n'est-ce pas ? s'inquiète l'oblat, soudain suspicieux.

– Je suis sa sœur, s'énerve Kate. Pourquoi, y a un problème ? Et vous, comment doit-on vous appeler pour ne pas vous froisser ? Frère, père, monseigneur ?

– Pardonnez ma maladresse, mademoiselle. Je suis désolé si mes propos vous ont choquée. Appelez-moi comme bon vous semble. Les heures que Dieu nous impose de passer ensemble n'exigent aucune solennité.

– Combien de temps jusqu'à Québec ? s'inquiète Martin, peu enclin à accorder de la sympathie au religieux grassouillet.

– Nous n'allons pas à Québec, répond l'oblat en joignant les mains sur son ventre. Le chemin forestier s'arrête au hameau de Sainte-Madeleine-de-la-Rivière-Madeleine. Ensuite, il est impraticable pour un attelage de deux chariots. Avant, nous traverserons le territoire des Micmacs. Ces Indiens sont des pêcheurs et des chasseurs évangélisés par les Français. Malgré cela, ils peuvent devenir susceptibles quand des étrangers s'aventurent sur leurs terres. Le voyage me permettra de vous en apprendre plus sur eux et sur le Nouveau Monde que vous découvrez.

Sur ce, William Cartier écarte les mains en offrande et incline la tête à la manière d'un bon curé devant le livre des Évangiles.

– Les chevaux sont attelés, ajoute-t-il sur un ton satisfait. Le jour se lève et je vous propose de partir dans une heure. Je vais prévenir les hommes qui nous accompagneront qu'il est temps de se préparer. Ils sont trois… Le géant que vous apercevez là-bas est Auguste Lachance, le ferronnier du village. Les deux autres sont ses cousins. Ce sont de bons fusils.

Et William Cartier s'en va, emportant avec lui son odeur de cierge et de vin de messe.

– Martin, c'est quoi cette histoire d'Indiens ?

– Je n'en sais rien, Kate. Occupe-toi de regrouper les naufragés et de les installer sur les chariots. Moi, je charge les sacs de poisson fumé et les couvertures. Ne parle à personne de ces Indiens ; on avisera si on les croise.

Un jour poisseux ne parvient pas à repousser l'humidité de la nuit. Le clocher de l'église carillonne les premières lueurs du jour. Malgré l'heure matinale, des visages apparaissent aux fenêtres. Des rideaux s'écartent. Ici où là, une porte s'ouvre et un balai de sorcière expédie la poussière de la maison dans celle de la rue.

Peu à peu, la route terreuse de Saint-Alban se borde de curieux. Visage gris, barbe hirsute, ils ressemblent à des épouvantails le long d'un jardin potager. Jacques Ledigne est parmi eux, les pouces dans sa ceinture de policier. De leur chapeau, certains adressent un timide salut au curieux attelage. D'autres se signent et regardent leurs bottes, soulagés de voir s'éloigner l'encombrant fardeau de ces naufragés. Pourtant, même si les survivants sont maigres et épuisés, aucun ne porte les signes de ce typhus qui rougeoie les corps et noircit les langues.

Le double chariot, tiré par quatre chevaux de labour, s'enfonce dans un couvert végétal de sapins baumiers, d'érables et de bouleaux jaunes. Le chemin traverse une courte prairie cernée de sommets et disparaît à nouveau dans la noirceur des feuillus.

Kate, accrochée au bras de Martin comme un ver à son hameçon, s'émerveille du paysage et des oiseaux qui s'éparpillent à la vue du convoi. Cartier les décrit avec la patience d'un maître d'école devant une gamine avide d'apprendre.

– Père William ! C'est quoi cette bestiole qui s'envole de la rivière ?

– Un grèbe jougris. On le reconnaît à son col rouge.

– Et ceux-là ?

– Un couple d'eiders à duvet. Le mâle est blanc et noir et la femelle est brun foncé. Ils vont souvent par deux. L'embouchure du Saint-Laurent n'est pas loin, mais on les voit quelquefois à l'intérieur des terres. Ce n'est pas bon signe ; l'hiver sera rude.

– Mais on est en juin !

Et l'échange de banalités continue. Martin sourit de l'enthousiasme de Kate. Le souvenir du drame qu'ils ont vécu semble s'estomper. Pourtant, est-il possible de se défaire d'une nuit de cauchemar ou de la famine d'une mauvaise terre ? Dans son dos, les femmes et les hommes qu'ils convoient viennent tous de cet endroit de misère et de faim. Ont-ils déjà oublié ? Quand il se retourne pour vérifier si les cahots du sentier ne sont pas trop pénibles, il reçoit en remerciement un hochement de tête ou quelques mots rassurants.

Soudain, la main de l'oblat serre le bras de Martin. Du menton, il désigne une barre d'arbrisseaux à moins de cinquante pas. Les feuillages remuent. Un groupe de palombes s'envole.

– Arrête, petit ! chuchote le curé.

– Qu'est-ce qu'il y a ? s'inquiète Martin.

Les branches s'écartent devant un animal majestueux, bien plus grand qu'un cheval de selle. Épaules voûtées, muscles massifs et flancs plats, la bête brune avance sans se presser et se tourne vers cet attelage qui ose encombrer son habitat. Sur son crâne large et compact, un panache de bois palmés s'ouvre en offrande vers le ciel. L'apparition se fige. Ses oreilles de mule frémissent. Sous sa gorge pend un fanon de peau velue et son museau long et arqué se termine par une lèvre supérieure qui lui confère un air de tristesse.

– Mon Dieu ! C'est quoi ce monstre ? murmure Kate, blottie contre Martin.

– Un orignal, répond l'oblat. C'est un mâle. La femelle et son petit ne doivent pas être loin. C'est bon signe, ça signifie que l'endroit est calme.

– Calme ? Mais vous avez vu cette bête ! Elle va nous foncer dessus !

– Parle moins fort, Kate, insiste William Cartier. Ce n'est pas la peine de l'agacer. On va attendre que la petite famille s'éloigne et on établira le camp ici. Si on ne se protège pas, dans une heure, les *bêtes* qui te tireront les larmes des yeux ne seront ni des loups ni des ours noirs. Si les orignaux sont là, c'est que l'endroit est vide de ces prédateurs. Martin, tu as bien chargé des draps dans les chariots ?

– Bien sûr.

– Parfait. Range les attelages en épi et couvre-les de ces fameux draps. Distribue des couvertures, de l'eau et de la nourriture. Je demande aux Lachance qui nous suivent d'allumer des feux. Pas la peine de s'occuper d'eux, ils savent comment se protéger.

– Bon sang, mais se protéger de quoi ? s'énerve Kate. Père William, voulez-vous bien me dire quelles *bêtes* vous font si peur ?

– Des mouches noires et des moustiques. Ici, on les appelle *les maringouins.*

– Des *marins* quoi ?

– *Maringouins*, corrige Cartier. Les autochtones les surnomment ainsi. C'est plus romantique, mais ça ne change rien à leurs morsures. Quand on s'éloigne du bord de mer, ces bestioles sont plus voraces que des vampires. Ça commence maintenant et ça dure bien après la Saint-Jean.

Devant la tente improvisée, la fumée contrarie l'ardeur de ces fameux *vampires*. La saleté des vêtements, des draps et des couvertures contribue à les repousser au moins autant que les flammes. Malgré tout, ceux qui franchissent ces remparts de puanteur et de chaleur s'acharnent sur la peau blanche et fraîche de Kate pour astiquer leur rostre suceur. La pauvrette ne cesse de s'infliger des gifles sur les joues et dans le cou.

– C'est insupportable, gémit-elle en se réfugiant sous un drap.

– Vous avez parlé d'ours et de loups, continue Martin. On en trouve partout dans ce Nouveau Monde ?

Avant de répondre, William Cartier prend le temps d'allumer une bouffarde avec le bout d'un tison.

– Partout, confirme-t-il en soufflant sa fumée. Dans toutes les terres boisées. Pour nous, les colons, le loup est moins redouté que l'ours noir et les deux espèces sont moins à craindre que les Indiens.

– Pourquoi ? demande Kate qui sort la frimousse de son drap.

– Parce que nos souverains, qu'ils soient français ou anglais, s'approprient leurs territoires de chasse. C'est une si longue et si triste histoire que je pourrais épuiser mes jours à la raconter. Disons que les autochtones étaient là bien avant nos rutilantes armées et que les dieux qu'ils vénèrent ne sont pas les cousins du nôtre.

– Qui sont-ils ?

– Crois-tu en Dieu, Kate ?

Avant qu'elle ne réponde, une détonation roule dans la clairière qui les protège. Sous l'autre chariot, des cris affolés déchirent l'obscurité chahutée par les flammes. Les chevaux s'énervent. Un second coup éclate. Le corps d'un homme s'effondre devant la charrette. La mâchoire d'Auguste Lachance est un trou béant. Son regard est vide.

XIII

... de l'autre côté de l'océan.

Le lendemain de la fuite de Sinéad, La Vermine décide de rentrer chez lui, à la ferme O'Leary. Terminé l'humidité des quais, les rats et la proximité des crève-misère. Un gars du clan Mullargh, surtout s'il est proche du vieux Deaglán, mérite de dormir au sec et de mettre les pieds sur la table si bon lui semble.

Quand la nouvelle de la mort de sa foutue frangine s'est répandue en ville, il est resté sceptique à défaut d'être triste. Pourquoi se lamenter sur la mort de quelqu'un qu'on déteste ? Depuis quelques jours, deux bouffons, engagés par Robert Mullargh, se vantent d'avoir vu le cadavre de Sinéad allongé dans la cave d'un château de Clifden. D'après eux, c'est le Robert qui s'est chargé de lui trancher la gorge. De l'avoir violée aussi. Et sur ce point, ils insistent.

Trop pour La Vermine, qui sait renifler les menteurs.

Qui plus est, ces lourdauds de Far Finisklin, peu habitués à parler dans leur misérable région, sont devenus des phénomènes de foire, ici à Sligo. Chez Jeff Brady, le soir, la taverne ne désemplit pas. Saoulés des pintes offertes par Robert, les deux crétins se donnent en spectacle. Le récit de la mort de Sinéad change en fonction du public qui les encourage. À les croire, Robert a planté son couteau dans l'œil de sa future épouse, une autre fois c'est dans la gorge. Le troisième soir, ces deux crétins sont sur le point de décrire le dépeçage de la malheureuse, lorsque Deaglán Mullargh, exaspéré de les entendre mentir, leur ordonne de rentrer dans leur pays de désolation. Moyennant large bourse et un dernier pichet, Robert exige qu'ils ne remettent jamais les pieds sur les quais de Sligo.

Encore une fois, c'est trop pour La Vermine.

Ce début de *bealtaine* est encore et toujours à la pluie, et ce soir de Sainte-Prudence un vent d'ouest balaie le port. Les vieux matelots accoudés au comptoir scrutent le ciel en connaisseurs.

– Pour qu'elle arrive aussi forte, j'peux t'dire qu'y a dû en avoir une belle de l'autre côté, annonce un dénommé Philby.

– T'as raison, lui répond un ombrageux avant de repartir dans sa pinte.

– Une quoi ? demande La Vermine, qui pense à l'armée de cette chienne de Victoria.

– Une tempête, gamin. Une de celles qu'on ne voit pas venir. Une qui te tombe sur le râble au dernier moment. Et tu sais comment on les appelle, celles-là ?

– Ben, non. Comment j'saurais ?

– Les « putes à nuages », petit. D'un coup de cul, elles te lèvent l'océan qui devient fou. Comme les gars sur les quais, quand ta frangine remuait des hanches pour les affoler.

– C'est pas parce que t'as été baptisé à l'eau de morue qu't'as l'droit d'parler d'elle sur c'ton, l'ancêtre. J'te rappelle que ma sœur est morte.

– Ouais, paraît. Tu veux mon avis, gamin ? J'te fiche mon billet que le Robert, il a pas eu le courage de la saigner, ta frangine.

– Et qu'est-ce que t'en sais ?

– Parce qu'avant d'être vieux, j'ai été jeune et que j'ai été confronté au même dilemme. C'était une Indienne de Gaspésie, de l'autre côté de l'océan. Une sacrée beauté, tu peux m'croire. Des déesses pareilles, on les égorge pas, même quand elles t'ont mis des cornes sur le crâne et volé ta bourse. Mieux vaut les voir papillonner en liberté que de se coucher sur leurs tombes. On ne baise pas les mortes.

Le vieux Philby, la gueule sinistre, retourne à sa pinte et à ses sombres pensées.

Peut-être exagère-t-il un peu ? La Vermine, qui s'y connaît en vantardises, le trouve pourtant sincère. Est-ce une bonne idée d'en glisser deux mots à Deaglán Mullargh ? Parce que si sa sœur n'est pas morte, c'est que le Robert est un traître. Et, à croire les menaces du patriarche, un traître, ça doit crever. Gardera-t-il cette certitude si son dernier fils est concerné ?

Distiller le fiel ? Pour La Vermine, jamais avare d'un coup tordu, le jeu en vaut la chandelle. Pourquoi ne pas rêver ? Pourquoi ne pas devenir le bras droit de Deaglán Mullargh ? La valeur n'attend pas le nombre des années et être considéré comme le fils putatif d'un tel homme présente pas mal d'avantages.

Dans la pièce principale de la ferme, Deaglán Mullargh tourne en rond, mains dans le dos et visage fermé. Sa femme, indifférente à sa présence, s'occupe d'une broderie. Son esprit est lent. Ses doigts hésitent à piquer l'aiguille au bon endroit. Le feu de tourbe s'étouffe et Robert, qui n'a pas décroché un seul mot pendant le souper, attise les braises d'un coup de soufflet.

Chacun est à ses pensées.

Clara Mullargh est avec son fils, Owen. Devant sa tombe. Au plus profond de son être, la mort de son cadet a brisé ce qui lui restait encore : la volonté de vivre. Depuis des mois, la famine tue l'Irlande. Maintenant, c'est le clan qui répand la terreur. Quand elle essaie de tempérer la colère de son époux, elle reçoit en retour un cinglant : « Ta gueule, femme, t'es qu'une pièce rapportée, pas une Mullargh ! » Alors, elle coud ou elle brode, use ses yeux de mère sur un canevas ou une chemise qu'elle raccommode. Et, perdue dans sa tristesse, elle lorgne de temps à autre le fils qu'il lui reste en s'inventant un autre drame. Va-t-il mourir aussi, celui-ci ?

Au fond de l'immense pièce, dans un recoin sombre, Robert aiguise maintenant la lame de son couteau sur une lanière de cuir. Geste mécanique d'un homme rongé par la haine. Celle d'avoir été trompé. Celle de vivre désormais avec l'image de Sinéad dans les bras de ce Martin Sullivan de malheur. Clara le connaît bien, son Robert. Cette fille le possédait de tout son corps. L'a-t-il tuée, comme il le dit ? Sur un coup de folie, elle l'en sait capable, mais a-t-il été assez aveuglé par sa colère pour égorger celle qu'il désirait tant ? Rien n'est moins sûr.

Campé devant le foyer, mâchoires serrées, Deaglán regarde le tableau posé sur la poutre de la cheminée. Un autre courroux bout en lui, et lorsqu'il est dans cet état, cette vilaine croûte l'apaise. Pourquoi Robert a-t-il abandonné à Clifden le cadavre de cette catin de Sinéad O'Leary ? Pourquoi Robert s'est-il servi des D'Arcy pour accomplir sa vengeance ? Les Mullargh n'ont pas besoin d'aide pour tuer ! Toute sa vie, le vieux John D'Arcy n'a été qu'un fourbe et, après avoir été un être tordu, il erre aujourd'hui dans la folie. Les chiens ne font pas des chats ! Franc comme un arracheur de dents, son fils affiche toutes les tares de sa lignée ; James est un être vil et méprisable qui n'hésite pas à pactiser avec les *landlords* anglais.

Las de s'énerver, Deaglán Mullargh reporte son attention sur la peinture craquelée. Des bateaux mouillent au large d'une terre inconnue, voiles affalées. Devant cette armada, des hommes casqués et cuirassés tirent sur les rames des chaloupes qui les emmènent vers une plage déserte. La toile n'est pas signée, mais porte un titre, en pleins et déliés, écrit à l'encre de chine : *Arrivée sur le Nouveau Monde*. Et là, une fulgurance.

– Robert ! Arrête d'aiguiser ta lame ! Dans mon bureau, tout de suite !

La porte claque. Quand Robert entre dans l'antre poussiéreux, il comprend que la folie rôde déjà dans la pièce. Une lampe à huile éclaire le visage fermé de son paternel qui déplie une carte des côtes irlandaises.

– Galway, Limerick, Westport… Je veux que tu expédies des gars dans tous les ports de la côte ouest pour savoir quand partent des bateaux pour le Nouveau Monde. J'ai besoin de tout connaître. Le port d'arrivée, le nom des marins et des capitaines. Quitte à bien payer, trouve-m'en un qui n'embarquera que des femmes, des gamins et des vieux en bonne santé.

– Je croyais que tu avais envoyé une lettre à Montréal, temporise Robert, pris au dépourvu.

– Le temps que Woodward réponde, on sera fin juillet. Une goélette ou un brick mettent six semaines pour traverser. On a gâché assez de temps ! On part avant fin mai pour le Nouveau Monde et tu viens avec moi. Je veux que tu me trouves deux types fiables que j'affecterai aux métayers quand on ne sera pas là. Je t'expliquerai ce que j'attends d'eux.

– Bon sang, mais qu'est-ce qui te prend ? Pourquoi nous deux ? Pourquoi ne pas envoyer tes *métayers* justement ? Les cousins de Jeff Brady n'ont pas d'états d'âme à manier la lame et la barre de fer.

– C'est pour ça qu'ils resteront là. Pour surveiller nos biens, filtrer les émigrants et garder les hommes sous pression. Je ne suis pas du tout certain que Conor et Ronan aient la maille pour que je les lâche, la bride sur le cou, en terre inconnue. Nous, on sera bien plus motivés qu'eux.

– Et tu crois que tous les deux on arrivera à retrouver ce chien de Martin Sullivan ?

– Je ne crois pas, j'en suis sûr ! Pour ta gouverne, on ne sera pas que « tous les deux » comme tu dis. La Vermine viendra avec nous. Qui plus est, je dispose de gars sur place, des types entraînés à chasser et à tuer.

– La Vermine ! Mais…

– Il n'y a pas de « mais », Robert ! Sullivan va toucher terre dans moins de deux semaines. Le *Carrick of Whitehaven* doit accoster à Québec. La chasse a commencé en Irlande, on la poursuivra dans le Nouveau Monde.

– Et tu seras du voyage, toi aussi ?

– Non, mais t'es sourd ou tu le fais exprès ? Tu crois que je suis trop vieux ? T'inquiète, fiston, j'ai traversé l'océan assez souvent pour avoir le pied marin. Ce Sullivan, je veux l'étrangler de mes propres mains !

– D'accord, mais ça ne me dit pas pourquoi La Vermine doit nous accompagner. Ce môme est…

– Parce que c'est un vicelard ! tranche Deaglán en cognant du poing sur la table. On ne se méfie pas d'un gamin qui pose des questions. T'as pas envie de le voir mort, ce salopard de Martin Sullivan ?

– Si.

– Alors, arrête d'être stupide et bouge ton cul !

En moins de trois jours, Sinéad O'Leary passe de la cave à la cuisine. Deux nuits plus tard, elle dort dans le lit de James D'Arcy. L'héritier est jeune et laid. D'intelligence moyenne, mais de bonne fortune, le nobliau n'a guère eu d'efforts à déployer pour charmer cette beauté aux rondeurs exquises qui n'attendait que ça. L'homme n'est pas un amant très fringant, tout juste un lapin facile à satisfaire. Mauvaise haleine et queue molle. Sinéad s'en contente. Pour l'instant.

Ce soir, D'Arcy reçoit. Dans la salle à manger du château, le petit personnel s'affaire autour de la table. Assiettes blanches et verres ballon. Couverts en argent. Au menu, des choux bouillis et un ragoût de mouton. Pour Betty, la cuisinière en chef, c'est plutôt les plats de côte d'une carne baignant dans une soupe de saindoux, de rutabagas et de mélasse. « On cuisine avec c'qu'on a ! » bougonne la revêche quand Sinéad soulève le couvercle.

En hôte avisé, James D'Arcy s'excuse de n'avoir que de la mauvaise bière à offrir à ses invités. Qu'importe, Andrew Gray a apporté du vin de France. Les discussions vont bon train entre gens qui se connaissent. De toute évidence, James D'Arcy voue un certain respect à ce Gray. Le type est entre deux âges, chevelure grisonnante et barbe taillée. Son regard est celui d'un méfiant. Ses paroles sont brèves et souvent acerbes, et Gray se moque de ces fichus Irlandais. Cette horde de crève-la-faim, incapable de se nourrir sans bafouer la loi de Victoria. Lorsqu'il dit cela, sa main malaxe la cuisse de Sinéad qui n'en montre rien. Elle se lève.

– Je vais chercher du vin. Betty en a gardé trois pichets.

– Demande-lui de resservir, ordonne D'Arcy. Les assiettes sont vides.

Deux hommes accompagnent Andrew Gray : Erwin Jacobsen et Jack Shoute. Le premier est aussi blond que le second est roux ; la trentaine, belles gueules, peu causants. Des gars plus habitués à manier un couteau à désosser que des couverts en argent. Lorsque Sinéad pousse le battant de la cuisine, Betty est en train de verser sa pitance dans un large plat en terre.

– C'est pas trop mauvais ? s'enquiert la femme.

– C'est bizarre.

– J'ai craché dans cette gamelle. Ne te ressers pas.

– Pourquoi t'as fait ça ?

– Je déteste ce Gray et ses deux types. Des *crimps.*

– Des quoi ?

– Des marchands d'hommes. Ils sortent des gars de prison et leur racontent des sornettes. L'espoir d'une vie meilleure, une bonne paie et un travail facile. Et ils les saoulent. Quand les malheureux se réveillent, loin des côtes, sur un brick, une goélette ou un senau en partance vers le Nouveau Monde, c'est trop tard pour eux. Sauf à rentrer à la nage. T'imagines ?

– Dans quel but ?

– Serais-tu gourde, ma fille ? Gray est capitaine de senau. Il paie cinq livres par tête de matelot embarqué de force. *Bloody Money,* qu'on appelle ça. C'est D'Arcy qui le fournit en bras. J'ai un petit-neveu qu'est parti comme ça. On l'a jamais revu. Donc, quand ce négrier est assis à cette table, je crache dans sa gamelle.

– Gray a un bateau ?

– Non, mais t'es sourde ! Un senau, j'te dis ! Il est ancré à l'entrée du Streamstown. D'après ce que j'ai compris, il appareille dans la semaine pour le Nouveau Monde. Gray embarque des filles à marier là-bas et rapporte des peaux. S'il est au château ce soir, c'est qu'il a besoin de marins.

– Ça vient ? hurle D'Arcy depuis la salle à manger.

– Ça vient ! répond Betty qui crache encore une fois dans le ragoût.

Sinéad dépose le plat fumant au milieu de la table. Sa hanche frotte l'épaule d'Andrew Gray. La main du coquin remonte sous sa jupe et s'arrête à la lisière de ses fesses. Elle lui sourit.

– Servez-vous à plaisir, dit-elle en minaudant. Prenez ce que vous voulez. James, dois-je demander à Betty de préparer des chambres pour tes invités ?

– Bien sûr ! Vous restez, Messieurs.

– Si c'est un ordre, ajoute Gray en redescendant sa main. J'espère que les sommiers ne grincent pas trop ! À force de naviguer, j'ai le sommeil léger.

Sinéad se rassoit. Dans son esprit, la décision de partir est une évidence, quitte à satisfaire les désirs de Gray, de Jacobsen ou de Shoute. Des trois en même temps si besoin. L'espoir de rejoindre Martin est plus fort que tout. Où est-il en ce moment ? Avec qui parle-t-il ? Est-ce que sa vie est belle, de l'autre côté de l'océan ?

XIV

... si vous restez à quai.

Deux autres coups de feu. Le premier touche une femme au milieu du dos et elle s'effondre dans le sable. Le second arrache une langue de bois sur la ridelle du chariot. Effrayés, les peureux se blottissent sous les couvertures tandis que les plus téméraires se carapatent vers les broussailles. Les cousins d'Auguste Lachance menacent l'obscurité de leurs armes et cherchent d'où vient l'attaque. L'oblat, avec la lenteur d'un vieux matou, réussit à se faufiler derrière un fût de mélasse. Kate se dissimule dans son dos et les deux supplient Martin de ne pas prendre le risque de débusquer les assaillants.

– Vous restez là et vous baissez la tête. Père William, je vous confie ma sœur.

À l'abri d'un tronc d'arbre mort, Martin rampe vers l'orée de la clairière. Quand il a ouvert les yeux pour regarder Kate en discussion avec le vieux curé, il lui a semblé que la flamme d'une détonation provenait d'un surplomb. Le deuxième coup, il ne l'a pas vu partir, mais si la balle a frappé Auguste Lachance dans le menton, c'est que les deux tireurs étaient postés au même endroit.

Encore vingt pas. Les ramifications des ronciers qu'il écarte lui griffent le visage et les bras. Dans la clairière, les survivants du *Carrick* essaient de se regrouper derrière des rochers, empilés comme des crottes de chien. Les cousins de Lachance contournent l'endroit par l'autre côté. Eux aussi se doutent que les coups de feu ont été tirés depuis l'empierrement. Ils avancent par sauts de grenouille, courbés en deux, et se protègent derrière ce qu'ils trouvent.

Des hennissements. Des pierres roulent. Des branches se brisent et des hommes harcèlent leurs montures pour les exciter. Une cavalcade s'éloigne. Martin rejoint les deux frères à l'endroit où se tenaient les assaillants. Dans la clairière, les feux éclairent les charrettes en travers. Les hommes qui le peuvent calment les chevaux encore attelés. Kate et les femmes regroupent les enfants.

– Ils étaient trois, assure un des Lachance en désignant des traces de crottin. Cré Dieu !

– Ouais, confirme l'autre. J'peux même te dire qu'ils étaient pressés. Regarde ! Y en a un qu'a perdu son couteau.

– Des Indiens ? demande Martin.

– Non, répond le plus bourru. Les Micmacs n'attaquent pas de cette manière et n'utilisent pas ce genre de lame.

– Et surtout pas la nuit. Cré Dieu !

Puis, reconnaissant le colosse qui mène les chariots, les deux villageois reculent et haussent le canon de leurs fusils.

– Du calme, les gars ! Je ne suis pas malade, si c'est ce qui vous effraie.

– Qu'est-ce que t'en sais que t'es pas malade ?

– Rien, je te l'accorde. Mon nom est Martin Sullivan, ajoute-t-il en leur tendant la main. Et vous ?

Les gars reculent encore.

– Moi, c'est Rougeaud, c'est le surnom qu'on me donne. Lui, c'est mon frère, on l'appelle *Crédieu* parce qu'il termine toutes ses phrases par cré Dieu. Garde les mains dans tes poches, Martin Sullivan, et regroupe ton convoi. Nous, on s'arrête là. On doit ramener le corps d'Auguste à sa femme et ça ne va pas être un moment joyeux. La Geneviève, elle claudique du cerveau. Tu comprendras qu'on n'a pas envie de continuer la route avec vous.

– C'est ça, on en a assez donné. Cré Dieu !

– Je comprends. Sainte-Madeleine est encore loin ? insiste Martin.

– Une petite journée. Si vous ne lambinez pas en chemin, vous y serez avant la fin de l'après-midi. L'oblat saura vous conduire. À la revoyure, Martin Sullivan.

– Ouais, à la revoyure. On se recroisera peut-être dans un camp forestier. Faut bien vivre, cré Dieu !

Le convoi s'ébranle dans le silence et l'inquiétude. Tous les regards fouillent l'obscurité des taillis et des résineux qui bordent le sentier. Plus personne ne parle. Plus loin, le double attelage dépasse Rougeaud et Crédieu Lachance occupés à sangler le corps de leur géant de cousin en travers de sa selle. L'oblat bénit le cadavre d'un signe de croix et Kate murmure une prière.

Martin a négocié le droit de conserver le fusil à silex du mort et juré de le rendre à William Cartier avant d'embarquer vers la Grosse-Île. Un mauvais sentiment ne cesse de lui travailler l'esprit, mais pour ne pas affoler Kate, il préfère se taire. Le curé doit lire dans ses pensées, car il met les pieds dans le plat sans prendre la moindre précaution.

– C'est toi qui étais visé.

Kate sursaute comme si elle avait aperçu un sac d'or au bord du sentier.

– Père William ! Vous dites n'importe quoi ! Pourquoi les Micmacs en voudraient-ils à Martin ?

– Les Indiens n'y sont pour rien. La nuit, ils regroupent leur tribu autour d'un feu pour se protéger. Pour eux, ce n'est plus le moment de se battre, c'est celui de manger et de transmettre les histoires de leurs ancêtres. Ils fument et perpétuent les coutumes du clan en regardant les étoiles. Dans leurs croyances, les lumières dans le ciel sont des brasiers allumés par des dieux. Alors, ils prient et se réjouissent.

Martin coupe l'oblat, emporté par une verve qu'il sent dériver vers l'histoire complète de ces autochtones.

– Il a raison, Kate. C'est moi qui étais visé. Auguste Lachance est de ma taille. Dans l'obscurité, ceux qui ont tiré pouvaient nous confondre. À mon avis, Woodward a essayé de laver l'affront que je lui ai infligé. Quoi qu'il en soit, le tireur a vu tomber un homme, ça lui aura peut-être suffi. Père William, parlez-moi de ce village où nous devons embarquer pour la Grosse-Île.

– Ce n'est pas un village, c'est à peine un hameau. Deux maisons et une grange. Son nom provient de la seigneurie de la Rivière-de-la-Madeleine, concédée il y a plusieurs siècles. Elle a appartenu à divers aristocrates sans que personne s'y installe. Aujourd'hui, un type surveille les départs pour l'île de la Quarantaine… François Briard, un Français plus têtu qu'un bourricot aveugle et qui se dit connétable des juges de paix. Quand nous arriverons à Sainte-Madeleine, un docteur et deux miliciens valideront votre passage.

– Et si nous n'allions pas chez ce monsieur Briard ? suggère Kate. Rien ne nous empêche de nous disperser dans la nature au lieu d'être parqués en quarantaine sur la Grosse-Île, non ?

– C'est une bien mauvaise idée, petite. « Dans la nature », comme tu dis, votre espérance de vie serait celle d'un éphémère, sans parler de celles et ceux qui sont dans les chariots. Des enfants sont orphelins, des familles n'ont plus rien, sinon la peau sur les os… Ils ont besoin de papiers. Sans ça, s'ils sont arrêtés, les hommes seront réexpédiés vers l'Irlande ou l'Angleterre et les femmes, si elles possèdent quelques charmes, finiront sur le trottoir à essayer de les vendre. Quant aux gamins, je n'ose même pas imaginer…

Martin n'est pas disposé à poursuivre sur le sujet. D'un claquement de rênes, il invite les chevaux à accélérer l'allure.

– Père William, qu'est-ce qu'on trouvera sur la Grosse-Île ?

– La maladie et la mort pour ceux que le choléra et le typhus ont trop affaiblis, la guérison pour les autres et l'espoir d'une autre vie.

Puis, l'oblat se tait. Une sorte de désarroi brouille son regard de brave homme. Au bout d'un long silence, il soupire.

– Je me suis rendu sur l'île peu de temps après l'arrivée de notre congrégation dans le Nouveau Monde. Ce que j'ai découvert là-bas ressemblait à l'enfer. À cette époque, le typhus n'était pas encore arrivé d'Europe, mais sur place, le surintendant médical, le docteur Douglas, était déjà confronté à une épidémie de choléra. D'après ce qu'il m'a expliqué, tout était parti d'une mauvaise appréciation de la situation.

Pour se donner le courage de poursuivre, le père Cartier se désaltère d'un peu d'eau et prend le temps de bourrer le culot de sa bouffarde. Deux ou trois bouffées tirent de sa poitrine une toux graveleuse, mais il continue.

– Mauvaise appréciation, disais-je… C'est ça… Mes frères et moi n'étions pas encore ici, mais en 1832, la première quarantaine sur la Grosse-Île a échoué de manière lamentable. Quatre ans plus tard, quand il a été nommé à son poste, Douglas a pris les choses en main. Des abris, des hôpitaux et des chapelles ont été érigés à la va-vite. L'année dernière, le «quai d'en haut» a été construit pour faciliter le débarquement des immigrants. Depuis l'arrivée de la marée humaine porteuse du typhus, la situation est devenue incontrôlable et il se dit que les équipements du poste de quarantaine sont débordés.

– En gros, vous êtes en train de nous expliquer que nous allons mourir sur ce rocher.

– Ne sois pas pessimiste, Kate. Jusqu'à présent, malgré la traversée et la promiscuité, toi et ton frère êtes passés à travers les gouttes. Remerciez Dieu.

– Combien de temps dure l'isolement sur la Grosse-Île? demande Martin

– Trois semaines… Peut-être quatre…

– Ne vous offusquez pas, mais quelque chose me dérange dans votre discours.

– Je t'en prie, Martin… Si je peux dissiper tes doutes, ne te gêne pas.

– Vous affirmez vous être rendu sur la Grosse-Île peu de temps après l'arrivée de votre congrégation, en 1841 si j'ai bonne mémoire.

– C'est exact.

– Pourquoi n'avez-vous pas été placé en quarantaine comme tous les immigrants ?

– Parce que le bateau que l'évêché avait affrété ne transportait que des religieux. Les bateaux cercueils étaient réservés à la piétaille contaminée.

– Ce n'est pas en utilisant de telles expressions que vous convertirez les tribus du Nouveau Monde.

– Tu as raison, Kate, mais ici, c'est ainsi que vous êtes considérés. De la *piétaille contaminée.* Ne l'oubliez jamais… Avant d'être acceptés, vous représentez un danger.

Au détour de la route forestière, le Saint-Laurent se rétrécit et renvoie pourtant l'impression d'être encore plus large que l'Irlande. Sur le fleuve, Martin aperçoit les voiles des navires qui vont ou reviennent de Québec. Ceux qui remontent vers la ville sont chargés des mêmes malheureux qu'il transporte dans son attelage. Ceux qui repartent dans l'autre sens ont sans doute les cales remplies d'immenses troncs d'arbres destinés aux mâts des bateaux de Victoria.

Épuisée de questions et bercée par les ornières du chemin, Kate pose sa tête sur les genoux de Martin. De temps en temps, il arrange une mèche rebelle de ses cheveux. Sous ses boucles blondes, les piqûres de maringouin ont dessiné de minuscules taches rouges dans son cou. Les épaules couvertes d'un plaid moins sale que les autres, elle dort. À côté d'eux, l'oblat fume pipe sur pipe et ne cesse de pérorer. Toutes les occasions sont bonnes pour qu'il se lance dans d'interminables explications. Les Anglais, les Français, les Indiens, les guerres entre eux. Dieu et la mission d'évangélisation que le Tout-Puissant lui a confiée. Le père William Cartier se fiche de savoir si quelqu'un l'écoute : il parle, un point c'est tout.

La journée s'éternise, avant de glisser entre chien et loup. Lorsque le dernier éclat de soleil disparaît derrière une colline couverte de mélèzes, les toits de trois baraques sortent des feuillus. Dans la baie, deux cotres à hunier, voiles affalées, sont au mouillage. Plusieurs chaloupes cognent un ponton de guingois. Devant une grange, deux miliciens armés patrouillent autour d'un groupe d'infortunés promis à la quarantaine. Avec les malheureux qui arrivent, combien pourront embarquer ? Martin lorgne le fusil à silex d'Auguste Lachance, qu'il a rangé à ses pieds. Aura-t-il le temps de s'en saisir si Woodward est dans les parages ?

– Outaouais.

– À vos souhaits.

– Je n'éternue pas, Martin. Et je suis navré que tu ne prêtes pas attention à mes paroles. L'*Outaouais*, c'est le nom d'une région au nord de la rivière du même nom. Je te conseille de t'y installer avec ta sœur, après votre séjour sur la Grosse-Île. Si vous en sortez vivants, bien sûr.

– Pourquoi l'Outaouais ?

– Parce que c'est sauvage. C'est une contrée de bois et de fourrures ; ceux qui te cherchent gâcheraient des années à vouloir vous retrouver. Kate m'a raconté votre histoire et les conditions de votre départ d'Irlande. Pendant quelque temps, vous devez éviter les polices des bourgades comme Québec, Montréal ou encore Bytown. Avec ta sœur, n'hésitez pas à changer vos noms, ça brouillera les pistes.

Passant du coq à l'âne, l'oblat désigne les maisons et les chariots rangés devant le pont d'embarquement.

– Je pense qu'il va falloir bougrement négocier pour monter à bord d'une de ces chaloupes. Quand la milice maraude dans les parages, ce n'est jamais bon signe.

– Rien ne presse, curé. On attendra pour partir.

William Cartier hausse les épaules et soupire.

– Ou pour mourir. C'est ce qui arrivera si vous restez à quai.

XV

... ce n'est pas toi qui décides.

Les naufragés du *Carrick of Whitehaven* sont parqués devant une grange avec d'autres malheureux, tous dans un état pitoyable. Les miliciens se tiennent à bonne distance des pestiférés et interdisent à quiconque d'approcher ou de s'éloigner. Pour satisfaire leurs besoins, les femmes se regroupent et s'accroupissent dans les graviers, abritées des regards sales par les jupes de celles qui restent debout.

Martin et Kate sont assis à l'écart, le dos appuyé contre des fûts de mélasse et d'eau propre. Depuis un moment, l'oblat rondouillard discute avec un type de la taille d'un grizzli. Couvre-chef en feutre enfoncé jusqu'aux oreilles, front bas et sourcils broussailleux, le taiseux paraît difficile à convaincre. Sa barbe rousse n'arrange rien. Quand il lorgne dans leur direction, la crainte oblige Kate à détourner les yeux.

– Tu as vu cet homme ? Même les humains sont des monstres, dans ce pays.

– Où as-tu rangé ta charité chrétienne, Kate ?

– Tu sais ce qu'elle te répond, ma charité chrétienne ?

– Je ne préfère pas. Regarde, le *monstre* vient dans notre direction.

– Mon Dieu !

L'homme dit s'appeler Erwan Kermor et tend une main vigoureuse qui broie les doigts de Kate. Ses bras sont deux branches d'arbre et ses épaules semblent assez larges pour supporter le poids de plusieurs sacs d'avoine. L'insigne piqué sur le pan de sa veste est le même que celui qu'arborait Jacques Ledigne, le policier hautain de Saint-Alban-des-Rosiers. Sous ces airs d'animal de cirque, le gars a dans les yeux une gentillesse qui dénote avec son physique ingrat. Les parties de son visage, sans barbe ni poils, sont plus ridées qu'un miroir cassé.

– Je suis l'adjoint du connétable François Briard. En son absence, j'assure les *boats* pour la Grosse-Île.

L'homme s'exprime avec un accent curieux. Martin s'avance et s'adresse à lui dans la langue de Molière.

– Mon père était irlandais et ma mère bretonne. Elle est née à Pleumeur-Bodou.

Le visage du gaillard s'illumine et se fend d'un large sourire plein de vilaines dents.

– *Driest mor ha douar!*

– C'est ça, répond Martin : « Par-delà mer et terre », c'est la devise de la ville.

– Si tu es fils de Bretonne, alors, tu sais naviguer.

– Un peu.

– Ça tombe bien, continue le barbu. Les naufragés s'agglutinent à Sainte-Madeleine, mais je manque de bras pour mener les cotres jusqu'à la Grosse-Île. Certains gars refusent de monter sur les navires avec des malades. En ce moment, je n'ai qu'un marin à disposition. Depuis deux jours, les nouveaux arrivants s'entassent sur la berge comme des mouches sur une bouse. Si ça empire, Sainte-Madeleine deviendra un cimetière. J'ai trop de gens à expédier sur l'île de la Quarantaine et pas assez de bateaux. Tu es d'accord pour embarquer tout de suite avec tes morts-vivants ?

– Je suis avec eux depuis Sligo.

– C'est parfait ! Combien êtes-vous ?

– Moins de vingt.

– C'est bien, vous tiendrez tous à l'avant du cotre. Le matelot qui vous emmènera connaît le fleuve et ses dangers comme les lignes de sa main. Avec la marée haute, le vent pousse fort dans l'embouchure.

– On voyagera de nuit ? Ça ne risque rien ?

– C'est sans danger, ma belle. Cette nuit, la lune sera pleine.

– Pourquoi précipiter le départ ? insiste Kate qui, de toute évidence, n'a pas envie de reposer le pied sur le pont d'un bateau.

Le rouquin se penche vers elle.

– Toi et tes amis, vous avez envie de vivre, n'est-ce pas ?

– Bien sûr ! Quelle question !

– Alors, je vous conseille de partir sur-le-champ. La marée est bonne. Tous les immigrants doivent passer par la Grosse-Île. Le problème, car il y en a un, c'est que l'île compte aujourd'hui plus de sept cents malades dans un état quasi désespéré. Le surintendant, le docteur Douglas, refuse des nouveaux arrivants quand ils sont trop nombreux. Il force les capitaines à garder leur cargaison de mourants à bord des navires. À ce jour, une vingtaine de bateaux attendent d'être déchargés. Ce ne sont plus des bricks ou des trois-mâts, ce sont des hôpitaux flottants où la Grande Faucheuse s'en donne à cœur joie.

– Pourquoi se rendre sur cette île s'il est impossible d'accoster ? continue Kate sur le même ton agacé.

– Parce que Douglas ne refuse jamais les embarcations de petite taille. Mes cotres à huniers en font partie, à condition d'aborder La Grosse-Île par le « quai d'en haut » pour éviter les récifs. Sur ce... décidez-vous vite. Avec le vent, vous aurez besoin de deux jours pour gagner l'île de la Quarantaine.

– On part tout de suite, tranche Martin. Donne-moi le temps d'installer mes compatriotes sur tes chaloupes.

– C'est une sage décision. *Avel a-riz. Kenavo*... ou plutôt *Kimiad.*

Et Erwan Kermor tourne les talons.

– Qu'est-ce qu'il a dit ? demande Kate.

– Au revoir, ou plutôt adieu. Et il nous souhaite bonne brise.

Depuis le pont d'embarquement, l'oblat William Cartier salue le cotre qui lève l'ancre. L'obscurité brouille sa silhouette massive. Le fusil d'Auguste Lachance, qu'il tient en bandoulière, renvoie de lui l'image d'un farfadet affublé d'un bâton trop grand. La côte s'éloigne sans que le navire ait besoin de toute sa voilure.

À l'avant, Kate rassure les passagers d'une phrase tranquille ou d'une remarque amusante. Elle passe entre eux avec la grâce d'une bergère au milieu de ses cabris. Parfois, elle s'assoit et glisse un secret à l'oreille d'un gamin. Martin regarde s'affairer ce petit bout de femme qui l'a demandé en mariage. D'où provient tout l'amour qu'elle offre sans cesse aux autres ? Est-elle un ange que Dieu a envoyé sur terre ? Depuis Sligo, pas une fois elle n'a baissé les bras. Pendant la traversée, sa rage de vivre était si grande qu'elle a impressionné la mort.

Comme annoncé, une nuit de pleine lune s'installe sur le Saint-Laurent. Les rives de Gaspésie sont hérissées de falaises imposantes et drues qui montent vers les étoiles. Le cotre file à bon vent. À la barre, le matelot d'Erwan Kermor doit être sourd et muet, car il ne répond à aucune question. Engoncé dans une veste épaisse, un étrange bonnet sur les oreilles, le gars paraît statufié. Impossible de lui donner un âge. Son regard plissé fixe l'obscurité. Sur le gouvernail, ses mains remuent à peine.

Kate rejoint Martin et se glisse sous la couverture. Son corps frêle se colle contre lui et il joue les endormis. Une main-araignée fouille ses cheveux puis elle abandonne son bras autour de sa poitrine pour le serrer plus fort.

– Je veux que tu m'aimes, Martin Sullivan, murmure-t-elle dans son dos. Mais avant de m'épouser, tu devras te parfumer et te raser.

La prière, presque muette, le touche et l'attriste à la fois. Alors, il décide qu'il est temps de rêver. Pourquoi ne pas inviter Sinéad O'Leary à partager sa nuit ? Kate n'en saura rien.

Au matin, le cotre glisse en silence sur le fleuve. La houle est longue et apaisante. À l'autre bout du navire, les rescapés du *Carrick* se regroupent pour se tenir chaud. Des toux secouent parfois une poitrine. Une femme demande à un petit de pleurer moins fort ou à un homme de cesser de ronfler.

Pour Martin, c'est une nuit blanche qui se termine.

Pourtant bercé par le bruit de la proue qui écartait les vagues, il n'a pas réussi à fermer l'œil. Lorsqu'il touchait le sommeil où il espérait attirer la belle Sinéad, Kate gigotait dans son dos, plus agacée qu'un asticot sur un vieux fromage et le réveillait d'un coup de genou.

La pointe d'une botte dérange son épaule.

– Bouge !

C'est le premier mot que prononce le marin soudé au gouvernail.

– Affale la grand-voile, on doit réduire l'allure et prendre noroît.

– Je te croyais muet, ironise Martin.

– Je n'avais rien d'intéressant à dire. Dépêche-toi, j'aperçois les premiers navires mouillés devant l'archipel.

Loin, à bâbord, des mâtures percent le brouillard du fleuve. Martin réveille Kate et exécute les ordres. Lorsqu'il rejoint le matelot, celui-ci le gratifie d'un hochement de tête.

– Belle manœuvre, mon gars. Tes bras sont intelligents. Toi, petite, va à l'avant et cache ta horde sous des toiles de jute. Dis-leur de garder le silence.

– Pourquoi ?

– On doit naviguer entre des navires au mouillage. Ils sont là depuis des jours. Leurs cales sont pleines de malades et les morts qu'elles contiennent sont balancés par-dessus bord. Que personne ne crie si la coque heurte un cadavre. Depuis la pointe de l'archipel, on en retrouve partout dans le fleuve et sur ses rives. Certains flottent jusqu'à Tadoussac. À bord des goélettes et des bricks, les matelots sont à cran et n'hésitent pas à tirer sur les cotres qui se faufilent entre eux. Donc, silence.

– Serais-tu devenu bavard d'un seul coup ? Pourquoi imposer à ma *horde* de s'étouffer sous une couverture de jute ?

– Tu ne lâches jamais le morceau, petite.

– Jamais. Surtout quand il s'agit d'êtres humains.

Le matelot au bonnet sur les oreilles dévisage cette adolescente têtue et soupire.

– Du haut des dunettes, la toile de jute imite des sacs de blé. Pourquoi gaspiller une balle à tirer sur de la nourriture alors qu'il risque d'en manquer pour achever un mourant ?

L'aube tarde à se lever. Sans trop s'approcher des premiers deux-mâts, le cotre glisse entre eux. Pas un seul coup de feu ne troue les voiles ni ne perce les *sacs de blé*. Là-bas, une langue de terre et de roche s'éclaire des rayons du premier soleil. La brume s'écarte comme la fumée d'une pipe au-dessus d'un cendrier.

– On arrive ? demande Kate.

– Non. Ce qu'on aperçoit, c'est la pointe de l'archipel de L'Isle-aux-Grues. Si les types qui l'ont découvert avaient eu de bons yeux, ils auraient dû l'appeler l'Isle-aux-Hérons ; il n'y a jamais eu de grues ici.

– Et toi, tu t'appelles comment ?

– En quoi ta vie changerait si je refuse de te dire mon nom ?

– En rien, j'avoue… Pourtant, si un jour Dieu m'ordonne de fleurir ta tombe, ce sera plus facile pour moi de la trouver. Où souhaites-tu être enterré ?

– Sur la Grosse-Île.

– Pourquoi ?

– Parce que d'août à septembre ses rives sont couvertes de gentianes de Victorin.

– C'est qui ce Victorin ?

– Tu m'agaces avec tes questions.

Le matelot garde les yeux rivés sur les hauts-fonds, mais sourit devant l'entêtement de cette môme plus effrontée qu'une chevrette.

– *Philémon Jasper*, c'est ce qui sera gravé sur ma pierre tombale, finit-il par avouer. Les mauvais esprits ajouteront dessous : *poète, buveur et joueur de fléchettes.*

– Et c'est vrai ?

– Faut croire.

– Dis-moi, Philémon Jasper, c'est encore loin la Grosse-Île ?

– Tu verras bien. On doit d'abord longer des îlots rocheux qui ont tous des noms plus bizarres les uns que les autres. L'Île aux Oies, l'Île à l'Oignon, l'Île aux Canards…

– Une vraie recette de cuisine.

– C'est pas idiot. J'y avais jamais pensé. La Grosse-Île est située entre celles de la Patience et de la Sottise.

– Ça, c'est tout moi.

– Bon, t'es bien gentille, mais maintenant tu la fermes. Ce n'est pas le moment de jacasser et d'alerter les gabiers. On a encore des bateaux à contourner.

– D'accord, amiral Philémon.

Pendant des heures, le cotre file sans encombre entre les navires cercueils. De temps à autre, un cadavre enveloppé dans un drap crasseux bascule par-dessus la lisse, mais les pleurs de ceux qui le perdent sont couverts par les claquements des filins dans la mâture. Pas de prière. Pas de derniers sacrements. Simplement le bruit d'un corps qui plonge dans le Saint-Laurent. Le fleuve s'amuse à le déshabiller de son suaire de fortune puis, poussé par le courant, le mort en haillons disparaît derrière la poupe de la goélette où Dieu a soufflé la bougie de sa vie.

Vissé à son gouvernail, Philémon Jasper reste indifférent à ce sinistre spectacle et salue de son bonnet chaque officier qui se montre à sa dunette. Les ordres qu'il envoie à Martin pour prendre meilleur vent sont plus secs que des coups de trique. Ce qui le surprend le plus n'est pas la rapidité des manœuvres, mais le toupet de Kate. La gamine est allongée sur le dos, jambes croisées, mains derrière la tête, et fredonne une ballade irlandaise en regardant défiler les nuages. Sur l'épaisse toile de jute qui couvre sa horde miséreuse, elle ressemble à un diablotin vautré dans un édredon.

Soulagé, Philémon Jasper voit s'éloigner la proue du dernier brick mouillé au large des Deux Îles-aux-Frères, à moins d'un demi-*mile* de la pointe est de la Grosse-Île. En face du cotre, une baie rocheuse se dessine. Peu à peu, son littoral prend forme. Des baraquements alignés en épi, un lazaret, des tentes et des marquises blanches dispersées çà et là. Posé sur une langue de terre marécageuse, un quai cerné de joncs agités par le vent. En toile de fond, un rideau de sapins, d'érables et de pruches. Devant, une barrière d'aulnes rugueux domine un parterre de choux puants aux fleurs jaunâtres dont les couleurs se fanent.

Deux chaloupes sont amarrées sur le ponton où un homme en redingote et pantalon de flanelle avance. Des religieuses trottinent derrière lui, revêtues d'aubes grises et de coiffes couleur de cierge.

Le flanc bâbord du cotre se cogne au quai. Martin jette les cordages que les nonnes attrapent.

– Docteur George Mellis Douglas, annonce le notable.

Cheveux poivre et sel, rouflaquettes épaisses, George Douglas a la tête congestionnée d'un aristocrate ruiné qui ne parvient pas à avaler son pudding. La fatigue tire son visage. Son regard traîne sur le cotre et les malheureux qu'il transporte puis revient sur Martin.

– Je ne te souhaite pas la bienvenue. Ni à toi ni à ceux que tu amènes. Si Philémon est à la barre, c'est que ce bateau vient de Sainte-Madeleine.

– C'est ça.

– Ton nom ?

– Martin Sullivan.

– Combien êtes-vous ?

Douglas paraît pressé. Son anglais est mâtiné des intonations roulées en gorge des Écossais du sud. Sa main gauche se crispe sur le pommeau de sa canne. Sa droite froisse le gousset de sa montre.

– Combien ?

– Dix-neuf, avec ma sœur et moi.

– Remerciez Kermor et n'oubliez pas Philémon dans vos prières. Tu sembles en bonne santé, Martin Sullivan. Pas de traces rouges sur le corps ? De la fièvre ?

– Non.

– Parfait. Sœur Marcelle t'emmènera vers les tentes dressées à l'est de l'île. Les autres seront pris en charge pour être auscultés. Qu'ils suivent les sœurs qui les guideront.

– Moi non plus, je ne suis pas malade, proteste Kate.

Douglas la dévisage. Dans son regard, de la lassitude.

– Je n'en sais rien, petite. Tu es plus maigre qu'une épaule de chat et de toute manière, ce n'est pas toi qui décides.

XVI

... mes condoléances à son épouse.

Le parquet grince. Un croissant de lune éclaire le couloir qui mène aux chambres. En bas, dans la cuisine, des bruits de vaisselle. Betty s'affaire en bougonnant contre ces nantis qui mangent comme des porcs alors que le pays crève de faim. Vers les remises et les étendages, le palefrenier ferme les box des chevaux et jette un dernier coup d'œil aux écuries. La nuit sera claire.

Sinéad attend dans l'encadrement d'une porte qui donne sur l'escalier. Peu à peu, le château d'An Clochán s'endort et elle repense à cette soirée qui n'en finissait pas.

Encore du ragoût. James est ivre de ses vantardises et du vin qu'il ingurgite. Il pérore, s'énerve contre ces têtes de chien d'Irlandais, incapables de se soumettre ou de payer ce qu'ils doivent aux *landlords*. Si personne ne les mate, si les catholiques se rebellent, ce sera une guerre fratricide avec les sujets de Victoria. À court de phrases, il boit encore. Indifférents aux diatribes enragées de leur hôte, Jacobsen et Shoute jouent aux cartes devant le feu de tourbe. Calé dans un fauteuil, Andrew Gray, verre de brandy en main, écoute D'Arcy s'enfermer dans ses bêtises d'ivrogne. Dans ses yeux, du mépris pour ce fanfaron.

Quand son regard glisse vers Sinéad, elle se doute qu'une envie furieuse de la baiser le dévore. Ça ne la dérange pas. Alors, elle minaude, se lève pour proposer du thé ou des alcools. Exagère un peu le mouvement de ses hanches, juste assez pour le provoquer. Ce soir, en écoutant Andrew Gray parler de son prochain voyage vers le Nouveau Monde, de ces filles de mauvaise vie qu'il embarquera dans ses soutes, elle décide de le persuader de l'emmener, elle aussi.

C'est pour ça qu'elle est là. Derrière cette tenture, au coin de cette porte au bout du couloir. Demain, si le négrier appareille, ce sera trop tard. La chance ne repassera pas deux fois. D'après Gray, le senau qu'il a armé naviguera vite. Quatre semaines, au plus, pour donner à des putains d'Irlande la chance de découvrir une meilleure vie et de devenir des mères, peut-être, sur les terres du Nouveau Monde.

Pour ça, Sinéad est prête à se damner.

Ce n'est pas un sacrifice qu'elle s'impose ; sa volonté de fuir est plus forte que tout. Le château de James D'Arcy est une prison. Elle ne supporte plus d'avoir à simuler le plaisir avec le nobliau et de satisfaire tous ses fantasmes. Sentir tous les soirs son haleine avinée dans son cou, ses mains l'obliger à une caresse, tout est pour elle une punition. Bien sûr, elle pourrait retourner à Sligo, mais la simple idée de rejoindre Robert Mullargh est insoutenable. L'Irlande l'étouffe. La famine lui sort par les yeux. Ceux qui crèvent, elle s'en moque. Son demi-frère ? Qu'il aille au diable ! Son espoir à un nom : Martin Sullivan. Là-bas, aux confins du monde, loin de cette misère et de cette violence qui couve.

Elle respire fort et ferme les yeux pour se donner du courage.

Une main violente l'arrache à sa cachette. À genoux, elle se traîne derrière celui qui la tire par les cheveux. Le couloir chavire. Deux fois, elle se cogne contre des meubles. D'autres pas. D'autres bottes. Quand elle essaie de se relever, elle reconnaît Jacobsen. Une gifle. Elle recule, tente de fuir. Un coup de savate dans les côtes lui coupe le souffle. Affalée sur le flanc, elle regarde le décor autour d'elle. Les tentures sur les murs. Les pieds des chaises et des guéridons. Le lit. Un pot de chambre. Tout vacille. Et si Robert était revenu pour la tuer ? Consciente d'affronter le pire, elle se redresse. Une O'Leary ne meurt ni allongée ni à genoux.

Elle se lève.

Jacobsen et Shoute s'écartent un peu. Derrière eux, Andrew Gray déguste un dernier brandy, vautré dans un large fauteuil en peau. Un plaid sur les genoux, torse nu, l'homme la dévisage d'un air salace. Elle l'imaginait moins poilu et moins gras.

– J'ai cru comprendre que tu souhaitais voguer vers le Nouveau Monde, n'est-ce pas ?

– Qui t'a dit ça ?

– Simple déduction, Sinéad. D'Arcy était assez saoul et stupide pour me raconter ton histoire. Tu es la pute de Robert Mullargh, c'est ça ? Connaissant l'animal, c'est normal que tu veuilles foutre le camp. Qu'est-ce que tu fichais dans ce couloir ?

– J'attendais que James s'endorme, j'espérais te convaincre de m'emmener.

– Ouh là ! Tout doux, ma grande ! Ne t'emballe pas ! Tu crois que D'Arcy acceptera de t'offrir le voyage ? Si ton Robert l'apprend, l'espérance de vie de ce brave James deviendra peau de chagrin.

– Il suffira de ne rien lui dire.

– Admettons. Reste le problème du prix. Les filles qui embarquent paient pour partir. Elles paient aussi pour boire et manger afin d'arriver en bon état de l'autre côté. Là-bas, des veufs ou des gars à marier sont prêts à se saigner aux quatre veines pour les épouser. En revanche, je ne suis pas certain qu'ils se ruinent si la viande que j'apporte n'est pas fraîche. Toi, t'as de l'argent ?

– Non.

– C'est bien ce que je pensais. Donc, on a un problème.

– Je suis capable de tout pour partir.

– J'imagine. Sais-tu que la liberté coûte cher, Sinéad ? Surtout quand il s'agit d'échapper au clan Mullargh.

– Combien ?

– C'est pas le *combien* qui est important ma belle, c'est le *comment*. Avant de parler « argent », je me dois de t'avertir. Si tu montes à bord, tu serviras de cuisinière, d'infirmière si besoin, et bien sûr de bonne à tout faire. Réfléchis bien, c'est un voyage sans retour. Pour nous, ce sera la dernière traversée. Après, on part naviguer sur un autre océan. Avec la ruée vers l'or, les bras manquent sur la côte pacifique et la main-d'œuvre chinoise se vend bien.

– Arrête de pérorer, Gray. Combien ?

– Ton cul. Pour nous trois, pendant les quatre ou cinq semaines qu'on passera en mer avant d'atteindre la Gaspésie. Le premier acompte est payable cette nuit. Une fois là-bas, on te négociera avec les autres. À toi d'être maligne et de séduire un candidat ni trop vieux ni trop moche.

– C'est dans mes cordes. J'ai connu pire. Et pour James ?

– T'inquiète. Quand il ouvrira les yeux, on sera loin des côtes du Connemara. Les putains d'Irlande dorment déjà dans les soutes. On lève l'ancre avant le lever du jour, dès que la marée sera assez haute. Alors, tu décides quoi ?

– Je pars.

– Très bien. Prépare tes frusques.

Un feu de tourbe enfume la taverne de Jeff Brady. Le tenancier dispose les chaises autour d'une table. Sans beaucoup d'adresse, La Vermine s'essaie aux fléchettes. Trois lampes à huile brillent sur des tabourets. Les habitués, ceux des réunions politiques organisées par le clan, se regroupent vers le comptoir. Les autres, les soiffards d'un soir, sans doute moins curieux, changent de banc pour s'asseoir plus loin. Malgré la cinquantaine de gueules sales qui se retrouvent là, un silence de confessionnal règne dans le pub.

L'instant est aux mauvaises nouvelles.

Deaglán Mullargh pose une bourse ventrue sur la carte dépliée devant lui. Dans son dos, accoudé à la poutre de la cheminée, Robert dévisage deux taiseux qu'il a sélectionnés : Bradley Walsh et Liam Pharell, originaires des prairies de Ben Bulden. Son père a choisi d'en convoquer un troisième, Nolan McManamann. Le type, qui tient boutique à l'entrée de la ville, paraît surpris d'être là. Il lève la main et sollicite l'autorisation de parler.

– Excusez-moi, Monsieur Mullargh, je suis venu avec mon fils. Il m'attend dans la carriole et du sale temps s'annonce. Est-ce que je peux…

– Ton gamin reste où il est, coupe Deaglán. On n'en a pas pour longtemps.

La porte de la taverne s'écarte sur Conor et Ronan Brady. Ici, les cousins de Jeff sont surnommés les *corbeaux*. Sans dire un mot, tous deux se dirigent vers le comptoir et ordonnent à La Vermine d'apporter des pichets. Les discussions s'éteignent. La présence des métayers du clan n'augure rien de bon. Sans s'occuper d'eux, Deaglán Mullargh dévisage Walsh et Pharell. Mal à l'aise, les gars de Ben Bulden dansent d'une fesse sur l'autre.

– Robert vous a expliqué ?

En même temps, les types acquiescent.

– Donc, on est d'accord.

Nouvelle validation muette. Deaglán pousse la bourse vers eux et détaille cette assistance de fermiers qui se demande bien à quoi elle est en train d'assister.

– Parfait. Voilà pour vous. Merci à tous les autres d'être venus ce soir. Avec Robert, on partira de Limerick au plus tard dans six jours. Le *Nimian* sera à quai après-demain et la traversée durera six à sept semaines. Si tout se passe bien, on sera de retour au début de l'hiver. En attendant, Bradley Walsh et Liam Pharell, ici présents, sont là pour vous transmettre un message. Êtes-vous prêts, Messieurs ?

Les deux opinent du bonnet.

– Très bien. On commence tout de suite avec McManamann.

Pris de panique, le type recule sur sa chaise. Sur son visage, toute la peur du monde. Dans un élan de survie, il fonce vers la porte de la taverne. Robert le plie en deux d'un violent coup de poing dans l'estomac. À quatre pattes, bouche ouverte, les yeux exorbités,

McManamann tarde à retrouver son souffle. De concert, Pharell et Walsh sortent leurs couteaux et s'approchent du malheureux.

– Pas ici, ordonne le patriarche. La Vermine ! lâche tes fléchettes et récupère un seau et une brosse. Tu nettoieras les pavés de l'arrière-cour.

Deaglán Mullargh se retourne vers les habitués du pub, sidérés d'assister à une telle scène. Malgré les protestations du condamné qui disparaît derrière la tenture de l'alcôve, pas un seul n'esquisse le moindre geste pour le défendre.

– Voilà ce qui arrive aux traîtres, continue Mullargh. On a retrouvé la carriole et le cheval de Glenn McBride dans la grange de McManamann. Chose promise, chose due. On me trahit, on meurt. Cette menace vaut pour vous tous.

Jeff Brady pose une pinte de bière devant le vieux. Celui-ci la vide cul sec et se torche les lèvres de sa manche. Ragaillardi, il reprend ses menaces.

– En mon absence, Ronan et Conor Brady surveilleront mes affaires et donneront les ordres. Pharell et Walsh se chargeront de les exécuter. Vous venez de les voir à l'œuvre, inutile d'en dire plus. À bon entendeur, salut ! Pour ce scélérat de McManamann, pas de messe ni de tombe. La terre de la fosse commune du port est assez bonne pour qu'il y pourrisse dès ce soir. Comme je suis quelqu'un de bien élevé, que ceux qui ramèneront son fils chez lui présentent mes condoléances à son épouse.

XVII

... un peu tremblante.

Plus de nouvelles de Kate. Depuis douze longues journées, un soleil plombe les tentes. À partir de midi, la brise n'est que chaleur. Lorsqu'elle monte du fleuve, les effluves fétides qui proviennent de l'autre côté de l'île ont du mal à se dissiper.

Sur la partie est de la Grosse-Île, une centaine d'hommes et de femmes se regardent en chiens de faïence. Ici, on les appelle les *guéris*. Avant d'avoir le droit de quitter l'îlot de la Quarantaine, ils tournent en rond pour s'occuper, prêts à rudoyer ceux qui les bousculent. Des rats en cage. Quand partiront-ils ? Personne ne le sait et même les nonnes grises, pourtant généreuses et bienveillantes, sont incapables de répondre à leurs questions. Les anciens chuchotent entre eux, partagent la même table sur laquelle ils émiettent quelques souvenirs. Parfois, il est question de tristesse. Celle d'avoir perdu un être cher. Chaque fois que des curieux s'approchent de leurs messes basses, de mauvaises gueules les repoussent.

Avec la moiteur étouffante et les nuits sans fraîcheur, Martin se tient à l'écart de cette faune de survivants.

Les femmes restent entre elles pour se protéger ou se consoler. Les hommes attendent, les mains dans les poches, regards fermés à double tour, à scruter le va-et-vient des embarcations qui apportent le typhus sur la Grosse-Île. Tous n'espèrent qu'une chose : partir. Eux se croient tirés d'affaire. Certains toussent ou gardent encore de la fièvre, mais il paraît que ce n'est pas inquiétant. Hier, pendant la nuit, la mort a pourtant fauché un gars de Limerick qui était revenu sur ses deux jambes des mouroirs de la zone ouest. Parce que là-bas, à l'autre bout de ce rocher de quarantaine, dans cet enfer d'excréments, de maigreur et de langues noires, la Grande Faucheuse joue aux quilles.

Chaque fois qu'un cotre accoste pour emporter un groupe de *guéris* vers Québec, ceux qui ont encore de la famille moribonde dans les lazarets refusent de s'en aller et se cachent. Sœur Marcelle n'est pas dupe, mais accepte de fermer les yeux surtout si le mourant est un enfant dont la mère est sauvée. Cheveux tirés en chignon sous sa coiffe, regard clair et nez en trompette, cette sainte femme, plus dodue qu'une vieille pâtissière, assure les repas avec une nuée de nonnes qui se ressemblent toutes. À chaque écuelle présentée, elle marque un temps d'arrêt. Louche en l'air avant de servir sa mixture, elle vérifie si celui ou celle qui tend sa gamelle n'affiche pas des signes de la maladie. Ses manières sont brusques, mais son cœur est large et, quand elle ronchonne, ses réprimandes se terminent toujours par un sourire.

– Bonjour, bel homme, dit-elle à Martin lorsqu'il se campe devant la roulante.

– Vous avez des nouvelles de Kate ?

– Avance que je ne rate pas ton auge. Ne la remue pas si tu ne veux pas en avoir plein les doigts. Kate ? Je l'ai vue hier. Reste dans le coin, on en parle dès que j'ai fini le service.

– Mais vous pouvez quand même me dire…

– Pas maintenant.

Assis sur un rocher en face du fleuve, Martin avale sa pitance sans faim ni plaisir. Son esprit est ailleurs. Pourquoi Sœur Marcelle n'a-t-elle pas répondu, tout simplement « Elle va bien » ? Et si la gamine était tombée malade ? Non, à côtoyer les moribonds, le typhus l'aurait attrapée pendant la traversée ou sur la plage de Saint-Alban.

Du bout de sa cuillère, Martin écarte les fèves dans son bol. Chaude, la mélasse a bon goût. Froide, elle dégage un fumet de cadavre. La première fois, lorsqu'il avait demandé à sœur Marcelle ce qu'elle lui servait, la nonne avait roulé des yeux de gourmande cachottière. «Des *beans*, de l'ail, un beau cul d'oignon, du bouillon de volaille et du vinaigre. Tu chauffes et tu mélanges. Le lard doit être blanc quand tu le mélanges. C'est un repas qui requinque les bûcherons et éloigne les maringouins.»

– Peut-être, mais froid, c'est dégueulasse.

– Qu'est-ce qui est dégueulasse?

Martin sursaute et se retourne. Sœur Marcelle défait les nœuds de son tablier valet et le plie avec un soin de lavandière.

– La vie, sœur Marcelle. La vie est dégueulasse, ment Martin pour ne pas vexer la cuisinière du Bon Dieu.

– Pousse tes fesses que je pose les miennes, ordonne la nonne grise. À force de piétiner devant mes casseroles, j'ai les pieds dans les genoux et les genoux dans les reins. La charrette qui rapporte les fûts de mélasse a du retard. J'ai le temps de m'allumer une pipe.

– Vous fumez?

– Et pourquoi je ne fumerais pas? Ne me dis pas qu'ils ont ajouté un onzième commandement aux dix autres!

– Vous avez des nouvelles de Kate?

– Pas si vite!

Et la fumée s'enroule autour du visage de sœur Marcelle.

– J'en ai, finit-elle par avouer. Et elles ne sont pas bien bonnes.

– Comment ça?

– Depuis qu'elle est là, la gamine n'a pas arrêté de s'occuper des malades. Hier, elle n'a rien mangé et des frissons lui couraient sur l'échine. Le docteur du Lazaret l'a placée à l'isolement. Ce matin, la fièvre lui tirait les yeux et, quand elle a insisté pour mettre un pied par terre, elle est tombée en malaise. Là-bas, dans la zone ouest, le typhus n'a que des amis.

Martin balance sa gamelle de mélasse de fèves et se lève comme si une couleuvre lui courait sur les cuisses.

– Mais elle va s'en sortir, non ?

– Je n'en sais rien, Martin. Mis à part Dieu, personne n'en sait rien. Le typhus, c'est plein de choses : la fièvre pestilentielle, la fièvre putride, celle des pauvres, des armées, des bateaux… Quand on donne autant de noms à une maladie, c'est qu'elle tue beaucoup de monde.

– Mais vous, sœur Marcelle, vous allez la guérir !

– Je vais essayer, mais ce n'est pas simple. En plus du typhus, on est aussi confronté à une infestation de poux et à une autre maladie contagieuse, la variole. À l'ouest, on a plus de cinq cents malades sur les bras et la Grosse-Île ne sera pas assez grande si on doit tous les enterrer. Pour le moment, Kate est à la diète et n'avale que du lait et de la soupe légère. Elle est soit agitée, soit prostrée. Sinon, et c'est plutôt une bonne nouvelle, elle ne présente pas d'éruption cutanée.

– Pourquoi, c'est une « bonne nouvelle » ?

– Parce qu'au bout de cinq jours, s'il est contaminé, le corps se couvre de pustules. Dis-moi une chose, Martin Sullivan. Kate est bien ta sœur, n'est-ce pas ?

– Pourquoi cette question ?

– Parce que cette nuit, dans ses délires, elle implorait Dieu de lui accorder la grâce de t'épouser.

– C'est-à-dire que…

– Ne te perds pas en mensonges et raconte-moi votre histoire. Ensuite, je te bénirai d'un signe de croix. Nous serons quittes et ton âme s'en portera mieux. Ta Kate a peut-être besoin de ta confession pour guérir.

Des tourbières du Lough Gill, du puits de Tobernalt aux forêts de Slieve Killery et de Slieve Daean, Martin parle de cette terre d'Irlande qu'il a quittée pour protéger Kate. De la nuit tragique dans la ferme, près de Sligo, et de la mort d'Owen Mullargh, il n'oublie rien. La fuite, la traversée, le naufrage, les morts enterrés sur la plage de Saint-Alban-des-Rosiers resteront pour eux des cicatrices éternelles. Et il décrit Kate, ses cheveux bouclés, son regard de fouine et la bonté de son cœur.

Sœur Marcelle ne l'interrompt pas. La nonne se contente de serrer sa main sur le bras de ce grand gaillard qui lui raconte les tourments de sa vie. Ses péchés, ses craintes et les joies d'anciens souvenirs. Martin parle doucement et se tait quand les larmes lui mouillent les yeux.

L'avant-veille, les nouvelles de Kate étaient un peu meilleures, mais ce midi, en voyant arriver la roulante de sœur Marcelle, Martin comprend que la santé de la petite se dégrade. Lorsqu'il présente sa gamelle, la nonne lui renvoie des yeux tristes et une bouche pincée : « Ça ne s'arrange pas… il faut attendre demain. »

Après la bouillie du jour, un curieux mélange de fèves, de gras de cochon, de mélasse et de sirop d'érable, Martin a été rasé et tondu par une religieuse pressée de se débarrasser de sa corvée. Les conséquences de cette intervention brutale ont été immédiates et il ne cesse de passer ses mains sur ses joues et son crâne pour calmer le feu du rasoir qui l'a transformé en galérien.

Maintenant, l'après-midi n'en finit plus.

Depuis une avancée rocheuse qui domine le Saint-Laurent, Martin, le regard vide, suit les arrivées des bateaux en provenance de Berthier-sur-Mer. Des ouvriers et des militaires déchargent le bois qui servira à la construction des nouveaux baraquements et à l'aménagement du hangar-hôpital. Tout le monde prévoit un automne froid et un hiver rude. Les malades soignés sous les tentes n'y survivraient pas.

Là-bas, sur la terre marécageuse du sud de l'île, une dizaine d'hommes, chapeau haut-de-forme et costume noir, arpentent le rivage. Par moments, le groupe s'arrête et Martin reconnaît Georges Douglas. Plan en main, le surintendant désigne des endroits précis sur la berge cernée de blés de mer.

– Les hommes bâtissent des cathédrales pour trouver un sens à leur vie. Ici, ils construisent des chapelles ardentes pour aligner leurs morts.

Martin sursaute. Les mains enfoncées dans les poches de son pantalon trop large, grand et plus raide qu'un piquet de clôture à moutons, un gars s'installe à côté de lui et scrute le fleuve. Sa barbe effilochée dégouline sur sa poitrine et lui donne l'air d'une gargouille tombée d'un toit. Les yeux plissés, le crâne luisant comme un sou neuf, le bonhomme continue sur le même ton monotone.

– Avec l'afflux des malades, Douglas prévoit de construire, sur cette partie de l'île, des logements, des cuisines et des lavoirs. On parle même d'un poste de police. Il paraît que des petits malins se portent volontaires et infiltrent les équipes d'infirmiers pour dépouiller les moribonds. Martin Sullivan, c'est bien toi ?

– C'est moi. Toi, qui es-tu ?

– Abram Marson. Avec ma famille et celles de plusieurs amis, on vient de la paroisse de Ray, dans le comté de Donegal. Liam, mon fils, est mort il y a une semaine et sa mère agonise dans un des *sheds* de la zone ouest. Ça m'étonnerait que Dieu la laisse vivre jusqu'en juillet. Elle s'appelle Shannon. En irlandais ancien, ça signifie « vieux » et « eau ». Elle ne vieillira pas et redeviendra poussière sur une île… Vilain pied de nez, non ? Quarante ans, ce n'est pas un âge pour mourir… En attendant qu'elle rende son âme, j'aide comme je peux aux cuisines ou à la buanderie des *guéris*. Après… après, j'en sais rien. Tous ceux qui ont quitté l'Irlande avec moi ne sont plus de ce monde. Trois ont été balancés par-dessus bord pendant la traversée et les six autres sont enterrés ici.

– Comment tu connais mon nom, Abram ?

– Sœur Marcelle t'a à la bonne et elle aimait bien mon gamin. Alors, on discute de choses et d'autres. Passé les remontrances, c'est une sacrée pipelette et son cœur est deux fois plus large que la Grosse-Île. Elle m'a expliqué que ta sœur n'était pas en grande forme. Si tu veux, je peux t'emmener la voir.

– Je croyais qu'il était interdit de passer dans la zone des contaminés.

– C'est pas que c'est interdit, c'est pas conseillé. Si tu vas là-bas et qu'on t'arrête, tu subiras le même sort que les pouilleux. Retour à la case départ. Douche brûlante et toilette à l'alcool de résine de pin. Tout y passe, la barbe, les sourcils, les cheveux et tous les endroits où tu as des poils. Friction générale avant la mise en quarantaine. T'as l'impression de prendre feu, tu peux me croire. Faut pas se faire prendre, c'est tout.

– On m'a rasé ce matin, alors je m'en fiche un peu. Tu sais comment aller à l'ouest ?

– Bien sûr que je sais. Pour ce qui est de ton crâne rasé, ça ne gênera pas les infirmiers de te frotter encore une fois la tête à la pierre ponce.

– C'est sans danger de se rendre là-bas ?

– Ne sois pas idiot, Martin Sullivan, quand on pousse la porte de l'enfer, on risque de se brûler, non ? Ne traîne pas, c'est tout. Si tu touches quelqu'un ou quelque chose, en rentrant tu te passes le corps à la saumure.

– Pourquoi me proposes-tu ton aide ?

– Parce que depuis que tu es tondu, ta tête allongée ressemble à un œuf d'oiseau migrateur.

– Je ne vois pas le rapport.

– C'était une plaisanterie ! En fait, je t'ai repéré depuis un moment et tu aimes rester dans ton coin. Les autres t'ennuient et tu les évites. Chez nous, dans le Donegal, les âmes solitaires sont les messagères des dieux. Quand ça tourne mal, mieux vaut les avoir de son côté. Je ne sais pas si ces légendes sont vraies, mais dans le doute, ça ne coûte rien d'y croire.

– Tu es ici depuis combien de temps ?

– Je ne compte plus… un bon mois. Plus, peut-être. Au début, avec nos familles, on s'était juré de déguerpir de ce rocher de malheur le plus vite possible. Aujourd'hui, tous ceux que je connaissais ou aimais reposent sur ce caillou. Pourquoi m'en aller ? Si je dois y passer, autant être mis en terre auprès des miens. Bon, je file. Le linge sale m'attend. À ta disposition, Martin Sullivan. Tu me trouveras dans la buanderie du deuxième baraquement.

– Merci.

– Pas de quoi. Dernière chose : si tu veux te rendre dans la zone contaminée, c'est en fin d'après-midi, comme maintenant. Les soignants prennent leur repas et les équipes de nuit ne sont pas encore en place. Je n'ai pas envie d'être rasé, donc je n'entrerai pas dans le lazaret avec toi. Ce n'est pas par manque de courage, mais ma barbe de Jésus-Christ est la seule fierté qui me reste.

Des feux de bouleau et de bois flotté crépitent devant les tentes et les baraquements. La fumée dérange les maringouins affamés de sang. Comme à son habitude, Martin se tient à l'écart, sous une marquise, et regarde le lent ballet des ombres qui se regroupent.

Plus rien ne concerne cette horde désespérée. Pas de colère, pas de joie, pas d'amour ni de haine, juste la lueur d'un faible instinct de survie. Depuis des semaines, ils ânonnent leurs prières à un dieu qui les accable, sans espoir d'être entendus. Ils dorment peu et, à côté de leurs grabats, leurs bibles sur les tables de nuit sont fermées, tachées de la cire des bougies qui éclairent les chambrées. Pour ne pas être ridicules, les plus croyants quittent les dortoirs et vont s'agenouiller devant le fleuve. À la va-vite, la gorge serrée, ils bredouillent une prière et espèrent convaincre Dieu de les aider.

Devant ce lent manège de tristesse et de foi saccagée, la même question et la même supplique tournent en boucle dans le crâne de Martin : *Kate… Comment vas-tu, petite sœur ? Promets-moi de guérir.* La toile de la marquise s'écarte. Sœur Marcelle, les mains sur son gros ventre, désigne un tabouret.

– Crois-tu que cette sellette supportera mon poids ?

– Vous pouvez toujours essayer.

La nonne pose son derrière et ajuste sa tenue. De la poche de sa chasuble, elle sort une feuille pliée en quatre qu'elle garde dans sa main.

– J'ai à te parler, Martin. Après son travail, Abram Marson est venu me voir. Ce type est un homme aux attentions louables et les épreuves terribles qu'il a endurées l'ont rendu un peu loufoque, mais sa proposition de t'emmener au chevet de Kate n'est pas raisonnable.

– Pourquoi ?

– Côtoyer la mort pour espérer la séduire ne sert à rien. Dans les lazarets, le verre des fenêtres est teinté de rouge pour filtrer la lumière du soleil insupportable aux malades. L'endroit n'est que rangées de couchettes. Un poêle à bois chauffe la nuit des mourants. Partout, des corps gonflés et couverts de pustules. Les visages n'ont plus rien d'humain. Des lèvres bleues, des langues pendantes, épaisses et noires.

– Peu importe, je veux voir Kate.

– Comme tu veux. Apparemment, si les voies de Dieu sont impénétrables, celles des imbéciles le sont aussi. Tu sembles tenir une belle couche de sale caractère, je dois te prévenir. Ce soir, la petite vacille entre la vie et la mort et elle a d'autres chats à fouetter que de rassurer un Irlandais mal embouché. Quand je lui ai parlé de ta possible visite, elle a eu la force de se redresser pour me dicter la missive que j'ai sur les genoux. J'ai accepté. Les mots que j'écrivais pour elle étaient ceux que je n'ai jamais su dire à Dieu, même dans mes plus sincères prières. J'en ai pleuré, tellement ça me torturait de les entendre.

Ses doigts tapotent le bout de papier, puis elle continue.

– Je ne suis pas d'accord pour te laisser entrer dans le lazaret. Tu n'as pas été contaminé et tu n'as aucune raison de gaspiller cette chance pour donner ou écouter un simple mot de réconfort.

– Vous avez ma réponse.

– Calme-toi, Martin. Kate ressent ton impatience, elle aussi, mais elle ne veut pas de ta présence à son chevet. Si tu vas au bout de cette lettre sans la déchirer, tu comprendras pourquoi. La petite s'accroche à la vie parce qu'elle te sait en bonne santé. Si jamais tu tombes malade, elle se laissera mourir. Chaque fois qu'elle le peut, quand je la lave ou l'apaise, nous parlons. Dans ses yeux, son amour pour toi est intense. Tu es dans toutes ses phrases, dans toutes ses pensées, dans chaque souffle qu'elle expire. Ce soir, elle s'est assise et j'ai écrit pour elle. Ses mots sont forts, magnifiques, parfois blasphématoires. Quand on a la chance d'avoir sous les yeux une telle lettre et qu'elle nous est destinée, on se doit d'en écouter la musique. Parce que cette musique est celle de l'âme et qu'il est rare de l'entendre. Cette mélodie est la voix de Celui qui a tout créé, quelle que soit ta religion. Alors, bien sûr, je vais te la donner… je ne te demande qu'une chose : promets-moi de rester sage.

Martin se lève, les poings serrés, prêts à cogner. Une mauvaise voix lui ordonne d'écraser cette nonne grise qui se complaît à engluer ses phrases dans d'inutiles précautions. La violente pulsion ne dure pas. Comment en vouloir à une femme de Dieu, sincère et impuissante ? Dans son regard, de la compassion et une infinie tristesse.

Sœur Marcelle tend le morceau de papier qu'il déplie.

Sous ses yeux, une écriture fine et appliquée, un peu tremblante.

XVIII

... la coquine a les doigts agiles.

Martin,

Mes parents m'ont affublée d'un prénom qui ne me correspond pas. Kate, c'est le diminutif de Cathleen et, en gaélique, ça signifie « pure ». Je ne le suis pas. Pour définir la douleur que je ressens en ce moment, ils auraient dû choisir Dolorès. En fait, ce n'est pas une douleur, c'est de la rage et de l'impuissance. Celle d'être trop jeune, d'être trop maigre et de ne pas avoir su te plaire. Sœur Marcelle m'a fait part de ta volonté de me rendre visite. Ce n'est pas la peine. Je n'ai plus de forces ni de cheveux et le mal inconnu qui me ronge m'a transformée en sac d'os.

Garde de moi une autre image.

Je serai le vent que tu respireras dans tes plus magnifiques voyages. Je serai l'automne qui flamboie et le feu de cheminée de tes hivers. Je serai le rayon de soleil au matin de tes printemps et la brise fraîche de tes nuits d'été.

Cet imbécile de Tout-Puissant a décidé de souffler la bougie de ma vie et je n'ai pas les mots pour le convaincre de me laisser tranquille. Je m'en fiche. Même si je suis jeune, j'ai assez vécu.

Avant toi, j'étais une gamine insouciante et sauvageonne. Avec toi, j'ai côtoyé la mort et traversé un océan. La nuit, sur le Carrick, *lorsque je me blottissais contre toi pour m'apaiser ou me réchauffer, j'ai découvert ce qu'était le sentiment d'aimer. Je ne crains pas de mourir, parce que j'ai compris que l'amour était le contraire de la peur.*

Pars, Martin Sullivan. Quitte cette île de souffrances. N'attends rien de personne et tu ne seras jamais déçu.

Je t'ordonne de me ranger dans un coin de ta tête et de m'emmener vers cet Outaouais où nous devions vivre ensemble. Je veux que cette terre devienne ton nouveau pays. Trouve une femme qui t'aime comme je t'aime et épouse-la. Si son ventre t'offre une descendance, donne à tes enfants des prénoms irlandais parlant de beauté, de force et de sagesse.

Le Saint-Georges *est à quai. C'est le bateau que tu dois prendre demain matin pour partir vers Québec. Je serai le vent qui gonflera ses voiles.*

L'Outaouais, n'oublie pas, c'est chez nous. La bourse de mon père est encore pleine d'une vingtaine de livres et je n'en ai plus besoin. J'ai demandé à sœur Marcelle de te la remettre. Sois riche de ça et de l'amour que j'ai pour toi.

Kate McBride.

Le feu crépite. Une bûche roule au milieu des braises. Sœur Marcelle toussote et se lève avec difficulté de sa sellette trop basse. Sa main se pose sur l'épaule de ce grand gaillard qui sanglote. Elle a sous les yeux un colosse aux pieds d'argile, un orphelin devant le cercueil de sa mère.

– Qu'est-ce que tu décides, Martin ?

– Kate a raison. Je pars demain.

– Sage décision. Je demanderai à Abram Marson de te préparer un baluchon d'affaires propres et une besace de nourriture. La foi n'interdit pas de s'habiller avec les vêtements des morts ni de manger.

– Fichez-moi la paix avec vos bondieuseries et si vous croisez Dieu dans une de vos prières, prévenez-le qu'un certain Martin Sullivan lui conseille d'aller au diable.

– On ne me l'avait jamais faite, celle-là. D'accord, je transmettrai, ajoute-t-elle en déposant la bourse dans la main de Martin.

Puis sœur Marcelle s'en va. Avant qu'elle n'écarte la toile de la marquise, Martin l'interpelle.

– Dites à Kate que j'accepte de l'épouser.

La nonne grise sourit et hoche la tête, les yeux embués des larmes qu'elle retient.

L'ancre du *Saint-Georges* dérape sur le fond. Dans un bruit de torrent, elle explose à la surface au milieu d'une gerbe d'écume. Voiles gonflées, le navire tire un bord vers le sud pour se ranger le long de la rive nord et remonter vent debout vers Québec. Les chaloupes vides regagnent la Grosse-Île et le lazaret dans lequel Kate s'éteint. A-t-elle la force de se lever une dernière fois ? Le regarde-t-elle s'en aller ? Pour toute réponse, une rafale s'engouffre dans le grand hunier fixe et tend les cargues de bouline et les garcettes de ris. *Je serai le vent qui gonflera ses voiles.*

Le premier soleil allonge la faible houle. Sur les eaux qui miroitent, l'ombre du *Saint-Georges* devient le fantôme du *Carrick of Whitehaven*. Le pont est chargé d'une cinquantaine de *guéris* qui ont été autorisés à embarquer. Des lambeaux de familles. Des êtres désemparés, assis sur ce qu'il reste de leurs bagages. Leur fortune ? Un papier signé *George Mellis Douglas* qui atteste leur identité et de leur guérison.

En souvenir de Papy Paddy, Martin choisit de se poser sur le gaillard d'arrière, adossé contre une baleinière, son baluchon de vêtements entre les pieds, sa besace de nourriture en bandoulière. En face, sur la rive nord, les forêts de résineux, de pruches et d'érables sont des tableaux noirs où défile une sarabande de personnages. Chaque visage qui se faufile dans l'épaisseur des feuillus amène une ribambelle de questions. Qu'est devenu Robert Mullargh ? Sinéad porte-t-elle son nom aujourd'hui ? Le vieux Deaglán pardonnera-t-il la mort de son fils ? Woodward, le second, abandonnera-t-il la chasse pour le venger ?

D'autres images se superposent encore.

Martin sait qu'elles disparaîtront, alors il s'attarde un peu sur chacune d'elles. Thompson, le capitaine hautain sur sa dunette. Papy Paddy dans la fumée de sa bouffarde. William Cartier, l'oblat grassouillet, sur le quai de Sainte-Madeleine-de-la-Rivière-Madeleine. Les frères Lachance qui sanglent le corps de leur cousin sur la selle de son cheval. La Grosse-Île et sœur Marcelle, derrière sa roulante, parfumée par les relents de ses mélasses. Abram Marson et sa gueule de gargouille. Et tous ces inconnus qu'il a croisés sans vouloir les connaître.

Kate, ma petite sœur, ma presque femme. Où es-tu ?

Sur le pont du *Saint-Georges,* les bordées se succèdent sans précipitation. La moitié des voiles sont affalées. Le navire se traîne. Le long des lisses, les miraculés de la Grosse-Île seraient presque redevenus des êtres humains normaux s'ils avaient encore leurs cheveux. Certains nouent connaissance. D'autres ruminent de sombres pensées. Est-il possible de bâtir une nouvelle vie sur des fondations de tristesse ?

Deux jours au rythme lent des côtes qui défilent, puis un matin, des coups piqués à la cloche annoncent l'arrivée à Québec. Çà et là, des maisons décorent la côte. Au pied des bâtisses de maître, des barques lestées de sacs sont amarrées contre de longues avancées sur pilotis. Devant l'entrée du port de la Basse-Ville, les navires attendent d'être chargés des grumes et des paquets de fourrures rangés le long du front portuaire.

À gauche des fortifications qui descendent de la Haute-Ville, d'immenses chantiers de construction défigurent la colline. En bas, dans le désordre du quai, une foule de curieux assiste au débarquement de cette populace d'étrangers qui les envahit après son passage en quarantaine. En arrière-plan, des tavernes, des commerces de gros, des entrepôts de cordiers et de ferblantiers, des moulins à scie. Au milieu de ces hautes façades sales, comme si la fumée d'un incendie les avait étouffées, les entrées sombres des ruelles grouillent de laborieuses existences.

Martin est le premier à poser le pied à terre. Pour empêcher qu'il se disperse, une haie de policiers à cheval interdit au groupe d'aller plus loin. Lorsqu'ils ont tous débarqué et que chacun a récupéré ses maigres bagages, un officier descend de sa monture et avance vers eux.

– Trois de front et en ligne ! On traverse l'emplacement de la halle du marché d'en bas. Pour ceux qui resteront ici, sachez qu'on lui a donné le nom de Finlay, en mémoire d'un Écossais fortuné.

C'est le quartier des bouchers et les bouchers n'apprécient pas la viande avariée, alors ne vous écartez pas.

– Où nous emmenez-vous ? s'inquiète une femme qui serre contre elle une môme apeurée.

– Au dispensaire de l'église Saint-Patrick.

– Pourquoi ? demande une autre.

– Pour vous enregistrer et vous remplir le ventre. En fonction de votre point de chute, vous serez répartis en plusieurs communautés. Que ceux qui poursuivent jusqu'à Montréal ou plus loin encore se tiennent à l'arrière de la file. On avance et on ne lambine pas en route.

– Ton nom, ton âge et ta ville d'origine.

– Martin Sullivan. Vingt et un ans. Sligo… C'est en Irlande.

– Je sais et je m'en fiche. C'est juste pour t'inscrire.

– M'inscrire à quoi ?

– Ce n'est pas ton problème, et c'est moi qui pose les questions.

Martin dévisage l'homme qui le rudoie de son sale caractère. Grand, sec, le front et le crâne largement dégarnis, le fonctionnaire n'a de cesse d'entortiller le côté gauche de l'épaisse moustache qui lui barre le visage et atténue la longueur de son nez. Dans les yeux du ronchon, une expression de lassitude, celle de devoir s'occuper de cette racaille irlandaise qui encombre ses heures de travail.

– Tu as de la famille à Québec ? Un toit pour t'héberger ? continue le mal embouché sur le même ton agressif.

– Je ne reste pas ici. Je vais dans l'Outaouais.

– Tu ne pouvais pas le dire plus tôt ?

– Vous ne me l'avez pas demandé.

– Et qu'est-ce que tu vas faire dans ce trou perdu de l'Outaouais ? T'es bûcheron ?

Martin acquiesce d'un hochement de tête pour couper court à l'interrogatoire. L'autre recule sur son siège et le détaille en s'amusant avec sa moustache. D'un seul coup, il décide de devenir plus sympathique.

– Tu as la taille et la carrure pour en être un. Fais attention où tu mets les pieds. Je ne connais pas beaucoup de draveurs ou de cageux qui ont été enterrés avec leurs deux jambes. Ton point de chute ? Montréal ? L'Abord-à-Plouffe ? Bytown ?

– L'Abord-à-Plouffe, répond Martin au hasard et parce que le nom l'intrigue.

– Alors bon courage et bonne chance, mon gars. Le bateau pour Montréal part demain matin à l'aube, sur le quai sud. Ensuite, tu te débrouilleras. Tu as la nuit pour t'encanailler. Pour ça, je te conseille d'aller traîner tes guêtres dans le quartier Saint-Jean-Baptiste, sur la côte de la Négresse. Profites-en parce qu'à L'Abord-à-Plouffe il n'y a que des coups de poing à distribuer ou à recevoir. Les draveurs sont moqueurs et les cageux ombrageux. Après, si tu t'enfonces dans l'Outaouais, tu n'auras que des Indiennes pour te vider les bourses et, crois-moi, ces sauvages n'écartent pas les cuisses facilement.

– Pourquoi on appelle cette côte *la côte de la Négresse* ? enchaîne Martin, gêné par la vulgarité du bonhomme.

– Le quartier, c'est le « coin flamboyant ». Au départ, un repère de marins et de militaires. On lui a donné le nom de *côte de la Négresse* parce qu'une femme noire y tient une maison close. Elizabeth Dixon, une belle femme et une sacrée paroissienne, celle-là ! Elle n'arrête pas d'entrer et de sortir de prison à cause de son mauvais caractère et de ses accoutrements. Pour les gens de bonne éducation, par pudeur, c'est la *côte de l'Allégresse*... C'est ce que tu trouveras là-bas : l'allégresse de la négresse ! Vas-y de la part d'Hector Goldberg, j'y ai mes entrées. Tu verras, la déesse n'a pas de graisse et de belles fesses !

Satisfait de son trait d'esprit, le personnage, agacé de tout, date et signe le papier d'entrée dans le Nouveau Monde. D'un geste généreux, il le pousse vers Martin.

Les quais de la Basse-Ville grouillent d'animation. D'autres bateaux débarquent des grappes d'arrivants. Tous ressemblent à ceux qui l'accompagnaient sur le *Saint-Georges*. Mêmes regards perdus, mêmes hésitations, mêmes valises sur lesquelles ils s'assoient avant d'être dirigés vers le dispensaire de Saint-Patrick. Avec la journée qui avance, la foule des imbéciles qui les encercle a encore grossi. Des cris, des fruits pourris éclatent aux pieds des malheureux. Des moqueries et de grasses plaisanteries chahutent les femmes qui se baissent pour se protéger. Les insultes et les poings tendus tiennent à distance les hommes qui se rebellent sous les provocations.

Assis sur un tas de filets de pêche, devant la halle à poissons, Martin s'isole du pitoyable manège. Ici, l'odeur repousse la populace. Depuis la partie nord de l'emplacement, il regarde l'agitation des ruelles qui débouchent sur les quais. L'endroit lui rappelle le port de Sligo et le souvenir de Kate. Mine chafouine, prête à chafrioler, la gamine danse dans son esprit comme la flamme d'une bougie.

– Hé ! Débarrasse le quai, j'ai besoin de mes filets.

Martin trébuche de sa rêverie.

– Désolé. Vous connaissez une adresse pour manger et dormir ?

– Pour dégoter un bon lit, icitte, dans la Basse-Ville, c'est pas gagné. Pour la pitance, ça dépendra de ta bourse.

– J'ai de quoi payer.

Le gars désigne le front portuaire.

– Vers la maison de la Chesnay, sur l'îlot Hunt. C'était le coin des anciens quais privés et de la batterie Dauphine. Ruelle de la Place, à la Taverne des Pitounes, tu trouveras de quoi te remplir le ventre sans gaspiller tes pièces et peut-être une chambre. Elles ne sont pas nombreuses, mais ne manquent pas de charme. Si tu as du mal à t'endormir, les oreillers ont parfois des oreilles.

– Je n'ai pas très envie de passer la nuit dans un bouge. Tu connais une autre adresse ?

– La Taverne de Neptune, au pied de la côte de la Montagne. C'est dans la rue du Sault-au-Matelot. Sans être prétentieux, l'endroit n'est pas pour les claquedents. L'alcool est bon, mais les serveuses sont revêches dès qu'une main s'égare sous leur basquine. J'en connais une qui me doit un service… Demande Apolline, de la part de son poissonnier préféré. En tout bien tout honneur, elle ne te refusera rien.

– Merci.

– Pas de quoi. Évite de traîner ton accent d'Irlandais dans les rues et enfile un bonnet pour dissimuler ton crâne rasé sinon tu risques de ne pas pouvoir mordre dans ton pain.

– Je n'ai pas de bonnet.

– En guise de bienvenue dans le Nouveau Monde, je te fais cadeau du mien. Prends-en soin, c'est ma mère qui me l'a tricoté. Dernier détail : Apolline est l'une des plus belles filles de la Basse-Ville. Reste poli avec elle et tiens ta bourse à distance, la coquine a les doigts agiles.

XIX

Elle n'est pas morte

La main est violette. L'avant-bras et les épaules sont marqués de coups. Jacobsen pousse la fille au milieu du carré où elle s'étale. Pour ne pas croiser son regard déformé de colère, les «*putains d'Irlande*» comme elles s'appellent entre elles, se blottissent contre le bois de la cale ou disparaissent sous la couverture de leur mauvais grabat. Si Roisin n'a pas réussi à satisfaire Gray et ses hommes, une autre sera amenée dans la cabine du capitaine pour subir l'enfer.

– Sinéad ! Aide cette saloperie à se laver le cul ! Elle pue le poisson ! Dès que tu as terminé, rejoins-nous chez Gray.

Une fille se lève pour leur prêter main-forte et repart se coucher sans attendre. Sinéad soutient Roisin et l'appuie contre le tonneau d'eau de mer qui servira à la décrasser. Avec précaution, elle tamponne un bout de drap mouillé sur les ecchymoses de la sacrifiée du soir.

– Ne me dis pas que ça va aller, Sinéad, sinon je te crève les yeux. Encore combien de jours, ton indisposition ?

– Trois jours. Tu sais ce que c'est, non ? Roisin, je te promets qu'il n'y aura pas de prochaine fois. On arrive en Gaspésie dans moins de deux semaines.

Roisin est une fille de Limerick. Belle et fraîche comme une fleur de lys au milieu d'une touffe d'herbe. C'est du moins ainsi que les hommes la voyaient avant d'embarquer sur ce senau. De toutes celles qui sont montées à bord, c'est la seule avec qui Sinéad s'est liée d'un peu d'amitié, même si elles n'ont jusqu'à présent échangé que de prudentes banalités. Les autres sont des paysannes de Clonmel, dans le comté de Tipperary. Des femmes de malheur et de mauvaise vie, ni moches ni belles, prêtes à tous les sacrifices pour dénicher un époux pas trop pauvre dans leurs rêves de Nouveau Monde. C'est sans doute ce qui les unit et les éloigne de ces deux étrangères de la côte ouest.

– Je ne sais pas comment tu fais pour accepter ces humiliations.

– Tais-toi, Roisin. Ça ne sert à rien d'en parler. Qui t'a frappée ?

– Jacobsen. Shoute est un vicieux, mais ce n'est pas un violent. Gray m'a fichue hors de son lit en hurlant que je le baisais comme une chèvre. Comment veux-tu que je sache m'occuper d'une queue ? J'étais vierge avant d'embarquer !

– Pourquoi es-tu sur ce bateau ? Pour te marier, toi aussi ?

– Si l'occasion se présente, je ne cracherai pas dessus… En vérité, je rejoins mon frère parti il y a deux ans. Il vit en Gaspésie, vers Forillon, un nom dans ce genre. La famine a tué mes parents. Je n'ai plus personne en Irlande. Et toi ?

– C'est une trop longue histoire, Roisin. Désolée que Gray t'ait choisie pour me remplacer pendant mes… mes saignements.

– Tu n'y es pour rien. C'est cette garce de Clodagh qui m'a désignée.

– C'est normal, tu es la plus jolie.

– Tu te rends compte, j'ai été élevée avec elle. On a décidé de partir ensemble. Jamais je n'aurais imaginé qu'elle se transforme en mère maquerelle à moitié sadique. Cette voyeuse est restée dans la cabine de Gray. Que cherche-t-elle, à s'acoquiner avec ces porcs ?

– De la meilleure nourriture. Un peu de reconnaissance. L'espoir qu'ils la protégeront une fois débarquée en Gaspésie, que sais-je ? Comme toi, son physique plaide en sa faveur. Elle n'a sûrement pas envie de servir de vide-couilles sur ce bateau. Essuie ton visage et va te coucher. J'ai comme l'impression que l'océan se fâche. Ne pense à rien, c'est fini pour ce soir.

– C'est vrai ce que dit Jacobsen ? Je pue le poisson ?

– Et le chou, et la mélasse. Comme nous toutes.

– Pourquoi Gray te réclame dans sa cabine ? Ils ont tous les trois déchargé sur moi ; j'en ai plein les cuisses et le ventre.

– Quand un homme a balancé son foutre, en principe, après, il fume, il boit et il dort. Je verrai bien. C'est peut-être pour les border.

– Je ne sais pas comment tu supportes ce que ces types t'infligent. Demain, si Clodagh m'appelle pour y retourner à ta place, je me suicide.

– Ne dis pas de bêtises, Roisin. Je te jure que ta Clodagh ne te désignera pas. Pour ce qui est de courber le dos devant ces « porcs » comme tu dis, c'est mon problème. J'ai d'autres ambitions et cette traversée n'est qu'un moyen de les assouvir.

Une longue vague prise par bâbord secoue la proue. Depuis leurs grabats, les filles de Clonmel crient leur surprise d'être malmenées. Roisin, effrayée par le craquement de la mâture, saute au cou de Sinéad pour s'en servir de bouée le cas échéant. Une seconde lame, plus vicelarde et plus creuse, appuie sur les flancs du navire. La poupe remonte d'un seul coup. Tout le bois gémit pour résister et le senau reprend son tangage comme si de rien n'était.

– Ça va ?

– Ça va. File te coucher et essaie d'appeler un prince charmant dans tes rêves. Je vais voir Gray.

Le nez sur ses cartes de navigation et ses instruments, Andrew Gray tire la gueule des mauvais soirs. Clodagh, nauséeuse et dépoitraillée, est assise derrière lui, sur le lit de la cabine, penchée au-dessus d'un seau dans lequel elle vomit ses tripes. Les mains accrochées à l'anse, elle lève vers Sinéad un regard désespéré. Son ventre se creuse une fois de plus et elle recrache un filet de bave dans un effort qui lui arrache la gorge. Dehors, l'océan s'énerve. Sur la dunette, Jacobsen et Shoute sont à la manœuvre et hurlent l'ordre aux marins d'affaler certaines voiles pour éviter au senau de prendre trop de vent et de vitesse.

– Vous vouliez me voir, Capitaine ?

– On tombe sur un grain. Ça risque de secouer. Va me chercher une fiole de rhum et apporte des seaux dans le carré de filles. Dis-leur de s'accrocher aux chambranles et de rester couchées. Ça devrait durer une bonne partie de la nuit. Qu'elles se penchent pour dégueuler.

– Ce sera tout ?

– Non. Vire cette gueuse de ma cabine. Elle empeste la charogne. Prenez garde en traversant le pont, avec l'orage et les vagues qui montent, c'est un coup à passer par-dessus bord.

Dans la coursive qui mène vers l'échelle de pont, les deux femmes titubent comme des clochardes dans un bouge à marins. Le tangage les tire en avant ou les ramène de deux pas en arrière. Le roulis d'une vague fendue de bâbord les envoie contre les cloisons où elles se cognent. Le senau résiste au grain dans des craquements lugubres. Sinéad pousse les fesses de Clodagh qui ne parvient pas à se hisser sur le pont balayé par des rafales d'eau et d'écume.

– Hé ! Bouge ton cul ! On ne va pas dormir là !

– J'y arrive pas !

– Putain ! Essaie au moins ! Accroche-toi à ce que tu trouves !

Un coup de roulis aide Clodagh à sortir. Dans un effort désespéré, elle s'agrippe à une bouline de voile carrée. Sinéad est encore dans l'encadrement de la trappe quand elle voit l'autre lâcher prise et glisser sur le pont, emportée par une lame bâbord qui la submerge. Depuis la barre, Jacobsen hurle des ordres que la tempête éparpille. À ses gestes, Sinéad comprend qu'elle doit rester là où elle est. Un paquet d'océan la gifle pour mieux lui ordonner de ne pas bouger d'un pouce. Les yeux piqués de sel, elle aperçoit

Clodagh qui se relève en s'aidant de la lisse tribord. Le senau roule dans le mauvais sens. Une vague soulève la pauvresse et la balance dans l'obscurité de l'océan qui l'engouffre.

Le senau traverse la nuit et la tempête qui s'apaise au fil des heures. Au matin, Sinéad est toujours le cul par terre, adossée contre la cloison de la coursive. Un maigre rayon de soleil s'infiltre par la trappe qu'elle n'a pas eu la force de refermer. Le froid la transperce. C'est à peine si elle voit Andrew Gray l'enjamber pour grimper sur le pont. Elle s'en fiche. Ses ambitions de vie meilleure sont intactes. Elle n'est pas morte.

XX

... rentrer bredouille.

Avant de rejoindre la Taverne de Neptune, Martin erre dans les rues de la Basse-Ville et s'enfonce dans un monde réveillant de vieux souvenirs. Ceux d'une vie insouciante, avant la famine qui s'acharne sur l'Irlande. Dans le dédale des ruelles près du quai, il traverse des théâtres d'existence. Des lieux de fraîcheur et de calme. Des cours ombragées où flottent des fumets de viande grillée, des effluves de lessive et de mélasse.

Dans une échoppe de la rue du Sault-au-Matelot, il débourse cinq sous pour un havresac en peau. Le marchand doit s'ennuyer derrière son comptoir, car, après quelques banalités sur le temps qu'il fait et celui qui passe, il commence à dévider la pelote de l'histoire récente de la ville. Si les façades sont sales, c'est à cause de l'incendie du faubourg Saint-Roch, en mai 1845, suivi, un mois plus tard, de celui du faubourg Saint-Jean. Une catastrophe… des centaines de maisons et de commerces partis en fumée. Des milliers de sans-abri. Des morts. Martin, saoulé de mots, décide de couper court.

– Sans vous manquer de respect, un ami m'attend à la Taverne de Neptune. C'est loin d'ici ?

– À gauche en sortant, au bout de la rue. C'est tout *dret*.

Dehors, la chaleur étouffe cette fin de journée. La clochette de la boutique tinte lorsque la porte se referme derrière lui. Surpris, Martin se retourne et bouscule un homme. Le chapeau du quidam roule vers le caniveau.

– Désolé, je ne vous avais pas vu.

– Tu pourrais… Non, laisse, tu n'as pas à être désolé, j'ai la mauvaise habitude de marcher tête baissée. Avec ma jambe de bois, je dois regarder où je pose le pied.

Du pommeau de sa canne, le gars ramasse son couvre-chef et l'époussette.

– Ce n'est pas tous les jours qu'on se cogne contre un arbre qui parle, ajoute-t-il. Sacrée carrure, mon gars ! Bonne fin de journée.

Haleine de rhum et de tabac. Allure de flibustier.

– Vous aussi.

L'inconnu à la longue redingote s'éloigne en claudiquant. Gêné par le sac ventru qu'il porte à l'épaule, l'homme paraît soucieux de ne pas trébucher. Sa silhouette lui donne des airs de sombre charlatan, d'épouvantail ou de vendeur de foire.

À une centaine de pas, Martin aperçoit la statue de Neptune contre une façade sale. Un quarteron de notables pousse la porte de la taverne du dieu des eaux vives et des océans. Un détail l'interpelle. La rue du Sault-au-Matelot, jusqu'alors grouillante de monde, s'est vidée comme par enchantement. Là-bas, trois types sortent de l'ombre d'un porche. Le premier tient un couteau, les deux autres des barres de fer. Des foulards dissimulent leurs visages. Le boiteux, qui devine leur présence, lève le nez des pavés et se fige.

L'attaque est instantanée. L'homme au surin se rue sur lui. Sans s'affoler, le gars à la jambe de bois pivote pour éviter la lame. Emporté par son élan, l'autre le rate et trébuche. Martin, qui s'est rapproché, le récupère par le col de sa vareuse et lui flanque un violent coup de genou dans le bas-ventre. Les yeux écarquillés, souffle coupé, l'assaillant tombe en prière sans pouvoir esquiver le poing qui lui éclate le nez. Son foulard glisse et découvre le visage d'un freluquet déjà devenu racaille. Cicatrice sur la joue, pommettes marquées de coups. Les deux autres avancent pour se battre, mais hésitent devant la carrure du gars qui se propose de les affronter. Prudents, ils se contentent de tenir le costaud à distance.

Dans la rue, quelques curieux attirés par la rixe se regroupent. Des femmes crient. Les hommes poussent au combat. Martin se retourne et voit déguerpir l'adolescent au couteau. Désemparés, ses complices osent une ultime provocation qui ne donne rien et décident de se carapater eux aussi.

– Je te dois une fière chandelle, mon gars.

– C'est normal. C'était qui ces coupe-jarrets ?

– Je n'en sais rien du tout.

Martin serre la main tendue.

– Moi, c'est Jason Oldbear, et toi ?

– Martin Sullivan.

– Ton prénom réveille de tristes souvenirs. Ton nom sonne l'Irlande et pourtant tu me réponds en français.

– Mon père était irlandais et ma mère française.

– Intéressant. Je suis d'origine écossaise et ma femme est française. Moi aussi, je parle les deux langues. On devrait pouvoir s'entendre.

Oldbear désigne la statue de Neptune.

– Tu es mon invité, Martin Sullivan. Je suis en avance et j'ai rendez-vous à cette adresse. Il paraît que la table est réputée et que l'alcool est le meilleur de la Basse-Ville. Nous aurons le temps de lier connaissance devant une bonne assiette.

À l'intérieur de la taverne, des bourgeois en chemise et d'anciens officiers de marine sont accoudés au bar. D'autres, attablés, jouent aux cartes ou aux dés dans un brouhaha indescriptible. La salle est emboucanée du tabac des pipes et des calumets de collection, présentés comme de véritables trésors décoratifs. La chaleur à peine supportable est chargée de remugles de transpiration. Les rires sont épais. Tous ces hommes de la mer se racontent des histoires de marins, de longitudes ou de latitudes introuvables et de nuits de flibustiers en coquine compagnie. Tous exagèrent leurs exploits, la vigueur de leurs coups de reins et le charme de leurs conquêtes. Les gobelets de rhum et de cognac décuplent le niveau sonore.

Jason Oldbear ordonne à la serveuse de les installer à une table éloignée du chahut ou, encore mieux, dans une pièce ou une alcôve séparée. La mignonne rechigne. Lorsque Jason Oldbear dit avoir rendez-vous avec un certain Timothy Hibbard Dunn, son visage piqué de taches de rousseur s'illumine d'un sourire de jeune fille bien élevée. Alerté par sa beauté, Martin lui demande si elle se prénomme Apolline. Flattée, elle acquiesce et les conduit vers une pièce à part, en ondulant des hanches pour plaire à ce jeune gaillard qui connaît son prénom et qu'elle trouve beau.

Martin suit son parfum de jasmin, mais regrette d'avoir accepté l'invitation du boiteux. Ça ne dure pas. Dans le couloir, le postérieur qui se dandine devant lui et un délicat fumet de cuisine gomment ses réticences. Du pommeau de sa canne, son hôte l'oblige à avancer et lui rappelle qu'ils ne sont pas là pour s'encanailler.

Jason Oldbear décide du menu. En entrée, une timbale de bines. Des haricots noirs qui trempent dans un curieux mélange de mélasse, de morceaux de lard et d'oignon. En plat principal, une queue de homard de Gaspésie allongée entre deux tranches de pain parfumé d'aromates. Pour finir, une queue de castor, une sorte de pâte moelleuse et ferme recouverte de sirop d'érable et autres tartinades. Pas d'alcool pour le moment. Le tout sera accompagné de pichets de thé frais et citronné.

Pendant le repas, Oldbear avoue être officier de milice municipale, une police mise en place dans la région de Montréal, sous l'autorité d'un grand connétable à qui il rend des comptes. C'est à la demande de ce dernier qu'il est en mission icitte, à Québec. Avec bonhomie, il invite ensuite Martin à raconter son histoire.

Ce dernier survole son passé, sans expliquer les raisons de son départ d'Irlande. Il insiste sur la traversée qui s'est terminée par le naufrage et les détails douloureux de son séjour de quarantaine sur la Grosse-Île. Lorsqu'il parle de Kate, une boule de tristesse lui noue l'estomac et il se surprend à décrire la fille des McBride comme si elle vivait encore pour l'accompagner en Outaouais.

– Pourquoi l'Outaouais ?

– Parce que Kate me l'a demandé… Pour qu'elle ressuscite, je serais prêt à aller n'importe où. Dans sa dernière lettre, elle voulait que cette terre devienne mon nouveau pays.

– Je ne sais pas si ça sera le tien, mon gars, mais en tout cas, l'Outaouais, c'est le mien. Depuis tout gamin, je le parcours de long en large. Je connais le moindre remous de chaque torrent. Quand j'avais encore mes deux jambes, avant d'être policier, j'étais soit draveur, soit cageux. Ça dépendait de la paie. Un jour, en voulant dynamiter un embâcle, j'ai joué les fanfarons et ça m'a coûté la jambe droite. La drave, tu en as entendu parler ?

– Pas vraiment…

– En gros, c'est un métier de brave qui consiste à convoyer le bois, via les rivières, jusqu'au Saint-Laurent. Ensuite, les grumes sont embarquées sur les bateaux qui repartent, pour la plupart d'entre eux, vers l'Angleterre.

Sans prévenir, Jason Oldbear tire la chaîne de sa montre à gousset.

– Mon rendez-vous ne devrait pas tarder. Timothy Hibbard Dunn, un gars qui a de l'argent, du pouvoir et de l'avenir. J'ai une question à te poser, Martin Sullivan, et j'exige une réponse immédiate. Tu me dis oui, tu restes à cette table, tu participes à la discussion et demain je t'emmène en Outaouais. Sinon, on se quitte bons amis, sans que tu te préoccupes de payer ni ton repas ni ta chambre. Veux-tu me suivre et avoir une chance de bien vivre ? Ta réponse ?

– C'est oui.

– Parfait. J'aime les gars qui se décident vite. À partir de tout de suite, tu es officiellement sergent de la milice de l'île de Montréal, de l'île Jésus et d'une manière plus générale de tout l'Outaouais. On parlera de ta paie plus tard. Voici un acompte, un billet de la

Banque du Peuple. Il vaut quatre dollars. Tout frais, tout neuf, il vient d'être imprimé et il est libellé dans les deux monnaies, l'anglaise et la canadienne. *Twenty shillings* ou vingt « chelins », c'est comme tu veux.

Martin glisse le billet dans son havresac lorsque la porte de la salle privative s'ouvre sur un homme encore jeune. Costume gris, monocle cerclé, cheveux gominés et peignés en arrière, Timothy Hibbard Dunn porte beau. Son regard sautille sur les détails de la pièce et dévisage ces deux hommes attablés qu'il ne connaît pas. De toute évidence, l'accoutrement de Martin le dérange. Les présentations sont brèves. Dunn, les pouces dans les poches de son veston, attend d'en apprendre davantage avant de savoir sur quel pied danser.

– Je n'ai pas beaucoup de temps, dit-il pour meubler le silence qu'Oldbear lui impose.

Le policier s'amuse de la réponse.

– Ça tombe bien, nous non plus. J'ai sollicité ce rendez-vous pour que vous me parliez d'un sale individu qui obéit aux ordres d'une de vos relations.

– Vous m'en direz tant, officier Oldbear ! Et de quelle « relation » s'agit-il ?

– John Counter.

Timothy Hibbard Dunn descend de sa superbe et profite de ce que la serveuse débarrasse les assiettes pour se confectionner un personnage moins austère. Pendant que la coquine bouscule Martin de la hanche, le notable commande une bouteille de fine cognac et trois verres. De toute évidence, Oldbear a piqué sa curiosité.

– John Counter, répète-t-il l'air soucieux. Oui, je l'ai bien connu. C'est un ancien ami devenu un sincère ennemi. Nous nous détestons. Lui reprochez-vous quelque chose susceptible de me compromettre ?

– Pour tout vous dire, je n'en sais encore rien, mais je vous sens contrarié. Permettez-moi de reprendre cette discussion par le bon bout.

– Ne vous en privez pas, commencez donc par le « bon bout ».

– Geoffrey Longlife, Richard Flayerty, Jackson Lynch plus connu sous le sobriquet de *One-Eyed* à cause de son œil crevé… Est-ce que ces noms vous disent quelque chose ?

– Navré de vous décevoir.

– Réponse prévisible. Ces loustics ont été repérés dans une bourgade forestière de la rivière du Lièvre, il y a six mois. Depuis, plus rien.

– Je ne vois pas où vous voulez en venir.

– J'y arrive, Monsieur Dunn, mais j'en ai oublié un. Si je suis là ce soir, c'est en partie à cause de lui. Il est en prison à Québec pour une courte peine et je compte bien l'interroger. Ce lascar est un sanguin et les tavernes de L'Abord-à-Plouffe, c'est mon village, gardent un piètre souvenir de son passage après la drave de 1845. Steven Mullargh… Vous en avez entendu parler ?

– Tout à fait, Monsieur Oldbear. Je crains cependant que votre venue ne serve à rien. La semaine dernière, Steven Mullargh a été retrouvé pendu dans sa cellule.

Et Martin, sidéré, dévisage celui qui est devenu son supérieur par l'opération du Saint-Esprit. Par quel miracle le nom d'un nouveau Mullargh arrive-t-il dans la discussion ? Est-ce qu'un fantôme a traversé l'océan, attaché à ses basques ?

Dunn, contrarié, se cale dans son fauteuil.

– Pour lever tout malentendu, je ne connaissais pas ce Steven Mullargh. Par contre, une personne que je protège et apprécie a eu maille à partir avec lui. Ce type, c'était de la mauvaise graine.

– Je n'en doute pas, avoue Oldbear en remplissant les verres. Pouvez-vous m'en dire plus sur vous et sur ce John Counter qui me préoccupe ? Je serais navré de rentrer bredouille.

XXI

Je suis une fontaine

Timothy Hibbard Dunn se perd dans les reflets de son cognac. Sur son visage, une expression boudeuse. Le bourgeois n'a guère envie de se confier. Peut-être est-il en train de chercher un mensonge? Jason Oldbear s'amuse de son dilemme. D'un coup de menton, il avale son alcool et soupire.

– Je vous sens sur la défensive, Monsieur Dunn.

– Mettez-vous à ma place. Vous soupçonnez un de mes anciens associés et vous me questionnez sur des coupe-jarrets dont je découvre les noms. Qui vous envoie vraiment, Monsieur Oldbear?

– James McLaren.

– James McLaren! Mais bon sang, pourquoi ne l'avez-vous pas dit plus tôt? Nous avons travaillé ensemble sur la rivière du Lièvre! J'étais à son mariage en janvier dernier et…

– J'ai cru comprendre que vous étiez pressé, Monsieur Dunn. Évitons les phrases. McLaren est accusé d'être un négrier et d'avoir commandité plusieurs meurtres sur ses chantiers. Bien sûr, il s'en défend, mais une enquête est ouverte contre lui. C'est moi qui m'en occupe. Mes recherches m'ont conduit sur la piste des hommes dont j'ai cité les noms. Longlife, Flayerty, Lynch *One-Eyed* et Mullargh ont tous, à un moment ou un autre, travaillé soit pour James McLaren, soit pour John Counter.

– Et pourquoi serais-je concerné ?

– Je n'ai jamais dit ça et je ne vous accuse de rien. Quelle est, ou était, la nature de vos liens avec John Counter ?

Dunn accepte enfin de répondre. De peu loquace, il devient inépuisable. Sa famille, originaire du Vermont, décide de s'installer dans une ferme de la province de Québec bien avant la fin du dernier siècle. Vers les chutes de Sainte-Ursule, son grand-père construit le premier moulin à farine du district. Jason Oldbear gribouille quelques notes sur un morceau de papier et tente une nouvelle fois de revenir à sa question. Dunn, sans colère, réplique que ce contexte familial explique comment il a connu John Counter. Donc, il reprend son palabre.

D'un geste autoritaire, Oldbear fige le monologue du marchand de bois.

– Ces histoires ne me passionnent guère, Monsieur Dunn.

– Vous avez tort, car elles sont à l'origine de mon différend avec John Counter.

– Je vous accorde dix phrases.

– Comme vous voulez. En 1843, Counter quitte ses partenaires et rejoint Kingston. L'année suivante, sans l'en avertir, ses associés fondent la *Hiram Cook and Company* dont l'objet est de normaliser les relations entre les producteurs du Haut-Canada. Counter se fâche. Pour le remplacer, ils acceptent à l'unanimité que j'entre au capital de l'entreprise. À cette époque, mon rôle est de superviser des chantiers d'abattage durant l'hiver. C'est au cours de l'une de ces expéditions que je recroise John Counter. La haine que cet homme éprouve à mon encontre remonte à cette époque. Le métier de forestier est rude, Monsieur Oldbear. La concurrence est sévère, mais loyale. Sauf avec Counter. Pour lui, tous les mauvais coups sont permis. J'en ai maintes fois payé le prix.

Dunn s'égare dans le labyrinthe de sa vie professionnelle, mais Oldbear, saoulé de mots, le coupe avec fermeté et revient sur le sujet qui le préoccupe.

– Ce qui m'intéresse, c'est John Counter. Qui est-il vraiment ?

– C’est un habile commerçant, un beau parleur et un politicien matois. Pour devenir maire de Kingston, il a su piétiner les ambitions de beaucoup d’autres. Je suis incapable de vous dire sur quelles fondations il a bâti sa position, mais Counter emprunte beaucoup pour mener à bien ses nombreux projets. Son rêve est de faire de Kingston le centre de distribution des marchandises américaines au Canada. Cette ambition est son talon d’Achille. Avez-vous entendu parler des Forty Thieves ou des Dead Rabbits, Monsieur Oldbear ?

– Les gangs de New York ? J’ai lu un article dans *Le Canadien*… J’avoue ne pas avoir prêté attention à cette histoire. New York est à plus de six cents *miles*. J’ai cru à l’affabulation d’un journaliste avide de sensationnel. C’était… comment dire ? Folklorique.

– Détrompez-vous, ces hordes d’Irlandais existent bel et bien. Au départ, bien avant la fin du siècle dernier, c’était un groupuscule chargé d’aider les immigrants irlandais. C’est devenu une machine politique à la solde du parti démocrate. L’éminence grise qui la dirige s’appelle Isalah Rynders. C’est un homme d’affaires et une figure de la pègre. Lors de l’une de mes visites à Kingston, avant de me détester, Counter me l’a présenté.

Silencieux depuis le début, Martin lorgne Jason Oldbear dont le visage se décompose devant tant de nouvelles pistes à suivre. Pour lui sauver la mise, il décide d’intervenir.

– En gros, John Counter, qui a besoin d’argent pour mener à bien ses projets, s’est allié avec des gangs de New York. Son but serait d’éliminer ses concurrents et de mettre la main sur le marché du bois.

– Oui, le marché du bois, tout le problème est là. Synthèse remarquable… Martin ? C’est bien ton prénom ?

– C’est ça.

– Messieurs, l’heure avance. J’espère avoir éclairé vos lanternes. Je n’ai aucun conseil à vous donner, mais si vous voulez contrarier les ambitions de Counter, vous aurez besoin de courage, d’intelligence et de persévérance. Cet homme a des alliés redoutables. Pour lui, le pouvoir se prend ou s'achète.

Puis, Timothy Hibbard Dunn se lève, défroisse son pantalon et la veste de son trois-pièces. D'un coup de menton, il avale le fond de son verre de fine cognac.

– Je vais demander à Apolline de vous préparer deux chambres. Le repas, les alcools et les nuitées sont pour moi. Si vous avez besoin de renforts, j'ai les hommes qu'il vous faut. Monsieur Oldbear… Martin… ravi de cette soirée.

Lorsque la porte de la salle privative se referme sur le marchand de bois, Oldbear se sert une dose de cognac capable d'assommer un bœuf. Cul sec. L'officier de la milice de Montréal recule sur sa chaise et souffle comme un cachalot échoué.

– On est mal barré, matelot, dit-il en remplissant de nouveau son verre. Comment tu le trouves, ce Dunn ?

– Ambitieux, à défaut d'être honnête.

– Mais encore ?

– Lui aussi semble disposer de coupe-jarrets pour nettoyer les rues de son ambition. Des types vous sont tombés dessus cette fin d'après-midi, ne l'oubliez pas. Qui savait que vous aviez rendez-vous ici, à la Taverne de Neptune, avec Dunn, sinon Dunn lui-même ?

– Ne dis pas n'importe quoi. Ce n'étaient que des mômes qui lorgnaient ma bourse. Un boiteux devient vite une proie facile dans la Basse-Ville.

– N'empêche…

– Quoi, « n'empêche » ? s'énerve Oldbear. Vas-y, au lieu de tourner en rond pour pisser droit ! Mets la bonne langue dans ta bouche, cré Dieu !

Cette fois, Martin raconte *tous* les détails de son départ précipité d'Irlande avec Kate. Lorsque le nom du clan Mullargh arrive dans ses explications, Oldbear fronce les sourcils comme un canasson agacé par une nuée de taons.

– Simple coïncidence, dit-il pour évacuer le problème. Des Mullargh, il en existe partout au Québec depuis l'arrivée des Irlandais. C'est un patronyme presque aussi courant que les Smith, les Lachance ou les Lafleur. D'ailleurs, à ce sujet, il faudra te trouver un autre nom. Ton histoire irlandaise risque de te suivre jusque dans le Nouveau Monde. Icitte, ton statut de milicien de l'Outaouais ne vaudra rien si la police de Victoria te cherche des noises. On quitte cette ville à la pointe de l'aube. Tu as la nuit pour réfléchir et moi pour dormir.

– *Dormir*? Mais comment pouvez-vous *dormir*? Et si Dunn est à l'origine de la bagarre de tout à l'heure ?

– Je compte sur ta vigilance, Martin. À ton âge, on a l'ouïe fine, et tu sauras me défendre. Ne t'inquiète pas, je ne pense pas que Dunn soit un sale type. C'est sans doute un ambitieux, peut-être un arrogant, mais pas un truand. McLaren a été élogieux à son sujet. Te concernant, j'espère ne pas me tromper sur mon choix de t'engager, sinon ma tendre moitié n'a pas fini de m'engueuler. Tu sais ce qu'elle me dit toujours ? « Fais du bien à un cochon et il viendra chier sur ton perron. »

C'est sur ce dicton de haut vol qu'apparaît le minois d'Apolline dans l'encadrement de la porte.

– Monsieur Oldbear, votre chambre est prête. Avec votre jambe, j'ai pensé vous éviter les escaliers. La 1 est au bout du couloir, la clé est sur la porte. J'ai remplacé le pot de chambre et la bassine du lave-mains est remplie d'eau propre. Je vous ai même dégoté un bout de savon. Icitte, dans la Basse-Ville, c'est plus rare qu'une pièce d'or. Toi, Martin Sullivan, suis-moi à l'étage.

– Comment connais-tu nos noms, petite ? demande Jason qui se délecte d'une dernière lichette d'alcool.

– J'écoute aux portes. Monsieur Dunn m'a dit d'être polie avec vous, donc je vous appelle par vos noms. Allez ouste ! Ces messieurs vont au lit ! Je dois débarrasser la table et m'occuper de la vaisselle. Je n'ai pas toute la nuit, mes bottines me torturent et j'ai très envie de me coucher.

– Il n’est pas encore très tard, objecte Oldbear.

– Peut-être, mais les poules qui se lèvent tôt ramassent les plus gros vers.

Oldbear regagne sa chambre et Martin emboîte le pas d’Apolline. Dans l’escalier, sa croupe ne se contente pas de chalouper, elle donne le mal de mer. Quand la coquine se retourne, elle le charme d’un clin d’œil de gourgandine.

Devant la porte, la belle reste un moment à fixer cet immense gaillard qui la rend fière d’être femme. Puis, elle ose. Sa main écarte la chemise de l’apollon et descend vers les muscles de son ventre. Plus bas encore. Lorsqu’elle arrive vers l’interdit, ses doigts agiles le caressent. Elle se colle contre lui et l’entortille d’une jambe. Ses lèvres cherchent sa bouche bien trop haute. Pour l’aider, Martin la saisit sous les fesses et la remonte. La poitrine de la fille s’écrase sur la sienne et leurs langues se trouvent. Sans attendre, elle gémit et se cambre, soudée à lui. Martin la transporte jusqu’au lit. Possédée par le désir, Apolline expédie ses bottines dans un coin de la chambre, relève sa basquine et sa jupe puis se débarrasse de ce qui la gêne en le suppliant de la prendre.

Tout ordre bien donné est déjà à moitié exécuté.

Griffures et gémissements. Le sommier grince. Les dents de la fougueuse s’accrochent au lobe de son oreille qu’elle mord avec la rage d’une diablesse qui recrache une hostie. La chanson de son plaisir comporte peu de paroles. Des « oui ! », des « non ! », des « bon sang, plus fort ! » et des « encore ! » Aux confins d’un profond accouplement, sa jouissance est le cri d’une hystérique qu’on égorge sur l’autel de la passion. Repus, les deux corps s’effondrent et se calment. Souffles courts. Leurs cœurs cognent l’un contre l’autre et résonnent dans leurs poitrines avant de s’apaiser. Les doigts d’Apolline dessinent des arabesques dans le dos et sur le crâne rasé de Martin.

– La vache ! t’es un ouragan, murmure-t-elle à l’oreiller. Tu devrais changer de nom et devenir Martin Soulevent. Je peux te poser une question ?

– Tu vas me demander si je suis marié ?

– Non. Je m'en fiche. Tu m'as appelée Kate lorsque nous avons touché l'extase, j'en ai déduit qu'une fille habite déjà dans la vie. Elle a de la chance…

Surpris d'entendre ce prénom dans la bouche de cette quasi-inconnue qui vient de jouir dans ses bras, Martin redescend sur terre. Une honte sourde le pousse à se détester. Pour s'accrocher à un début d'excuse, il est sur le point d'expliquer que la Kate en question est enterrée sur la Grosse-Île, mais Apolline l'assomme d'une nouvelle surprise.

– Je connaissais Steven Mullargh. Celui qui est mort pendu en prison.

– Tu connaissais Mullargh ?

– Si tu répètes tout ce que je dis, on en a pour la nuit et j'ai d'autres projets. J'aimerais bien remettre le couvert avant de me taper la corvée de vaisselle.

– Je te promets de ne pas t'interrompre.

– Bien. Bon… Voilà… À cavaler dans les couloirs des salles privées, je suis obligée d'écouter aux portes pour anticiper la demande d'un client ou mander un costaud si un mal embouché a l'alcool mauvais. Donc, j'ai entendu votre discussion, avec Timothy. À un moment, quand ton ami unijambiste parlait de Steven Mullargh, j'étais là et j'ai tendu l'oreille.

– Continue.

– Mullargh est venu à la taverne, il y a un peu plus d'un an. Je m'en souviens. C'était l'hiver et je m'étais tordu le pied sur le parvis verglacé de Notre-Dame-des-Victoires. Je l'ai remarqué parce qu'avec sa tignasse rousse et sa barbe, il ressemblait à un ours affamé. Il cherchait Timothy. Je ne suis pas près de l'oublier, car le plantigrade m'a collée contre le mur lorsque je lui ai répondu qu'il était dans le Haut-Canada à surveiller ses pitounes. J'ai encore sa réponse dans la tête : «Si tu mens, bougresse, la fille qui est avec moi reviendra te crever les yeux. Parole de Steven Mullargh.» Quand il m'a lâchée, je me suis tordu l'autre cheville.

– Qui était cette fille ?

– Une folle. Une traînée des bas-fonds. Elle avait une bouche étrange, de vilaines dents et des doigts avec des ongles en fer longs comme des griffes d'ours.

– Tu l'avais déjà croisée dans la Basse-Ville ?

– Jamais, et je ne l'ai jamais revue depuis.

– Comment as-tu connu Dunn ?

– Ouh là là ! C'est compliqué ! Pour faire court, je suis la nièce d'un forestier : Louis Fontaine. D'ailleurs, Fontaine, c'est mon nom de famille. Je vivais seule avec lui dans un trou perdu de l'Outaouais, au nord de la rivière du Lièvre. Dans ce coin, les forêts sont exploitées par James McLaren qui m'a présenté Timothy. C'est grâce à lui que je suis arrivée à Québec où il m'a dégoté cette place de serveuse. C'est un homme bon.

– Tu couches avec lui ?

– Tu me prends pour qui ? Une prostituée ?

– De toute évidence, tu ne lambines pas en besogne.

– Pourquoi perdre du temps ? Quand j'étais gamine, ma mère me disait toujours : « Apolline, il te faudra embrasser beaucoup de crapauds avant d'en trouver un qui se transformera en prince. » C'est comme ça, le désir n'attend pas.

– D'accord, ne t'énerve pas. Tu en as parlé à Timothy de ta rencontre avec Mullargh ?

– Non, pas tout de suite. Timothy n'est rentré de ses chantiers que six mois plus tard, à cause de ses affaires dans l'Outaouais. J'ai mis du temps à lui dire. Moi, j'étais passée à autre chose. Faut avouer qu'icitte, dans la Basse-Ville, c'est tous les jours qu'on en croise, des fêlés du ciboulot. Bon, on remet le couvert ? *Ring my bell!* Veux-tu te désaltérer de mon eau, Martin Soulevent ? Je suis une fontaine.

XXII

... se remettre le cœur.

En cette fin de journée, le port de Montréal est presque désert. Un ciel de plomb écrase les quais. Vers l'ouest, une armée nuageuse s'amoncelle, prête à accabler la ville d'un nouvel orage pour lessiver ses ruelles immondes. La police à cheval cerne les appontements et interdit aux immigrants d'accoster. Regroupées au large, les chaloupes sont attachées les unes aux autres, arrimées à des corps-morts pour ne pas dériver. Des familles déchirées, des orphelins accrochés aux jupes d'une mère de circonstance attendent de débarquer. Dans leurs yeux, les reflets des torches devant les hangars encombrés de malades. Malgré tout leur courage, les sœurs grises n'ont rien pour les soigner sinon un mot de réconfort ou un mensonge. Plus de nourriture. Les pluies torrentielles des derniers jours ont détrempé les piles de couvertures et de vêtements volés aux cadavres. Partout, l'odeur pestilentielle de la mort.

Depuis la fenêtre de la chambre d'hôtel, Stanley Woodward regarde ce pitoyable décor qui ne lui inspire que du dégoût. Torse nu, en sueur, il tourne en rond dans sa colère.

Vingt fois, il a relu la lettre arrivée d'Irlande il y a moins de huit jours ; du Deaglán Mullargh en pleins et en déliés. Des phrases sourdes de colère et de menaces.

Sligo, le 8 avril 1847.

Martin Sullivan s'est débrouillé pour monter sur le Carrick of Whitehaven *avec la fille McBride. Tu ne peux pas le manquer. La gamine est blonde et maigre comme un clou. Lui, c'est un gaillard de plus de six pieds, gueule carrée, plus bouclé qu'un mouton noir. S'ils ont débarqué, démerde-toi pour les retrouver. Je les veux morts. N'oublie pas, j'ai des personnes sur place qui recevront elles aussi une missive le concernant. Débrouille-toi pour les contacter, tu les connais. En principe, ils t'aideront. Si tu te rates, ils s'occuperont de ton cas.*

Pour l'instant, je n'ai pas prévu de traverser pour me charger de Sullivan, mais je ne m'interdis pas de continuer la chasse dans le Nouveau Monde si je n'ai pas de nouvelles. Tiens-toi prêt.

Je compte sur ton efficacité, sinon…

D.M

Sinon quoi ? Putain, mais il se prend pour qui, le vieux fou, depuis l'autre bout du monde ? Pour Dieu ? Si l'envie le démange de courir aux basques de ce Sullivan et de cette môme de malheur, qu'il ne se gêne surtout pas. Pour le moment, la nouvelle du naufrage du *Carrick* n'est pas encore arrivée en Irlande, mais ici, prévenus du drame, les armateurs concurrents ont lâché une traînée de poudre que les journaux se sont chargés d'allumer. Dans les tavernes, sur les quais, dans la moindre ruelle, c'est à celui ou à celle qui en sait le plus. Même si une liste officielle des disparus est disponible à la capitainerie du port de Montréal, les soi-disant informés n'hésitent pas à rajouter ou enlever un nom.

Ceux de Martin Sullivan et de la fille McBride n'y figurent pas.

Lui, « le mouton noir à la gueule carrée », il s'en souvient pour avoir croisé ses poings sur la plage de Saint-Alban-des-Rosiers. Il s'en souvient aussi pour avoir juré de l'abattre jusqu'à le tenir au bout de son fusil à silex sur le chemin forestier qui menait le convoi vers Sainte-Madeleine-de-la-Rivière-Madeleine. Du moins, c'est ce qu'il pensait en appuyant sur la détente. Dommage qu'il se soit trompé de cible. Celui qu'il a vu tomber était un pécore de

Gaspésie, un dénommé Lachance, d'après les gars qui ramenaient son cadavre en travers de leur selle.

Elle, « la maigre comme un clou », il la revoit arpenter la cale des mourants du *Carrick* pour les soulager de leurs angoisses.

Furieux de s'égarer dans d'inutiles réflexions, Woodward cogne la cloison. L'important est de s'en tenir aux faits et de ne pas divaguer. Une chose est certaine, tous deux ont survécu au naufrage et partaient pour une mise en quarantaine sur la Grosse-Île. Ils y sont peut-être encore. Peut-être sont-ils morts sur ce caillou de misère ? La simple idée de retourner à Québec pour vérifier les registres des décès lui répugne. Qui envoyer là-bas ? Pourquoi pas une de ces fameuses « personnes sur place » que Deaglán lui conseille de rencontrer ? Woodward sait de qui il parle. Steven Mullargh et Jackson Lynch dit *One-Eyed*.

Le premier, son contact habituel à Québec pour les transferts de bois volé, est introuvable. Le second, cette infâme pourriture de borgne, traîne, paraît-il, dans les bas-fonds de Montréal, méfiant comme un rat quand il s'agit de sortir de sa tanière au grand jour. Pour le retrouver, Woodward a remué ciel et terre jusqu'à tomber sur une putain du port qui assurait le connaître. Contre quelques pièces, un bon repas et la promesse d'une nuit dans un lit douillet, la fille s'est vantée de pouvoir convaincre Jackson Lynch d'accepter un rendez-vous.

C'est pour cette raison que Stanley Woodward est à la fenêtre de cet hôtel miteux, à contempler la misère du monde et l'orage qui gronde : il attend.

– Il t'a dit quelle heure ?

Dans son dos, la fille grogne de sommeil et remonte le drap sur sa lourde poitrine.

– Début de nuit. Neuf coups au clocher, répond-elle en bâillant.

– Alors, il ne va pas tarder. Rhabille-toi et fiche le camp.

– Et tu me paies quand ?

– Sur la chaise à côté du lit. Tire-toi !

Woodward regarde la prostituée enfiler ses frusques. Décidément, la rumeur se vérifie : les putains de Québec sont bien plus appétissantes que celles de Montréal. Cette morue vulgaire n'arrive pas à la cheville des filles du «coin flamboyant». Élisabeth Dixon, la négresse des nuits de la Basse-Ville, la reine de la «Côte de l'Allégresse», n'a rien à craindre de la concurrence.

Trois coups secs contre la porte de la chambre. La catin ramasse ses sabots et en profite pour se faufiler dans le couloir. Au passage, Jackson *One-Eyed* ne résiste pas à l'envie de lui flatter la croupe d'un coup de main vicieux. Dans son dos, une femme énigmatique, à la fois vulgaire et belle. Visage fermé, une amazone fine et violente. Sa chevelure nouée en queue-de-cheval accentue la dureté de ses traits. Quand elle passe ses doigts sur ses cheveux, ses ongles décorés de pointes métalliques brillent à la lueur de la lampe à huile. Une serpe pend à sa ceinture et descend jusqu'au milieu de sa cuisse.

– Une amie, déclare Jackson Lynch en tirant une chaise.

– Et ton *«amie»* a un nom ? ose Woodward, hypnotisé.

– C'est pas tes affaires, répond la femme.

– Difficile de ne pas te remarquer.

– Mieux vaut pour toi que je n'existe pas. Dépêche-toi, Jackson, on n'a pas de temps à perdre avec ce minable.

Mâchoires soudées, prêt à punir l'insulte, Woodward serre les poings.

– Je te conseille de ne pas la froisser, ajoute Jackson en se servant un verre de brandy. Alors, Woodward, que puis-je pour toi ?

– Où est Steven Mullargh ?

– Va creuser dans la fosse commune de la prison de la Basse-Ville, si tu veux le voir. Mullargh est mort pendu dans sa cellule. Autre chose ?

– Qui l'a tué ?

– C'est pas moi. L'année dernière, à la demande de Counter, cet imbécile cherchait des noises à un certain Timothy Hibbard

Dunn. Juste pour l'intimider, pas pour le tuer. Ne me dis pas que tu n'as jamais entendu parler du roi du bois à Québec ?

– Je connais.

– C'est bien, Woodward. Donc tu sais comment réagit le quidam quand on lui bave sur les bottines. Il se raconte que Mullargh aurait dérouillé une de ses protégées.

– Qui ?

– Une fille qui sert à la Taverne de Neptune, rue du Sault-au-Matelot.

– Jackson, je vais avoir besoin de toi.

– Désolé, vieux. Tu devras te débrouiller tout seul. Madame a besoin de mes services. Nous partons demain matin pour Maniwaki avant de monter dans l'Outaouais profond.

– J'ai reçu une lettre de Deaglán Mullargh et…

– N'insiste pas, Woodward. Moi aussi j'en ai reçu une et je me fiche de ce Martin Sullivan comme de ma première tuque. Ici, le vieux Mullargh n'existe plus. Fini le temps de la contrebande des fourrures, du ramassage des putes indiennes et du vol des grumes aux bateaux de Victoria. Désormais, ce ne sont plus ces magouilles qui remplissent ma bourse. Je suis passé à plus lucratif.

D'un coup de menton, Jackson *One-Eyed* termine son verre et se lève.

– Si t'as autre chose à demander, ma réponse sera la même. Madame est ma nouvelle patronne. Sur ce…

– Est-ce que tu sais comment se rendre sur la Grosse-Île ?

– Et qu'est-ce que tu veux foutre sur cet îlot de malheur ? Tu as survécu à un naufrage, à ce qu'on raconte. On ne joue pas sa chance deux fois quand on est assis à la table du diable.

– Martin Sullivan est sans doute encore en quarantaine là-bas, insiste Woodward.

– Alors t'as deux solutions. Soit il y crève comme bon nombre de ceux qui séjournent sur l'île et la messe est dite, soit il s'en sort et passe par le bureau de l'immigration de Québec. Personne n'entre dans le Nouveau Monde sans être inscrit sur un registre. Ceux qui essaient pourrissent au large dans des chaloupes. Regarde par la fenêtre, si tu ne me crois pas.

– Tu connais quelqu'un à ce bureau de l'immigration ?

Jackson Lynch ajuste son bandeau de borgne et affiche une moue contrariée.

– Peut-être, dit-il au bout de longues secondes. Un soir, dans le bouge de la négresse de l'Allégresse, j'ai bu quelques verres avec un type qui se vantait de travailler là-bas. On a terminé chez lui avec des filles. Il habite dans le quartier Saint-Jean-Baptiste. Ne viens pas de ma part, je lui ai vidé son bar et son coffre.

– T'as un nom à me donner ?

– Désolé, je n'ai qu'un prénom : Hector, si ma mémoire est bonne. Tu ne peux pas le rater : gueule de rat, nez de juif et des bacchantes plus épaisses qu'une queue de vache. Il traîne souvent dans le quartier de la négresse ou vers la Taverne de Neptune. Tu trouveras.

– Ça suffit, Jackson ! coupe la sombre amazone. On a assez perdu de temps avec ce type.

En rage, Woodward s'avance pour écraser la garce contre la cloison.

– Si tu tiens à tes couilles, je te déconseille de bouger.

– Hell Cat Maggie ! laisse-le, temporise Jackson. C'est encore un vieil ami.

Dans l'entrejambe de Woodward, la piqûre de la serpe l'oblige à se dresser sur la pointe des pieds. À quelques pouces de son visage, celle que Jackson a appelée *Hell Cat Maggie* l'enjôle d'un sourire salace. La sadique retient son plaisir de l'émasculer.

– Tu sais que tu as de la chance d'avoir une belle gueule de fumier ?

– Laisse tomber ! Hell Cat, insiste Jackson. Dernier truc, Woodward. Le *Saint-Georges* est annoncé demain en début de nuit à Montréal. Moi, à ta place, j'irais vérifier si ce Sullivan et sa môme ne débarquent pas. Ça fait plus de deux semaines que la liaison sur le Saint-Laurent est coupée à cause des chaloupes des immigrants.

Si ton gars est là, ce serait dommage de le laisser filer. Tu auras besoin de ça…

Et Jackson *One-Eyed* jette sur le lit une plaque d'officier de la milice portuaire.

– Demande le sergent O'Brien, de la police municipale. Tous les soirs, il est de surveillance vers les guérites du port et il me doit une nuit en coquine compagnie.

La gueule mauvaise, Woodward regarde s'en aller le borgne et la folle à la serpe. Bien sûr qu'il va se rendre sur le quai pour l'arrivée du *Saint-Georges,* mais si ce chien de Sullivan n'en descend pas, quelle décision prendre, alors ? Dans sa lettre, Deaglán ne s'interdit pas de traverser s'il n'a pas de nouvelles. Ça, des nouvelles, il va en recevoir le vieux, et pas des bonnes ! L'écho du naufrage du *Carrick* arrivera tôt ou tard en Irlande et les noms de Sullivan et de McBride ne seront pas sur la liste des morts. Le connaissant, ça sera suffisant pour que la chasse continue dans le Nouveau Monde.

Agacé de ne savoir où donner de la tête, Woodward relit la missive. Les derniers mots l'arrêtent : *Tiens-toi prêt.*

C'est décidé. D'abord surveiller l'arrivée du *Saint-Georges* et vérifier auprès des loueurs de chars si des gars correspondent à la description de Sullivan. Un géant, ça doit se voir de loin. Après, filer vers Québec puisque tous les bateaux en provenance d'Irlande passent par la ville de Champlain. Jackson Lynch lui a donné des pistes à suivre là-bas ; elles ne s'envoleront pas. Même si le clan Mullargh est déjà en route, beaucoup d'eau coulera dans le Saint-Laurent avant qu'il ne débarque. Pourquoi ne pas grappiller un peu de bon temps à Montréal en attendant le début des hostilités ? Woodward sourit. L'idée mérite une rasade de brandy pour se remettre le cœur.

XXIII

Concordia Salus

Des bateaux de cette sorte, Martin n'en a jamais vu. *Le Montréal,* qui les emmène vers la ville du même nom, est un monstre du fleuve. Trois interminables ponts couverts, des cabines pour les plus fortunés et deux cheminées qui crachent la fumée des enfers. Une centaine de passagers a embarqué pour continuer la route vers l'espoir d'une vie meilleure. Dans les places réservées aux pauvres, au milieu des marchandises de toutes sortes, pas un visage connu.

Ce matin, Oldbear s'est levé du bon pied et un sourire narquois barre son faciès de flibustier. Martin s'en étonne. Le milicien lui répond que lorsqu'on rentre au pays, c'est normal « d'avoir les yeux qui scintillent comme le derrière d'une mouche à feu ». Satisfait de sa répartie, le pirate se gausse ensuite de son air d'Irlandais ahuri. Passant du coq à l'âne, l'homme à la jambe de bois devient intarissable sur l'histoire de la navigation et du Saint-Laurent.

Martin décide de ne plus prêter attention au discours du policier quand celui-ci explique les raisons du naufrage de la flotte britannique, en 1711, sur les récifs de l'île aux Œufs. Accoudé au bastingage du pont supérieur, les yeux dans le vide, il regarde s'éloigner le port de la Basse-Ville, qui s'éclaire de la première lueur du jour. Là-bas, le quai disparaît peu à peu, effaçant le souvenir de la Taverne de Neptune et de sa nuit dans les bras d'Apolline.

Un violent coup de coude dans les côtes le ramène sur le pont arrière du bateau.

– Tu rêvasses ? Inutile que je gaspille mes mots si tes oreilles sont bouchées !

– Désolé, j'étais ailleurs.

– Au moins, tu es honnête. Puisque tu n'as pas l'air d'être un menteur, peux-tu m'expliquer pourquoi tu sens la fille et pourquoi tu as les yeux en cul de chèvre ?

– J'ai passé la nuit avec Apolline.

– Ça, mon gars, j'avais deviné. Jamais je n'ai entendu un sommier grincer avec une telle régularité ni une gourgandine d'hôtel chanter son plaisir avec autant de vigueur.

– Apolline est une brave fille, pas une catin.

– Admettons, ajoute Oldbear. Au fait, de quoi parliez-vous pendant vos pauses amoureuses ?

La mimique complice de Jason Oldbear devient un mauvais rictus. Lorsque Martin lui révèle la rencontre fortuite d'Apolline avec Mullargh, à la recherche de Timothy Dunn un an plus tôt, le milicien de l'Outaouais s'énerve.

– Le saligaud ! Je me doutais que Dunn traficotait avec Mullargh.

– Vous vous trompez sur Dunn. Apolline est sa protégée et elle m'a juré qu'elle ne lui avait parlé de cette visite que bien plus tard. De toute évidence, si Mullargh le cherchait, ce n'était pas pour lui payer à manger. Toujours d'après Apolline, la fille qui l'accompagnait avait des yeux de folle et des ongles en métal. Pas le genre de personne qu'on a envie d'inviter à un bon dîner.

– Hell Cat Maggie.

– Qu'est-ce que vous dites ?

– Hier soir, te souviens-tu du discours de Dunn sur les gangs de New York ? Je me suis gaussé de la fougue d'un journaliste du *Canadien* qui parlait d'eux dans son torchon.

– Vous l'avez traité de « folklorique ».

– C'est ça : folklorique. Au bout du compte, ça ne l'était pas tant que ça. Dans son article, le gars décrivait une tueuse des premiers gangs des Dead Rabbits : Hell Cat Maggie, une criminelle connue dans le quartier de Five Points. Sa réputation provient de ses doigts décorés d'ongles en laiton en forme de griffes. J'oublie un détail… pour compléter le portrait, elle se serait limé les dents en pointe.

– C'est une blague ?

– Je n'en sais rien, mais j'en doute. Quand Apolline a-t-elle croisé Mullargh et cette foutue cinglée ?

– Au début de l'hiver 45-46… Elle s'en souvient à cause de ses chevilles tordues.

– Hell Cat Maggie avait les chevilles tordues ?

– Non, je parle d'Apolline.

– De toute manière, on s'en fiche, coupe Oldbear. Ce qui me chagrine, c'est pourquoi personne n'a revu cette furie dans le secteur de la Basse-Ville. Ce genre de vampire ne doit pas passer inaperçu. Au fait, as-tu pensé à te trouver un nouveau nom ?

– Apolline assure que Soulevent m'irait bien.

– Pas idiot… ça ressemble à Sullivan. Donc, à partir de tout de suite, tu es Martin Soulevent. Si on t'adresse la parole, tu réponds en français et tu ne comprends pas un mot d'anglais.

– Pourquoi ?

– Je t'expliquerai plus tard. J'ai faim. Le fumet qui sort des cuisines me chatouille les narines. Je ne peux pas réfléchir le ventre vide et le plan auquel je pense exige d'avoir l'esprit clair. Tu viens ?

– Sans façon, ça me rappelle les odeurs de la Grosse-Île, j'avoue être écœuré.

– C'est comme tu veux. Surveille mon sac.

D'une démarche mal assurée, Jason Oldbear gagne la salle commune où sont servies des gamelles de fèves au lard arrosées de bière d'épinette.

Sur le pont arrière, des groupes de notables échangent leurs points de vue sur le flottage des plançons carrés. Vers la lisse de tribord, à quelques pas, ce ne sont pas des nantis qui discutent, mais cinq ou six rugueux dont les voix portent. Le ton monte. Ils se bousculent. Martin s'écarte quand deux gars en viennent aux mains au sujet d'un conflit dont il n'a jamais entendu parler : la guerre des *Shiners*. Après un échange de gifles, de menaces et quelques crachats, un officier de police tente de les séparer. Sa garcette cogne sur les épaules et dans les côtes. Après une dernière tentative de coups de pied, les quidams s'éparpillent dans des coins différents du bateau ; la prochaine fois, ils jurent de s'égorger.

En les voyant s'insulter de loin, Martin prend conscience d'être arrivé dans un pays dont il ne sait rien. « Bienvenue en terre inconnue ! » C'est par cette phrase énigmatique que l'oblat William Cartier les avait accueillis sur la plage du naufrage de Saint-Alban-des-Rosiers. Le curé ne croyait pas si bien dire. Le souvenir de l'homme rondouillard réveille celui de Kate McBride et de sa souffrance sur l'îlot de quarantaine.

D'après ce qu'il en a déjà vu, hormis les mains tendues de sœur Marcelle ou de Jason Oldbear, ce Nouveau Monde est celui de la violence et du chacun pour soi. C'est le miracle du « bois carré » qui l'a créé. Pour cette richesse, des hommes s'entretuent. D'autres paient de leurs membres ou de leur vie les fortunes de pins et de chênes qui descendent les rivières. Les draveurs qui cavalent sur les pitounes, les cageux et leurs longs radeaux de bois, tous remplissent des coffres de pièces d'or dont ces braves ne profiteront jamais. Un jour, peut-être, leurs exploits deviendront des chansons héroïques. Qu'en pense Jason Oldbear qui a perdu sa jambe en jouant les paladins sur un embâcle ?

Lorsqu'on parle du loup, il sort du bois. Occupé à se curer les dents avec un éclat d'allumette, le milicien claudique vers Martin, satisfait de son repas. Le rot qui lui échappe a des relents d'ail, d'échalote et de bouillon de volaille.

– Désolé, mon gars. Ce n'est pas un manque d'éducation, c'est un défaut de constitution. Ma tendre épouse me le reproche souvent. Au fait, est-ce que j'ai pris le temps de te dire son prénom ?

– Pas que je sache.

– Joséphine, comme l'impératrice des Français. C'est sans doute pour cette raison qu'elle voue un culte sans bornes à ce fichu empereur. Elle a même poussé le vice jusqu'à prénommer notre fille Hortense.

– Vous avez une fille !

– C'est ce que je viens de te dire. J'avais aussi un fils ; la glace l'a tué.

– Je suis désolé…

– T'as pas à l'être. J'ai réfléchi en mangeant. Je t'expliquerai plus tard. On a une grosse journée de fiacre avant d'arriver à L'Abord-à-Plouffe, on aura le temps d'en parler. On débarque dans moins d'une heure. La nuit sera déjà sombre et on profitera de l'obscurité pour rejoindre un loueur de chars que je connais. Ensuite, on file. Pas question de gaspiller notre temps à Montréal.

– Pourquoi ne pas y passer la nuit ?

– Ce n'est pas un endroit sûr. C'est celui où on meurt le plus dans le Nouveau Monde. Ici, c'est surpeuplé. Les conditions sanitaires sont effroyables et les rues en terre battue dégoulinent de crasse. Tout ce que tu peux toucher est dangereux. Pour ne rien arranger, Montréal est une ville d'écureuils et de rats et la maladie se transmet par la putréfaction des bêtes mortes. Icitte, la quarantaine ne sert à rien. Tu as vu le nombre de bateaux qui attendent pour débarquer leurs mourants devant Québec ? Certains ne s'arrêtent pas et continuent plus loin en espérant larguer leurs cargaisons infestées sans se faire remarquer.

– Il n'y a pas de contrôles ?

– Maintenant, si. Mais jusqu'à ce début d'année, la milice était inopérante à Montréal. Pas de chef, pas de structures, pas de consignes claires. Les côtes étaient des passoires. Aujourd'hui, c'est l'inverse. Les comités municipaux, ceux de la police ou la

Maison de la Trinité, gèrent les arrivées et ont transformé les quais en souricières. Si tu n'as pas de papiers, les médecins du port t'expédient par précaution dans un lazaret.

Sans prévenir, au milieu de son discours qui n'en finit pas, Oldbear désigne le ciel.

– Le temps est avec nous, la pluie s'annonce. Prépare tes affaires et enfonce ton bonnet jusqu'aux yeux.

Puis le policier extirpe de son sac un vêtement épais.

– Tu te couvriras la tête et les épaules de cette vareuse. Mieux vaut passer pour un couard effrayé par l'orage que pour un immigrant qui apporte le typhus. Quand on débarquera, tu fileras vers le parcage des chars. C'est sur la droite. Avec ma patte folle, ce n'est pas la peine de m'attendre, je te rejoindrai à mon rythme. Baisse les yeux et ne te mêle de rien. Si la milice t'importune, tire une mauvaise gueule et présente cette plaque. Avec la devise de la ville, elle en impose aux imbéciles, même si elle n'a rien d'officiel.

L'insigne de cuivre est gravé d'une étoile soulignée de l'inscription : *Concordia Salus.*

XXIV

... deux heures plus tard.

Les passagers du *Montréal* débarquent en désordre, malmenés par la pluie et le poids de leurs valises. Les passerelles sont encombrées de ceux qui se cramponnent aux rambardes pour ne pas s'étaler sur le bois glissant.

Lorsque Martin pose pied à terre, un sergent municipal empourpré de zèle sort de sa cahute et se dirige vers lui, alerté peut-être par la taille de ce gaillard qui dépasse tous les autres. Plusieurs coups de corne écartent la foule. Indifférent à l'averse qui lui pique le visage, le gars s'approche, menton haut, plus raide que la justice.

Martin ralentit le pas et cherche dans ses poches l'insigne que lui a donné Oldbear. Au même moment, les deux costaux qui en étaient venus aux mains sur le pont arrière du bateau se croisent à nouveau. La bagarre au sujet de la guerre des *Shiners* reprend où elle en était restée. Les gars s'empoignent comme des morts de faim et trébuchent dans la boue pour se frapper les flancs.

Nouveaux coups de corne.

Une nuée de miliciens abandonne les guérites et court séparer les deux cogneurs à grands coups de matraques. Autour d'eux, la foule se resserre et Martin aperçoit l'ombre d'une longue silhouette qui se détache contre la façade du poste de garde. Lorsqu'une lampe à huile l'éclaire, il reconnaît Stanley Woodward, avec qui il s'est coltiné sur la plage de Saint-Alban-des-Rosiers. Qu'est-ce que ce Judas fiche ici ? Pourquoi arbore-t-il l'insigne des miliciens du port sur son paletot ? Et pourquoi parle-t-il avec un sergent de la police municipale ? Martin baisse sa capuche et prie le ciel qu'il ne se retourne pas.

Jason Oldbear est déjà sous l'appentis des fiacres lorsque Martin y arrive enfin. Le policier abandonne trois chelins au loueur et, pour le convaincre de restituer la carriole vers le pont Lachapelle, il en rajoute un de plus.

– Bon sang ! Qu'est-ce que tu fichais ? Même avec ma fausse guibole, je piète plus vite que toi sur tes deux jambes.

– Des gars se battaient sur le quai. Les miliciens sont intervenus et j'ai été obligé de contourner le port.

– Charge mon barda dans la malle arrière. On lève le camp. Ce voleur est capable d'augmenter son prix s'il reste à portée de ma bourse.

– Je croyais que vous le connaissiez.

– Ce n'était pas avec lui que j'avais négocié, c'était avec son frère.

Sous une pluie serrée, le fiacre traverse la jetée avant d'emprunter une rue qui évite le centre-ville. L'attelage longe des tavernes bondées de soiffards et de filles faciles. Oldbear ne les regarde même pas, encore agacé de s'être délesté de trop de pièces.

– Ces escrocs se lamenteront un jour, lorsque les trains qui existent déjà en Angleterre arriveront dans le Nouveau Monde.

Martin s'inquiète de savoir pourquoi. Jason crache le bout d'allumette qu'il mordille et prend l'air d'un docte instituteur.

– C'est le progrès, Martin ! Une première voie de chemin de fer a été mise en service, en 1836, autour de Montréal : la *Champlain and Saint-Lawrence Railroad.* Quand je dis « première », c'est qu'il y en aura d'autres. Avec ces inventions, notre vie changera. Celle des Indiens et des coureurs des bois. Celle des draveurs et des cageux aussi. Demain, il ne restera pas grand-chose du souvenir de ces héros.

– Les tribus existent encore ?

– Pas toutes. Certaines ont été décimées. Les Iroquois étaient passés maîtres en la matière. Dès qu'ils lorgnaient un territoire, c'était la curée. Les Weskarinis savent de quoi je parle. Il en reste quelques-unes comme les Nipissinges, les Hurons ou les Abénaquis. Bon, j'arrête là sur les autochtones parce que je m'y perds dans toutes leurs histoires. Tu auras l'occasion de les croiser. En Outaouais, si un arbre tombe, un Indien se lève pour décocher une flèche au bûcheron qui l'abat. Tu as la taille et les épaules pour en être un. C'est un beau métier, tu sais ?

– On m'a déjà dit ça. Milicien, bûcheron… Va falloir vous décider, Jason !

– J'ai mon idée là-dessus. Tu vois les torches, là-bas ? C'est l'Auberge du Crottin de Louise ; on y passera la nuit. La table est bonne et le fromage de chèvre capable de rendre l'honnêteté à un Anglais, te dire ! Le revers de la médaille, c'est qu'à force de goûter ses délices, la bougresse a besoin de deux chaises pour s'asseoir. Reste poli avec elle et ne laisse pas traîner tes yeux sur sa poitrine.

– Qu'est-ce qu'elle a, sa poitrine ?

– Louise se prénomme Makkitotosinew en langue ojibwée ; ça signifie « elle a de gros seins ». C'est une Anishinaabée, une diseuse de bonne ou de mauvaise aventure, ça dépend si elle est bien ou mal virée. Pour en revenir à ses seins, sans abus ni vulgarité, on dirait des outres de trois gallons.

Louise *« Makkitotosinew »* mène large, Jason Oldbear exagérait à peine sur la dimension de son fessier ou sur celle de sa poitrine. Son double menton est bourrelé de plusieurs plis et ses yeux ne sont que deux fentes ourlées au-dessus de ses joues bouffies de graisse.

Un fumet de chou bouilli flotte dans l'auberge vide.

– Jason Oldbear ! Quelle mauvaise surprise ! Es-tu là pour manger, pour dormir ou pour me lacérer les pieds de ton couteau ?

Satisfaite de son trait d'humour, la tenancière essuie ses doigts boudinés dans son tablier.

– Les trois, Louise.

– Alors, passe ta route et va pisser sur les bottes du diable !

Puis, la grosse femme éclate de rire. Sans pouvoir marcher vite, elle se dandine vers Jason pour le serrer dans ses bras trop courts.

– Tu sens le voyage, Jambe de bois ! À te respirer, je n'aimerais pas mettre le nez dans ton caleçon ou dans ton tricot de peau.

– Je réserve ce privilège à mon épouse.

– Vu l'odeur, ça sera une bien méchante punition. Dis-moi, policier bancal, qui est le géant qui te suit en triturant sa tuque ? Gulliver ? Un malandrin échappé de prison ? Avec ta gambette en moins et sa taille, ne me raconte pas que tu étais seul pour l'arrêter.

– Il s'appelle Martin Soulevent. C'est mon nouveau sergent, pas mon prisonnier.

– C'est ça ! Et moi, je suis la vestale du jardin d'Éden !

Puis, elle se tourne vers Martin.

– Donne-moi ta main, Gulliver, je te dirai qui tu es. Allez ! T'as peur que je te l'arrache ? Pose ton derrière sur cette chaise et ne m'interromps pas.

Martin cède et l'Indienne saisit son bras. De la poche de sa tunique, elle sort une poignée d'osselets qu'elle éparpille sur la table.

– Tu en choisis deux que tu écartes. Le troisième tu le pousses vers moi, les autres tu les ranges en ligne devant toi dans l'ordre que tu veux… C'est bien… Ne dis rien. Dans ta tête, appelle ce que tu aimes… Voilà, c'est bien ! Respire ! Pense à ce que tu détestes.

Le temps se fige. L'Anishinaabée ouvre ses paupières sur deux iris gris. Sa voix devient grave, monocorde.

– Tu as abandonné l'étreinte d'une femme et le fantôme d'une autre t'accompagne. Des hommes te chassent. Ton vrai nom n'est pas celui que tu donnes. Méfie-toi, la mort a très envie de se glisser dans ton lit. Tu la refuses et elle te hait pour ça. Cette garce t'enverra un windigo pour te tuer.

Sourire en coin, Jason Oldbear se bourre une pipe. La femme aux gros seins se lève et s'aide du dossier de sa chaise pour garder l'équilibre.

– Ce n'est pas de bon augure tout ça, dit-elle au bout de sa prédiction. Bon, je vous propose de passer à table. Ce soir, ce sera roulé de chou vert farci au porc et au bœuf hachés. Si vous êtes sages, vous goûterez de mes galettes d'avoine au sirop d'érable. Bien sûr, on terminera par une assiette de crottins. Jambe de bois, sers la bière d'épinette ; tu sais où la trouver.

Le repas est une succession de surprises et de saveurs. Martin écoute et ne dit rien. Les discussions s'échappent vers des sujets qui n'appartiennent pas à son histoire. Louise raconte la route des fourrures qui remonte la rivière Saguenay jusqu'à l'embouchure de la rivière Chicoutimi. Oldbear parle des portages qui mènent au lac Kénogami, puis à la Belle Rivière et au poste de traite de Métabetchouane. Mis à part des acquiescements polis et quelques réponses qui ne l'engagent en rien, Martin se garde d'alimenter les palabres. Les prédictions floues de l'Indienne lui sont restées en travers de la gorge. Qui est ce windigo dont il doit se méfier et qui terrorise tant l'Anishinaabée ?

La déesse du crottin de chèvre rit d'un bon mot de Jason lorsque les questions muettes de Martin la glacent de colère. D'un geste brusque, elle pointe vers Martin le couteau qu'elle a tiré de la doublure de sa jupe.

– Ne pense jamais aux windigos sinon ils pousseront la porte de tes cauchemars. Ces démons s'arrangeront pour que tu deviennes comme eux. Promets-moi de les tuer !

– Je... Je promets.

– C'est bien. Tu vas comprendre pourquoi. Dans ma nation des Anishinaabeg, le peuple originel, voici la légende des windigos.

Avant de se lancer dans ses histoires, Makkitotosinew prend le temps d'allumer une bouffarde en corne gravée des signes chamaniques de sa tribu. Ses doigts triturent les osselets de ses prédictions. Suspendu entre le silence de la conteuse et le cliquetis des reliques sur la table, Jason a du mal à garder son calme.

– Martin, remplis nos godets en attendant que notre chère Louise retrouve ses mots. Là, elle est partie pour nous pondre un œuf. Comment tu la trouves ?

– Louise ?

– Non, crétin, la bière d'épinette !

– Je préfère la Stout noire d'Irlande. Qui a inventé ce tord-boyaux ?

– Un type qui avait soif et qui n'aimait pas l'eau pure. C'est fabriqué avec ce que les forêts te donnent : des bourgeons, des aiguilles ou des pousses d'épicéa.

L'Anishinaabée fronce les sourcils et range ses reliques ; elle se décide enfin. Sa voix est grave. Dangereuse.

D'après diverses légendes, un windigo prend vie lorsque trois éléments sont réunis : la faim, un froid extrême et l'isolement. Dans les traditions algonquiennes, c'est un pourfendeur de chair qui s'attaque aux personnes vulnérables et les tue afin d'usurper leur identité. Pour le vaincre, les armes classiques sont inopérantes, même si elles peuvent le tenir à distance.

La discussion est partie pour durer des heures. Martin, le ventre torturé par la bière d'épinette, est plus préoccupé par ses tripes qui gargouillent que par les avertissements de l'Anishinaabée. Peu lui chaut de savoir comment s'appellent les windigos chez les Abénaquis, les Sikisas ou encore les Ojibwés. La taille de l'animal, la couleur de sa peau sont le cadet de ses soucis. Il décroche pour de bon.

– Tu ne m'écoutes pas, se renfrogne Louise. Tu as tort, j'use ma salive pour toi.

– Désolé, j'ai trop mal au ventre et…

Le pet qui termine la phrase est une abomination de mauvaise odeur. L'Anishinaabée farfouille dans les replis de sa jupe pour dénicher une fiole minuscule qu'elle tend à Martin.

– Avale ça et va te vider dehors. Torche-toi avec des feuilles et rince-toi le derrière dans le ruisseau, sinon la paille de ton grabat en paiera le prix. Faut avouer que le mélange du chou avec la bière d'épinette n'est pas conseillé pour des boyaux d'étrangers. En attendant, je finis de conter mes légendes à Jason, il te les dira.

Le mystérieux remède de Louise est d'une redoutable efficacité. Assis dans le ruisselet où il se lave les fesses, Martin regarde le courant glisser entre ses jambes, rebondir contre les pierres et courir sous les branches basses le long des rives. Débarrassé de sa chemise, nu comme un ver, il s'allonge dans l'eau fraîche. L'onde ralentit contre lui, frôle cet obstacle qu'elle ne connaît pas et s'en va ricocher plus loin, contre deux pierres moussues qui obstruent une gravière.

Un trou à truites.

Le souvenir de l'Irlande remplace alors ce pays dont il ne sait rien. Pour savourer l'instant, Martin ferme les yeux et tente d'appeler de bons souvenirs. Mais rien ne vient, sinon la blancheur cadavérique des mourants du *Carrick of Whitehaven.*

Kate McBride. *Qu'est-ce que tu fiches ici ?*

L'effrontée danse sur l'autre rive, jupe retroussée à mi-cuisse. De ses pieds, elle joue avec l'eau et le nargue. L'apercevant ainsi dévêtu, la coquine arrondit les yeux et met sa main devant sa bouche pour s'émerveiller de l'interdite nudité qu'elle regarde. Lorsque Martin essaie de se relever, elle se faufile entre les branches des feuillus. Son rire tinte dans l'ombre qui la suit.

Habillé de rien, Martin sort du ruisseau et s'essuie de ses frusques. La porte de la grange est ouverte. Délesté de son attelage, le cheval s'ébroue et renâcle à partager sa paille avec cet inconnu. Encore torturé de maux de ventre, il préfère dormir là, à deux pas de l'eau qui lui a rincé le derrière. Résigné, l'animal s'écarte. Martin s'allonge et cherche un sommeil qu'il ne trouve que deux heures plus tard.

XXV

... un amour de jeunesse.

Après le silence de l'océan, le vacarme du quai de Saint-Alban-des-Rosiers carillonne aux oreilles de Sinéad. Ses premiers pas sur la terre ferme sont hésitants, encore guidés par la gigue marine qui a secoué le senau pendant plus de quarante jours. Avec un vent arrière à décorner une chèvre, la traversée depuis Clifden a été plus rapide que ne l'avait prévu Andrew Gray.

Ce fut une parenthèse étrange, suspendue aux voiles du navire et aux caprices de l'océan. D'interminables moments de silence ou de peur pour les filles qui ne rêvaient que d'une nouvelle vie. Quelques disputes et des crêpages de chignons. Peu de confidences échangées. Pas d'espoir à partager. De l'humiliation.

Pour Sinéad, prisonnière de sa promesse d'être « femme à tout faire », le voyage est très vite devenu une succession de contraintes, de labeur et de vexations. Pour Roisin aussi, lorsqu'elle la remplaçait pendant son indisposition. Si Andrew Gray s'est contenté de satisfaire avec elles ses besoins de mâle dominant, Jacobsen et Shoute, toujours ensemble, ont pris un pernicieux plaisir à les humilier. Avec ces pervers, surtout avec Jacobsen, les coups, les insultes et les crachats n'étaient que les préliminaires à de viles soumissions.

Si la moindre occasion se présente, elle les tuera. Elle se le jure.

Sur le ponton qui mène vers la jetée, les gens de Saint-Alban-des-Rosiers assistent au débarquement de celles que les femmes sur le quai appellent les «putains d'Irlande». Se souviennent-elles qu'un jour, elles aussi baissaient les yeux sous ces mêmes quolibets, trop heureuses d'éviter la quarantaine sur la Grosse-Île en débarquant là ? Derrière Roisin, Sinéad ferme la file de cet arrivage d'épouses et de futurs ventres. Dans son dos, Jacobsen la pousse de sa garcette. Elle lui crache au visage.

Vers la remise des pêcheurs, devant les filets entassés, Andrew Gray s'est installé à une table pour encaisser le prix des ventes de ces femmes de mauvaise chance. Vingt livres anglaises pour celles qui n'ont qu'un seul prétendant. Les autres, les moins moches, seront mises aux enchères. Si le hasard en laisse une sur le carreau, la délaissée deviendra fille de ferme ou d'hôtel et priera pour que le ciel lui amène un soupirant. Roisin est la première à être choisie. Son prétendant, un gaillard souriant et large d'épaules, a de la franchise dans le regard à défaut d'être beau ; il sort deux bourses pleines en la voyant. Sinéad, vêtue de frusques sales, le visage fermé par les humiliations subies, n'attire personne. Sans la moindre émotion, elle regarde s'en aller Roisin, la fille belle comme un lys, vers son espoir de vie meilleure. Le hasard fait-il toujours bien les choses ?

Andrew Gray tente de boucler une dernière vente et la désigne.

– N'hésitez pas, Messieurs ! Cette femme est mal attifée, mais elle est fraîche et ce n'est plus une enfant. Il vous suffira de la laver ! Enlevez-lui ses oripeaux et vous découvrirez un corps sublime. Croyez-moi, celui qui la conduira devant l'autel ne le regrettera pas.

– Pour sûr ! ajoute Jacobsen, hilare. J'peux même vous dire que c'est une sacrée avaleuse de foutre !

Shoute s'avance à son tour, plein de morgue, sourire fielleux aux lèvres. Certes, Jacobsen est loin d'être un saint, ses étreintes sont brutales, mais Shoute est un fruit pourri de l'arbre de Dieu. Plus rengorgé qu'une outarde, le vice chevillé au corps, l'autre second d'Andrew Gray est incapable de concevoir une relation avec une femme sans la pimenter du raffinement de ses tortures.

– J'peux même vous dire qu'elle adore écarter son cul, ajoute le pervers.

Un homme vieillissant et chétif ose un pas. Barbe grise et bouche lippue, le quidam au ventre mou porte un manteau craquelé de poussière, bien trop large pour ses épaules.

– Et tu la vends combien, ta putain ? Elle m'a l'air usée par le voyage.

– Étant donné ton grand âge, monsieur Gray te fera un prix. Si ta queue n'est pas assez raide pour la combler, tu pourras toujours t'en servir de cuisinière.

– Combien ?

– Quinze livres, annonce Gray depuis la table où il compte ses pièces.

Sinéad, ébahie d'être vendue comme une esclave, dévisage le valétudinaire qui hésite à se séparer d'autant de pièces. Sa main soupèse la bourse qu'il tient dans la poche de sa redingote. Dans son dos, les autres bouseux l'encouragent à se délester de sa fortune.

– Tu nous la prêteras ! raille un édenté.

– Elle a de beaux pis ! insiste un crétin ébouriffé.

Une voix de femme cloue le bec des imbéciles.

– J'achète ! Je propose dix livres.

Une élégante fend le groupe des manants. Menton pointu, elle affiche des airs d'importance. Dans son dos, deux costauds aux mines patibulaires coiffés d'un haut-de-forme cabossé. Deux crosses de pistolets à silex dépassent de leur ceinture. Sur le revers de leur paletot, l'insigne de la milice de Saint-Alban-des-Rosiers.

Andrew Gray lève le nez de son registre de comptes et blêmit en apercevant les policiers.

– Ce n'est pas le prix que j'en veux, Madame.

La galante corsetée, les mains sur le pommeau de son ombrelle, se campe devant la table de Gray. De la dentelle blanche s'échappe de ses poignets. Les fronces de son chemisier gonflent une poitrine qui n'en a pas besoin. Sous sa jupe, l'épaisseur de ses dessous empesés exagère son postérieur. Sinéad est fascinée par cette mère maquerelle qui pense être belle et méprise les villageois rangés en cercle autour d'elle.

– Pour profiter de sa richesse, Monsieur Gray, encore faut-il ne pas être derrière les barreaux.

Jacobsen et Shoute tentent d'intervenir, mais les deux costauds dégainent leurs armes pour les dissuader d'aller plus loin. La femme, qui n'a pas bronché, envoie à Gray le sourire affable et lisse que l'on réserve à un bon exécutant.

– Nous sommes d'accord ?

– Nous sommes d'accord, dit Gray avec prudence, désarçonné par l'aplomb de la bourgeoise. Je n'ai pas compris votre nom, Madame. C'est pour mes registres.

– Mélanie Butterfly, répond-elle sans le regarder. Et toi, tu commences tout de suite à la Taverne des Rosiers, dit-elle à Sinéad. Suis-moi.

Bien plus tard, après avoir essuyé les tables et les bancs, terminé une vaisselle dont elle ne voyait pas arriver le dernier bol ou l'ultime assiette, Sinéad descend les tonnelets encore pleins à la cave. Les reins brisés par l'effort, les jambes en coton, elle remonte l'escalier extérieur qui grimpe vers les mansardes du personnel. Fourbue, elle s'assoit sur la plus haute marche et profite de la fraîcheur de la nuit avant de regagner sa paillasse.

Au loin, le senau d'Andrew Gray lève l'ancre. Les voiles se gonflent du noroît et ce navire qu'elle maudit part remplir ses cales d'autres putains. Sinéad reste à le regarder disparaître avec, pour souvenirs de sa traversée, ceux de toutes ses hontes. Mais elle s'en moque. Là, sur cet escalier d'hôtel miteux, seule dans un monde qu'elle découvre, elle s'accroche à son unique espoir : celui de retrouver Martin Sullivan. Après avoir évité les pièges tendus par le clan Mullargh, après s'être relevée des outrages subis sur le senau d'Andrew Gray, elle se sait assez forte pour se tirer de tous les ronciers de la vie. Aujourd'hui, elle ressemble à une servante dépenaillée, demain elle saura redevenir belle et aguichante.

– Je ne pensais pas te trouver là.

Sinéad sursaute. Malgré la torche contre la façade, elle ne distingue que l'ombre de celui qui lui parle. Jacobsen ? Shoute ? Robert Mullargh ? Tous les noms quelle donne à sa peur défilent dans sa tête en panique, mais pas un ne s'accorde à sa raison. Elle imagine alors un prédateur inconnu, profil busqué, sourire de loup, et cette image la transperce d'une frayeur glacée.

– Qui es-tu ? parvient-elle à articuler.

– Quelqu'un qui a été surpris de te trouver dans cette taverne.

– Je ne te connais pas. Je ne connais personne ici.

– Pourtant, tu as sauté sur mes genoux quand tu étais gamine et je peux t'assurer que mes rotules s'en souviennent. Mes oreilles aussi, tellement tu hurlais pour n'importe quoi. Est-ce que tu chantes toujours aussi faux ? Je peux même te dire que tu es la seule femme qui a eu le droit de m'arracher la barbe.

– Papy Paddy ? C'est toi ? C'est vraiment toi ?

Son cœur bat la chamade et elle dégringole les marches de son perchoir pour se jeter dans les bras du vieux gabier.

– Sans vouloir te commander, Sinéad, on ne va pas rester là comme deux ronds de flan. La jetée de Saint-Alban est un endroit propice pour une promenade. Même si on ne les voit pas, les côtes de Gaspésie regardent celles de notre beau pays.

Papy Paddy a raison. Éclairé d'une dizaine de torches, le minuscule port de Saint-Alban-des-Rosiers ressemble aux images vendues par les colporteurs sur les marchés d'Irlande. Un havre de sérénité qui invite à tous les voyages. Pressée de questions, Sinéad remonte le fil de son histoire depuis la nuit tragique de la mort d'Owen Mullargh. Connaissant les liens qui jadis unissaient Papy Paddy au vieux Deaglán, elle hésite dans un premier temps à raconter toute la vérité, puis se ravise. Pourquoi continuer à mentir si loin du drame ? Tout y passe. La promesse de mariage avec Robert, ses coucheries avec Martin, sa fuite du château de James D'Arcy, les déplorables conditions de son arrivée ici sur le senau d'Andrew Gray.

Pour ne pas couper l'élan de cette confession, l'ancien gabier ne dit rien et se contente de caresser la main qu'il tient dans la sienne. Lorsque Sinéad arrive au bout de son histoire, elle se tait, épuisée d'avoir revisité chacun de ses douloureux souvenirs. Quand Papy Paddy lui relève le menton, il découvre un regard embué de larmes.

– Donc si je résume, ma belle, c'est un peu à cause de toi que Martin Sullivan et Kate McBride ont embarqué pour le Nouveau Monde.

– Oui.

– Savais-tu que j'étais gabier sur le *Carrick of Whitehaven ?*

– Comment l'aurais-je su ? Je ne t'ai pas revu depuis mes quinze ans !

– C'est pas faux. Ce brick est le point commun de nos histoires, Sinéad. Si je suis là, c'est parce que ce fichu navire a coulé au large des côtes de Gaspésie. Nous sommes peu nombreux à nous en être tirés.

Sinéad dégage sa main et bondit comme si une souris cavalait sous son jupon.

– Martin est mort ?

– Non et, si ça t'intéresse, Kate McBride est toujours vivante.

C'est au tour du vieux marin de se confier. Lui aussi défile le calendrier des années de sa vie, de ses choix et de ses erreurs. Lorsqu'il parle du naufrage du *Carrick of Whitehaven*, sa voix s'assombrit de la peur qu'il ressent encore. Il décrit Martin comme un gamin de vingt ans, plein de fougue et de culot, jusqu'à devenir un vrai marin pendant la traversée. Un gars bien campé sur ses jambes, capable d'affronter les voiles et les embruns, prêt à donner sa vie pour la crevette qui lui collait aux basques. Pour Papy Paddy, cette môme reste une énigme. Kate McBride se fichait de la mort qui étouffait les migrants dans les cales du Carrick, elle n'avait d'yeux que pour Martin.

– Où sont-ils ?

– La dernière fois que je les ai vus, c'était sur la plage de Saint-Alban-des-Rosiers, pas loin de la fosse commune où sont enterrés les morts du *Carrick*. Ils devaient partir le lendemain pour une mise en quarantaine sur la Grosse-Île.

– Pourquoi tu n'es pas allé avec eux ?

– Parce que j'ai soudoyé un officier avec l'argent d'une famille qui refusait d'abandonner les cadavres de ses cinq filles à l'océan. Je vis chez eux aujourd'hui, dans une maisonnette sur la Pointe Forillon.

– C'est compliqué pour se rendre sur cette Grosse-Île ?

– N'y pense même pas, Sinéad. Ce caillou est un mouroir. En revanche, je dois porter du courrier à Québec et j'ai prévu de rendre visite à une vieille amie. C'est une maline qui sait reconnaître les filles de tempérament. Sans vouloir parler à sa place, je suis persuadé qu'elle te donnera un coup de main. La dernière fois que je l'ai vue, je l'ai sentie épuisée d'être seule à gérer son commerce. La présence à ses côtés d'une femme qui n'a pas froid aux yeux ne serait pas pour lui déplaire, surtout si sa tête est bien faite et bien pleine. Pour finir, je pense que l'idée de courir après Martin est une mauvaise idée. C'est trop risqué. Change de vie et tourne la page. Je peux te proposer mon fiacre, si ça te chante.

– J'ai trouvé du travail dans cette taverne et je n'ai pas le courage d'aller plus loin pour l'instant.

– Comme tu veux, Sinéad, mais méfie-toi, la Butterfly n'est pas réputée pour être une femme charitable. En principe, les gamines qu'elle embauche comme serveuses terminent leur périple dans les camps forestiers de la Haute-Mauricie. À côté d'un hiver à passer sous la neige avec des bûcherons, la traversée que tu viens d'affronter sera pour toi un bon souvenir. Je m'occupe de convaincre la Butterfly. Cette garce me doit un œil.

– D'accord. Alors, on part quand ?

– Demain à l'aube.

– Et c'est qui cette « vieille amie » dont tu parles, Papy Paddy ?

– Je te raconterai notre histoire plus tard. Disons que c'est un amour de jeunesse.

XXVI

... le ciel lui tombe sur la tête.

Un voile de brume monte depuis le ruisselet vers la taverne. À la surface de l'eau, les ondulations nacrées des premiers reflets du jour se tortillent sur les berges. Là-bas, sous un mélèze gigantesque, un orignal broute une herbe épaisse, encore humide. Lorsque Martin pousse la porte de la grange, l'animal se fige, goûte une dernière fois au délice qu'il piétine puis, avec dédain, regagne le sous-bois sur lequel il règne. La bête et le décor qui l'entoure dégagent une harmonie troublante. Tout est à sa place. Chaque détail est celui d'un tableau de maître. Jason Oldbear, qui traîne sa jambe de bois sur la terrasse, le disloque.

– Martin ! Attelle le fiacre et charge ma valise. Je paie nos nuits et nos repas. On s'en va.

Dans la moiteur matinale des sous-bois, mille odeurs se réveillent sous les rais du soleil. La terre fume et, de chaque côté du chemin forestier, le déluge de la veille ploie encore les branches des épicéas. Les taillis se froissent sur le passage d'un couple de mouffettes ou de lapins à queue blanche. Des cris se répondent.

Depuis qu'ils ont quitté l'Auberge du Crottin de Louise, Jason a du mal à sortir de sa nuit. Ses rares phrases sont courtes et deviennent désagréables lorsqu'elles s'allongent de trop de mots.

Pour meubler les silences que le milicien lui impose, Martin se contente de découvrir le paysage et de remercier le ciel d'avoir effacé son mal de ventre. Oldbear se racle la gorge sans délicatesse et expédie un épais crachat sur le sentier.

– Louise m'a cuit la cervelle avec ses légendes.

– Que vous a-t-elle raconté ?

– Rien de rare. Les Indiens ont toujours cette manie de tout ramener au surnaturel et c'est particulièrement vrai dans les traditions des nations algonquiennes. Ces histoires de windigos permettent de renforcer la cohésion des communautés.

– Vous n'y croyez pas ?

– Je suis un policier, pas un chaman. J'ai du mal à imaginer des criminels avec des oreilles pointues, une haleine fétide et des bois ou des cornes sur la tête.

– Sans vouloir jouer les oiseaux de mauvais augure, avec ses dents limées et ses ongles en griffes de laiton, la fille des gangs de New York n'est pas loin de ressembler aux windigos de Louise.

– Celle des Dead Rabbits ? Hell Cat Maggie ? Pourquoi penses-tu à cette tueuse ?

– Parce qu'elle correspond à la description.

– Tu as peut-être raison, Martin. L'avenir le dira.

– Vous êtes peu loquace, ce matin. Vous aussi, la bière d'épinette vous travaille le ventre ?

– Non, je vais bien. En principe, dans la vie, ceux qui commandent parlent peu. Ma douce Joséphine aime à répéter : «Jason, mieux vaut paraître ridicule en la fermant que ne laisser planer aucun doute en l'ouvrant», et ça vaut pour la braguette comme pour la bouche.

– Vous avez épousé une sainte femme. Pourquoi voulez-vous que je devienne bûcheron ?

– Tu te souviens de la discussion que nous avons eue avec Timothy Dunn dans la Taverne de Neptune, avant que tu ne manques de respect à la si aguichante Apolline.

– Bien sûr que je m'en souviens. Concernant Apolline, c'est elle qui m'a sauté dessus.

– Admettons… Pour ce qui est de Timothy Dunn, tout est parti d'une plainte déposée au poste de L'Abord-à-Plouffe par un autochtone qui était un frère pour moi : Migisi. Il prétendait que sa tribu avait été décimée par des Blancs. Des gamins avaient été enlevés. Sa fille l'accompagnait. Namid, qu'elle s'appelait. Namid, ça peut se traduire par «*étoile dansante*» et, crois-moi, c'en était une.

Jason marque un temps d'hésitation pour étouffer un mauvais souvenir.

– Pendant cette période de la drave, les seuls Blancs présents sur son territoire de chasse étaient des forestiers. À l'époque, Mullargh, Longlife, Jackson Lynch et Flayerty étaient eux aussi dans les parages. Les *Maringouins* qu'on les appelait pour ne pas avoir à tous les nommer. Je me suis rendu sur place avec un guide Anishinaabe qui connaissait le secteur.

– Pourquoi ne pas avoir emmené votre ami lors de votre périple ?

– Parce qu'entre-temps, il est mort. On a retrouvé son corps et celui de Namid dans le cul de basse-fosse d'un ancien poste militaire. Égorgés tous les deux. Ne me demande pas qui les a tués, je n'en sais foutre rien, mais j'ai juré sur leurs cercueils de les venger. Encore une fois, et je n'ai jamais cru aux coïncidences, les Maringouins ont été aperçus à L'Abord-à-Plouffe à l'époque des meurtres.

– Qu'a donné votre expédition dans l'Outaouais ?

– Pas grand-chose. Le coureur des bois est taiseux. D'après les informations glanées sur les chantiers, les forestiers en question étaient bien embauchés par James McLaren, mais les contremaîtres qui dirigeaient les campements étaient payés par le fameux John Counter. Là, je te parle de la drave de 1842.

– Counter, le type de Kingston ?

– C'est ça, Martin, le type de Kingston. Celui qui maraude avec les gangs de New York, d'après Dunn. Les trois draves suivantes, de 1843 à 1845, les mêmes massacres et enlèvements ont été signalés.

– Toujours sur des chantiers de McLaren ?

– Non, le dernier c'était sur un flottage de Counter, dirigé par un gars embauché pour l'occasion, un spécialiste de la drave sur la Gatineau, un certain George Hook. Ancien *shiner* et fort en gueule. Pas du genre à recevoir des ordres, mais droit dans ses bottes et franc comme l'or.

– Vous l'avez arrêté ?

– Bien sûr. En fait, on a décroché son cadavre d'un mélèze où il avait été pendu. Ne me demande pas par qui, je n'en sais encore une fois foutre rien.

– Et l'année suivante ?

– Il ne s'est rien passé. Les Maringouins qu'on surveillait et qui travaillaient pour Counter avaient tous disparu dans la nature, mis à part Steven Mullargh, emprisonné à Québec.

– Jason, il y a un truc qui ne colle pas… Pourquoi Counter aurait-il ordonné à ses hommes d'exécuter Hook s'il était un des leurs ?

– C'est ce que tu devras découvrir. Tu devras aussi remettre la main sur tous ces fameux Maringouins.

– Pourquoi moi ?

– Parce qu'avec ma jambe de bois, je n'ai plus les moyens de gambader dans les forêts ni de tenir en équilibre sur une pitoune. Tous les massacres dont je t'ai parlé ont été perpétrés sur les rivières qui se jettent dans celle de l'Outaouais selon un ordre précis. La Dumoine d'abord, la Noire ensuite, puis la Coulonge et enfin la Gatineau. Si on suit la logique de la carte, le prochain massacre aura lieu sur la rivière suivante, celle du Lièvre.

– Et vous comptez m'envoyer là-bas ?

– C'est l'idée, mais ne t'inquiète pas, tu ne seras pas seul. En revanche, pour être crédible, tu devras devenir un vrai bûcheron.

– Et si je refuse, que se passe-t-il ?

– Rien. Tu ne me dois rien et l'inverse est vrai. La vie est peuplée de gens qui vont et qui viennent. Tu resteras un peu de temps à L'Abord-à-Plouffe, je t'expliquerai deux ou trois secrets, quelques pièges à éviter et tu continueras ta route ou rebrousseras chemin. Mais revenons à nos brebis, nous arrivons bientôt au pont Lachapelle. Tu traverseras à pied pendant que je changerai de fiacre. On doit rendre celui-ci et en louer un autre ; ce ne sont pas les mêmes compagnies qui travaillent sur les deux îles. Tu m'attendras de l'autre côté, devant l'église.

– Pourquoi ne pas rester ensemble ?

– Je dois récupérer quelqu'un. Ça peut prendre du temps et je préfère ne pas t'avoir dans les pattes. Son père est un méfiant et même si on se connaît bien, le bougre a tendance à voir le mal partout. Ta tête d'immigrant risque de l'effrayer.

– Quelqu'un ? Son père ? C'est quoi tous ces mystères ? De qui parlez-vous ?

– De ta future épouse.

– Quoi ? Vous plaisantez, j'espère !

– Non. Elle se prénomme Odahingum, « ondulation de l'eau » en langue Anishinaabée. Quand tu la verras, tu comprendras pourquoi. Son père, c'est Matchitisiw. Ça signifie « il a mauvais caractère » et concernant le bonhomme, c'est rien de le dire. C'est le frère cadet de Migisi, l'ami retrouvé égorgé dans le cul de basse-fosse avec sa gamine. C'est Matchitisiw qui me servait de guide et de pisteur pendant mon escapade dans l'Outaouais profond.

– Pourquoi cette Indienne vient-elle avec nous ?

– Parce qu'Odahingum et Namid, la fille de Migisi, étaient sœurs de lait. Chez les Anishinaabeg, ce lien appelle le sang lorsqu'il est tranché par une mort violente.

– Elle est au courant de vos manigances ?

– Bien sûr ! Et permets-moi de te corriger, ce ne sont pas des *manigances*. J'ai tout préparé. Les rôles sont distribués à des gens de confiance. Ce ne sont pas des miliciens qu'un nez affûté peut renifler à des lieues à la ronde. J'avais la « cuisinière », le « draveur » et le « cageux », ne manquait que le « bûcheron » et je me suis cogné contre toi. Fichu hasard, non ? Maintenant, saute du fiacre. Les chariots s'entassent devant le Lachapelle. Je te retrouverai sur le parvis de l'église. Avec ta future épouse.

Les baraques de marchands ambulants aux étals chargés de sacs de patates rappellent les jours de marché sur la grand-place de Sligo. Avant la famine. Le souvenir s'incruste quand Martin s'assoit sur les marches de l'église. Ici, le Lachapelle enjambe la rivière des Prairies et relie l'île de Montréal à l'île Jésus. L'imposante construction est plutôt large, mais lorsque trois attelages se présentent de front c'est le chaos sur plus de cinq cents bons pas. Les charretiers s'insultent et se menacent de leur bâton. Les femmes sautent se crêper le chignon. Au milieu des beuglements des vaches, les gamins dégringolent des chariots pour s'arracher les cheveux et se savater les tibias de leurs croquenots.

Un long coup de corne de brume vide le marché. La foule bruyante se presse vers un endroit d'herbe maigrichonne et de gravillons, comme si Dieu et sa tribu d'apôtres devaient y apparaître. Un miracle, parce qu'au même moment, sur le pont, les bagarres s'apaisent. Les charretiers belliqueux s'empressent de déplacer leurs attelages pour les diriger vers la fête qui s'annonce. Attiré par le chahut, Martin décide de les rejoindre. Le nouveau fiacre loué par Jason arrive devant le parvis de l'église. Personne ne l'accompagne sur la banquette et le milicien tire une mine contrariée.

– L'Indienne n'est pas avec vous ? s'inquiète Martin qui aide le milicien à descendre.

– La fille était sur le pied de guerre, mais son bougre-dieu de père a voulu la chamaniser avant qu'elle s'en aille.

– La quoi ?

– La bénir de fumée, lui passer des onguents de protection derrière les oreilles, qu'est-ce que j'en sais ! Ces païens sont incapables de pisser sans agiter un gri-gri au-dessus de leur queue. Bout de

Bon Dieu ! Y a des coups de pied au cul qui se perdent ! Elle en a au moins pour une heure, qu'il m'a dit.

Lorsque les portails s'écartent, la foule amassée autour des clôtures s'excite de cris, de poings et de casquettes levées.

– Jason, qu'est-ce qui se passe là-bas ?

– Ça, c'est la crosse. *Baaga'adowe*, en langue ojibwée. Un jeu d'origine autochtone où les participants utilisent une crosse en bois pour envoyer une coque cousue et bourrée de cheveux entre les rochers que tu vois au bout du terrain.

Devant les granges, les joueurs maquillés de peintures de guerre et de charbon de bois arborent les objets qui symbolisent leurs qualités. C'est du moins ce que Martin entend des explications de Jason au milieu du tumulte. Deux coups de corne. Le brouhaha s'éteint. Un troisième impose un silence inquiétant. Des sorciers fendent la foule de leurs équipes et les enfument de l'encens de la victoire. Torse nu, pantalon de cuir, lanières de plumes et de grelots, ils portent sur la poitrine les traces de précédentes défaites qu'ils éructent au visage de leurs adversaires. Cris de menaces. Hurlements gutturaux. Battements de tambour. Jason hurle à Martin les règles du jeu. La partie débute lorsque le dernier sorcier à sortir du terrain expédie la coque dans les airs. Interdiction d'attraper la balle à la main, sinon elle change de camp.

– C'est tout ?

– Oui, c'est tout. Après, c'est « à la va-comme-j'te-pousse ». Chaque compétition a ses lois, décidées avant la rencontre. Les paris sont organisés entre les tribus et n'importe qui peut parier n'importe quoi. Ses couteaux, ses armes, une de ses femmes. Les mises sont remportées par le vainqueur. C'est un jeu de massacre qui se déplace lentement et peut durer plusieurs jours.

Sous les clameurs, le dernier sorcier à quitter l'esplanade expédie la balle au ciel. Soudain, dans la cohue, une main tire plusieurs fois la manche de Martin. Il se retourne et le ciel lui tombe sur la tête.

XXVII

... il s'appelait Martin.

Si Martin s'est enivré des formes et des étreintes de Sinéad O'Leary, si le charme espiègle et la fougue d'Apolline étaient un cadeau de la vie, là, il découvre une ombre qu'il sent mystérieuse. La fille est à contre-jour. La lumière s'amuse avec elle et laisse deviner une beauté mêlant tentation et pénitence.

Pour mieux l'apercevoir, Martin met sa main en visière. Le geste la surprend et l'Indienne recule d'un pas. Cheveux, noir de jais, noués en tresses, longue mèche blanche en plume vers sa joue, regard scintillant d'ambre et d'émeraude. Toute la douceur de ce monde et sa dureté minérale en même temps, le calme et la tempête, l'amour et la haine. Une large ceinture de cuir moule sa robe en peau, légèrement échancrée. Elle soutient le regard du géant qui la dévisage et, pour masquer sa hardiesse, baragouine une phrase incompréhensible. Martin devine sa gêne de lui avoir tiré la manche comme une enfant. Pour la rassurer, il risque un sourire qu'il espère chaleureux. Ce doit être une grimace, car l'Indienne recule encore. Jason s'aperçoit alors de sa présence.

– Ah ! Te voilà, Odahingum. Je te présente Martin. Tu t'installeras sur la banquette à côté de moi. Martin montera à l'arrière, ça lui évitera de se tordre le cou pour te reluquer. Pas la peine de s'éterniser, on y va.

Le claquement des rênes réveille le cheval. Là-bas, sur le terrain de la rencontre, les équipes s'affrontent dans un corps-à-corps sauvage et féroce. Des cris de guerre. Le sang gicle des gueules frappées par les coups de crosse vicieux. La coque disparaît entre les pieds des hommes possédés par le diable et désireux de la pousser dans le bon camp. Chaque mètre gagné galvanise la foule des parieurs, mais les encouragements changent de camp dès que l'adversaire, d'abord en déroute, reprend le dessus.

Sur l'esplanade du marché, les marchands ont abandonné leurs étals. Dans un enclos, des vaches affamées beuglent sans répit, les naseaux tournés vers le ciel, comme si Dieu pouvait se charger de leur donner du foin. À cet instant précis, dans cette île du Nouveau Monde, plus rien ne compte si ce n'est cette maudite balle en cuir, bourrée de cheveux, qui roule dans la poussière et que les hommes en furie se disputent.

Le pont Lachapelle est vide de chariots.

Le canasson, le dos marqué par les blessures de ses anciennes sangles, avance tête baissée, à la vitesse d'un mouton malade. Le bruit de ses sabots résonne sur le bois. Un vent léger pousse vers Martin le parfum discret d'Odahingum que Jason questionne au sujet de ceux qu'il appelle les *Maringouins.* L'Indienne est rongée par la haine à l'idée de les croiser. Sa vengeance est prête. Lorsque Jason lui apprend la mort de Steven Mullargh, retrouvé pendu dans une geôle de Québec, elle se ferme et devient sourde aux paroles du vieux milicien. Martin, soucieux de ne pas se mêler de cette histoire, reporte son attention vers la rivière des Prairies qui serpente vers l'est. À cet endroit, si les berges se rapprochent, elle reste plus majestueuse que bien des lacs d'Irlande.

Les hauteurs environnantes ruissellent des dernières pluies et gonflent des eaux sales encombrées de troncs. Sur un bout de terre, une lavandière étend son linge chahuté par le vent d'ouest. Les chemises dansent entre ses mains et Martin revoit sa mère qui se cachait dans les étendages pour ne pas voir l'océan qui l'avait rendue veuve. Comme chaque fois, lorsque les souvenirs de sa terre d'Irlande le hantent, il tente de ne pas succomber à la nostalgie et fouille dans son havresac à la recherche d'un morceau de viande séchée à grignoter. C'est un large étui en cuir qu'il découvre. Le manche est en corne sculptée. Le reste, une lame capable de saigner un bœuf.

– C'est à vous ce couteau, Jason ?

– Ça ? Non, c'est à toi. Un cadeau de Makkitotosinew pour égorger les windigos que tu croiseras en chemin. Je l'ai glissé dans ton sac sans te prévenir.

– Qui est cette « femme aux gros seins » ? s'agace Odahingum. N'appelle jamais les mauvais esprits et montre-moi ce poignard !

Du pouce, l'Indienne vérifie les signes gravés sur le manche et le tranchant de la lame qu'elle renifle avec curiosité.

– Cette lame a déjà tué trois fois, elle réclame deux autres gorges. Ne t'en sépare jamais, sinon l'une d'entre elles sera la tienne. Tu devras trouver un lieu de calme et sûr pour te préparer à combattre. Ce lieu est celui de la « toile de ta vie », c'est un pont entre le monde réel et celui de l'esprit qui te protège.

Le rire tonitruant de Jason surprend le cheval. La bête accélère sur trois ou quatre pas avant de reprendre son rythme de carne fatiguée.

– Tu parles comme ta mère ! Pas besoin de demander quel lait t'a nourrie !

La moquerie laisse Odahingum sans réaction. Son visage se durcit quand elle se retourne vers Martin pour lui rendre le couteau.

– Écoute ce que j'ai à te dire. Les lunes se succéderont et apporteront le froid. Lorsque la terre se couvrira de la couleur des fous, lorsque la nature éteindra les bruits, je deviendrai peut-être ta femme. Avant, contente-toi de me parler ou de me regarder si tes yeux en ont envie, mais ne me touche pas.

– Amen ! conclut Jason, toujours hilare.

– C'est quoi « la couleur des fous » ? s'inquiète Martin.

– C'est le blanc, celui de la neige et de la glace, explique-t-elle.

– Hé ! Ne parlez jamais de glace devant moi ! s'emporte Jason. Sans déranger vos niaiseries, pouvez-vous m'accorder une brindille d'attention ? On arrive vers les anciens cabanages algonquins, j'ai très envie de pousser le fiacre jusqu'à la boutique du vieux Nixkamich. Là-bas, sans épuiser ma bourse, je dois pouvoir habiller Martin en homme des bois.

– Je refuse de me déguiser en épouvantail !

– Désolé mon gars, c'est un passage obligé. Pour devenir un bûcheron, l'habit est la règle : chemise épaisse, col boutonné et crémone en guise de foulard.

– Hors de question !

– La ferme ! Je n'ai pas encore fini ! *Quat'poches* à simple croisure, pantalon en *corderoy* et, bien sûr, la ceinture fléchée et l'incontournable tuque.

– Je déteste ce chapeau ridicule !

– Dans le froid de l'hiver, tes oreilles sauront te rappeler ta bêtise. Pour le reste, sans cette vêture, pas un contremaître n'acceptera de te recruter. J'oubliais, avec ta taille, tu dois marcher sur de grands pieds. Nixkamich aura ce qu'il faut en guise de pardessus et de bottes sauvages cloutées.

Jason Oldbear sollicite le canasson.

– Je ne sais pas si la faim vous agace, mais en ce qui me concerne, la garce me convoque à table. C'est jamais bon de roter à vide. Je profiterais bien de l'étape pour me rafraîchir le gosier d'une bière d'épinette. Gardez vos chelins, c'est Jason Oldbear qui paie !

– Ne comptez pas sur moi pour avaler cette mixture. Elle m'a déjà tordu les tripes.

– Tu boiras du thé ! Celui de Nixkamich a la réputation d'appeler l'urine et de nettoyer le sang.

Le déguisement de bûcheron est rangé dans la malle du fiacre. Rassasié de son repas, Jason Oldbear roupille à l'arrière, appuyé contre la capote, chapeau sur les yeux. Martin reste à côté de l'Indienne. En d'autres circonstances, la promenade aurait été romantique. Là, c'est le pénible voyage d'un couple qui s'ignore, accompagné d'un ivrogne trouvé en chemin.

Au sortir d'un long et sombre sous-bois montent des bruits de pas et les grincements des roues des chariots contre les pierres. Des discussions enjouées, des rires de femmes expliquent peut-être la proximité de L'Abord-à-Plouffe. Ils suivent alors une file d'attelages, de bêtes qui bêlent et qui beuglent en se poussant du flanc. Alerté par les bruits, Jason s'étire et se réveille. Après un bâillement d'ours, il se frotte le visage et regarde le ciel devenu crépuscule.

– Bougre-dieu, ça ne me vaut rien de ronfler sur un bon repas. J'vais encore perdre la nuit à compter les étoiles. On est où ?

– On arrive, d'après Odahingum.

Gêné par sa guibole en bois, Jason enjambe la banquette.

– Passe derrière, Martin. Je reprends les rênes.

Les vaches, les moutons et les hommes pénètrent dans L'Abord-à-Plouffe et encombrent la rue centrale. Le canasson y trouve son compte et avance à son pas de bête usée.

Martin s'attendait à entrer dans un hameau de bûcherons, bâti de masures insalubres entre des amoncellements de billots ; c'est une bourgade animée et presque coquette qu'il découvre. Les ruelles en terre battue convergent vers la place principale, comme les pattes d'une araignée. Les façades chaulées sont teintées de l'ocre d'une boue sèche. À proximité du magasin général, un cordonnier, un forgeron et un apothicaire. Plus loin, dans le dédale des porches, des torches signalent l'entrée des auberges. Martin en compte trois autour d'une placette encombrée de chariots. Des hommes se reconnaissent et s'interpellent pour s'inviter à boire. Sur les terrasses, des serveuses astiquent les tables sans se soucier des regards accrochés au rebord de leur bustier.

Du bout de sa canne, Jason désigne la devanture d'une taverne qui ne dépareillerait pas sur le port de Sligo. De chaque côté de l'entrée, deux types patibulaires, plus larges que des armoires de ferme, trient les assoiffés comme on sépare le bon grain de l'ivraie. La croix de saint Georges du drapeau de Victoria pend au-dessus de leurs têtes.

– C'est là, dit-il à Odahingum. Le Hand-Hook. Les recruteurs ne seront pas sur place avant plusieurs semaines. Évitez l'endroit pour le moment. Bon, je dois rendre le fiacre. Vous terminerez à pied. Je récupère mon cheval et je vous rejoins à la maison, ne lambinez pas en route. Prévenez Joséphine que j'arrive et qu'elle rajoute une assiette. Nous aurons un autre invité.

Martin et Odahingum quittent la rue principale et s'éloignent de l'encombrement du bourg. À la sortie de L'Abord-à-Plouffe, un chemin caillouteux serpente sous les feuillus et, un demi-*mile* plus loin, débouche sur un croisement marqué de plusieurs directions. À gauche, le moulin du Crochet et le manoir du même nom. Ils se dirigent vers la droite, sur un sentier en pente qui descend vers la rivière des Mille-Îles. Une pancarte indique *Danger ! Rapides du Crochet.* Martin désigne des bâtiments en pierre allongés sur la berge. Pas de signe de vie. Une clôture aux piquets penchés encercle des charrettes abandonnées et rappelle ces fermes irlandaises tuées par la famine. Soudain, la porte d'une grange s'écarte. Une fille passe le nez pour vérifier si la voie est libre et sort en époussetant sa jupe et ses cheveux de la paille qui l'encombre. Le type qui la suit lui dépose un baiser sur la joue et file vers le sous-bois dans lequel il disparaît comme si le diable se lançait à ses trousses. Odahingum s'aperçoit elle aussi du manège, mais ne dit rien et continue d'avancer en lorgnant ses mocassins.

– Qu'est-ce que c'est ? s'inquiète Martin.

– Une glacière, répond l'Indienne sans lever les yeux. En été, elle est vide. Enfin, presque. Les mauvaises langues racontent que les chevrières et les soubrettes aiment s'y mettre à quatre pattes pour renifler le foin et attendre le prince charmant.

– Tu plaisantes !

– Jamais. L'endroit n'est vraiment occupé que l'hiver. Les cubes de glace sont entreposés là jusqu'au printemps.

– De la glace ! Mais elle vient d'où cette glace ? Du ciel ?

– Non, imbécile, de la rivière. Crois-moi, elle en réclame le prix. Ceux qui la fendent paient leur erreur de leur vie quand ils placent leurs outils au mauvais endroit. Tombe dans l'eau glaciale et tu n'as aucune chance d'en sortir vivant.

Martin se souvient alors d'une discussion qu'il a eue avec Jason et comprend ce qui est arrivé à son fils. Odahingum doit deviner ses pensées, car elle désigne un muret bancal dissimulé par une haie d'arbrisseaux.

– Là-bas, c'est le cimetière où est enterré le fils de Jason et de Joséphine. Comme toi, il s'appelait Martin.

XXVIII

... les hommes sont dangereux.

Au bout d'un court sentier, entre les arbres, apparaît la maison des Oldbear. À l'arrière, le terrain descend en pente bossuée vers la rivière. De chaque côté de la bâtisse en bois, deux granges fermées par de larges portails encadrent la cour centrale. Au milieu, le puits rond décoré de pots de fleurs rouges ressemble à la maisonnette d'un farfadet. Un seau est posé sur la margelle. L'endroit respire le calme et la sérénité d'une vie bien remplie, un endroit de bonheur simple. Les torches allumées devant l'escalier du perron jouent avec les ombres des poutres de l'avancée. Les flammes vacillent et rendent mystérieux le serpent de lierre qui grimpe autour de la porte d'entrée.

Une femme, un châle sur les épaules, est assise sous l'avancée de la terrasse, dans un large fauteuil en osier. Le regard tourné vers le ciel, les mains jointes sur ses genoux, elle semble en contemplation. Le grincement du portail la tire de sa rêverie. D'un coin de son mouchoir, elle s'essuie les yeux et cache le secret de son chagrin dans sa manche.

– Joséphine ! C'est moi ! Odahingum !

La femme rajuste son chignon qui se défait et trottine vers eux. Son visage est marqué de quelques rides dessinées par les croche-pieds de la vie.

– Odahingum ! Mon Dieu ! Fais voir comme tu es belle, ma petite caille ! Ces yeux ! Mon Dieu ! Ces yeux !

Martin, en retrait, lorgne ses godillots et triture cette fichue tuque que Jason lui a achetée pour qu'il ressemble à un vrai homme des bois. Les deux femmes s'écartent de lui et se chuchotent des secrets. De temps à autre, Joséphine se retourne, dévisage ce grand gaillard un peu empoté, puis repart en conciliabules. Conscient de prendre racine et d'être l'objet de ces messes basses, Martin est sur le point de rebrousser chemin, lorsque la femme de Jason Oldbear décide enfin de le prendre en considération.

– Comment t'appelles-tu ?

– Martin.

– Ici, c'est un prénom qui ne se galvaude pas.

– Je sais, Odahingum m'a expliqué.

Puis les questions se succèdent. En rafales. « D'où viens-tu ? », « Pourquoi parles-tu le français ? », « L'anglais ? Quoi, le breton aussi ? Mais qui t'a appris toutes ces langues ? Et tu sais lire ? Écrire ? », « Comment as-tu rencontré mon boiteux de Jason ? » Joséphine exige des réponses claires. L'interrogatoire semble parti pour durer jusqu'au souper quand, sans crier gare, elle décide qu'elle en sait assez sur ce géant que son mari lui impose.

– Malgré ton crâne rasé, ton visage est celui d'un bellâtre, ajoute Joséphine sans se retourner. Méfie-toi des femmes, certaines ont des griffes.

Sur cet avertissement, Jason Oldbear franchit l'entrée de la cour sur un cheval à la robe isabelle. Celui qui le suit, plus luisant qu'un destrier du diable, est monté par un colosse blond. Sans être vieux, l'homme affiche une cinquantaine d'années chargées de lourds repas, de nombreuses boissons et d'anciennes bagarres. Lui aussi est vêtu comme un vrai bûcheron. Les bêtes s'énervent quand les cavaliers mettent pied à terre. Joséphine se précipite dans les bras de son mari. Elle salue ensuite le nouvel arrivant d'une révérence exagérée, puis l'embrasse avec la fougue d'une mère qui retrouve l'enfant prodigue.

– Ça alors, Jos Montferrand en chair et en os ! Les Irlandais ne t'ont pas encore égorgé ?

– La guerre est finie depuis quelques années, Joséphine. Maintenant, je me bats contre les jours qui passent et me torturent de courbatures au réveil. Encore cinq ou six flottages et je rangerai mes bottes à clous dans l'armoire aux souvenirs.

– Ne dis pas de bêtises, Jos. Le sang qui coule dans tes veines transporte des pitounes. Mis à part laisser l'empreinte de ton talon au plafond des tavernes ou mener des trains de cages, tu n'es capable de rien d'autre. Je ne m'inquiète pas pour toi, les rapides n'ont pas fini de laisser courir derrière toi leurs pires courants.

Oldbear enroule les rênes des chevaux aux pieux plantés derrière l'abreuvoir et demande à Martin de tirer le portail de la cour.

– On rentre ! ordonne-t-il. Le vent tourne et vient de la terre. Avec la chaleur et l'humidité, je n'ai pas envie de servir de dîner aux maringouins. Hortense n'est pas là ?

– Non, elle est au bourg, se désole Joséphine. Elle aide le curé à préparer les messes des bûcherons. Avec un office tous les trois jours pendant un mois, j'espère que ce bon vieux père Théodore aura assez d'hosties dans son calice. Elle ne devrait pas tarder.

Dans la cuisine, l'ambiance est celle d'un repas en famille. Soupe de bines et de pommes de terre au lard en entrée, ragoût de boulettes de porc comme plat de résistance. De la bière anglaise, plus claire que de la pisse de chérubin, et du bouillon d'épinette rafraîchissent les gosiers du goût poivré de la sauce. Malgré l'insistance de Montferrand, Joséphine refuse d'abord de dévoiler les secrets de sa recette. Flattée de mille compliments, elle finit par céder aux suppliques du roi de la drave dans l'Outaouais.

– La viande, c'est de la viande, suffit de la choisir mi-maigre et de la hacher fin, confie-t-elle, rouge de plaisir. Ce qui change tout, c'est d'ajouter une bonne cuillère à thé de clous de girofle moulus, une autre de cannelle, du poivre bien sûr et de bien griller la farine, mais surtout…

Joséphine n'a pas le temps de livrer son ultime secret. Sa fille pousse la porte de la cuisine. Cheveux en bataille, plus rouge qu'une pivoine, Hortense salue l'assemblée et se fige en apercevant ce géant qu'elle ne connaît pas. Du bout des doigts, elle expédie un baiser à Odahingum et Jos Montferrand. Devinant la colère de son père, la maline l'embrasse avec la fougue d'une coquine.

– Désolée d'être en retard, dit-elle en tirant une chaise. J'ai faim à me manger une main !

– Hortense ! Tu as vu l'heure !

– Maman, le curé ne voulait pas nous lâcher ! Ce bon père Théodore était incapable de se décider sur la place des prie-Dieu.

Hortense Oldbear, peut-être seize ou dix-sept ans, ment avec l'aplomb d'un arracheur de dents. Un minois de chatte et le sourire désarmant d'une ingénue. L'effrontée porte au cou un pendentif en cuivre qui ressemble à un insecte. Une abeille, peut-être ? « Ventre affamé n'a pas d'oreilles », ajoute-t-elle pour échapper au courroux familial.

Odahingum s'agace de ses simagrées.

– Lui, c'est Martin. Comme ton défunt frère.

– Et maintenant, la tarte aux bleuets ! annonce Joséphine, qui sent gronder l'orage entre les deux filles. C'est à la Sainte-Anne que les airelles bleues mûrissent. C'est le raisin de par chez nous !

Pas dupe de la diversion de son épouse, Jason ouvre deux bouteilles de vin de France récupérées chez les prêtres sulpiciens de la seigneurie de l'île Montréal. À ses yeux, la présence de Jos Montferrand et l'arrivée de Martin à L'Abord-à-Plouffe méritent de sacrifier ces fioles sur l'autel de la bonne vie.

Déraciné. C'est le mot qui vient à l'esprit de Martin quand il se demande quelle main l'a poussé vers cette île de Jésus. Autour de la table, des gens qui ont leur propre vie, alors que lui cherche à s'en inventer une. Les discussions vont bon train et, quand Jos Montferrand aborde le drame du naufrage du *Carrick*, Jason l'invite à ne pas remuer le couteau dans la plaie. Le draveur se lance sur un sujet plus léger : l'arrivée sur l'Île de Montréal d'ecclésiastiques de Sainte-Croix et de leur volonté de créer un collège, un couvent et une académie de… Il ne sait pas.

Martin se contente de rester poli, sobre de boisson et de phrases. Jason Oldbear le surveille du coin de l'œil. Joséphine ne cesse de le solliciter d'une nouvelle portion de boulettes de porc ou d'un autre pichet. Hortense, le nez dans son assiette, prend soin de ne pas fanfaronner.

Le silence têtu d'Odahingum impressionne Jos Montferrand qui tente de la dérider par ses flagorneries. En retour, il ne reçoit qu'un regard de biche morte. Soucieux de détendre l'atmosphère, il se lance alors dans la narration de ses exploits. Sur la rivière de l'Outaouais, qu'il connaît mieux que sa poche, et sur cette fameuse guerre des *Shiners* dont il a été l'une des figures de proue. Piqué de curiosité, Martin risque une question :

– Ça veut dire quoi *Shiners,* Monsieur Montferrand ?

– Appelle-moi Jos. *Shiners,* c'est à cause des Irlandais qui coupent surtout le chêne blanc. Nous, les Canadiens, on les désigne comme des « chêneurs », ça doit venir de là. Ce même mot, « chêneur », désigne aussi les chapeaux des nouveaux arrivants ou les pièces de monnaie avec lesquelles les bûcherons étaient payés.

– Ça ne vous dérange pas d'avoir un Irlandais à votre table, si c'était une guerre contre nous ?

– Non, gamin. Parce que ces Irlandais-là sont arrivés dans l'Outaouais en 1832, avec le choléra et les Anglais.

– Ceux d'aujourd'hui apportent le typhus, ironise la perfide Hortense.

Odahingum lui décoche la flèche d'une réplique venimeuse.

– Les mauvaises paroles n'écorchent que la langue des fourbes. Qui se pense morveux se mouche.

– Hortense ! On ne parle pas ainsi à un invité, gronde Jason.

– Un invité de qui ? Pourquoi il est là ? Parce qu'il porte le même prénom que mon frère ?

Une claque cloue le bec de l'insolente. Martin calme Jason et se lève.

– Je suis navré d'être la cause de cette dispute. Merci pour le souper, Joséphine, c'était délicieux. Monsieur Jos, ravi de vous avoir rencontré. Ne m'en tenez pas rigueur, mais j'ai perdu l'habitude d'être en famille. Je vais dormir dans la grange. Demain, je rebrousserai chemin.

– Tu ne rebrousseras rien du tout ! vocifère Oldbear en cognant du poing sur la table. Va ronfler, si tu veux, mais on reparlera de tout ça au réveil. J'ai deux ou trois mots à dire à Hortense entre temps. Icitte, ne lui déplaise, c'est encore moi qui commande.

Une chambre monacale est aménagée à l'arrière de la grange. Un grabat de foin épais et une table de nuit fabriquée dans un vieux tonneau accompagnent une chaise dépaillée. Sur un bout d'établi, un pot de chambre et une bassine en terre cuite. Le sol est constitué de gravier. Au fond de la pièce, une armoire rustique dans laquelle Joséphine a rangé les vêtements de son fils tué par les glaces de la rivière des Mille-Îles.

C'est le plus perturbant pour Martin : dormir dans les souvenirs d'un mort dont il porte le prénom.

Couché sur sa paillasse, Martin repense à l'enchaînement des évènements et aux personnes rencontrées ces derniers jours. La flamme d'une bougie étire l'ombre des objets. Comment lui, ce pêcheur d'Irlande, se comportera-t-il du début de l'été jusqu'au printemps suivant dans cette prison de bois et de torrents ? Pendant le souper, à travers les exploits ou les vantardises de Jos Montferrand, il a compris les dangers de sa prochaine existence. L'implacable hiver. La promiscuité dans les camps. Les pièges des outils et des hommes, ceux des embâcles qui figent les rivières.

Avec Kate, quand ils parlaient de l'Outaouais, ils imaginaient une vie sereine au cœur d'une nature majestueuse. Les yeux de la gamine brillaient de mille feux et elle embellissait leur projet de ses rêves innocents. Une ferme cernée de poteaux blancs. En bas, une ravine de truites et une cascade servant d'échelle à saumons. Un cheval et des chèvres. Des moutons aussi. Des poules.

Martin sourit, mais c'est un sourire de lassitude. Le sommeil ne vient pas. Devant la porte ouverte de la chambre, il devine une ombre. Une odeur de tabac. Des bruissements dans l'herbe. Sans bruit, il se lève. Dans un coin de l'arrière-cour, appuyée contre les pierres d'un muret, Odahingum fume une fine bouffarde, le nez dans les étoiles piquées au ciel. Immobile, enroulée dans les volutes qu'un léger vent lui dérobe aussitôt. Intrigante statue d'ombre. Martin décide de la rejoindre. Peut-être pour parler de Kate ? Lorsqu'elle s'aperçoit de sa présence, l'Indienne se fige et sa main descend sur le manche du couteau à sa ceinture.

– Qu'est-ce que tu me veux ? Tu ne dors pas ?

– Désolé de t'avoir effrayée.

– Regagne ta paillasse et fiche-moi la paix.

– L'odeur de ta pipe me dérange, va fumer plus loin.

– Ce n'est pas une pipe, c'est un calumet et c'est celui de mon grand-père. Mes ancêtres m'ont appris à fabriquer ce tabac. Je le brûle pour communiquer avec eux.

– En Irlande, j'ai connu des hommes qui crachaient leurs poumons à trop sucer leur bouffarde.

– Dans nos tribus, on fume depuis des milliers d'années. La fumée emporte nos prières vers le ciel et les esprits. Le tabac a une âme. Comme le kinnikinnick et le raisin d'ours, il apaise les tourments. Si tu veux dormir, tu devrais essayer.

– Sans façon. Je peux te poser une question ?

– Certainement pas. Va te coucher. La nuit, tous les hommes sont dangereux.

XXIX

... le crabe des neiges.

Pour Sinéad, après cinq jours de fiacre et une traversée du Saint-Laurent en barge, l'arrivée à Québec ressemble à la découverte d'un autre monde. Papy Paddy a meublé le trajet des histoires de sa vie et de la région où il réside aujourd'hui. Pour lui, la Gaspésie est le berceau de tout ce qui existe ici. Une terre où, pendant plus de deux siècles, les Français et les Anglais se sont affrontés pour y planter leurs drapeaux et leurs croix. Tout y passe, jusqu'aux moindres détails de la bataille de Ristigouche qui s'est terminée en faveur des armées de George III lors de la guerre de Sept Ans. S'ensuit l'histoire des tribus indiennes et de leurs alliances. Peu concernée par les difficultés des peuples autochtones, Sinéad se contente d'entretenir une discussion qui lui permet de se remémorer ses déboires avec le clan Mullargh.

De cette meute assoiffée de batailles contre les *landlords* et avide de vengeance, à écouter le vieux Paddy, le plus à craindre est Robert. Le fils du patriarche, en plus d'être violent et incontrôlable, possède le vice chevillé à l'âme.

– Dans ce registre, Deaglán n'est pas mal non plus.

– Détrompe-toi, Sinéad ! Si Deaglán n'est jamais avare de représailles, pour lui la loi du talion ne s'applique qu'à la famille. Tue un des miens et je tue un des tiens. Si tu me voles, je te ruine. Cet homme s'est forgé dans un creuset de violence. Sa puissance et son opulence sont la conséquence de la force de ses bras. C'est un loup, son fils est un charognard.

– Crois-moi, je sais qui ils sont et ce dont ils sont capables. Ma seule crainte est de les voir débarquer ici un jour.

– Si Robert t'a laissée en vie contre la volonté de son père, il ne prendra pas le risque de s'en vanter. Si le clan pose le pied dans le Nouveau Monde, ce sera pour cavaler au cul de Martin, pas pour te chercher des noises. Pour le trucider, le vieux Deaglán est capable de le suivre jusqu'au bout du monde si besoin. La loi du talion, je te dis…

– J'espère pour moi que tu as raison, Papy.

– Mais bien sûr que j'ai raison ! Saute du fiacre et attends-moi près de l'église que tu vois là-bas. Je vais parquer la carriole. Ne t'éloigne pas et joue la cliente. C'est jour de marché, les étals sont bien remplis.

C'est un monde de profusion. L'Irlande d'il y a longtemps, avant que la famine ne la mette à genoux. Des patates et des potirons plus gros que des boulets de canon. Des rutabagas et des haricots de la taille d'un pouce de troll. Des carottes et des sacs boursouflés de fèves blanches ou noires. Plus loin, des étals de viande découpée, des lapins et des agnelets accrochés aux esses des bouchers. Au milieu d'une foule attirée par tant de merveilles, Sinéad ressemble à une voleuse de pommes dans le jardin d'Éden. Hypnotisée par l'amoncellement de belles nourritures, elle se cogne contre la poitrine d'une ménagère.

– Eh ! Regarde où tu marches !

– Désolée, je n'ai pas fait attention.

– Ça, j'ai bien vu !

La femme se tient à contre-jour. Une bourgeoise, grande et bien mise. Sa robe est de taffetas chamarré, en retroussis sur un volant de mousseline. Sur son corsage, deux barbes de tulle descendent de chaque côté de son opulente poitrine. Pour ne pas paraître « en cheveux », l'élégante porte un chapeau emplumé de couleurs vives, aussi large qu'un bénitier. Quand Sinéad cache le soleil d'une main pour mieux la voir, elle découvre un visage d'ébène. La négresse époussette sa manche. Son geste disperse l'effluve capiteux d'un jasmin en fleur.

– Ne reste pas plantée là !

– Désolée, je…

– Je sais, tu n'as pas fait attention. Tu l'as déjà dit. Bon sang, mais ferme la bouche, tu vas finir par gober des mouches ! Comment t'appelles-tu ?

– Sinéad, et toi ?

– Elizabeth Dixon.

La galante relève le menton de cette empotée qui l'a bousculée. Ses sourcils se froncent et, au bout d'une muette inquisition, son visage s'adoucit.

– Tu as le regard d'une fille déterminée et fière. Ne t'en déplaise, mais tu es habillée avec des oripeaux de souillon. Serais-tu là pour vendre tes charmes ?

– Non, mais tu me prends pour qui ? Une putain ? Ravale ta sale question, morveuse, et excuse-toi si tu ne veux pas ramasser ton galurin dans le crottin !

– Je vois que vous avez déjà fait connaissance !

Les deux femmes se retournent, la même surprise sur le visage. Papy Paddy embrasse la négresse comme du bon pain.

– Ça tombe bien, dit-il, jovial. Je pensais monter jusqu'à la Côte de l'Allégresse pour te présenter Sinéad. Je suis persuadé que vous êtes faites pour vous entendre.

– On n'est pas parties sur des bases très cordiales.

– Je confirme, insiste Sinéad.

– Très bien, Mesdames. Alors, laissez-moi vous offrir un brandy afin d'arrondir les angles.

Dans la Taverne de Neptune, rue du Sault-au-Matelot, c'est l'affluence des jours de marché. Abandonnant leurs épouses aux emplettes, les bourgeois et les anciens marins s'y retrouvent, coquins d'occasion ou égrillards par vocation. Lorsque Elizabeth Dixon entre dans la salle enfumée, le brouhaha s'étouffe dans le culot des pipes. Certains, sans doute préoccupés de ne pas laisser croire qu'ils la connaissent, lui tournent le dos. D'autres, ébaubis de découvrir une négresse habillée d'autant de couleurs, restent le verre aux lèvres et les yeux ronds. Papy Paddy choisit une table dans une ancienne alcôve à côté du comptoir et, avec déférence, propose une chaise à ces dames.

Après de futiles banalités sur le sablier du temps et cet été de chaleur, le gabier s'accorde une pause de bouffarde que Sinéad et Elizabeth n'encombrent d'aucun mot. Troussée par un rustre qu'elle rabroue, une soubrette s'approche pour prendre la commande.

– Quel abruti, celui-là ! Des fois, je souhaiterais que mon cul ait des dents. Et pour ces messieurs dames, ce sera quoi ?

– Voyons, Apolline, sors de ta colère !

– Madame Dixon ! Désolée. Depuis une heure, ce type ne cesse de me houspiller. Ses amis ne valent pas mieux et…

Elizabeth Dixon se lève et vient se camper devant la table des outrecuidants.

– Monsieur Hector. Dois-je vous rayer de la liste de mes clients les plus assidus ? Je viens tout juste de saluer votre charmante épouse sur le marché. Souhaitez-vous que j'ajoute à sa liste de courses celles de vos galipettes avec des jeunettes ?

– Mais qu'insinuez-vous ? Je ne vous connais pas, Madame !

– Voyons, Monsieur Hector ! Lulu et Margot ! Les fessées ! Les badines ! Le tourniquet gallois ! Ne me dites pas que la Côte de l'Allégresse vous est inconnue.

– Je…

– C'est exact, nous sommes donc bien d'accord, Monsieur Hector. Gardez vos remarques et vos mains dans vos poches et nous resterons en bons termes. Que vos amis en fassent de même s'ils veulent éviter d'être rudoyés par mes hommes.

Deux immenses gaillards que Sinéad n'avait pas remarqués s'approchent de la table des libertins penauds et les invitent à quitter l'établissement. Sans demander leur reste, les types endimanchés ramassent leur chapeau claque et quittent la taverne sous les quolibets.

Lorsqu'elle revient s'asseoir, Elizabeth Dixon glisse cinq chelins sur le plateau d'Apolline.

– Ces goujats ne t'importuneront plus, ma jolie. Apporte-nous trois verres de brandy. Demain, je veux que tu me livres du poisson et des fruits. Si tu trouves de beaux potirons, n'hésite pas. Garde la monnaie. Maintenant, à nous deux, Sinéad. Voyons s'il est possible de nous entendre, comme le prétend mon très cher Paddy.

Après quelques hésitations, Sinéad se décide à raconter son histoire, sa vie en Irlande, l'enchaînement des évènements qui l'ont conduite jusqu'à cette taverne de la Basse-Ville. Tandis qu'Apolline papillonne autour de la table pour remplir les verres, Elizabeth Dixon garde le visage sévère, soucieuse de ne rien rater de cette vie qu'une inconnue déballe devant elle. De temps à autre, elle jette un œil vers Papy Paddy qui opine du bonnet pour en valider les détails, surtout ceux concernant le clan Mullargh. Après une longue parlotte qui lui a donné soif, Sinéad réclame un verre d'eau à Apolline.

– Voilà, vous savez tout de moi, dit-elle en s'essuyant la bouche de ses doigts.

– Impressionnant et triste. Tu as parlé d'un certain Martin Sullivan, c'est bien ça ?

– C'est ça.

– Es-tu là pour le retrouver ?

– Paddy me déconseille de me lancer à ses trousses. De toute façon, j'irais le chercher où, dans ce pays ? Martin a été et restera une merveilleuse aventure de jeunesse. Une erreur, peut-être, puisque je suis là. Si je veux m'en sortir, je dois passer à autre chose.

– Sage décision, Sinéad. Accepterais-tu de travailler pour moi ?

– Quoi ? Et devenir putain ? C'est une plaisanterie, j'espère !

– Qui te dit que tu en serais une ? Je te propose de me seconder et pourquoi pas de me remplacer à terme. J'ai encore quelques belles années devant moi, mais je me sens seule et j'ai besoin de pouvoir compter sur une personne de confiance.

– Il n'y a pas de « Monsieur Dixon » ?

– Si, bien sûr, mais ils sont trop nombreux. Papy Paddy a été l'un d'eux. Il y a fort longtemps, hein Paddy ? Je lui dois même de ne pas avoir été égorgée dans une ruelle. Nous avons été de bons amants avant de devenir de vrais amis. Alors, ta réponse Sinéad ?

– Bien sûr que j'accepte ! Je commence quand ?

– Dès que tu seras lavée et pomponnée. Apolline s'occupera de toi. Demande-lui de te prêter une de ses robes. Hors de question de présenter à mes filles une nouvelle directrice habillée comme une souillon.

Une heure plus tard, dans le parfum de jasmin d'Elizabeth Dixon, Papy Paddy traverse la Taverne de Neptune, fier comme un père qui marie sa fille. À son bras, Sinéad est devenue princesse grâce au délicat maquillage et aux coups de peigne d'Apolline. Devant une telle beauté, des notables se lèvent et saluent. En ce début d'après-midi, la négresse chamarrée de la Côte de l'Allégresse est certaine de voir la liste de ses clients s'allonger de quelques noms.

À l'extrémité du comptoir, le nez dans sa pinte, un type surveille le manège du coin de l'œil. Les larges bords de son galurin dissimulent son visage. Lorsque Apolline lui propose un autre pichet de bière d'épinette, le gars ne répond pas et pousse vers elle une pièce d'un chelin.

– Tu les connais ?

Le type a la joue marquée d'une cicatrice. Carré d'épaules et belle gueule de marin, pense Apolline sur ses gardes. Dangereuse aussi.

– Apolline, c'est ça ? J'ai cru comprendre que c'était ton prénom.

– Et alors ?

– Alors, rien. Je viens d'arriver et je suis un peu perdu à Québec. J'étais sur le *Carrick of Whitehaven.*

– Le bateau qui a coulé ? Navré pour toi, l'ami. Désolée, j'ai des clients.

L'inconnu glisse une nouvelle pièce vers Apolline.

– Est-ce que tu acceptes de me parler de ta ville, Apolline ? Je m'appelle Stanley Woodward et j'ai soif d'une autre bière.

– Pour la boisson, c'est mon métier. Pour me causer, tu devras attendre. Je ne termine pas mon service avant plusieurs heures.

– J'ai tout mon temps.

– Un conseil, Woodward. Occupe-le à te persuader que je ne suis pas une fille facile, si tu vois ce que je veux dire.

– Je n'en doute pas un seul instant. Tous les hommes ne sont pas aussi mal élevés que ceux qui t'ont manqué de respect tout à l'heure.

– Bonne réponse, naufragé. Tu as le droit de m'inviter à dîner. J'adore le crabe des neiges.

XXX

... ça risque de cogner fort.

Depuis deux bonnes semaines, Martin s'est installé avec Odahingum de l'autre côté de L'Abord-à-Plouffe, dans une baraque isolée, au bord de la rivière des Mille-Îles. Le propriétaire des lieux, un ami de Jason, bourru et fort en gueule, doit rejoindre les camps d'hiver sur la Gatineau avec les équipes de Jos Montferrand. Sur l'insistance de ce dernier et moyennant une bourse bien pleine, Casimir Brochu a accepté de prêter son toit au « couple » sans trop poser de questions.

Avant son départ, Martin et Odahingum restent avec le bonhomme. Certains soirs, ils l'accompagnent pour boire une bière d'épinette dans les tavernes des recruteurs. « Montre que tu es une belle pièce d'homme, tire une mauvaise gueule et surtout ferme-la », a ajouté Casimir Brochu lors de leur première virée.

Tous deux partagent les repas de leur hôte et l'aident à préparer son périple vers l'Outaouais profond. Le reste du temps, Brochu raconte sa vie, Martin ment par omission sur la sienne, Odahingum ne dit rien ou pas grand-chose. La nuit, tous vont se coucher dans le dortoir commun qui remplace l'ancienne écurie. C'est un coin de chaleur et de poussière, coupé en deux par de vieilles bottes de foin afin de préserver un peu d'intimité. Les plaids et les oreillers sentent encore le dernier l'hiver. Sur le large matelas de paille que Brochu leur a réservé, Martin et Odahingum sont séparés d'une bonne coudée et d'un couteau. « On ne sait jamais », a ajouté l'Indienne en posant l'arme entre eux dès la première nuit. Martin se souvient vaguement d'une vieille légende de Vikings que lui racontait sa mère. Tristan et Yseult, un truc comme ça...

Pour ne pas éveiller la curiosité des méfiants, ni Jason ni Joséphine ne leur rendent visite. Lorsque le milicien a un message à transmettre, il le glisse dans un ballot de linge qu'Hortense dépose devant leur porte.

La date du départ pour les campements d'hiver n'est toujours pas fixée. Aux dernières nouvelles, les propriétaires attendent les droits d'abattage sur certaines parcelles. Des équipes sont déjà parties vers la Gatineau et sur la Basse-Lièvre. Au village, il se raconte qu'un ultime convoi se prépare, sous la direction d'un certain Archibald Lapierre, et celui-ci intéresse Jason. Les contremaîtres, des *foremen* anglais, en sont à trier les bûcherons qu'ils choisiront pour leur campement. D'après les ragots, les cambuses seraient installées vers le plus éloigné des anciens postes de traite, à l'extrême limite des sentiers praticables. Certains parlent de la région du lac du Poisson-Blanc, du Réservoir aux Sables ou des anses de High Falls sur la rivière du Lièvre. D'autres, des baraques isolées de Notre-Dame-du-Laus, comme les appelaient les Français, une dizaine de fermes permettant de s'approvisionner en vivres et en matériel.

Poussé par Jason, Martin a postulé et, comme convenu, a proposé sa « fausse épouse » en tant que cuisinière. Pour les recruteurs, le voyage est périlleux et le chantier difficile réclame des hommes forts, pas des femmes. En revanche, qu'elle soit indienne et connaisse la région représente un avantage non négligeable. Trois personnes pour l'intendance et six hommes sur les douze forestiers restent à choisir. Réponse, jeudi prochain.

Tignasse crépue, barbe hirsute, Casimir Brochu est un têtu au cœur tendre. C'est un homme dont le visage garde les traces d'un âpre labeur. Parfois, son regard se perd dans les absences de ceux qui connaissent la solitude des bois. Cette année, puisqu'il vit seul, Brochu a décidé de partir avec les bûcherons et de passer l'hiver au campement avant de rejoindre la drave du printemps. La cinquantaine usée, le gars jure ses grands dieux que cette aventure sera la dernière de sa carrière. « Ce n'est plus de mon âge et mon dos est presque mort. »

C'est avec lui que Martin apprend le langage des bûcherons. Le *rouleur* empile le bois, le *traceur* en examine les défauts éventuels, le *culler* mesure les pitounes avant de les jeter dans la rivière une fois écorcées.

– On dit *pleumées*, pas écorcées !

– Le *fendeur*, c'est quoi son travail ?

– Il entaille le bois d'encoches en V pour décider de la profondeur d'équarrissage.

– Bien, gamin ! Et le *doleur* ?

– Il aplanit les côtés.

– Bravo ! Toi au moins, t'as la comprenette qui mouline !

Deux jours avant son départ, Casimir propose à Martin de l'emmener le long des rapides du Crochet. Dans un bois qui cerne une clairière, il s'évertue à lui apprendre les gestes du métier, histoire de ne pas passer pour une godiche. Odahingum n'est pas invitée.

Chargés comme des baudets d'une sorte de scie à double poignée appelée *godendart*, de crocs à main, de gaffes et de tournebilles, les deux hommes installent leur campement pour la nuit. Pendant des heures, Casimir livre les secrets de l'abattage. Comment cogner les haches à un peu plus d'une coudée au-dessus du sol et attendre que les coupes opposées se rejoignent. Lorsque l'arbre s'affale dans le souffle de ses branches, c'est un moment intense et rude, celui de la transmission d'une vie de savoir.

La pause arrive enfin.

Le soir, abrité des maringouins par une toile et un feu de camp à ravir le diable, Casimir Brochu raconte ses histoires à Martin. Celles des forêts de pins argentés du Grand Est, celles des massifs plus à l'ouest où le Douglas est roi. C'est le dernier moment passé ensemble ; le vieux bûcheron part demain à l'aube vers son ultime campement, sur la Gatineau. La discussion entre les deux hommes s'en ressent. Un curieux mélange de rires et de longs silences à la fin desquels Casimir lève le voile sur son métier.

– L'abattage, c'est quand le froid arrive vraiment, la sève descend et ne coule pas, le bois coupé glisse sur la glace et la neige vers la rivière. Les pitounes resteront là, jusqu'au dégel du fleuve qui les emportera, guidées par le courage des hommes.

De la pointe d'un morceau de bois, Martin écarte les braises.

– Comment se passe la journée, au camp ?

Casimir lui renvoie une moue de crapaud et prend un temps infini pour allumer une énième bouffarde.

– C'est brutal, dit-il enfin. Du matin au soir, six jours par semaine. Les pièces communes sentent la transpiration et les bottes pourries d'être portées. Les paillasses des couchages sont infestées de puces. Question ambiance, les gars sont solidaires à condition de ne pas s'encombrer d'un empoté qui peut leur coûter une main ou une jambe. Les premiers jours de coupe servent à former des couples d'abatteurs de même force. Les gestuelles ne doivent pas se contrarier. D'une manière générale, on ne mélange pas un droitier avec un gaucher, surtout quand il faut manier une scie à deux poignées. Sur la Lièvre comme sur les autres rivières, les lieux de vie sont toujours regroupés. Le premier travail consiste à éclaircir un coin de jeune bois pour monter les tentes, construire les *sheds*. Jason m'a expliqué que tu emmenais ta femme pour servir de cuisinière, c'est une bonne chose. Vous aurez droit à l'une des cambuses réservées à ceux de l'intendance et aux contremaîtres. Évite celles qui sont autour de la cuisine ou du dispensaire. Ça gueule, ça chante et ça pue. Dernière chose qui peut avoir son importance : t'as un fusil ?

– Non.

– Alors, je te donnerai un des miens. Il y a quelques années, j'ai échangé un vieux fusil contre des peaux de castor. Canon court et garniture de laiton.

– Et qu'est-ce que j'en ferai ?

– Tu demanderas aux ours, aux loups et aux Indiens que tu croiseras.

– Je ne sais pas me servir d'un fusil.

– Je t'apprendrai, sinon tu trouveras bien au camp un gars pour t'expliquer comment bourrer ta pétoire sans t'entortiller les doigts.

– Laisse tomber l'idée, Casimir. Si je rencontre un ours, je prends mes jambes à mon cou ou je grimpe dans un arbre.

– Alors, tu passeras l'hiver le cul sur une branche. La bête risque de s'endormir en attendant que tu redescendes. Et puis, de toute façon, un ours ça grimpe aux arbres comme un écureuil. Un gros écureuil.

– Ça arrive souvent, ce genre de mésaventure ?

– Tous les ans, dans tous les camps, on récupère un bûcheron en charpie. Les femelles sont agressives quand elles ont des petits, les mâles deviennent fous pendant les périodes d'accouplement et tout ce beau monde mange pour accumuler de la graisse avant d'hiberner. Au début du printemps, lorsqu'ils ouvrent un œil, leurs estomacs sont plus plats que les bourses d'un curé. À partir de là, tout ce qui rentre fait ventre, et ça vaut pour les saumons comme pour les hommes.

– Et les loups ?

– Eux, ils chassent en meute et même s'ils tournent autour des campements, ils craignent l'homme. On les tient à distance avec des cadavres d'animaux. Ce n'est pas ce qui manque sur la Lièvre. Crois-moi, les loups sont moins à redouter que les ours. Dis donc, tu n'aurais pas la tête ailleurs, gamin ?

– Tu as raison, je suis en Irlande, ment Martin.

– Sans vouloir te contrarier, je crois que tu penses surtout à ta cuisinière de femme. Prends soin de cette fille, si tu l'emmènes sur la Lièvre. Garde toujours un œil sur elle. Au bout de plusieurs mois, le cerveau de certains leur descend dans la queue. Au fait, quand les recruteurs donnent-ils leur réponse ?

– Dans une bonne semaine. Le choix final sera donné à la Taverne du Hand-Hook. On est nombreux pour six places encore disponibles.

– Ouh là ! Chez les Anglais ? Dommage de manquer ça ! Les derniers sièges coûteront cher. Prépare tes poings, Martin, ça risque de cogner fort.

XXXI

... un couteau planté dans la cuisse.

La chaleur des derniers jours de juillet écrase L'Abord-à-Plouffe sous une chape de plomb. La place du village est un four à pain. Pour se protéger du soleil qui leur darde la couenne, les grenouilles de bénitier s'abritent sous le porche de l'église, dans la fraîcheur de la maison du Seigneur. Les autres, les athées et les soiffards se rafraîchissent la glotte dans les tavernes. Profitant de l'aubaine que Dieu lui accorde à cuire le râble de ses ouailles, le bon père Théodore a prévu deux messes aujourd'hui. La première à Tierce, la seconde à None, toutes deux basées sur le principe de la liturgie des heures, afin de rester dans la joie, rendre grâce et se plier à la volonté divine.

Loin des sacrements et de la protection que saint Ignace doit apporter aux bûcherons en partance, les tavernes ne désemplissent pas. Bien sûr, les hommes croient en Dieu, mais les huit mois à trimer dans la solitude des forêts, la gadoue de l'automne et le froid de l'hiver gomment la foi des plus assidus à la supplique. Là-haut, dans les cambuses de la Lièvre, il sera toujours temps de s'agenouiller et d'appeler Dieu à l'aide. Après les soirées bercées de vantardise au coin du feu, après les dimanches de repos remplis de chansons, de *jig* et de *clog*, la prière sera leur unique passe-temps.

Les alcools montent aux tempes. Vers la fin de l'après-midi, alors que le bon père Théodore en est aux vêpres, les premiers coups de poing partent sur la terrasse de la Taverne du Crochet. Une lourde pierre fracasse la vitrine. Des cris. Une chaise suit le même chemin. Encore des éclats de voix. Un homme mouline des bras, happé par une force invisible qui le tire en arrière, traverse la ruelle avant de s'étaler dans la poussière, gueule saignante et nez éclaté. Profitant du pugilat, des mioches se faufilent sous les tables, récupèrent les boutons arrachés et chapardent ce qui tombe des poches.

Pour le moment, la Taverne du Hand-Hook est toujours fermée, mais deux serveuses s'affairent à disposer les tables et les bancs sur la terrasse. Odahingum et Martin se tiennent à l'écart des bagarres déclenchées pour des bouts de lacet ou des regards de travers. Le rendez-vous fixé par les recruteurs n'est pas prévu avant la tombée de la nuit et, à cette époque de l'année, elle arrive tard.

Assis près de la fontaine où un vieux percheron s'abreuve, Martin et « son épouse » contemplent l'agitation qui s'empare de la bourgade avinée. À l'écart des insultes et des bastonnades, les femmes se pavanent dans des robes larges et colorées, corsetées, décorées de froufrous. Fausses bourgeoises d'un jour de messe, les galantes rivalisent de coquetterie et sursautent quand un ivrogne tabassé s'étale à leurs pieds. Ce qui citronne leur sourire n'est pas le vilain qui salit leurs chaussures, mais de croiser une voisine habillée d'un chemisier ou d'une robe de meilleure couture que la leur.

– Casimir Brochu n'avait pas tort, ça va cogner fort, ce soir, murmure Martin devant le spectacle des chaises qui volent et des femmes qui se détestent.

– Que dis-tu ?

– Bon sang, mais tu parles ! se moque Martin.

– Non, tu as raison. Il fait trop chaud, je préfère garder ma salive.

– Tu crois que Jason viendra nous voir ? demande Martin qui veut éviter qu'Odahingum ne replonge dans un silence buté.

– Je n'en sais rien et je m'en fiche.

– Ça va être long !

– Qu'est-ce qui va être long ?

– Six mois dans un camp de bûcherons, affublé d'une Indienne presque muette, les heures vont me paraître des semaines.

– Excuse-moi, mais Archibald Lapierre entre au Hand-Hook avec ses recruteurs. Bon sang, Martin ! Lève le nez au lieu d'admirer tes doigts dans l'eau ! Geoffrey Longlife est avec lui !

– Et comment tu sais que c'est lui ?

– Je sens l'âme de ma sœur de lait hurler en moi, et celui-ci ressemble à une couronne mortuaire.

– Et pourquoi ce ne serait pas un des deux autres ? Flayerty ou Jackson Lynch ?

– Flayerty a la taille d'un ours. Jackson Lynch est borgne. Longlife a des airs de croque-mort.

Maintenant, la terrasse du Hand-Hook est bondée. De chaque côté de la porte, les torches noircissent la façade et éclairent les gueules patibulaires des trois monstres de muscles chargés de filtrer les soiffards. Le drapeau de Victoria qui pend au-dessus de leurs têtes ressemble au caleçon d'un troll sur étendage. À défaut de montrer patte blanche, ceux qui veulent entrer sans y être invités sont menacés d'un poing de forgeron pour calmer leurs ardeurs. La taverne n'ouvrira que lorsque Archibald Lapierre et ses contremaîtres auront terminé leur recrutement. Ne sont admis que quelques privilégiés chargés de maintenir l'ordre et les notables qui financent l'expédition.

À l'intérieur, c'est un bouge emboucané, sale et sinistre. Les serveuses aguichent les hommes qui sont déjà là, mais les discussions restent plus sourdes qu'à une veillée funèbre. Dans un espace devant le bar, une table et trois chaises sont avancées. Derrière le comptoir, un type plus balafré qu'un flibustier aligne les pichets de brandy et de rhum. Au fond, les possibles recrutés lorgnent leurs godillots et prient le ciel d'être choisis. Tous ont besoin d'argent pour nourrir leur famille et ces fichus mômes qu'ils regrettent d'avoir faits. Une drave, ça rapporte. Dans ce Nouveau Monde, l'hiver dure une éternité et les sols ne donnent rien avant le début du printemps, figés sous la glace qui les étouffe. Ne pas partir sur une parcelle d'abattage, c'est au mieux maigrir, au pire, crever de faim.

Archibald Lapierre s'installe entre ses deux contremaîtres et dépose son haut-de-forme sur la table. De sa sacoche avachie, il extirpe plusieurs registres et prend le temps de les ouvrir à la bonne page, relisant en diagonale celles qui ne l'intéressent pas. C'est un nanti d'une quarantaine d'années, pas très grand, mais bientôt gras. Sur ses joues, ses rouflaquettes lui donnent une importance qu'il aimerait avoir.

Le *foreman* à sa gauche, un rouquin barbu et immense, sûr de la force de ses poings, semble prêt à en découdre si le recrutement tourne au vinaigre.

L'autre, à sa droite, la «couronne mortuaire», est un être filiforme et dangereux. Main de fer dans un gant de velours, Longlife, si c'est lui, a tout d'un chef sadique capable de vendre son âme au diable pour une parcelle de gloire. Celle de Namid doit vibrer de plus en plus fort, parce que Odahingum, accrochée au bras de Martin, est plus raide qu'un manche de tomahawk.

Archibald Lapierre se lève, ajuste son lorgnon et fouille dans un de ses registres. Après s'être raclé la gorge avec la délicatesse d'un évêque, il lit les noms des heureux élus.

Pour ce qui concerne l'intendance, Odahingum est acceptée en tant que cuisinière. Elle accompagnera une certaine Artémise Lapointe, moins sympathique au premier abord qu'une virago en rogne. Tignasse grise rangée sous une coiffe sale, la femme, aussi haute que large, avance un visage rond affublé d'un nez retroussé, d'une bouche lippue et d'un menton de ferblantier.

Isidore Grandville est désigné commis de cuisine. C'est ce freluquet débraillé, plus long qu'un jour sans pain, qui approvisionnera le bois pour les poêles des cambuses. Bref, un gamin de basses besognes, un factotum de la forêt chargé de faciliter la vie des bûcherons et des contremaîtres. Le parfait bouc émissaire, compte tenu de sa carrure, de son âge et de sa tête d'angelot blondinet.

Des douze bûcherons, six espèrent être retenus. Les hommes s'impatientent. Sur les visages des plus décidés à partir, l'envie de se battre n'est pas loin s'ils ne sont pas de l'expédition. Avant de les nommer, Archibald Lapierre parle de sa vocation de forestier et perd un temps infini à ménager la susceptibilité des futurs laissés-pour-compte. Après un galimatias de conseils sans queue ni tête adressés à des rustres qui n'en ont cure, le grassouillet cite enfin les noms des ultimes recrues.

– J'ai déjà dix gars sur place pour préparer le campement : sept autochtones et trois bûcherons de Gatineau qui n'en sont pas à leur première saison d'abattage. Le voyage sera pénible et je ne peux pas me permettre de perdre des bras en route. Compte tenu de la surface de la parcelle, avec mes *foremen* ici présents, Messieurs Andrew Stormage et Geoffrey Longlife, nous avons choisi non pas six, mais dix hommes. Martin Soulevent et Zéphyrin Dumoulin, je suis navré, mais vous ne venez pas avec nous.

Pendant un instant, un silence de confessionnal envahit la taverne. Les types se regardent pour savoir qui sont les deux qui ne partiront pas, prêts à compatir avec eux. C'est Odahingum qui s'avance au milieu de la salle. Plus livide qu'un cierge de Pâques, elle défie du regard Geoffrey Longlife. Devant la haine qu'il lit dans ses yeux, Archibald Lapierre en perd de sa superbe.

– Mon mari vient avec moi, sinon cherchez une autre cuisinière.

– Ce n'est pas ce qui manque au village, rétorque Longlife.

– Peut-être, mais peu connaissent les tribus que vos bûcherons dérangent.

Martin sort des rangs. En découvrant la taille du gars, Lapierre a un haut-le-corps et Stormage glisse sa main vers la crosse de son arme. Longlife reste imperturbable, mais sa pommette gauche s'agite soudain d'un tic de méfiance. D'un geste, Martin apaise la scène.

– Viens, Oda… Désolé, Messieurs.

– Attendez !

Zéphyrin Dumoulin, l'autre recalé, s'avance à son tour. La trentaine, peut-être un peu plus. Un bloc de granit au regard de loup. Même taille et même carrure que Martin.

– Monsieur Lapierre, je respecte votre décision de ne pas nous embaucher. Prenez au moins le temps de m'écouter. Au village, il se raconte que votre campement sera établi vers le lac du Poisson-Blanc ou les anses de High Falls : je connais ces endroits. J'ai passé deux saisons dans les fermes de cette région et vécu avec les populations nomades autochtones. Je suis Métis. Mon père était coureur des bois et ma mère une Atikamekw. Une *Tête-de-Boule*, comme vous les appelez. Sans vous porter malheur, vous n'aurez pas assez d'hommes pour une saison de travail. En Outaouais, les rivières sont vicieuses. Voilà ma proposition : engagez-nous, Martin et moi, pour une solde partagée. Nos forces correspondent et nous possédons les mêmes mains. Vous gagnez deux hommes sûrs et reconnaissants qui ne ménageront pas leur peine.

– J'ai vu Martin Soulevent avec les hommes de Jos Montferrand, dit une voix dans la foule.

– Moi aussi, ajoute une autre. Casimir Brochu traînait avec lui.

– Tu connais Montferrand et Brochu ? s'enquiert Longlife, soudain curieux.

– Oui, Monsieur. Mon père était un ami de Jos Montferrand, ment Martin. C'est grâce à lui que Casimir a accepté de nous héberger.

Longlife se recule sur sa chaise et passe les pouces dans sa ceinture.

– Pour nous, les Anglais, Montferrand est un paria. Pendant la guerre des *Shiners*, il se battait pour les Français.

– Vous avez raison, Monsieur. Il se battait aussi du côté des Écossais pour des hommes qui défendaient leur pain. Montferrand est peut-être un paria, mais c'est le meilleur draveur de l'Outaouais.

– Martin Soulevent, tu parles le français avec un accent qui me dérange, remarque Lapierre devenu méfiant.

– Je suis breton, Monsieur.

– Et une solde à partager avec Zéphyrin te convient ?

– Je m'en contenterai.

Archibald Lapierre abandonne la décision à ses contremaîtres. Stormage et Longlife échangent un regard et valident le choix d'un coup de menton.

– C'est d'accord, conclut Lapierre. Moitié de paie pour ton Indienne, pour toi et pour Dumoulin. Départ pour tout le monde, demain au lever du jour. Gaspillez votre soirée à boire si ça vous chante, mais à l'aube, je ne veux voir que des gars droits dans leurs bottes. Le premier qui bâille est viré.

La salle du Hand-Hook devient un lieu de fête. Des hourras, des tuques qui volent et des types qui s'agglutinent au comptoir. Pour ceux qui partent, ce sera les dernières pintes avant de longs mois ; l'alcool est interdit sur les chantiers. Martin propose un verre à Zéphyrin pour le remercier, mais celui-ci refuse.

– On boira ailleurs. Oldbear veut nous voir ce soir.

– Tu es…

– Je suis. Prends ta cuisinière sous le bras, on quitte cette taverne. Avec ce que les gars vont avaler, ça va dégénérer et je n'ai pas envie de marcher vers l'Outaouais avec un couteau planté dans la cuisse.

XXXII

Tes désirs sont des ordres

Le Nimian est encré devant l'entrée du port de la Basse-Ville. Depuis plusieurs jours, les chaloupes des médecins vont et viennent pour ausculter et répertorier les nouveaux arrivants en provenance d'Irlande. D'après les racontars qui fusent sur les quais, cette cargaison d'immigrants n'est pas trop infectée. Quelques cas de typhus, pas de choléra ni de variole. Par contre, toujours selon les dires des mieux informés, le navire amènerait un propriétaire irlandais et quelques-uns de ses hommes. Woodward en a déduit que Deaglán Mullargh était à bord avec son fils et, sans doute, deux ou trois de ses sbires.

Tête baissée et mains dans le dos, l'ancien second du *Carrick* arpente la jetée en attendant de les voir débarquer. Connaissant le vieux, ses questions exigeront des réponses précises. Avec lui, tenter de noyer le poisson est le meilleur moyen de déclencher un ouragan de colère. Cet homme, né de la tourbe et bâti à coups de poing, hait le mensonge quand il ne vient pas de lui. L'infliger aux autres ne l'a jamais dérangé. L'inverse a des chances de tout emporter.

Donc, Stanley Woodward prépare la confrontation en répétant ce qu'il racontera de ses recherches depuis qu'il a posé le pied à Québec. L'arrivée de l'inconnue avec Papy Paddy et leur rencontre fortuite avec la mère maquerelle de la Côte de l'Allégresse. Sa discussion devant une pince de crabe des neiges en compagnie de la belle Apolline. *Quelle cochonne, celle-là !* La filature du juif maigre et rabougri, chargé d'enregistrer les arrivées des immigrants a pris du temps. Hector Goldberg habite un quartier où la milice patrouille en permanence. Le rond-de-cuir sort peu, sauf à se dégourdir la queue dans le bordel d'Elizabeth Dixon, le dimanche après-midi, pendant que sa bourgeoise se pavane avec son chien dans les boutiques de l'esplanade. La taverne de la négresse ! Il s'y est rendu deux fois sans pouvoir entrer. La garce qui dirige maintenant l'endroit n'accepte que des clients connus ou fortunés et les gaillards qui les trient n'hésitent pas à tirer leurs lames pour repousser les indésirables.

Faut-il parler de Papy Paddy à Deaglán ?

Woodward sait que l'ancien gabier a fricoté avec lui. D'après Apolline, qu'il a revue pour quelques soirées torrides, Paddy n'est resté que deux jours à Québec avant de regagner la Gaspésie. Au bout du compte, celle qui lui a donné le plus de renseignements est cette poule de serveuse, aussi prompte à caqueter qu'à écarter les cuisses.

C'est peut-être par elle que Deaglán voudra commencer. Ça ne va pas être simple !

Stanley Woodward rumine cette pensée quand une chaloupe jette ses cordages sur la jetée. Deaglán Mullargh et son fils aîné posent le pied sur le Nouveau Monde. Le freluquet qui les accompagne, plus pâle qu'un cul d'Anglaise, s'étale sur l'appontement et vomit ce qu'il a dans le ventre. La bonne nouvelle, c'est que le patriarche n'amène pas avec lui ses exécuteurs habituels. La mauvaise, c'est qu'il compte sans doute sur lui pour ne pas avoir à se salir les mains.

Deaglán Mullargh tire le visage des mauvais jours. Woodward s'est trompé, l'Irlandais, avare de mots, ne lui en assène qu'un seul, d'une extrême simplicité : « Raconte ! »

Le groupe est attablé sur une des terrasses du port. Du brandy pour les hommes, de la flotte pour le gamin. La Vermine qu'il s'appelle. Une tête de déterré, des cernes autour des yeux et l'haleine d'un cul de botte. Pour se donner le courage de répondre, Stanley Woodward vide son verre et, après une grimace, commence à réciter ce qu'il s'est maintes fois répété. Lorsqu'il s'égare dans des détails sans intérêt, Deaglán le recadre d'un mauvais regard. Ça dure longtemps, sans que le vieux l'interrompe.

– Voilà, vous savez tout, annonce l'ancien second à la fin de son pénible rapport.

– Tout ? Tu ne crois pas que c'est un peu maigre ?

– Je vous assure que…

– N'assure rien du tout, Woodward ! Tu pourrais le regretter. Des nouvelles de Jackson Lynch ? De mon neveu, Steven ?

– C'est vrai… J'oubliais…

– Un bon conseil, Woodward, et ce sera le dernier. N'oublie jamais que t'es pas payé pour oublier, imbécile !

Pour mieux avaler sa bévue, Woodward ingurgite un énième verre de Brandy.

– J'ai croisé Jackson Lynch à Montréal. On ne pourra pas compter sur lui. Le borgne était avec une cinglée, en partance pour un village paumé au fin fond de l'Outaouais. Maniwaki, qu'il m'a dit. Quant à Steven, je n'ai pas de bonnes nouvelles. D'après Jackson, il a été retrouvé pendu en prison. Toujours d'après lui, ton neveu cherchait des noises à un forestier de Québec. Un certain Timothy Hibbard Dunn se serait chargé de son cas.

– On se passera de ce crétin de Steven, conclut Deaglán sans exprimer ni surprise ni compassion. L'objectif, c'est ce chien de Martin Sullivan ; on s'occupera du cas de ce Dunn plus tard. Qu'est-ce que tu penses de tout ça, Robert ?

– J'en pense qu'avant de partir à l'aveuglette, on doit savoir dans quelle direction cavaler. D'après ce que je viens d'entendre, on devrait questionner cette Apolline avec un peu plus de fermeté. La catin semble avoir les yeux qui traînent partout et la langue bien pendue.

Deaglán Mullargh acquiesce et pousse un gousset ventru vers Woodward.

– Cinq livres devraient l'appâter. Je veux que tu m'amènes cette fille ce soir, dans un coin discret. Si on la secoue trop fort, je n'ai pas envie qu'elle ameute le quartier. Vas-y, je ne te retiens pas. Nous, on va manger un bout de viande. J'en ai ras la panse de la mélasse aux choux ! La Vermine, tu iras traîner tes galoches dans les beaux quartiers et tu te renseigneras sur cet Hector Goldberg et la mère maquerelle de la Côte de l'Allégresse. Puisque ce type travaille à l'immigration, on commencera par s'occuper de son cas.

La lumière d'une bougie danse contre les piles d'archives. Ce dimanche soir, les locaux lugubres du bâtiment administratif sont vides. Jambes écartées et bras ballants de chaque côté de son fauteuil, la bouche ouverte et les yeux ronds, Hector Goldberg fixe le plafond de son bureau. En dépit de ses arcades sourcilières fendues et de ses pommettes tuméfiées, il reste fidèle à ses principes et ne parle pas. Mais lorsque Robert Mullargh appuie la lame de son couteau sur sa glotte, le têtu craque enfin. D'une main tremblante, il désigne un épais registre sur une des étagères. Robert s'empresse de l'ouvrir sur le bureau du fonctionnaire brisé par les coups.

Le 25 avril de l'an 1847, une vingtaine de survivants du *Carrick of Whitehaven* ont été enregistrés. Le onzième nom est celui de Martin Sullivan, Irlandais de Sligo, vingt ans et de grande taille. La destination annoncée est celle de L'Abord-à-Plouffe sur l'île Jésus. Le gratte-papier zélé a pris l'initiative d'ajouter un point d'interrogation après la désignation du village. Deaglán Mullargh arrache la page qui l'intéresse. Goldberg essuie le sang qui coule sur ses joues, et tente de se redresser.

– J'ai… j'ai revu… j'ai revu ce Sullivan…

– Et tu l'as revu où ? s'emporte le patriarche.

– Neptune… La Taverne de Neptune… avec un milicien… J'étais au comptoir et…

– Et quoi ? Bon sang, arrête de bégayer !

– Ils avaient rendez-vous avec… avec Dunn.

– Dunn, le forestier ?

– C'est… C'est ça… le forestier.

Cette dernière confidence ne lui sauve pas la vie. La lame de Deaglán tranche la gorge et le nœud papillon d'Hector Goldberg.

– On l'enferme dans ce placard et on fiche le camp ! Robert, remets le registre où il était.

– Et le sang par terre ?

– Évite de marcher dedans et souffle la bougie ! Maintenant, on va s'occuper de la fille de la taverne.

Trente-six chandelles dansent devant ses yeux en plus des lumières des quais qu'elle voit briller au loin. Une autre gifle l'expédie contre le portail du hangar des cordiers. Sa tête cogne le bois et Apolline sent ses genoux se dérober. D'une main ferme, le vieux la redresse. Derrière lui, Woodward ne bouge pas.

– J'ai tout dit, parvient-elle à prononcer. J'ai passé la nuit avec ce Martin. Le type qui l'accompagnait avait une jambe de bois… Un policier, je crois…

– Et il venait d'où ce policier ? De Québec ? Réponds !

– Non, pas de Québec… De L'Abord-à-Plouffe, d'après ce que m'a assuré monsieur Dunn.

– Tu connais Dunn ?

– C'est mon… Il veille sur moi. Si vous me faites du mal, il vous retrouvera.

– Deaglán, ça suffit ! tente Woodward. On en sait assez.

– La ferme !

Une étincelle de défi brille dans le regard d'Apolline. Deaglán Mullargh la mouche en appuyant de plus en plus fort la pointe de sa lame sur l'estomac de l'arrogante. Au bout de sa terreur, la pauvrette se pisse dessus.

– Je t'aurais volontiers rentré autre chose dans le ventre, mais le temps n'est pas au vidage de couilles ! lui souffle à l'oreille ce fameux Deaglán qu'elle sent possédé par l'envie de tuer. Dunn a fait exécuter mon neveu. C'est de sa part. Bienvenue au royaume des morts, Apolline.

Et le couteau s'enfonce pour lui perforer les tripes.

– Balancez son cadavre dans le fleuve, ordonne Deaglán en essuyant sa lame. Ce ne doit pas être la première pute qu'on y envoie pourrir.

C'est ce moment que choisit La Vermine pour tirer la manche de Robert.

– Qu'est-ce que tu me veux, toi ?

– J'ai vu Sinéad, murmure la racaille, un sourire au coin des lèvres.

Robert le saisit par le col de sa vareuse pour l'éloigner.

– T'es sûr ?

– Certain. Je sais reconnaître ma frangine, quand même ! Je croyais que…

– Ta gueule ! On s'expliquera plus tard. En attendant, tu la fermes sinon je t'arrache la langue. Compris ?

– Je ne suis pas fou, patron… Tes désirs sont des ordres.

XXXIII

... se donner du courage.

Dans la cuisine flotte un parfum capable de ressusciter un mort de faim et, avec l'heure tardive, Martin en est un. Dans un plat taillé au cœur d'un pin de belle envergure, Joséphine dispose des couches de bœuf haché, de maïs et de patates pliées. D'un geste féérique, elle nappe le tout de plusieurs louches de tomates concassées.

– Ôtez vos nez de là ! Vous avez peur que je vous empoisonne ?

– C'est quoi ce miracle ?

– La cuisine n'est pas un *miracle*, Martin, c'est un *tour de main*. Ne m'encombrez pas ! Allez rejoindre Jason, il est dans sa pièce avec deux notables qui ont oublié d'être sympathiques. À l'entendre bougonner, je l'imagine monter en colère. Odahingum, je peux te demander de mettre huit assiettes ?

– Bien sûr.

– J'espère qu'Hortense ne traînera pas, ajoute Joséphine, redevenue mère inquiète.

La « pièce de Jason » est l'antre d'un homme fâché avec le rangement, un impressionnant désordre de piles de papier aux équilibres précaires. Sur l'immense plateau qui sert de bureau, ce qui l'encombre a été repoussé sur les côtés. Au milieu, une ancienne carte de l'Outaouais que trois hommes détaillent, affairés comme des flibustiers à la recherche d'un trésor.

– Ah ! Vous voilà enfin ! Ce n'est pas dommage, bougre Dieu !

– Désolé, Jason. On a failli ne pas être recrutés. Sans l'intervention de Zéphyrin, le plan tombait à l'eau.

– Vous me raconterez tout ça pendant le souper. Je vois que vous avez fait connaissance, c'est bien. Je vous présente Christopher Dunkin et James Smith. Messieurs, voici mes hommes sur le terrain : Martin Soulevent et Zéphyrin Dumoulin.

Échanges de poignées de mains viriles. Oldbear continue les présentations. Dunkin, la trentaine déjà grisonnante, arbore une barbiche qui ressemble à la bavette d'un avocat. Dans un langage châtié, il assure être mandaté par ses pairs pour étudier la mise en place d'une nouvelle organisation policière dans le Bas-Canada. James Smith, la presque cinquantaine, est juge à la Cour du Banc de la Reine, affecté au district de Montréal. En politicien averti, il supervise l'activité des connétables des bureaux de police. C'est aussi un ami de James McLaren et le supérieur direct de Jason Oldbear. L'homme bien mis prend la parole.

– Ravi de vous rencontrer et merci d'avoir accepté cette mission. Jason vous a expliqué ce que nous attendons de vous.

– Nous devons enquêter sur des hommes qui travaillent pour un certain John Counter. Pour le reste, c'est encore assez flou, avoue Martin.

– Je vois… Ai-je besoin de résumer ce que nous reprochons à John Counter et à ses nervis ?

– Non. Meurtres, enlèvements… c'est assez clair. Ce qui l'est moins, c'est ce que nous devons faire de ces individus. Les arrêter et les remettre à la justice ? C'est bien ça ?

– Les éliminer, ajoute Dunkin jusqu'alors muet.

Gêné par l'intervention sans ambages de l'avocaillon, James Smith lui impose le silence.

– La chose est dite de manière un peu brutale par mon jeune confrère, mais ma conclusion revient au même : ces hommes sont dangereux et méritent d'être, disons, neutralisés. Définitivement.

– Vous nous demandez de tuer ces types, c'est ce que vous cherchez à nous expliquer ?

– *Neutraliser,* mon cher Martin, c'est *mettre hors d'état de nuire.* Comprendra qui voudra. Je suis certain que vous trouverez un moyen adapté afin de résoudre au mieux ce problème. Geoffrey Longlife est en ville, nous pourrions l'arrêter, mais sans élément probant cela n'aurait pour effet que d'alerter Jackson Lynch et Flayerty que personne n'a vu dans le secteur depuis des lustres. Je ne parle pas de Mullargh, puisqu'il s'est pendu en prison. Nous savons de source sûre que John Counter a transmis des ordres écrits compromettants au poste de Maniwaki. Vous devez récupérer ces preuves irréfutables pour que nous puissions nous retourner contre lui avec de solides arguments juridiques. Counter possède une armée d'avocats pour se défendre.

Jason détaille alors le plan imaginé, les risques à prendre et les écueils à éviter. D'après lui, rien ne se produira tant que les convois de forestiers ne seront pas arrivés à Maniwaki.

Le carillon de l'horloge tinte quelques coups et surprend tout le monde.

– Messieurs, je vous propose de continuer cette discussion pendant le souper. Mon épouse ne supporte pas de voir brûler un plat et je risque de devoir en payer le prix le restant de mes jours. Passons à table, je vous prie.

C'est un repas de gens sérieux. Joséphine tente bien de donner un peu de vie à la tablée en livrant la recette de son hachis, mais ses efforts restent vains. Il n'est question que de lieux dont Martin n'a jamais entendu parler. Terrebonne, les Augmentations des Plaines, celles de Lacorne, de prairies et de rivières qui n'ont pas trouvé de nom, sinon ceux légués par les autochtones. La Lièvre, c'est encore la *Wabos Sipi.* L'Outaouais, c'est la *Katchesipi* où les

Hurons des Grands Lacs ont aménagé leurs campements sur les battures de la rivière. Un monde sauvage à découvrir. Une enfilade de chemins forestiers. Un enchevêtrement de rivières folles au milieu d'épaisses forêts et de plaines humides.

James Smith, soucieux de détendre l'ambiance empesée du repas, accorde moult compliments à Joséphine pour son hachis et sa tarte aux bleuets nappée de sirop d'érable. Dunkin, trentenaire plus impétueux, a les yeux qui s'endorment sur les formes et le visage d'Odahingum. L'Indienne devine ses pensées et bouillonne de colère à force de se sentir reluquée. Zéphyrin écoute les consignes données sans lever le nez de son assiette. L'homme a la fourchette lourde et un sérieux appétit. Hortense, enfin rentrée de ses occupations religieuses avec un brin de paille dans le bustier, remplit à plaisir le verre de ce Métis taiseux qu'elle trouve beau.

Après deux heures qui en paraissent le double, Jason referme son couteau, plie sa serviette et propose à ses invités de passer au salon fumer une pipe, boire un cognac français ou un brandy anglais. Martin décline la proposition. Après avoir embrassé Joséphine et salué Hortense, il prétexte un soudain mal au ventre pour regagner la paille de son grabat.

– Le jour se lève de bonne heure, ajoute-t-il pour finir de se justifier. La route vers le camp forestier sera longue et Lapierre a juré de renvoyer les hommes encore chargés de sommeil.

Dunkin l'interpelle.

– Je poserai la question à Zéphyrin tout à l'heure, mais puisque tu sembles pressé d'aller de coucher, peux-tu me dire pourquoi tu as accepté cette mission ?

– Quand j'ai embarqué pour le Nouveau Monde, j'ai emmené une gamine dont la famille avait été tuée par le clan d'un dénommé Deaglán Mullargh. Kate McBride, l'orpheline en question, est morte sur la Grosse-Île et je lui ai promis de continuer ma route vers l'Outaouais, le plus loin possible, pour y libérer son âme. Cette fille était une enfant de Dieu et rêvait de m'épouser plus tard. J'étais d'accord, mais je n'ai pas eu le temps de lui donner ma réponse. C'est pour toutes ces raisons que j'ai accepté la proposition de Jason. C'est pour moi le moyen de respecter mon engagement. Sur ce, que votre nuit soit bonne.

C'est une matinée crispante. Peu de mots sont échangés s'ils ne sont pas essentiels. Joséphine, qui s'est couchée tard pour terminer la vaisselle et réprimander Hortense, prépare des besaces de viande séchée. Dans des linges encore humides, elle plie des gâteaux à base de farine d'avoine et de sucre d'érable. Sur la table de la cuisine, la brave femme aligne ensuite une dizaine d'outres remplies de bière d'épinette ou de vin de sacristie. Jason, pour ne pas être en reste, nettoie deux pistolets à silex, charge des musettes de balles et plusieurs carnassières de poudre noire.

– Ça, c'est pour d'éventuelles mauvaises rencontres. Ces armes sont lourdes, mais les *Bounty Hunters* les appréciaient. Le canon est long d'une coudée et permet de viser juste et loin. Calibre 45, ça devrait arrêter un ours qui foncerait sur vous. J'oubliais, voici une carte de l'Outaouais. Elle date un peu, mais les distances sont exactes. Pour qui sait la lire, elle indique les points de passage entre les lacs et les gués des rivières.

Jason Oldbear se dirige alors vers la porte de la cuisine. La nuit est encore là. Pendant un moment, le milicien contemple l'obscurité qui descend vers les rives des Mille-Îles puis, tel un vieux chat-huant, rentre au nid de ses pensées. L'homme est droit et fort malgré les années qui l'usent et sa jambe de bois. Ce matin, des rides de colère marquent son visage.

– Partez et revenez pour témoigner, dit-il, la voix rauque. Prenez soin de vous et de la mission à accomplir. Ces chiens d'Anglais gouvernent nos terres et pillent nos forêts. Lorsqu'ils tuent notre peuple, notre devoir est de les réduire à néant. Mon père aimait à répéter «Ces gens sont d'une race qui ne sait pas mourir»; prouvez-lui qu'il se trompait.

Ce qu'il n'ajoute pas lui remonte au cœur. Il tend à Martin le feu d'une lampe à huile qui éclaire dans son regard la dureté de ses pensées. S'ensuivent de fermes poignées de main entre les hommes et des embrassades de barbe râpeuse aux joues des femmes.

La place de L'Abord-à-Plouffe exhale une haleine de bon pain. Les fournils chauffent depuis le milieu de la nuit afin de livrer des miches croustillantes aux bûcherons sur le départ. Un cadeau des villageois pour ceux que les forêts de l'Outaouais appellent. Devant l'église, les chariots sont parqués. Sous les regards des mômes qui rêvent de les accompagner, les hommes préparent le matériel et les vivres. Des scies doubles ou à archet, des haches, des rabots et des marteaux à estampiller. Les ordres sont brefs. Des voix de montagnes, de forêts et de rivières en colère.

– Le sentier de la Lièvre est vilain, dit l'un.

– Tous les sentiers le sont, répond un autre, chargé comme un baudet.

– C'est noroît, ajoute un troisième, plus large qu'une porte d'armoire. On aura le beau temps jusqu'à Maniwaki.

– Et qu'est-ce que t'en sais qu'on va à Maniwaki ?

– Parce que c'est la « terre de Marie. »

Zéphyrin et Martin sont affectés au chargement des couvertures, des raquettes et de tout un enchevêtrement de planches, de ridelles et de patins nécessaires à la fabrication des traîneaux. Les autres aident Artémise Lapointe et son commis à pousser des fûts de mélasse et des sacs de blé devant les trinqueballes lestés de bennes. Ces attelages serviront plus tard au transport des troncs d'arbres, mais pour l'instant ils dépendent d'elle, et la cuisinière s'acharne à les surveiller. Les chevaux patientent vers la fontaine avant d'être attelés. Des bêtes dociles, trapues et puissantes, le dos court et la croupe musclée pour mieux tracter des charges impossibles. Les fanons abondants au-dessus de leurs sabots et derrière leurs pieds les transforment en de fantastiques créatures capables de tirer les chars des dieux.

Un coup de corne fige la placette du bourg. Martin grimpe sur le siège du chariot-fourragère où Odahingum l'attend. Les uns après les autres, les forestiers lèvent le bras pour indiquer que leurs chariots sont prêts. Les palefreniers avancent les chevaux de trait attelés en couple. Le clocher de L'Abord-à-Plouffe sonne à prime lorsque le convoi traverse le bourg en direction du pont Porteous qui enjambe la rivière des Mille-Îles. Le long de la rue principale, la foule des badauds s'agglutine sur les trottoirs en bois, indifférente à la poussière que les sabots et les roues soulèvent.

Vers la Taverne du Clocher, Martin reconnaît la longue silhouette de Jason Oldbear et de son épouse. Joséphine adresse un salut de son mouchoir. Oldbear porte la main à son feutre. Le milicien tire la gueule serrée d'un officier qui regarde défiler ses troupes vers un impossible assaut. Quand Odahingum lui envoie un baiser, le milicien essuie une larme comme on écrase un maringouin vorace. Pour masquer son émotion, il invite sa femme à entrer dans la mercerie derrière eux.

Zéphyrin Dumoulin est dans le chariot-fourragère qui suit le leur et ferme la file des attelages. Le gars assis à ses côtés est le maréchal-ferrant de l'expédition. C'est sans doute pour cette raison que tous le surnomment L'Enclume. Le fiacre d'Archibald Lapierre remonte la colonne des hommes et des chariots. Stormage et Longlife, les deux contremaîtres, précèdent le notable, fusil en bandoulière. Leurs montures s'énervent des hourras de la foule et des aboiements des chiens. Le chant des bûcherons accompagne le long convoi, couplets héroïques entonnés par des poitrines enthousiastes de partir gagner le pain de leur famille.

Peut-être aussi pour se donner du courage.

XXXIV

... les hurlements des loups.

Au fil des heures, les chants s'éteignent. Le convoi progresse avec lenteur sur le chemin qui longe la rivière des Mille-Îles. Puis la route s'écarte. Après un *mile*, un embranchement raviné descend vers la gauche et contourne une ferme construite à la lisière des battures d'un lac sombre. La file des chariots prend à droite.

Les hommes apprendront à mieux se connaître. Les mois à passer ensemble, depuis l'ouverture du campement jusqu'à la drave du printemps, forgeront des amitiés et attiseront quelques disputes. Pour le moment, sur les chariots qui bringuebalent, les discussions tournent autour de la rigueur annoncée de l'hiver et de la lenteur de cet été qui met du temps à quitter ses chaleurs. Personne n'assistera aux mariages prévus pour l'automne.

Dans un décor majestueux d'ombre et de lumière, les côtes se succèdent au milieu d'un tableau de clairières et de sombres forêts. Des champs froissés, troués de rivières sauvages. Des sentes de misère perdues entre des talus fanés. De temps en temps, une rengaine monte du convoi avant de trébucher dans le roulis d'une ornière ou contre le cahot d'une souche.

Avant la pause de midi que les ventres attendent déjà, le sentier grimpe au milieu des tiges de harts brunes et des allées de trembles qui frissonnent au moindre souffle de vent. L'avance devient pénible. Dans les affouillements creusés par les anciennes pluies, les bras tirent les attelages à plein collier pour encourager les chevaux. Ceux qui sont à pied ne parlent plus, le souffle pressé par les sacs qui pèsent dans leur dos. Après une heure, la route atteint le sommet et bascule vers une vallée ouverte sur une large prairie. Au loin, une rivière serpente, corsetée entre les roches de ses rives plus cambrées par endroits que la croupe d'une sauvageonne. Devant le spectacle de la nature, les hommes ralentissent le pas et se taisent, courbés comme des porte-bâts dans la caillasse d'un chemin de pénitence. Vers le bas, des bouts de terre sombre reculent sous l'assaut de l'avancée des bois. Ici ou là, des fermes isolées marquent des lieux de vie et de familles, de danse les soirs de fête, de dur labeur le reste du temps.

Depuis le matin, mis à part quelques réponses à des questions sans importance, Odahingum est peu loquace. Martin devine une gêne en elle et, quand il la regarde, l'Indienne détourne les yeux.

– J'ai l'impression de voyager avec une esclave, dit-il pour la forcer à réagir.

– Qu'est-ce que tu racontes ?

– Tu ne dis rien, tu lorgnes tes mocassins. J'espère que ta réputation de cuisinière n'est pas surfaite, sinon je risque de regretter de t'avoir achetée.

– Tu n'es qu'un crétin d'Irlandais !

– Ça, c'est une bonne vieille insulte d'Anglais et je l'ai souvent entendue. En principe, ceux qui la profèrent perdent leurs dents.

– Vous, les étrangers, vous êtes tous pareils : des poings aux mains et le cerveau sous la ceinture. Vous ne savez que vous goinfrer, boire, forniquer et vous battre.

Vexé par l'algarade, Martin se tait, mais l'Indienne continue.

– Tu vois cette mèche blanche qui descend de ma tempe sur mon épaule ? Elle est apparue après mon viol par des contrebandiers que l'alcool avait rendus fous. J'avais treize ans et Namid était avec moi. Depuis, quand le regard d'un homme s'attarde sur moi, ça me fait enrager. Aujourd'hui, je ressemble à une pie. Chaque fois que je croise mon visage dans un miroir, le reflet d'une flaque ou d'une rivière, cette coquetterie involontaire me rappelle ma promesse de toujours maudire les hommes blancs. Je te devais la vérité.

– Ai-je une chance d'échapper à cette malédiction ?

– Pas si tu te comportes comme un butor en me traitant d'esclave.

– C'était une plaisanterie !

– Les pies n'ont pas d'humour.

– Ça, j'ai bien compris et je saurai m'en souvenir.

La route forestière descend maintenant en pente douce vers une clairière. Un creuset de soleil cerné de sous-bois et d'ornières encore boueuses. Un ruisseau malingre serpente hors des frondaisons. Stormage ordonne une halte pour rafraîchir les bêtes et nourrir les ventres. Les hommes tirent de leur havresac des morceaux de viande séchée et du fromage. Certains, cantés sur les paquetages, passent du thé ou échangent des gourdes d'eau claire. Un moment de répit pour une trêve de bouffarde, quelques histoires et une courte sieste avant de repartir.

Tourmentée par ses aveux, Odahingum refuse de quitter la banquette du chariot et grignote un morceau de tarte aux bleuets. Zéphyrin Dumoulin et le maréchal-ferrant rejoignent Martin, assis à l'ombre d'une pruche.

Chauve, aussi large qu'une meule de foin, L'Enclume arbore avec fierté une barbe drue qui descend jusqu'au milieu de sa poitrine. Des bras plus épais que des branches de mélèze, un cou de taureau, des mains noueuses marquées de brûlures, le gars aurait pu s'appeler *Le Tonneau* ou *La Barrique* tellement ses jambes sont arquées.

– Accorez de grosses toiles sur vos chariots, bougonne le costaud en désignant le ciel. Les nuages ont des gueules d'ours et vont baver de pluie pendant des jours.

– T'es sûr de toi ? s'étonne Martin, peu convaincu.

– Certain. Quand le soleil se voile sous un édredon pareil, c'est le signe que ça va s'abattre comme un marteau sur une enclume. Dis-moi, Soulevent, ton Indienne est belle, mais peu causante. J'espère que c'est une bonne cuisinière.

– C'est pour ça que je l'ai mariée.

– J'adore découper la viande, grince Odahingum descendue de son chariot avec la discrétion d'une ombre dans un confessionnal. Tu as raison, L'Enclume, le temps est à l'orage. Quand les averses d'août assassinent l'été, on ne goûte jamais à la douceur de septembre. La pluie arrive, on protégera les chariots ce soir.

– Tu es de quelle tribu ? demande Zéphyrin, pourtant avare de mots.

– Anishinaabée par mon père, Oji-Cri par ma mère. Toi, tu es Métis ?

– Français et Tête-de-Boule, je crois te l'avoir déjà dit.

– C'est bien. Nous sommes amis.

Un coup de corne ordonne de repartir. Lentement, les hommes s'affairent. Stormage remonte le convoi au trot, suivi par ses âmes damnées. Pendant son séjour chez Casimir Brochu et ses virées nocturnes dans les tavernes, Martin se souvient d'avoir croisé les coupe-jarrets. Chaque fois, c'était à l'occasion d'une bagarre autour d'une table de jeu. Le dernier du groupe, un échalas sale à la tignasse poisseuse, freine sa monture lorsqu'il aperçoit Odahingum occupée à charger les besaces sous la banquette. Le crasseux possède la voix rauque d'un chien qui aboie.

– Eh ! L'Indienne ! ça te dirait de bouger ton cul pour…

Martin s'avance vers le goujat, qui saisit la crosse de son pistolet à silex.

– De quoi tu te mêles, le géant ?

– Passe ta route, l'ami.

– Sinon ?

– Ton cheval sera d'enterrement.

Un couteau sorti de nulle part vient se planter entre les jambes du canasson qui s'énerve. Depuis la fourragère, Odahingum en tire un second de sa ceinture.

– C'était une plaisanterie, ronchonne le mal élevé.

– Les plus courtes sont toujours les meilleures. Sans vouloir te commander, tu devrais surveiller tes mots. Cette *Indienne*, comme tu l'appelles, est ma femme et, si tu souhaites vivre vieux, je te conseille de la respecter.

Vexé, le gars éperonne son cheval et rejoint la bande de Stormage à bride abattue.

– Tu viens de te faire un nouvel ami, remarque Zéphyrin en ramassant son sac. Faudra te méfier de lui, il a le regard d'un fourbe.

Le convoi quitte la clairière et reprend le sentier. Après une longue ligne droite qui écarte les sous-bois, la caravane aborde une plaine dont les champs sont cernés de billons abandonnés devant des collines pelées.

– Merci, murmure Odahingum au bout d'une heure.

Martin ne répond pas. Il n'a pas envie d'entrer en parlotte. Sur ce chemin forestier menant vers Maniwaki, tout est calme. Aucun bruit, sinon les cliquetis des harnachements et les grincements des moyeux dans les ornières. De temps en temps, une voix coléreuse grogne un ordre pour accélérer l'allure ou corriger la ligne d'un chariot dont les roues s'approchent d'un fossé. Au loin, vers un horizon de forêt, un ciel d'ardoise tire l'obscurité derrière lui. Là-bas, au couchant, le soleil s'écrase sous l'orage qui gronde. La terre sent la pluie à venir.

Puis, la nouvelle remonte le convoi. La halte pour la nuit est prévue à la Grange aux Ours, un assemblage de bâtisses abandonnées, ouvertes à tous les vents. Lorsque l'homme crasseux à la voix de chien repasse avec son cheval le long du chariot de Martin, il souffle un crachat en direction d'Odahingum et continue sa route.

– Lui, il ne finira pas le voyage avec nous.

– Ne sois pas idiote. C'est un imbécile, c'est tout.

– Personne ne s'apercevra de rien.

– Et qu'est-ce que tu comptes faire ? Lui jeter un sort ?

– Non. Lui donner à boire le nectar des morts. J'ai préparé plusieurs fioles de tanin de faînes, assez pour empoisonner un porc dans son genre.

Pendant le souper, les hommes ne parlent pas. Le nez dans leur gamelle, adossés contre un mur à l'abri de l'averse, ils sursautent quand les hurlements des loups trouent la nuit. Les meutes se répondent et affolent les chiens qui s'étranglent de rage dans leur collier en forçant sur leur chaîne. Stormage et ses hommes tirent des coups de fusil pour éloigner l'invisible danger. Après une brève accalmie, les complaintes lugubres reprennent de plus belle.

C'est un repas de viande fumée, de pain et de fruits secs. De longues gorgées de bière d'épinette. Un peu de rhum pour se réchauffer. Quelques histoires, quelques forfanteries et, après des échanges de « bonne nuit », chacun regagne son couchage sous les toits que le vent n'a pas effondrés. Des feux cernent la Grange aux Ours pour tenir à distance les loups qui rôdent et protéger les chevaux.

Martin et Odahingum ont choisi de se glisser sous leur chariot, abrités de l'humidité et du froid de la nuit par des couvertures accrochées aux roues. Devant la bâtisse, un pré s'enfonce entre des collines dérangées par les bourrasques de l'orage. Deux torches orangées s'affolent. Un homme ferme le portail de la grange sur une odeur de paille humide, âcre, presque palpable. Des ronflements s'installent dans l'obscurité.

D'abord réticente, Odahingum accepte de se blottir contre Martin en espérant se réchauffer, sans dire pourquoi elle s'est absentée pendant plus d'une heure. Il a contre lui une femme-énigme qu'il ne parvient pas à déchiffrer. Elle respire par saccades. La plume blanche de ses cheveux descend sur ses yeux, mais il devine qu'elle ne dort pas.

Au-dessus de la roulante parquée sous un appentis, la pluie crépite sur le toit où elle s'infiltre par endroits. Dehors, les flaques enflent pendant que la Grange aux Ours se gorge de boue et craque de bruits étranges. Le portail grince sur ses gonds. Bousculé par le vent, le battant s'écarte et découvre une lune floue derrière un rideau de nuages déchiré d'éclairs. Le tonnerre roule en boulet de canon. Les chiens aboient de plus belle. Une rafale fougueuse s'engouffre soudain dans la grange, brasse la paille et souffle la poussière des poutres avant de claquer un fenestron.

La nuit promet d'être longue dans l'orage qui gronde et les hurlements des loups.

XXXV

… obéir aux morts.

Au matin, la Grange aux Ours s'étouffe sous une averse piquante. Les hommes préparent les chariots et dressent les toiles épaisses qui les protégeront des bourrasques. La terre fume. Zéphyrin et Martin attellent les chevaux. Les bêtes renâclent et s'énervent. L'Enclume, en bon maréchal-ferrant, tire sur les mors, contrôle les fers des sabots et vérifie les moyeux des roues. Un autre gars, sec comme un coup de trique, aussi sale qu'un soc de charrue, libère les chiens de leur collier et les regarde cavaler vers les sous-bois où rôdaient les loups.

Il s'appelle Jasper Quentin, un Français des Chute-de-la-Chaudière, sur la rivière des Outaouais. Ses amis le surnomment *Piquet*, dit-il en tendant à Martin et Zéphyrin une main aux ongles endeuillés. Trente ans peut-être et bien moins de dents, il assure avoir participé aux cinq dernières draves sur la Lièvre et mieux connaître cette catin de rivière que les seins de sa promise. L'homme parle fort et beaucoup. À la façon d'un vantard qui veut plaire, il enfile ses phrases à la cantonade.

– J'étais de la construction de la glissoire de High Falls. Plus de quatre cents pieds sur la rive droite des chutes. Pas loin de deux cents pieds de pente, menace-t-il alors de son doigt sale. D'en haut, le vertige te mord la tripaille si tu te penches vers le vide. Moi, j'avais pas peur.

– C'est toi qui t'occupes des chiens aujourd'hui ? demande Zéphyrin pour écourter la fanfaronnade.

– En principe, non. Mais les gars de Stormage sont malades à crever ce matin. Ils sont tous à chier leur ventre. Bave aux lèvres et cul à l'air, on dirait des possédés du diable. J'peux t'dire qu'y en a un qu'est pas loin d'être au bord de la tombe.

– Qu'est-ce qui leur arrive ? s'inquiète Martin qui cherche Odahingum du regard.

L'Indienne baisse les yeux et grimpe sur le chariot avec la légèreté d'un écureuil coursé par un renard.

– Et comment que je saurais ? L'eau croupie peut-être ? En tout cas, j'espère que c'est pas le choléra ! *Chu* pas médecin ni apothicaire. Moi, c'est les chiens, les traîneaux et les embâcles quand faut les déboucher. Vu mon poids, j'ai pas mon pareil pour cavaler sur les pitounes. J'me débrouille pas mal aussi pour écorcer les troncs. Rapide et précis.

– Alors, pourquoi passer l'hiver au camp au lieu d'attendre le flottage du printemps ? insiste Zéphyrin en bouclant son sac.

– C'est à cause de mon cousin, il a besoin d'argent pour nourrir ses six mioches. Son dernier n'a pas un mois. Chaque fois qu'il baisse son froc, sa femme pond un gamin. Bref, on est partis ensemble pour remplir la marmite. C'est lui, là-bas, le costaud à la tuque et à la veste épaisse. Blaise qu'il s'appelle.

– Et c'est quoi sa spécialité, à ton cousin Blaise ? demande Martin, dérangé par la vulgarité du type.

– L'œil et la voix. L'œil, parce que c'est le meilleur pour attaquer un arbre sans qu'il se fracasse sur les autres au dernier coup de hache. La voix, parce que ses ritournelles sont des baumes d'amour sur des cœurs de bois.

– Il ressemble plus à un grizzli qu'à un ménestrel, raille Zéphyrin.

– Évite ce genre de remarque avec lui. Même s'il joue de la boîte à musique, c'est un ombrageux à la bière mauvaise. Les dents qui me manquent peuvent en témoigner.

Deux coups de corne interrompent une discussion partie pour durer. Les chiens reviennent des sous-bois, trempés et boueux, encore affolés par l'odeur des meutes qu'ils ont reniflées. Les gars serrent les paquetages, plient les toiles du bivouac et chargent les fourragères. Rouillés par la nuit, tous ont du mal à se mettre en route malgré les ordres de Longlife. De son côté, Stormage tente bien d'accélérer le mouvement, mais ses engueulades de sous-officier n'ont guère plus d'effet que des coups de bâton sur un oreiller. La troupe bâille, s'étire et se tient le dos. Ses coupe-jarrets suivent, tant bien que mal, visage livide, contrariés par des crampes au ventre. L'homme à la voix de chien, plié en deux sur le pommeau de sa selle, est le plus mal en point. Sans vraiment lever les yeux vers lui, Odahingum sourit lorsqu'elle constate le délabrement du bonhomme.

– Tanin de faînes ? demande Martin.

La réponse ne vient pas.

Une bonne heure plus tard, une lumière pâle derrière un rideau de pluie brouille le paysage. L'orage se transforme en déluge lorsque les chariots bâchés de toile quittent enfin la Grange aux Ours. Un fiacre dépasse le convoi et bringuebale dans les flaques. Après cette nuit pénible, Archibald Lapierre et Geoffrey Longlife ont décidé de rejoindre Maniwaki sans attendre. « Pour organiser les stocks de fourrage et de vivres » explique Stormage, promu responsable. « J't'avais bien dit qu'les bourgeois avaient peur des loups », se moquent les moins sévères. « Ils préfèrent se réchauffer entre les cuisses des blondes », ajoutent les perfides à l'esprit mal placé.

Commencent alors quatre longues journées d'un interminable périple. Des trouées après les sous-bois. Des rivières en crue aux berges ravinées. Partout le grondement des torrents. Des sentiers percés de flaques. Parfois, au milieu d'un pré inondé, les taches sombres d'un troupeau, figé en statues de boue, indifférent et inerte. Au milieu d'une clairière devenue étang, une bâtisse déserte, tassée de travers sous les poutres affaissées de son toit. Les paysages se succèdent, toujours sous un déluge de fin du monde, dans une succession d'heures glacées et un défilé de nuages bas.

Les épaules et les reins mouillés sont transis de froid. Les doigts s'engourdissent à tenir les rênes des chevaux dont les dos fument sous les averses. Les gueules maussades tirées lors des repas ou des haltes pour la nuit accompagnent des danses étranges. Les hommes tapent des pieds pour se réchauffer devant des feux qui donnent plus de fumée âcre que de flammes. Les hommes ont les yeux hagards, fatigués de claquer des dents. Figures de navets blêmes aux joues hérissées de barbe. Autour des foyers qui sèchent les bottes croûtées de boue, flotte une puanteur de cuir rance et de vieilles peaux. Parfois, une engueulade entraîne un coup de poing. Souvent, le silence enfin trouvé est balayé par la furie des chiens qui répondent aux loups.

Le soir, la pitance cuisinée par l'acariâtre Artémise n'est souvent qu'une mélasse de chou bouilli, d'avoine et de saucisses fumées. Le commis paie de quolibets et de claques derrière le crâne les louches de l'indigeste pâtée qu'il largue dans les gamelles. Si la pluie permet d'allumer un feu à l'abri d'une grange, les hommes se regroupent autour d'un lièvre braconné. C'est un peu comme une soirée de fête au village, arrosée de rhum et de bière, prolongée d'un conte, d'une chanson de drave et de courage qui remue le cœur. Piquet a raison, son cousin Blaise possède une belle voix et ses gros doigts deviennent malins quand ils courent sur sa boîte à musique.

Lorsque l'heure s'avance, les hommes regagnent les couchages et le sommeil les éteint comme on souffle une bougie. C'est une obscurité sans rêve dans laquelle ils s'enfoncent en sachant qu'ils se réveilleront avec l'impression de ne pas avoir fermé l'œil de la nuit, la fatigue dans les reins. Odahingum, qui ne quitte pas Martin d'un pouce, a pris l'habitude de s'assoupir contre lui. Les regards de son géant ne l'agacent plus et, quand il s'endort trop vite, il s'imagine que l'Indienne regrette de ne pas se sentir épiée.

Peu à peu, devant les difficultés de l'expédition et la rigueur du temps, les affinités se créent entre les gars. L'Enclume est respecté pour savoir s'occuper des chevaux et marteler le fer d'une ridelle cassée. Martin et Zéphyrin sont appelés pour aider à soulever un chariot dont la roue s'est enfoncée dans un fossé. Tous sont ébaubis par la grâce d'Odahingum lorsqu'elle devine une trace ou désigne un passage moins difficile entre les bois.

Cette dernière journée vers Maniwaki commence par l'enterrement du coupe-jarret de Stormage. L'homme sale à la voix rauque a vécu une semaine de souffrance avant de perdre conscience et de ressembler à un mort qui respire. L'échalas n'était déjà pas bien gros, mais n'imaginait sans doute pas devenir squelette de son vivant à force de se vider. Pendant trois jours, il a râlé, allongé sur le plateau d'une fourragère entre des tonneaux, protégé de la pluie par des bâches épaisses. Maintenant, les cordes descendent son corps enroulé dans une couverture au fond d'une tombe creusée derrière une ferme abandonnée. Les bûcherons se tiennent en cercle, respectueux et sombres. Stormage a décidé de l'endroit où planter la croix clouée de deux planches. Un gars a été chargé de graver le nom du défunt, Firmin Gringois, et deux dates, 1815-1847. Bible éculée en main, le contremaître cherche un verset qui parle de mort et de résurrection. Agacé de ne pas trouver, il s'arrête au hasard.

– Luc 6 : 27-36, dit-il d'une voix grave. *Aimez vos ennemis, faites du bien à ceux qui vous haïssent, bénissez ceux qui vous maudissent, priez pour ceux qui vous maltraitent. Si quelqu'un te frappe sur une joue, présente-lui aussi l'autre.* Amen. C'est des âneries, ce truc ! s'énerve-t-il en bâclant une bénédiction après avoir expédié le livre de Dieu sur le piteux cadavre.

Quatre hommes sont désignés pour pelleter la terre et reboucher le trou déjà rempli d'eau.

– Tu regrettes ? murmure Martin.

Accrochée à son bras, Odahingum préfère ne pas répondre. Une seule fois, sous l'assaut des questions, elle a reconnu être allée trop loin en exagérant la dose de tanin de faînes. C'est trop tard.

Maniwaki n'est pas encore une bourgade. Sur la rive est de la rivière Gatineau, ce n'est qu'un groupe de granges éparses, gorgées de vivres et d'outils, de forges et d'enclos pour les troupeaux. Le décor baigne dans des remugles de crottin, de bouse fraîche et de paille pourrie. Sous un appentis ouvert à tous les vents, des torons de cordes plus épaisses que des amarres à bateau sont empilés sur des planches. Devant un autre, étouffé de meules de foin et de sacs de farine, deux gars prennent les commandes et en encaissent le prix pendant que d'autres chargent les fourragères. La pluie qui promettait d'être éternelle s'est enfin arrêtée, au grand soulagement de tous. Malgré le soleil de cette fin de journée, tout le monde piétine dans une terre ocre qui mettra des semaines à sécher.

Dans ce tableau de boue et de flaques, tous les hommes se ressemblent.

Le convoi s'immobilise sur la batture de la rivière, à proximité d'une trouée. Au fond, la cheminée d'une taverne expédie la fumée au ciel. À l'ouest, sur l'autre rive, à l'endroit où la Gatineau s'étrangle, une large passerelle jetée sur des rondins permet le passage des chariots. Odahingum désigne deux bâtisses et un *shed* qui ressemblent aux lazarets des contaminés sur la Grosse-Île.

– La mission des oblats. J'y suis restée trois ans avec un groupe d'autochtones. Au début, ce n'étaient que des hangars.

– Ils sont nombreux ?

– Qui ? Les missionnaires ?

– Oui.

– Cinq ou six. Ils ne sont jamais tous là en même temps, trop occupés à évangéliser les tribus de l'Outaouais. Là-bas, c'est le poste de traite où travaillait mon père avant qu'on parte sur l'Île de Montréal.

– Où vivait ta tribu avant le drame ?

– Dans les terres des Anishinaabeg, vers un lac qu'on appelait Pimishka. Ça signifie « voyager en canot » en langue algonquine, c'est ainsi qu'on se déplaçait pour transmettre les récits de notre peuple.

Deux cavaliers précèdent le fiacre d'Archibald Lapierre. Martin reconnaît la silhouette fine et noire de Geoffrey Longlife. À sa gauche, cheveux pisseux attachés en foulard, un quidam de belle taille donne l'impression d'avoir peur qu'on lui vole son ombre. Toujours à se retourner. Avec sa mâchoire serrée, sa bouche sans lèvres et ses yeux plissés, on sent un homme avare de mots. Le type transporte deux fusils en bandoulière. Une hache de bûcheron est accrochée à sa selle.

Archibald Lapierre descend de son fiacre et demande à Zéphyrin de l'aider à grimper sur un chariot. Une fois installé, soucieux de son importance, le forestier prend un temps infini à essuyer ses lorgnons.

– Messieurs, ravi de vous revoir.

– Eh ! N'oublie pas les dames ! fustige Artémise depuis les bassines de sa roulante.

– Pardonnez-moi… Mesdames et Messieurs, corrige Lapierre, vexé d'avoir été coupé dans son élan. Vous connaissez Monsieur Longlife, permettez-moi de vous présenter un autre *foreman* : Monsieur Richard Flayerty qui nous accompagnera sur le campement. Je sais que le voyage a été pénible. Nous avons perdu un homme. Deux autres sont encore mal en point. Le départ pour les anses de High Falls est prévu demain en fin de journée. Étant donné leur état, ils n'auront pas le temps de se remettre sur pied et resteront à Maniwaki pour nous rejoindre plus tard si ça s'arrange.

– Qui dit que c'est pas le choléra ? hurle Piquet, sur la gauche.

Tous les gars se regardent, désolés de ne pas avoir envisagé cette éventualité. Un brouhaha parcourt le groupe.

– Ferme ta grande gueule, Piquet ! Tu vas nous attirer la poisse, répond un premier.

– Va t'occuper des chiens, porte-malheur ! houspille un second.

– Calmez-vous ! intervient Lapierre. Il n'est question ni de choléra ni de typhus ! Les autres, les malades, m'ont dit avoir bu de l'eau croupie. Comme je viens de vous l'annoncer, nous partons demain en fin d'après-midi, après avoir chargé vivres et outillage. Quatre Weskarinis doivent nous rejoindre afin d'assurer la protection du convoi contre les Iroquois. Profitez de la soirée à Maniwaki. Une nouvelle taverne a ouvert ses portes sur la rive ouest et les serveuses ne sont, paraît-il, pas des plus farouches.

– Des Iroquois ? Alors, on reste icitte si vous ne payez pas mieux. On n'a pas signé pour être troués de flèches !

Geoffrey Longlife talonne sa monture vers Blaise, le musicien.

– Ton nom ?

– Blaise Quentin.

– La paie que Monsieur Lapierre te propose ne te suffit pas ?

– C'est ça. J'exige deux chelins de plus par jour pour moi et mon cousin. Je veux aussi que les boissons et les soupers soient offerts ce soir.

– Très bien, Monsieur Blaise ! Avec ton cousin, occupez-vous de charger la nourriture et les cages des pigeons voyageurs. Après, vous aurez le droit de ripailler. Les autres, vous avez quartier libre. Pour ce qui est de l'argent, je modifierai vos lettres d'engagement. La somme correspondante vous sera versée avant la drave de printemps. Si vous êtes encore en vie, ça va de soi.

Assis sur le plateau du chariot-fourragère, Martin regarde les hommes s'éloigner vers les tavernes de Maniwaki pour fêter l'augmentation de salaire de Blaise Quentin et de son cousin Piquet. Après avoir rouspété, Artémise s'est laissé convaincre de les accompagner. Lui n'a pas souhaité les suivre ; ce soir encore, sa tête est en Irlande. Rassasié d'un peu de viande fumée, il sirote une gourde de bière d'épinette et rumine ses pensées devant le feu qui sèche les toiles des bivouacs.

– Pourquoi ne vas-tu pas avec eux ? demande Odahingum depuis la banquette avant.

– Et toi ? Je pourrais te retourner la question.

– Flayerty est là. Longlife aussi. J'ai plus envie de les tuer que de danser. Qui plus est, une Indienne n'a pas sa place dans un bouge.

– C'est vrai. J'ai oublié que tu détestais le regard des hommes.

Odahingum ne répond pas, enroulée dans la fumée de son calumet qu'une brise soudaine disperse.

– Bon, je vais dormir, annonce Martin en se glissant sous une double couverture.

L'odeur du tabac le rattrape. Au loin, les bruits de Maniwaki le dérangent. Plusieurs fois, il se retourne, agacé de ne pas trouver le calme à défaut du sommeil. Lorsqu'il pense enfin s'en approcher, le chariot remue quand Odahingum enjambe la banquette. Sans rien dire, épicée de son tabac, elle se glisse contre lui, dans son dos, avec la délicatesse d'une plume. C'est devenu le rituel de tous les soirs. Apaisé par sa présence, Martin décide qu'il est temps de s'endormir, mais une main se pose sur son épaule et l'oblige à se retourner. L'Indienne lui sourit. Sa jambe remonte sur les siennes. Ses mains le cherchent et le trouvent. Accablé d'indécision et de maladresse, il ne se défend pas lorsqu'elle s'étend sur lui et se débarrasse de ce qui l'entrave.

D'un mouvement de rein profond et délicieux, Odahingum le guide en elle et lui offre la brûlure du plaisir. Les mains de Martin caressent les détails de sa peau, ses grains de beauté qu'il devinait, la douceur des duvets qu'il osait à peine imaginer, les courbes de son corps. C'est alors une lente confrontation. Leurs respirations se touchent, d'abord inquiètes puis accélérées par la sensualité de l'autre. C'est un mélange de douces contorsions et de dérobades suivies de tendres morsures. Deux chats qui jouent. Martin comprend qu'il va exploser. Ses reins se cambrent, mais au lieu de l'abandonner, Odahingum s'enfonce un peu plus, soudée à lui, assoiffée de désir et pourtant effrayée de ce qu'elle provoque. La tête en arrière, elle émet un long gémissement, presque silencieux, comme une infinie souffrance. Puis, secouée de jouissance, elle retombe sur lui. Rassasiée.

Martin caresse ses cheveux de pie sauvage, encore éberlué par l'embuscade et sa délicieuse défaite.

– Tu regrettes ? murmure Martin.

– Non. Mes ancêtres me l'ont ordonné. Les Anishinaabeg sont damnés s'ils refusent d'obéir aux morts.

XXXVI

... au prestige de l'uniforme.

Aujourd'hui, sur les ardoises de la capitainerie de la Basse-Ville, aucun débarquement d'immigrants en provenance de la Grosse-Île n'est annoncé. Ce répit provisoire soulage une populace de plus en plus réticence à accueillir ces pestiférés d'Irlandais qui n'apportent que leur misère dans le Nouveau Monde. Autour des étals, les femmes tâtent les fruits, soupèsent les légumes, rechignent à choisir un morceau de viande trop nerveuse ou un poisson aux yeux vitreux. Parfois, les marchandages s'enveniment d'une dispute. Les commérages vont bon train et ne sont jamais avares d'une vacherie devant un fessier trop large ou une basquine mal ajustée.

C'est une journée normale sous un ciel grisâtre d'humidité. Un tableau étrange où les nantis se mélangent aux pauvres sans même les voir. Sur les marches du dispensaire, les crève-misère se figent en statues, la main tendue vers une obole qui ne viendra pas. Dans l'obscurité des ruelles, les filles de mauvaise vie aguichent le client et remontent leurs jupons pour négocier une piécette de jouissance. Un demi-sou avec la bouche. Un sou par-devant. Deux par-derrière.

Lorsque Elizabeth Dixon écarte la foule des badauds et s'approche d'un marchand, les discussions s'éteignent. Sa réputation de maîtresse femme la précède. Les cancanières n'osent pas affronter cette négresse callipyge qui tient boutique de plaisirs d'homme, hantées par l'idée que le père de leurs enfants soit tenté d'en franchir un jour la porte. Sur les quais, il se raconte que la maquerelle s'est adjoint les services de la prétentieuse qui la suit comme son ombre. Une fort belle femme aux seins fermes, créés par le diable pour être caressés par les mains des mal mariés. Une Irlandaise au corps parfait, devenue en quelques jours le principal sujet de discussion de la ville. Dans les tavernes et sur les quais, les hommes assurent que cette intrigante charmeuse est à même de damner un prêtre d'un seul battement de cils. Pas un ne résisterait au plaisir de la culbuter. Tous rêvent d'être emportés dans le concert soyeux de ses douces roucoulades. Ce cauchemar s'insinue dans l'esprit des bourgeoises et, sur le marché et dans les boutiques, elles s'imaginent crever les yeux de cette trop aguichante catin avec leurs épingles à cheveux.

Devant l'étal du boucher, les pipelettes reculent pour laisser place à La Dixon et se débarrasser au plus vite de son encombrante présence.

– Basile ! Trouve-moi dix bardes de lard et quatre souris d'agneau. Merci de les porter à la taverne et de préparer ta note.

– Pas de problème, Madame Dixon.

– Mets aussi une paire de jambonneaux et du fromage de brebis. Chez moi, l'homme a faim quand il sort d'un lit, ajoute-t-elle à l'attention des discoureuses.

Satisfaite de l'effet produit, Elizabeth se tourne vers Sinéad, qui sursaute.

– Serais-tu dans les nuages, ma fille ?

– J'ai la tête ailleurs.

– J'avais remarqué ! Ne me dis pas que c'est encore cette histoire d'ombre de racaille qui te travaille !

– Non, j'ai tout bonnement mal à la tête, ment-elle pour qu'Elizabeth retourne à ses emplettes.

Pourtant, c'est bien ça qui lui noue le ventre, cette « ombre de racaille » dont parle sa patronne. Celle de La Vermine qu'elle a vu traîner dans l'arrière-cour de la taverne. Depuis quelques jours, cette image lui torture l'esprit. C'était lui, c'est sûr et certain ! Si son sale frangin est ici, c'est que le clan Mullargh l'est aussi ; il n'a tout de même pas traversé l'océan à la nage ! S'il l'a repérée, pourquoi ne s'est-il plus manifesté depuis ? L'enchevêtrement des questions débouche sur une évidence qui la rassure. Robert n'aurait jamais eu assez d'estomac pour avouer à son père qu'il l'avait épargnée. Si le vieux Deaglán est là avec ses hommes, c'est pour se lancer aux trousses de Martin. Pendant encore quelques jours, l'important est de rester discrète et de ne pas trop se pavaner dans les rues.

Du coup, elle rajuste sa voilette.

Papy Paddy a raison. Suivre la route de Martin serait une folie qui risquerait de lui coûter la vie, surtout si les Mullargh reniflent la même trace. Aujourd'hui, le confort douillet et vieillot de son nouveau décor, les pourboires laissés par les notables, les chelins que leurs doigts coquins glissent dans son bustier gonflent le pécule qu'elle entasse. Avec ça, elle aura les moyens d'écrire une autre page de sa vie, comme le lui a maintes fois conseillé le vieux gabier. Qui plus est, avec les gros bras qui protègent la taverne d'éventuelles mauvaises rencontres, la Côte de l'Allégresse est l'endroit parfait pour s'accorder du temps et s'inventer un avenir. Si La Vermine pointe encore une fois son museau de fouine dans les parages, elle jure de donner l'ordre à ses gardiens de le transformer en cadavre. Frangin ou pas. Depuis sa décision de quitter l'Irlande, Sinéad s'est offert une nouvelle devise : *la personne la plus importante au monde pour moi, c'est moi !*

Elizabeth fourre une brassée de poireaux dans son cabas et la bouscule un peu. Sinéad dégringole de ses pensées. La Dixon est sur le point de se diriger vers l'étal suivant, lorsqu'elle désigne un attroupement de policiers vers la jetée. Un corps sous une couvrante gît devant eux.

– Allons voir ce qui se passe. Pourvu que le noyé ne soit pas un de nos clients. En plus de perdre une bourse bien pleine, je devrais gaspiller des alcools afin de remonter le moral des autres.

Mais c'est une femme qui est étendue sur le dos contre le bois de l'appontement. Ses cheveux mouillés dessinent une auréole de sphaigne noire autour de son visage dissimulé sous un carré de jute. Deux bras blanchâtres s'écartent de la couverture sale qui la couvre jusqu'à mi-cuisse. Les jambes et les tibias sont marqués de coups et d'estafilades. D'être trop longtemps restés dans l'eau, les doigts de ses mains sont fripés comme des racines de topinambours.

– Mon Dieu ! s'exclame Sinéad. C'est Apolline !

– Et comment sais-tu que c'est elle ?

L'officier de la police fluviale qui pose la question ne plaisante pas. Sur le point de tancer cette inconnue qui se mêle de ses affaires, son regard s'adoucit quelque peu quand il découvre la beauté de celle qui a formulé la remarque. Sinéad s'aperçoit de son émoi. Beau visage, menton carré et rasé de près, propre sur lui, ce capitaine correspond aux canons de la beauté masculine susceptibles de la séduire très vite.

– Désolé d'avoir été un peu brusque, Madame…

– Mademoiselle.

– Pardon, Mademoiselle. On est sur les dents. C'est la septième prostituée que mes hommes repêchent ce mois-ci. J'ai cru comprendre que vous connaissiez celle-ci.

– « Celle-ci », comme vous l'appelez, se prénomme Apolline et ce n'était pas une prostituée. Cette brave fille servait à la Taverne de Neptune et assurait les courses pour Madame Dixon.

Le policier ravale sa phrase en s'apercevant de la présence d'Elizabeth, plus raide qu'un passe-lacet dans une bottine.

– Toutes mes excuses. Mes mots étaient maladroits. Permettez-moi de vous reposer ma question, Mademoiselle : comment savez-vous que c'est elle ?

– Là, sur son poignet. Le signe du Verseau. Apolline avait le même, tatoué au même endroit, en souvenir de son père.

– Son père ?

– Elle s'appelait Fontaine.

– Je vois. Venez l'identifier, je vous prie. Vous aussi, Madame Dixon, s'il vous plaît, deux témoignages valent mieux qu'un.

Le policier demande à ses hommes d'écarter les badauds et soulève le carré de jute qui découvre un visage difforme. Apolline, si belle et pétillante, n'est plus qu'une charogne livide aux lèvres éteintes et boursouflées. Elizabeth Dixon ferme les yeux et se détourne. Sinéad, moins concernée par le drame, confirme l'identité de la noyée.

– Merci, Mesdames. Vous me faites gagner un temps précieux. Veuillez rester à disposition. Où puis-je vous trouver si j'ai d'autres questions ?

– Voyons, Capitaine Mercury, vous savez où se trouve ma taverne, me semble-t-il, ajoute Elizabeth.

– Oui, bien sûr, évidemment…

– Ce sera un plaisir, minaude Sinéad qui entrevoit déjà de nombreuses possibilités.

Papy Paddy a vu juste, elle doit changer de vie. Comment résister au prestige de l'uniforme ?

XXXVII

... les anses de High Falls.

Toute la journée, chacun vaque à ses occupations. Autour des attelages règne l'agitation bougonne du prochain départ. Vérification des sacs, des sangles qui tiennent les outils, des fusils et des gibecières de munitions rangés sous les banquettes. Certains gars se houspillent et se repoussent d'un geste de colère. Le repas de midi, un ragoût épais de patates et de viande bouillie, remplit les ventres sans calmer les algarades. Pas une bouffarde ne s'allume pour digérer, pas de thé qui infuse, pas de chique pour jaunir les dents et préparer une sieste.

Vers la fin d'après-midi, le couchant traîne des lueurs ocre sur les toiles qui coiffent les chariots. Les pigeons s'agitent dans leur cage et les chevaux attendent, le dos lesté du poids des attelages qu'ils tirent déjà. Le soleil décline à l'ouest de la rivière Gatineau et allonge les ombres des baraques de Maniwaki. Après un dernier tour de piste, l'astre se dérobe derrière la muraille de la forêt à flanc de coteau, ourlant de franges orangées les cimes des pins et des épicéas. La fraîcheur subite, poussée par une brise de noroît, brasse les odeurs des bêtes, de la paille et de la résine.

Après un aller-retour le long de la colonne des chariots, Andrew Stormage donne l'ordre de lever le camp. Odahingum se serre contre Martin et glisse son bras sous le sien. Le sourire et les mots qu'ils échangent, leurs regards qui se croisent ressemblent à des roucoulements de tourtereaux.

– Pourquoi emmène-t-on des pigeons ? demande Martin pour éloigner la gêne qui lui chatouille l'esprit.

– C'est le seul moyen de communiquer avec la ville, surtout en cas de problème au campement.

Peu leur importent les feux qui crépitent près des bivouacs à la sortie de Maniwaki. Accroupis en cercle autour des flammes, des veilleurs les saluent. Ici ou là, des hourras se mêlent aux couplets des chansons ou aux gigues des gais lurons. La caravane traverse une esplanade vers la clairière d'un éphémère hameau de tentes, avant que les clameurs de cette vie nocturne ne s'éteignent au coin d'une futaie alentour. Les rires des fiers-à-bras qui mesurent leur force et gaspillent leurs chelins dans des paris musclés s'éteignent alors, entraînant dans le silence les mélodies des harmonicas et les danses des bouffons facétieux.

La nuit arrive à son pic. Depuis le fiacre qui ouvre la voie, Geoffrey Longlife donne l'ordre à ses hommes d'organiser le campement. Les huit chariots sont parqués en épi dans la cour de la ferme Granget où ils ont décidé de passer la nuit. C'est la dernière bâtisse digne de ce nom avant les vallons humides et les contreforts rocheux des anses de High Falls. Archibald Lapierre, sacoche en main et pantalon relevé pour éviter les flaques, se dirige vers la porte de la cuisine où ses hôtes l'attendent. « Le bourgeois ne dort pas dans la paille ! » se gaussent les forestiers. À l'écart des quolibets, L'Enclume s'échine à décercler une botte de fourrage sous un appentis où il a regroupé les chevaux.

Plus tard, devant les granges, les *foremen* circulent autour des feux et distribuent les consignes. Les ordres sont de ne pas veiller et d'organiser des tours de garde. La nuit sera courte. Malgré l'hospitalité de Gustave Granget et de Marthe, sa lourde épouse, il n'est conseillé à personne de s'enivrer ni d'être trop bruyant. D'après les éclaireurs Weskarinis recrutés à Maniwaki, une bande d'Iroquois a été repérée au nord de la Gatineau. Tout porte à croire qu'ils se dirigent vers le Réservoir aux Sables.

Des Indiens ? Les gars s'en fichent. Le nez dans leur gamelle, ils grognent comme des vieux chiens sur leur os pour éloigner ces oiseaux de mauvais augure. La journée a été longue. Les ventres n'ont point d'oreilles, sauf à entendre sauter le bouchon d'une bouteille réveillant l'envie d'une bonne bouffarde. La lune boit. Elle n'est pas la seule.

– Ils ont tort, murmure Odahingum, toujours collée contre Martin.

– Pourquoi ?

– La nuit sera dangereuse. Les Weskarinis ont presque tous été décimés par les Iroquois, près du Petit lac Nominigue, au nord-ouest de la vallée de la Rouge. Ça remonte à plus de cent printemps. Depuis, les rares descendants reniflent jusqu'aux ombres de leurs ennemis. Les Iroquois sont plus menaçants que les ours ou les meutes de loups quand les blancs traversent leur territoire de chasse.

– Mais on va sur la Lièvre, pas sur la Rouge, remarque Martin.

– Au nord de l'Outaouais, toutes les rivières naissent dans le même berceau ; les plaines et les battures appartiennent aux plus forts.

– Pourquoi l'appelle-t-on la Lièvre ?

– Vous la nommez ainsi sur vos cartes ; pour nous, c'est la Wabos Sipi. Dans la culture Anishinaabeg, la légende raconte que l'esprit de l'Homme-Lièvre se déplace sans fin et se manifeste aux endroits où les eaux et les pierres s'affrontent. Lorsque la rivière gronde et que ses remous deviennent cygnes blancs, les marques d'ocre rouge qu'il a tracées sur les parois rocheuses sont là pour signaler le danger.

L'Enclume et Zéphyrin reviennent des appentis. Piquet, qui s'est occupé de parquer les chiens vers les abreuvoirs, suit à quelques pas. L'édenté explique que Blaise, son cousin, a été désigné pour prendre le premier tour de garde et patrouille devant le portail de la ferme. Tous trois, le ventre tenaillé par la faim, tirent mauvaise mine. Odahingum remplit leur gamelle de mélasse au chou. Zéphyrin choisit un rondin pour s'asseoir et sort de son sac des morceaux de viande séchée pour compléter le menu. Martin lui tend un godet de bouillon d'épinette. Le Métis grogne un remerciement et attaque sa platée.

– Ça craint, dit-il la bouche pleine.

– Qu'est-ce qui ne tourne pas rond ? demande Martin en tisonnant le feu qui s'étouffe.

– Longlife a envoyé les Weskarinis aux abords de la ferme pour surveiller la nuit. L'Enclume a vu Flayerty partir avec eux. Stormage est resté au camp.

– Je confirme.

– Et alors ? Quel mal à ça ? Si des Iroquois traînent dans le secteur, mieux vaut garder l'œil ouvert.

Odahingum le bouscule d'un coup d'épaule.

– Tais-toi, idiot ! Zéphyrin a raison. C'est pas normal.

Un cri.

Un coup de feu claque depuis le portail de la ferme.

Autour des feux, les hommes se regardent sans comprendre. Des flèches se plantent contre les poutres des appentis. Une autre volée siffle dans l'obscurité et se perd dans les feuillages. Depuis l'encadrement de la cuisine des Granget, Archibald Lapierre, serviette au cou, hurle aux hommes de s'abriter avant de refermer la porte. À quatre pattes, les gars décampent vers les chariots. Certains restent à plat ventre, les mains sur la tuque, le nez dans la poussière, à inventer une urgente prière pour que la mort ne les transperce pas.

Quand il comprend ce qui arrive, Martin soulève Odahingum comme un pot de fuchsias et se protège dans l'angle d'un muret. Zéphyrin lâche sa gamelle et bascule derrière le billon sur lequel il était assis. Au bout de leur chaîne, les chiens, crocs en avant, aboient et mordent la nuit. L'Enclume, la barbe collée de mélasse, se carapate à l'abri d'une meule de foin avec une agilité insoupçonnée. Depuis sa roulante, Artémise, agenouillée en prière contre un fût de mélasse, glapit telle une diablesse empoisonnée à l'eau bénite. Piquet, incrédule, reste debout à contempler l'attaque. Martin lui hurle de se coucher. Quand l'ordre arrive enfin à son cerveau, l'échalas part en courant vers les bois, zigzagant comme un lièvre apeuré. Devant la ferme des Granget, les fusils à silex des hommes de Stormage répondent aux arcs et trouent la nuit au hasard.

Allongé sur le côté, le dos et la gorge percés de flèches, Blaise le musicien ne chantera plus. Il ressemble maintenant à un hérisson crevé au milieu d'un sentier. Piquet, revenu des sous-bois où il s'abritait, s'immobilise à dix pas du cadavre de son cousin. Les yeux ronds, les mains sur les joues, l'escogriffe hâbleur se transforme en statue de pleureur. Devant le drame qui l'accable, il comprend que Dieu lui donne en héritage une ferme, six mioches et une femme à nourrir en plus de celle qu'il doit épouser.

Cette fois-ci, c'est Archibald Lapierre qui se charge de dire la prière des morts. Piquet se tient à ses côtés, lesté par le chagrin et le poids de la vie qu'il devra désormais porter. Le notable s'en sort bien mieux que Stormage qui avait bâclé l'oraison funèbre du coupe-jarret emporté par le tanin des faînes d'Odahingum. La voix est grave. Les mots ébranlent les hommes silencieux qui remercient Dieu de ne pas être à la place du défunt. Marthe Granget, déjà vêtue de nombreux deuils, s'approche de la tombe creusée au bout du terrain décoré d'anciennes croix. La femme lit un texte parlant de tristesse et de résurrection. Quand elle termine, elle se signe et jette, sans la moindre émotion, un maigre bouquet d'éricales au fond du trou.

Deux gars se crachent dans les mains et saisissent des pelles pour ensevelir l'angoisse des autres. Les bûcherons restent là, démunis de mots, à les regarder. Vers le portail de la ferme, Longlife et

Flayerty s'impatientent tandis que Stormage tourne autour des chariots comme un lion en cage.

– Les Iroquois n'y sont pour rien, murmure Odahingum encadrée par Martin et Zéphyrin.

– Qu'est-ce que t'en sais ?

– Elle a raison, confirme Zéphyrin. Les empennages des flèches qui ont troué Blaise sont en plumes de corbeau. C'est un signe de deuil chez les Weskarinis, en souvenir du massacre de leur peuple. Les pointes sont en métal, les Iroquois utilisent le bois de cerf.

Les fossoyeurs expédient une ultime pelletée de terre et plantent une croix que les époux Granget ne garderont pas. Pourquoi s'infliger d'avoir sous les yeux la sépulture d'un inconnu ? Lapierre donne l'ordre de préparer les attelages. Le départ pour High Falls est prévu dans une heure.

Odahingum, Zéphyrin et Martin rejoignent L'Enclume, qui n'a pas souhaité rendre un dernier hommage à Blaise Quentin. « Regarder dans une tombe ouverte rapproche de la mort. Je préfère m'occuper des chevaux », s'est justifié le maréchal-ferrant pour ne pas assister à l'enterrement. Martin s'arrête.

– Vous êtes tous les deux en train de sous-entendre que les Weskarinis nous ont attaqués cette nuit et ont tué Blaise. C'est ça ?

– C'est ça, confirme Zéphyrin. Je peux même te dire que s'ils avaient voulu, on serait tous morts. S'ils sont capables de planter huit flèches dans un seul corps, je ne vois pas comment ils ne sont pas parvenus à en trouer d'autres. Si Longlife est resté là, Flayerty était parti avec les Weskarinis pour, soi-disant, repousser les Iroquois. Je te parie ma tuque que c'était pour rayer Blaise Quentin de la liste des bûcherons.

– Mais pourquoi, bon sang ?

– Serais-tu crétin ? raille Zéphyrin. Blaise s'est mis Longlife à dos en négociant une double paie. C'était un contestataire et un meneur d'hommes. Les *foremen* n'aiment pas se coltiner de telles grandes gueules sur un campement.

– Dans ce cas, on ne va tout de même pas rester les bras croisés ! Qu'est-ce que tu proposes ?

– Rien, Martin. Rien du tout. Patienter et voir. Lapierre est insignifiant, mais Longlife et Flayerty sont dangereux, sans compter qu'ils ont les Weskarinis à leur botte. Si on ajoute Stormage, on a huit gars en face de nous, et on est trois.

– Et je n'ai plus assez de tanin de faînes pour tous les empoisonner, renchérit Odahingum.

– Si on doit tenter quelque chose, c'est de convaincre L'Enclume et Piquet de nous donner un coup de main, insiste le Métis.

Dépité, Martin le dévisage.

– L'Enclume est sans doute fiable, mais Piquet est loin d'être un guerrier. Couper les oreilles d'un âne n'en fait pas un destrier ! Oda, tu as besoin de quoi pour fabriquer ton nectar des morts ?

– D'une forêt de hêtres et d'un bon pilon pour tirer la fagine des faînes.

– On se calme ! tonne Zéphyrin, le regard sombre. On réfléchit. Pas de stupides initiatives avant d'arriver vers les anses de High Falls.

XXXVIII

... l'Indienne a le couteau facile.

La matinée se traîne en longueur dans un dédale de forêts et de plaines humides à contourner. Le convoi approche de la rivière du Lièvre par le nord. Pressés d'arriver au camp avant la nuit, les hommes restent sur les chariots et se rassasient d'épaisses tranches de lard couchées sur des quignons de pain. À partir de demain, pour éviter les accidents ou calmer les esprits belliqueux, l'alcool sera interdit dans les cambuses. Résignés, les gars terminent leur gourde de bière et, peu gênés d'être dégoûtants, abîment ce moment de pause de rots tonitruants.

Pas de trêve de pipe ni d'histoires à raconter.

C'est d'abord un paysage d'érablières à tilleuls puis à bouleaux jaunes. C'est ensuite une succession de sapinières, de merisiers gigantesques à l'écorce effilochée en filaments argentés et cuivrés. Peu à peu, la végétation change. Les taillis s'accrochent sur des terrasses ondulées d'argile. Plus loin, d'impétueux ruisseaux s'étalent au milieu de tourbières épaisses, piquées çà et là d'arbustes rachitiques. Malgré les ombrages des sentiers que le convoi rejoint enfin, c'est une journée de plomb. Des orages des derniers jours, le décor fume encore d'humidité. Partout, des affouillements aussi larges que des barques secouent les reins, épuisent les moyeux des roues et ralentissent les attelages. Pourtant aidés par les hommes qui les encouragent en tirant sur leur mors, les chevaux peinent à progresser. Les bruits du convoi dispersent des volées de bernaches ou des couples de pygargues à tête blanche, nichés dans les arbres, au-dessus d'un torrent.

Pas un orignal en vue.

D'après les Weskarinis, c'est à cause des meutes de loups qui se sont regroupées pour chasser ; elles rôdent à moins d'un *mile* de la caravane. Depuis cette nouvelle, les contremaîtres de Lapierre sont sur leurs gardes. Avec Stormage, fusil en main, ils lorgnent l'obscurité des sous-bois, prêts à défourailler. Odahingum s'amuse de leur angoisse et de celle du notable qui ne cesse de nettoyer ses bésicles.

– Ces imbéciles ne regardent pas du bon côté. La forêt est dangereuse, mais la rivière l'est bien plus.

– Comment ça ? demande Martin, piqué d'une mauvaise prémonition.

– Tu vois la Lièvre, là-bas ? À cet endroit, elle est encore coulante, mais plus loin elle se rétrécira. Avant les chutes de High Falls, elle sera barrée par des branches et des troncs de peupliers, de saules ou d'érables fauchés par les orages. Ce sera une succession de barrages naturels et buissonnants.

– Et comment tu sais ça ? Tu es déjà venue ici ?

– En Outaouais, les rivières sont sœurs jumelles. Elles sont plus ou moins garces, mais se ressemblent toutes, dessinées par les castors.

– Ça ne m'explique pas où est le danger.

– L'eau gonfle en amont et les premières neiges n'arrangent rien. Les tanières des castors fragilisent les berges et quand les barrages cèdent, c'est une vague qui déferle. En Outaouais, les rivières noient plus de bûcherons que les loups ou les ours ne tuent d'hommes.

En tête de colonne, Archibald Lapierre arrête le convoi.

– Messieurs, je vous présente la Lièvre, dit-il en désignant la rivière dans son dos. À vos gourdes ! Reprenez des forces, la descente des chutes est piégeuse. Retenez les chevaux. Délestez les chariots de ce que vous pouvez porter et regardez où vous posez les pieds. Si tout se passe bien, dans trois heures on sera au camp.

Zéphyrin, chargé comme un mulet, s'approche du chariot-fourragère de Martin et d'Odahingum. Contrairement aux autres, le Métis paraît radieux en découvrant le paysage. Lui n'est pas de la même race que ses compagnons. Il n'est pas de celle de la terre labourée par les socs des charrues, des blés fauchés ou des étables, il est de la forêt et de la montagne. Sa vie, c'est le bois, les rochers qui l'abritent, pas les fermes où il étouffe. C'est un homme de sentiers et de torrents. Ici, il est chez lui.

Martin le salue et engage le chariot dans la descente qui serpente vers une cuve de soleil, au milieu des branches basses et des ornières encore vaseuses. Les autres suivent dans la pente pierreuse. Les fronts sont ridés d'efforts. Les sangles des paquetages scient les épaules et les havresacs poussent dans les reins. Au loin, le ciel s'embue. Une odeur de résine et de terre monte des alentours rôtis de soleil. En contrebas, la Lièvre gronde contre ces chariots qui la réveillent et ces porteurs qui vacillent sous le poids de leur charge. La rivière rageuse bouscule les billons qu'elle a volés aux dernières coupes. Lasse de s'en amuser, elle les vomit dans le tumulte de ses chutes. Sur le sentier, les hommes s'arrêtent, sidérés par la violence des eaux. Les chevaux s'ébrouent et rechignent à avancer. Les ordres claquent. Les gars se ressanglent, baissent la tête et se remettent à battre la semelle pendant que les attelages bringuebalent dans la pierraille.

Les hommes ont maintenant devant les yeux les battures de la rivière du Lièvre. Un dévers d'éricales arrêté par des roches moussues que le courant ne parvient pas à bousculer. La crue monte. Dans les creux de ses méandres, le flot s'énerve et cogne les pierres. Ses tourbillons agrippent des bouts de terre et soulèvent des pitounes brisées, sans pouvoir les arracher aux branches basses qui les retiennent. Plus haut, dans l'anse d'un virage, l'onde fougueuse affronte un lacis d'arbres couchés et de buissons qui barrent le courant d'une rive à l'autre.

Devant une clairière, un large espace dégagé de ses jeunes pousses et de ses taillis a permis de monter des tentes rectangulaires et des cambuses. Certaines sont effondrées. Zéphyrin explique qu'elles avaient été construites par les « draveurs du dernier temps de glace ».

– Au pays de l'Outaouais, c'est ainsi qu'on appelle les gars qui ouvrent les chenaux, dès la fonte des neiges, pour préparer la grande drave. De toutes les corvées, c'est la plus pénible et la plus dangereuse.

– Pourquoi ? demande Martin.

– Le froid, la neige et l'eau sont leurs ennemis. De l'aube à la brunante, ils dégagent les billons encavés dans la glace, cavalent sur des pitounes vicelardes. Quand la rivière débâcle et devient bête en furie, ils n'ont d'autre ressource que de s'agripper aux branches ou aux troncs de bordure pour ne pas être emportés.

En apercevant la caravane des nouveaux arrivants, les gars déjà sur place se regroupent dans un joyeux désordre. C'est surtout l'arrivée des femmes de cuisine qu'ils saluent, trop heureux de goûter à autre chose qu'au rata qu'ils s'infligent depuis des semaines.

L'effusion passée, les contremaîtres aboient des ordres et répartissent les tâches. Deux chevaux et six hommes par cambuse. Ceux de l'intendance iront dans les *sheds*. Les femmes resteront ensemble et Martin est contraint de partager le grabat d'Isidore Grandville. Le commis blondinet est devenu une sorte de mascotte que tous surnomment *La Louche*, à force de le voir servir d'épaisses platées. Zéphyrin, Piquet et L'Enclume sont affectés à une tente située derrière ce que Longlife désigne comme le réfectoire.

Archibald Lapierre grimpe sur un banc pour prendre la parole.

– Le voyage depuis Maniwaki a été pénible, mais vous apprendrez à vous connaître pendant le souper qu'Artémise et Odahingum vont préparer. Le commis leur prêtera main-forte. C'est encore un gamin, ne le brusquez pas trop ; il est là pour vous rendre service, pas pour vous servir.

Des rires fusent, mais Longlife s'en mêle et ramène le calme avec autorité.

– Messieurs ! On n'est pas dans une taverne ! Avant de passer à table, vous déchargerez les chariots et rangerez les vivres et le fourrage.

Sans perdre son temps à convaincre les gars qui bougonnent, le contremaître continue sur le même ton.

– Demain, Monsieur Stormage, votre chef de file pour la coupe, donnera les instructions. Vous commencerez par la construction des cambuses pour séparer les bêtes des hommes. Vous avez trois jours pour que tout soit opérationnel.

– Mais demain, c'est dimanche ! grogne un gars.

– Je sais. Considère que c'est lundi. Au boulot !

C'est une longue tablée. Ceux qui étaient au camp se regroupent sur les bancs. Martin connaît les visages des autres, mais hormis avec Zéphyrin, L'Enclume et Piquet, sa prudence le pousse à ne lier connaissance avec personne. Ce soir, il partage le pain avec des gars guère plus vieux que lui et pourtant déjà usés de fatigue. Leur barbe ajoute quelques années à leur âge. Tous ont le rire facile et la parole brusque. Ces colosses qui se rabrouent sont bâtis pour affronter un automne pluvieux et persévérer à travers un hiver redoutable.

Zéphyrin cogne son couteau contre un pichet et demande le silence. Le Métis se lève, se présente avant d'en faire de même pour Martin, L'Enclume et Piquet.

– Messieurs, nous allons passer des mois ensemble. Donnez-moi vos noms, que je sache à qui je m'adresse si je dois vous engueuler.

Louis Guimbarde, François Violet et Placide Bergeron sont de Gatineau. Pour eux, c'est le premier camp d'hiver, mais ils ont déjà participé à plusieurs descentes de cages sur la rivière

Outaouais. Les trois cousins Lajoie, Maturin, Félicien et Claudius, viennent d'un village au nord de Trois-Rivières, en Mauricie, près des rapides de Grès et de la Gabelle. D'habitude, ils bûcheronnent sur la Saint-Maurice ; cette année, les places étaient prises. Thomas Bisson et Eugène Larue sont de Bytown. Au printemps dernier, ils étaient sur une des draves de la Coulonge. Les frères Tite-Fouine et Grande-Fouine n'avancent que leur surnom et disent être novices. Le premier est une boule de nerfs, le second une asperge sucée. Les deux sont de Québec, rue du Sault-au-Matelot, à un jet de caillou du port de la Vieille Ville.

En entendant les gars donner cette précision, Martin repense à sa nuit avec Apolline, dans la chambre de la Taverne de Neptune. Ce tendre souvenir se cogne contre la silhouette d'Odahingum qui débarrasse les plats vides sous les regards frisés des bûcherons.

Ça l'agace.

Martin se lève à son tour, répète son nom et pose son couteau de chasse devant sa gamelle. Bien décidé à être compris, il dévisage les gars les uns après les autres.

– Que les choses soient claires. Odahingum, ici présente, est ma femme et travaille avec Artémise afin d'assurer l'intendance. Vous avez le droit de lui parler, de la regarder et de la remercier. Le premier qui lui manque de respect est un homme mort. Cette dernière remarque vaut également pour Artémise. Elle n'est pas là pour vous materner et devra se débrouiller avec ce que les fûts de nourriture contiennent. Ce couteau a déjà tranché trois gorges et la légende du windigo en appelle encore deux autres. Faites en sorte que ce ne soient pas les vôtres.

Tout au bout de la longue table, les cinq Atikamekw et les deux Cris qui ne se sont pas présentés lèvent le nez de leur mélasse au chou. Le moins jeune interpelle Martin.

– Ton arme est Chippewa. L'as-tu volée ?

– C'est un cadeau.

– Alors j'espère que le chaman qui te l'a donnée était assez puissant sinon la malédiction du windigo te rattrapera.

Odahingum, jusque-là discrète, s'approche des six autochtones et s'adresse à eux en langue ojibwée. Pendant qu'ils parlent entre eux, Artémise secoue Martin par la manche de sa chemise.

– Je te remercie, mon gars. Ça me réchauffe le cœur de savoir que les hommes ne sont pas tous des porcs.

– Pas de quoi.

La cuisinière prend alors un air de conspiratrice.

– Tu n'aurais pas une pièce d'un chelin, mon gars ? Ce n'est pas pour moi, c'est pour La Louche.

– La Louche ?

– Oui, le commis. Si j'ai tout compris des ordres de Longlife, tu dois partager le grabat de ton *shed* avec lui, non ? Voilà ce que j'te propose. On ne dit rien à personne et je refile le chelin au gamin pour le convaincre de laisser sa paille à ta femme ; il s'allongera dans la mienne et vous pourrez roucouler.

– Artémise, soit sérieuse ! Pourquoi accepterait-il ?

– Parce que s'il refuse, je suis capable de lui pourrir la vie jusqu'au printemps de la prochaine drave.

– Ne sois pas sotte, je suis sûr que tu n'es pas si méchante que ça. Tu viens de prouver que tu as bon fond.

– Le fond, mon garçon, je l'ai touché quand je suis devenue veuve. J'avais dix-sept ans. J'étais enceinte d'un bellâtre que la glace d'une rivière a emporté. L'enfant est mort-né. J'ai compensé ma peine avec de la nourriture, d'où mon embonpoint.

– Tes talents de cuisinière finiront par t'attirer un homme !

– Je préfère que Dieu m'éborgne plutôt que de me frotter à la barbe d'un pue-la-sueur. Donne ta pièce, je m'en vais convaincre La Louche. Malgré son allure d'angelot idiot, ce niaiseux a la tête bien pleine, il comprendra.

– Mais…

– Y a pas de « mais » qui compte, Martin. Odahingum est une belle fille. Je ne voudrais pas qu'elle devienne comme moi et se transforme en tonneau. Prends soin d'elle et garde-toi de tes tocades, elle ne mérite pas d'être veuve. Cette Anishinaabée a les hanches pour te donner une kyrielle de marmots. Surtout, ne commets pas l'erreur de la rendre jalouse ou de la contrarier. Par chez nous, on dit que l'Indienne a le couteau facile.

XXXIX

Tous les osselets sont sur la table

Par la porte entrouverte du *shed*, Martin regarde l'obscurité et les cimes noires des pins qui encerclent les anses de High Falls. À l'intérieur du ciel en creuset, une symphonie d'étoiles. Un lointain tonnerre roule dans la nuit et réveille une brise qui secoue les branches jusque-là immobiles.

Un souvenir d'Irlande lui bouscule l'esprit. Celui des soirées à Sligo, dans les plaisanteries des hommes et les minauderies des serveuses. Au fond de sa tête, une viole répond à une guimbarde, puis l'image et le son s'éteignent. C'est ça la solitude. Dans l'immensité de l'Outaouais, son ancienne vie s'efface peu à peu jusqu'à devenir un arrière-plan vide, remisé de regrets.

Kate n'est pas là et son effronterie lui manque.

Hier, à la fin du souper et des palabres, les gars ont décidé de baptiser le camp *Le Nid de Wabos Sipi*. Pour fêter l'évènement, Tite-Fouine a inventé un air de montagne avec son harmonica et les autres ont battu des pieds autour de la table. Quand un danseur se lassait de piétiner, un autre prenait sa place et attisait la gigue, visage en sueur et regard rieur, pour célébrer la mémoire d'une promise et appeler son fantôme dans la frénésie de ses pas.

Après les pantomimes de désir, Mingan, un des Atikamekw, s'est avancé pour lancer quelques bûches dans le brasier avant de se rasseoir et d'allumer sa longue pipe. D'une voix monocorde, dans un français de guingois, il a commencé à parler. Les hommes s'attendaient à une histoire de tribu, mais c'était une prière que l'Indien récitait. Une supplique de son peuple, pour les protéger tous, prenant à témoin les forêts, les plaines et les fleuves nourriciers de ses ancêtres.

Maintenant, la brise de noroît attise les feux allumés sous les épinettes, comme pour réveiller la sève déjà engourdie des arbres. Une rafale tourbillonnante souffle les étincelles qui fleurissent les branches avant de s'éteindre. Là-bas, c'est un barrage de liards qui avance sur la Lièvre, un appontement d'une trentaine de pieds où trônent les deux baraques que se sont réservées Archibald Lapierre et ses contremaîtres. Assis sur des tonnelets, pipe aux lèvres, ils écoutent Stormage qui se tient debout devant eux. À la lumière des torches, plan en main, le chef de ligne doit sans doute leur expliquer comment il envisage de terminer l'aménagement du campement.

Plus légère qu'une araignée, la main d'Odahingum remonte dans le dos de Martin qui sursaute.

– Tu ne dors pas ? Qu'est-ce qui te tracasse ?

– Ces hommes là-bas, qu'on nous a demandé d'éliminer, ça ressemble à une folie.

– Tu en as parlé avec Zéphyrin ?

– Pas encore. On a décidé d'attendre le départ des Weskarinis avant de prendre une décision.

– Alors, attends, marmonne Odahingum en se retournant.

– Je t'énerve ?

– Non, j'essaie de trouver le sommeil pendant que tu fomentes la guerre. Chez nous les Anishinaabeg, on raconte que la vie c'est l'imprévu qui arrive quand on a pensé à tout. Crois-moi, arrête de te tordre l'esprit.

Au matin, le ciel est encore brun lorsque Stormage corne le réveil. Martin cherche à poser sa main sur la hanche d'Odahingum, mais au lieu de rencontrer la chaleur de sa peau, ses doigts ne trouvent que la paille du grabat.

Dehors, les gars s'ébrouent et frissonnent de l'humidité crachée par le brouillard de la Lièvre. Depuis la rivière apaisée, de longues bandes de nuées montent au pied des crêts de pins blancs. Les bûcherons s'étirent et lambinent à se regrouper sous l'appentis du réfectoire tandis qu'une pluie sortie de nulle part s'abat sur eux avec la violence d'une pisse d'ivrogne. Poussés par l'orage, les hommes courent vers la table où Stormage les attend.

– Pensez à vous coucher tôt, vous vous réveillerez de meilleure humeur. À partir de ce soir, après le souper, vous disposerez d'un dernier moment de bouffarde ou de chique et une heure plus tard, ce sera l'extinction des feux. Dans quelques jours, vos bras et votre dos sauront vous le rappeler. Apprenez à parler dans le noir si vous ne trouvez pas le sommeil. Maintenant, mangez et insistez pour que La Louche charge vos gamelles, la journée sera longue.

Martin s'approche des foyers sur lesquels Artémise et Odahingum cuisent des auges de sauce à la poche, un mélange malodorant de farine, d'eau et de gras de viande. La virago lui adresse un clin d'œil de brigandeau et bouscule l'Indienne qui ne s'est pas aperçue de la présence de son homme.

– Bien dormi ? demande cette dernière, la mine mauvaise.

– Pas mal, et toi ? Tu t'es levée tôt.

– Artémise m'a réveillée de bonne heure. Va t'asseoir, La Louche t'apportera du lard.

Stormage réclame l'attention de tous afin de préciser une nouvelle fois les consignes. Tout homme qui ne donnera pas satisfaction ou désobéira aux ordres sera congédié. Cinq shillings enlevés pour maladie par jour de pension. Le raccommodage, c'est le soir, après le temps de travail qui court du petit matin jusqu'à la tombée de la nuit. Un seul jour de repos par semaine, le dimanche, réservé aux lessives, à l'entretien des outils et aux soins. Aujourd'hui est une exception et la journée sera payée double. (Les gars saluent l'initiative d'un hochement de tête.) Pas d'alcool, insiste le chef de ligne. (Grognements autour de la table.)

– Dernière chose, ajoute le chef de file. On verra plus tard si on doit améliorer l'ordinaire. Les forêts regorgent de gibier et la rivière est une nasse à brochets. Pour le moment, interdiction de se déplacer seul et sans fusil, sauf à vouloir servir de cure-dents à un ours. Compris ?

Les hommes valident les consignes.

Stormage indique ensuite les quotas de coupe pour la saison. Cent cordes à abattre par bûcheron, un charretier pour trois cents à terre, ce qui donne, s'il compte bien, mille cinq cents cordes pour le Nid de Wabos Sipi.

Les gars semblent se satisfaire des objectifs annoncés. Martin ne comprend rien à ce charabia de forestier.

C'est une journée pénible qui se prépare et la pluie n'arrange rien. Des bourrasques secouent les tentes. Un vent fou s'engouffre partout, pliant les pins gigantesques, giflant les visages d'une eau glacée. La Lièvre s'énerve, elle aussi. Son courant gronde, grossi par les chutes de High Falls. En dix minutes, le Nid de Wabos Sipi devient une immense flaque de boue dans laquelle piétinent les gars répartis par groupes.

Le premier s'occupe de démonter les couchages communs où les hommes dorment pêle-mêle et de fabriquer des lits à étage qui seront recouverts de branches de sapin et garnis de paille. Une fois le travail terminé, les bûcherons consolideront la cuisine et les conduits des cambuses permettant l'évacuation des feux.

Les Atikamekw, Tite-Fouine, Grande-Fouine et les cousins Lajoie partent en forêt avec les hommes de Stormage. Désignés pour être *swampers*, ces layeurs sont chargés d'entailler les arbres à couper, de plaquer les chemins de charroyage et d'éclaircir les sous-bois pour faciliter les déplacements des attelages.

Le dernier groupe, celui de Zéphyrin, Martin et des Cris, est affecté à la construction d'une imposante baraque, adossée contre un nœud de roches. C'est un empierrement en hauteur, un peu à l'écart du camp, qui a été choisi. Quand Martin demande à Stormage à quoi servira cette masure, le chef de file lui répond de s'occuper de ses oignons.

Les orages retardent l'avancement des travaux, le Nid de Wabos Sipi n'est prêt que cinq jours plus tard. Dès le sixième matin, après le départ des Weskarinis, les hommes sont chargés de colmater à la cire les interstices des *sheds* de l'intendance et des cambuses qui leur sont réservées. À l'intérieur, des lits à deux étages sont alignés sur les côtés des baraques. Les toits sont recouverts d'une nouvelle couche de paille écrasée par des branchages de sapinette. Sur l'appontement, les baraques de Lapierre et des contremaîtres sont à leur tour calfeutrées. Piquet et L'Enclume clôturent d'une palissade et d'une porte à double battant les appentis des chevaux et du réfectoire.

Au milieu des coups de marteau et des ordres, La Louche, désigné garçon de peine, devient porteur d'eau, balayeur et souffre-douleur de tous. Artémise et Odahingum rangent dans « la caverne aux trésors » le tabac à fumer ou à chiquer, les friandises, les médicaments et tout le matériel de vannerie.

En milieu d'après-midi, Martin est appelé par Archibald Lapierre pour fabriquer des étagères qui compléteront le mobilier de sa confortable cambuse. C'est là que seront conservés les registres des rétributions, les relevés d'abattage de chacun, ses livres de comptes et les chemises des courriers qu'il ne cesse de relire.

Ce soir, perclus de courbatures, personne ne se disperse en gigue ou en palabre. Zéphyrin rejoint Martin et Odahingum pour se griser d'une dernière pipe et goûter un thé brûlant.

– Demain, Stormage nous a mis en équipe avec les trois Lajoie et Grande-Fouine, dit-il en soufflant sur sa tasse.

– Je sais. Tu as réfléchi à un plan ?

– Pas vraiment, concède le Métis. Et toi ?

– Moi non plus. Aujourd'hui, j'étais dans la cambuse de Lapierre. Tous les documents sont là, mais je suis bien en peine de te dire où chercher ce qui nous intéresse. De toute manière, je n'avais pas le champ libre. Les contremaîtres se sont emboucanés dans mon dos, sans lever le cul de leur banc.

– Qu'est-ce que tu veux que je te dise ? Un chef, ça regarde et ça réfléchit. En principe, ça ne bouge pas.

– Arrête avec tes trucs d'Indien, Zéphyrin ! Je suis sûr qu'ils attendent. Je ne sais pas « qui » ni « quoi », mais ils attendent. Cette idée m'interdit d'élucubrer le moindre plan cohérent. Tu te souviens du discours de Jason Oldbear ?

– Jason pérorait beaucoup.

– Peut-être, mais moi je n'ai rien oublié de ses promesses. Quand il m'a convaincu de plonger dans cette aventure, il a parlé d'une cuisinière, Odahingum, d'un bûcheron, moi en l'occurrence, et de deux autres hommes. Un draveur, j'en déduis que c'est toi, et un cageux. Qui est ce type et où est-il ?

Depuis le coin du *shed* où elle s'enferme dans un silence de plus en plus bougon, Odahingum, agacée de voir la situation tourner en rond, décide de se mêler à la discussion.

– Moi, j'ai une idée, si ça vous intéresse. Ce matin, en me rendant au bain avec Artémise, j'ai fouillé les alentours. Je peux vous dire que les anses de High Falls regorgent de ce que le diable a inventé de mieux pour concocter ses potions. Avant les chutes, les battures sont couvertes d'eupatoires rugueuses, d'aconits et de baies d'actea.

– Qu'est-ce que tu comptes fabriquer avec ça ? s'inquiète Martin ?

– L'eupatoire cause la maladie du lait et tue aussi bien le bétail que les hommes. La racine d'aconit est la reine des poisons, capable de charmer la mort en moins d'une heure. La baie d'actea a des effets plus doux et plus pervers. Elle endort le cœur jusqu'à l'arrêter si la dose est trop forte.

Martin et Zéphyrin, médusés, dévisagent l'Indienne devenue sorcière maléfique. Avec un naturel désarmant, elle jure de ne rien entreprendre sans leur accord, mais leur conseille de se décider sans trop attendre. D'après les signes du ciel, les dieux du temps s'énervent et l'été indien ne durera pas. Les orages précéderont de subites chaleurs qui seront vite étouffées par une neige précoce. Cette année, la glace viendra très tôt figer les rivières.

– Pourquoi est-ce un problème ? s'agace Martin.

– On aura besoin des barques pour quitter le camp. Crois-moi, naviguer sur une rivière gelée n'est pas mince affaire. J'en ai repéré deux, sous l'appontement. Elles ne sont pas en très bon état, mais supporteront le courant sur les premiers *miles* de la Lièvre. Après, vers les deuxièmes chutes, juste avant la glissoire de High Falls, ce sera une autre histoire.

– On a combien de temps pour se décider ? risque Zéphyrin.

– Vingt nuits, avec de la chance. Voilà, Messieurs, c'est à vous de jouer. Tous les osselets sont sur la table.

XL

... l'Outaouais sous la neige.

Le crépuscule avance déjà lorsque le clan arrive sous une pluie battante vers les premières fermes de L'Abord-à-Plouffe. Woodward mène le fiacre dans lequel roupille Deaglán Mullargh. Robert et La Vermine, trempés jusqu'aux os, ouvrent le sentier, montés sur deux canassons au bout de leur vie.

Deux fois, lors d'un campement pour la nuit, le môme a tenté de glisser dans la discussion une question malheureuse à propos de sa sœur. Deux fois, Robert l'a rembarré d'un coup de poing de maréchal-ferrant, prétextant ne plus jamais vouloir entendre prononcer le nom de cette salope.

– La prochaine fois, je te saigne ! C'est pas une menace, c'est une promesse !

Deaglán et Woodward ont approuvé, satisfaits de voir La Vermine pisser le sang et se tenir le nez en couinant avec la rage d'un goret qu'on égorge.

– Woodward ! Secoue mon paternel ! On arrive.

– Bon sang, Robert ! Appelle-moi par mon prénom ! Parti comme c'est parti, on risque d'avoir à se supporter pendant tout l'hiver.

– Fais pas chier ! Réveille-le, j'te dis !

Deaglán Mullargh se passe une pogne rugueuse sur les yeux et se gratte la barbe comme si les poux la dévoraient. Pour se remettre les idées en place, il se gigote la glotte d'une longue rasade de brandy avant de se torcher les lèvres du dos de la main.

– Je mène le fiacre. Woodward, tu prends le cheval de La Vermine. Robert, attache les mains du môme et installe-le dans la carriole. Une fois au bourg, l'objectif est de trouver Jason Oldbear sans trop éveiller les curiosités. On va tomber sur des culs-terreux qui savent se servir d'une hache. Pas de zèle, pas de provocations.

– Et pourquoi vous voulez m'attacher les mains ? s'insurge La Vermine

Une baffe de Robert le calme sur-le-champ.

– Et on le cherche comment, le Jason ?

– On demande poliment, mon fils ! Ajustez vos tenues et fermez vos cols. Vous ressemblez à l'arrière-garde d'une armée en déroute.

– Avec cette pluie, c'est normal.

– Te plains pas Woodward. *Avec cette pluie*, les rues seront désertes. On bouge !

Quand Deaglán Mullargh pousse la porte du Hand-Hook, un vent d'averse s'engouffre dans la taverne et souffle les discussions. Tous les regards se tournent vers les trois miliciens et le gamin crasseux que le plus vieux tient par le col de sa vareuse. Le môme a la joue gauche violacée et l'œil au beurre noir. Ses lèvres sont gonflées par un mauvais coup de poing.

Woodward et Robert, la gueule mauvaise et la main sur la crosse de leur pétoire, s'installent de chaque côté de l'entrée. Deaglán traîne son prisonnier jusqu'au comptoir. Derrière, un type né de l'accouplement d'un grizzli et d'une oursonne tire une gueule sinistre, les mains dissimulées sous son tablier. Le vilain lève un sourcil broussailleux quand le patriarche l'interpelle.

– Jason Oldbear, tu connais ? Je peux le trouver où ?

– Icitte, d'abord on dit bonjour, ensuite on donne son nom, après, *seulement après*, on a le droit de poser une question.

– Désolé, on sort d'une pluie de fin du monde. La journée a été rude. Jackson Lynch, milice de Montréal, invente Deaglán.

– Et pourquoi elle vient jusque par chez nous, la *milice de Montréal*? On a déjà la nôtre, sur l'île Jésus.

– Cette racaille est recherchée par *votre* milice. On a fait notre boulot, on le ramène à Oldbear.

– Et il est d'où ce morveux ? J'ai jamais vu sa tête, grogne le grizzli.

– Parce que tu connais tous les mômes de ton île ? Ne me dis pas qu'ils viennent se torcher le nez dans ta taverne d'Anglais ?

À cette remarque, Deaglán entend les pieds des chaises remuer dans son dos. Un grondement parcourt l'assistance des rustres jusqu'alors muets.

– T'as un truc contre les Anglais, le milicien ?

– Pas le moins du monde, j'en suis un moi aussi.

– C'est bizarre, t'as un accent de bouseux.

– Je suis né en Irlande. Bon, on ne va pas y passer la nuit !

– Où ça, en Irlande ?

– Sligo.

– Sligo ! Crée boutique de forge ! Mon vieux était de là-bas. Choisis une table avec tes hommes ! Ce soir, c'est le Hand-Hook qui vous abreuve.

– C'est gentil, mais on est pressés, l'ami.

– C'est pas discutable, Jackson Lynch de Sligo. À *cheval donné, on ne regarde pas les dents !* D'habitude, à c't'heure-ci, le Jason Oldbear, il a depuis longtemps fermé ses geôles.

– Tu ne m'as toujours pas expliqué où je pouvais le trouver.

– Il est pas chez lui, d'après c'qu'on raconte. Sa femme sait peut-être où il est allé traîner sa jambe de bois. D'abord, tu lèves ton pichet en l'honneur de Victoria, ensuite je t'indiquerai vers quelle baraque pousser ton cheval. Dis-moi, Jackson, il est accusé de quoi, le gamin ?

– D'avoir tué sa sœur.

Au milieu des bols en terre cuite, Joséphine dépose une gamelle de soupe au chou. D'un geste machinal, elle remet en place une mèche échappée de sa coiffe. Harassée par cette journée de bêchage, elle a les reins en marmelade et c'est à peine si elle parvient à découper deux tranches de lard. « Plus de mon âge ! C'est un travail d'homme », ronchonne-t-elle en tirant une chaise.

– Hortense ! À table !

– J'arrive !

S'ensuit une cavalcade dans l'escalier.

– J'ai une faim de loup ! J'avalerais un mouton ! Qu'est-ce qu'on mange ? Oh non ! Encore ce truc ? Le gras me dégoûte !

– Alors, mange ta main et suce tes doigts si t'as faim. Il n'y a rien d'autre.

– À force de me répéter ça à chaque repas, je pense le graver sur ta tombe, maman. Papa rentre quand ?

– Je n'en sais rien, ma grande. Un mois peut-être. Kingston, c'est loin ! Va tirer un seau d'eau au puits, s'il te plaît. J'ai les genoux dans les hanches.

– D'accord. Au fait, j'ai oublié de te dire, après le dîner, le père Théodore m'a demandé de…

– Après le dîner, le père Théodore mettra son bonnet de nuit et ira se coucher, comme tout le monde. Peut-être s'accordera-t-il le temps d'une prière avant de souffler sa bougie. Arrête tes mensonges, Hortense. Si ton père était là, tu ne poserais même pas la question. Qui plus est, après le souper, tu m'aideras à étaler le foin dans l'écurie. J'ai préparé les fourches.

– Icitte, c'est pire que les galères !

– Je sais. Va chercher de l'eau et remercie Dieu de ne pas être au bagne.

La porte arrière de la maisonnette claque sous le coup de la colère d'Hortense. Celle de la cuisine s'ouvre au même moment. Dans l'encadrement, un milicien que Joséphine n'a jamais vu.

L'homme est plutôt vieux et mal fagoté. La veste de sa vareuse trop étroite ne ferme pas sur son ventre et la lampe à huile qu'il tient devant lui éclaire le visage d'un mauvais personnage. Dans son dos, des silhouettes que l'obscurité dissimule entrent l'une après l'autre. Deux costaux, miliciens eux aussi, et un môme rigolard qui ressemble à une vilaine gargouille.

– Madame Oldbear, je suppose. Où puis-je trouver votre mari ?

Un frisson désagréable pique la nuque de Joséphine. Elle imagine Hortense puiser l'eau et rentrer, bougonnant du poids de son seau. Cette vision lui noue la gorge. *Gagner du temps !*

– Jason… Mon mari est aux écuries avec les ouvriers.

– Ce n'est pas ce qu'on m'a raconté au Hand-Hook.

– HORTENSE ! VA-T'EN !

Deaglán assène une gifle de terrassier à Joséphine qui dégringole de sa chaise et balaie les bols sans pouvoir agripper le rebord de la table.

– La Vermine ! Robert ! Filez dans la cour ! Avec Woodward, on interroge madame. Grouillez-vous !

Le seau pèse le poids d'un rocher. Hortense le décroche et le pose sur la margelle. Encore empourprée par l'effort et sa colère de ne pas être autorisée à gaspiller sa soirée au village, elle saisit l'anse à deux mains et trempe ses galoches.

– HORTENSE ! VA-T'EN !

Le cri de sa mère la transperce de terreur. Pendant un bref instant, elle se fige avant de tout lâcher et de filer vers la grange, empêtrée dans sa basquine qu'elle relève. Quand elle se retourne, elle aperçoit un môme et un grand type se lancer à ses trousses. La cinquantaine de pas qu'elle a d'avance sur eux ne lui permettra pas d'atteindre le portail pour s'y enfermer ; elle bifurque vers l'écurie. La clenche résiste et finit par se lever. Le cœur au bord des lèvres, Hortense pousse la porte de l'épaule et profite de sa taille de ficelle pour se glisser dans l'ouverture. Désorientée, elle saisit une fourche à foin pour bloquer l'entrée, mais le battant percuté par son poursuivant lui heurte le visage avec violence et l'envoie valdinguer dans le carré des vaches. À quatre pattes, elle aperçoit des bottes danser autour d'elle. Un coup de bâton dans les reins l'aplatit dans le fumier.

– Arrête de gigoter, sinon je t'écrase.

Dans un effort désespéré, les reins cassés, elle parvient à se retourner. L'homme habillé en milicien, la gueule sauvage, la menace de ses poings. Dans son dos, le gamin qui la poursuivait lui aussi trépigne comme un pou sur une tête sale.

– Vas-y, Robert ! Qu'est-ce que t'attends pour la saigner ?

– La Vermine ! referme la porte et calme-toi !

Hortense ne comprend pas la scène qui se déroule sous ses yeux. C'est du mauvais théâtre joué par de piètres acteurs. Le môme s'excite quand il voit le type ramasser la fourche. Son visage cabossé de coups se fend d'un rire d'imbécile. Soudain, une expression de surprise lui écarquille les yeux. Avant qu'il n'esquisse un geste, les pointes de l'outil se plantent dans sa gorge et le clouent contre le bois.

– J't'avais prévenu, merdeux ! Fini les sous-entendus foireux sur ta frangine.

Le diable à la fourche se tourne alors vers elle.

– Toi, la gamine, viens par là.

Une poigne de fer tire Hortense par les cheveux jusqu'aux pieds du cadavre du gamin qui tressaute encore. Agenouillée en prière, Hortense lit dans le visage de son tortionnaire que le carnage n'est pas terminé. Elle a le temps de demander « pourquoi ? » Le type l'oblige à ouvrir la bouche et lui enfonce le canon de son pistolet dans la gorge. Au-dessus d'elle, le visage d'un fou.

Il appuie sur la détente.

Dans la salle à manger des Oldbear, Robert bute contre le cadavre de l'épouse du milicien. La femme gît les bras en croix dans une mare de sang. Pour le reste, c'est un peu comme un moment de fin de semaine, quand les hommes ont rentré les troupeaux et engrangé le foin. Deaglán et Woodward partagent le pain et le bon lard. Les verres sont remplis et c'est à peine si les deux détournent les yeux de leur gamelle lorsque Robert s'installe à la table.

– C'était quoi ce coup de feu ? demande son paternel, la bouche pleine.

– La fille a réussi à planter La Vermine contre la porte de l'écurie. Je suis arrivé trop tard, le gamin était déjà mort. C'était une furie, j'ai été obligé de l'abattre.

Robert jette le pendentif d'Hortense sur la table.

– C'est pas une grosse perte, grommelle le patriarche qui retourne à sa tranche de lard. C'est quoi cette babiole ?

– Rien. Garde-le en souvenir. On dirait une abeille. La femme a parlé ?

– Une vraie pipelette. J'en veux pas de ton bijou, fiston. C'est juste un truc à encombrer le cou.

– Comme tu veux. C'est quoi le plan ?

– On passe la nuit ici. Woodward, tu visites la ferme et tu récupères ce qui peut être utile à quatre journées de voyage. Outils, vêtements chauds et vivres. Tout. Toi, Robert, tu cherches des armes et des munitions. Un milicien doit bien en posséder quelques-unes. Moi, je fouille le bureau, on aura besoin de cartes précises. Après je m'occuperai des chevaux. On part à l'aube pour Maniwaki.

– Pourquoi, Maniwaki ?

– Parce que Sullivan s'y trouve, fiston ! *Soulevent,* devrais-je dire. D'après la bonne femme, c'est son nouveau nom. Cette bourgade est un ancien poste de traite et le dernier point d'approvisionnement avant de s'enfoncer plus haut dans l'Outaouais.

– Parce qu'on va continuer ?

– Si Soulevent est parti là-bas, c'est pour être embauché comme bûcheron. Donc, oui, on continuera, quitte à y passer l'hiver. Ça doit être beau l'Outaouais sous la neige !

XLI

... un océan d'arbres.

Septembre s'épuise. Odahingum et ses ancêtres diseurs de temps ont raison. La chaleur, installée depuis le début du mois, fléchit sous les coups de boutoir d'un noroît féroce. Les arbres se parent d'automne, de nuances d'orangé, d'or et de feu. En permanence, l'air est imprégné d'une humidité glacée plus lourde à porter qu'une redingote. Les gestes des hommes sont lents, les gosiers appellent les gourdes et chaque pas est une pénitence.

Maintenant, les chemins sont dégagés. Les attelages se faufilent sans encombre dans les sous-bois où trônent les sujets à abattre, repérés d'une double croix. Ces pins indestructibles ne verront pas le prochain hiver et ploient sous le vent en attendant la morsure des haches. Stormage organise des équipes de quatre gars et répartit les zones de coupe afin que les bûchages ne se contrarient pas et que les arbres ne se fracassent pas les uns sur les autres. C'est aussi lui qui surveille les points d'attaque des cognées, comme si la première entaille dans un tronc marquait sa signature.

Pour Martin, cet homme est une énigme. Rustre, intransigeant, sans compassion, mais capable de déceler la moindre fatigue dans le geste d'un bûcheron et d'en appeler un autre pour le remplacer. Une fois l'arbre à terre, dans la place la plus avantageuse pour l'ébranchage, c'est lui qui donne aux ligneurs les meilleurs points de sciage.

Stormage est partout et voit tout. Ses doigts sentent un nœud sous l'écorce ou lisent les défauts d'un tronc après sa chute. Rageur, c'est encore lui qui tend la corde aux longueurs retenues avant de la relâcher d'un coup sec pour l'imprimer sur le bois à la bonne distance de sciage. Jamais il ne s'occupe des ébrancheurs, mais il règne sur les écorcheurs. Quand les bras se tétanisent, quand les épaules deviennent jougs d'attelage, il est encore là, herminette en main, pour mettre la grume à nu sur les deux lignes qui longent ses rebords.

Martin et Zéphyrin sont au cordage et au dolage. L'arbre nu, scié loin de ses aspérités, dépouillé de ce qui le rendait majestueux, est roulé vers le dernier équarrissage. La doloire cogne sur deux faces puis la pièce de bois est retournée par des grappins et offre ses flancs intacts aux haches qui les défigurent. Les extrémités des plançons sont ensuite taillées en pointe pour mieux glisser contre les rochers quand la rivière sortira de la glace.

Les Atikamekw et les Cris arrivent alors, accrochés aux mors des chevaux qui tirent les trinqueballes. Des cordes encore. Des leviers. Des muscles pour treuiller les futures pitounes vers la Lièvre où elles passeront l'hiver avant de devenir les embâcles du printemps. Dans une gestuelle parfaite, elles sont assemblées par trois ou quatre et forment une brelle de grumes de pins et de chênes qui permettra au bois le plus lourd de ne pas caler au fond de la rivière.

Martin est dur à la tâche, même s'il ne comprend pas la finalité de ce manège. C'est Zéphyrin qui lui explique l'importance de tous ces efforts.

– Le chêne est dense et coule si les grumes ne sont pas portées par le pin blanc. Une fois sur la partie basse de la Lièvre, les brelles seront démantelées et les plançons regroupés en cages de bois carré. Ces cages sont ensuite assemblées en un gigantesque train de flottage. Une des plates-formes sert de cambuse pour la cuisine, les autres hébergent les cabanes-dortoirs. Certaines sont chargées de tonneaux de potasse et de perlasse, de madriers et du bois nécessaire à la fabrication des fûts ou au chauffage.

– Et comment ces trains de bois passent-ils les rapides ? s'inquiète Martin, décontenancé par la complexité d'un tel équipage.

– Ils ne les passent pas. Ils sont défaits en amont des chutes et reconstruits en aval. Même Hercule a refusé ce treizième travail. En 1823, Philémon Wright a conduit un flottage de plus de trois cents trains de bois de l'Outaouais jusqu'à Québec. Lui, c'est un dieu !

Les soirées sont maussades et les plâtrées cuisinées par Artémise n'apportent que des réprimandes à La Louche. Sans fomenter une grève, mais las d'être bourrés d'épaisse nourriture, les gars demandent à Stormage qu'un inventaire des fûts soit organisé. Ce soir, autour de la table du réfectoire et devant les mines renfrognées des forestiers, Artémise se lève. Avec la trogne des mauvais jours, la virago déplie la liste de ses trésors.

– Messieurs, vous pouvez râler, mais ayez au moins l'obligeance de ne pas m'interrompre. Que votre intelligence moyenne ne vous dispense pas de rester polis, je ne suis pas responsable de ce que ces fûts et ces sacs contiennent. Pour les réclamations, voyez Lapierre. Donc, j'ai compté six barils de lard et vingt-sept poches de farine de cinquante livres. Soixante tinettes de graisse. Treize boîtes de pruneaux et autant de fèves fumées. Cinq caisses de thé. Dans la cabane de l'intendance, six tonneaux de mélasse et trente sacs de patates. Le « coffre » renferme assez de tabac pour vous noircir les bronches et vous jaunir les dents jusqu'à l'été prochain. À ce jour, il ne reste plus que sept poches de viande séchée.

– Comment ça ? s'insurge Grande-Fouine. Sept poches de viande !

– C'est ce que je viens de dire, imbécile. Vous êtes comme des brochets, trois quarts en gueule, un quart en queue. Ce n'est pas de ma faute si vous avez presque tout digéré, rétorque Artémise, gorgée de colère.

Voyant la discussion tourner au vinaigre, Stormage ramène le calme en cognant sur la table. Pour améliorer l'ordinaire d'Artémise, les cousins Lajoie, Louis Guimbarde, François Violet et Placide Berger, les trois gars de Gatineau, sont chargés de tuer du lièvre ou du cerf. Des fusils leur seront remis pour les battues du dimanche si, et seulement si, les quotas de coupe sont atteints. Martin et Tite-Fouine sont désignés pêcheurs attitrés du campement de Wabos Sipi. Puis, avec une trogne de sergent en rogne, Stormage congédie tous ces muscles sans cervelle plus préoccupés à se remplir la panse qu'à abattre des arbres.

Les journées sont toutes les mêmes. Une sorte de rituel rassurant. Dès quatre heures du matin, Artémise et Odahingum préparent les feux, La Louche récure les chaudrons avant de s'attaquer aux épluchures. L'Enclume nourrit et attelle les chevaux. Piquet, devenu triste sire depuis la mort de son cousin Blaise, s'occupe des chiens. Les gars s'attablent alors pour déjeuner, silencieux et revêches, l'esprit encombré d'un mauvais sommeil. Bien que l'eau ne soit pas trop glacée, personne ne songe ni à se laver ni à se raser. Les seules phrases échangées concernent le temps à venir, les nuages qui se regroupent ou se dispersent et ce fameux hiver qu'ils sentent déjà dans leurs muscles. Personne ne parle des poux et des puces, mais tous se grattent le crâne et la barbe.

C'est ensuite le départ jusqu'au parterre de coupe, par équipes de quatre, jamais éloignées l'une de l'autre. Vers midi, Stormage ordonne la pause. C'est un court moment de répit à l'abri du vent, derrière un empilement de billots ou sous un nœud de roches s'il pleut trop. Les gars allument un feu pour bouillir le thé, réchauffer les gamelles de fèves et griller des tranches de pain. Trop vite, la corne les rappelle aux dangers du chantier. Le bûcheronnage a déjà éborgné deux hommes. Félicien Lajoie et Bisson de Bytown portent un bandeau de pirate sur l'œil gauche.

Après le travail, le souper s'anime de plaisanteries ou d'engueulades. Puis vient l'instant de la pipe du soir. Peu à peu, le silence s'installe dans les cambuses. Certains tournent la meule pour aiguiser un godendart, d'autres renforcent le manche de leur machette. Autour du foyer qui crépite et attise les sales odeurs dans les cambuses, des perches accrochées au toit supportent les mitaines, les vêtements, les chaussettes et les bottes.

Le samedi, avant la relâche du dimanche, c'est soirée de fête. Les gars cognent de la semelle et du talon au rythme de l'harmonica de Tite-Fouine. Parfois, ceux de Gatineau organisent une sorte de spectacle, entonnent une chanson de coureur des bois ou une barcarolle romantique décrivant l'errance vers de lointaines contrées. Grande-Fouine, jamais avare d'une ânerie, a inventé un jeu idiot : *le feu au cul*. La règle est simple : tenter d'allumer avec un tison enflammé une longue queue en papier qu'un bûcheron attache à la ceinture de son pantalon.

Un matin, alors que septembre doit encore effacer trois pénibles journées avant de pousser le portail de l'automne, Wabos Sipi se réveille sous la couleur des fous.

Quand Stormage corne le réveil, l'heure est toujours brune, mais le campement étouffe sous une couche immaculée. Les branches des résineux s'affaissent sous le poids de la neige. Devant les cambuses, pas une trace ne détériore ce paysage qui, dans quelques heures, deviendra un bourbier sous les bottes. Les gars, surpris par cet hiver qu'ils n'attendaient pas si tôt, frissonnent dans leurs habits encore humides et mettent plus de temps qu'à l'accoutumée pour rejoindre la table d'Artémise.

Ce dimanche, c'est jour de chasse et six fusils à silex sont alignés contre la paroi du réfectoire. Les chaudrons fument d'une odeur de graisse à retourner le cœur.

Stormage donne ses ordres.

Les cousins Lajoie et les trois de Gatineau sont ravis à l'idée d'aller courir le gibier et d'éviter les corvées d'aiguisage des cognées ou du lavage de leurs frusques. Tite-Fouine, le ventre ballonné de vilains pets reste couché et n'accompagnera pas Martin à la Lièvre pour lui pêcher ses truites brunes ou ses brochets.

Du culot de sa bouffarde, L'Enclume désigne l'entrée du campement et repousse sa gamelle. Dans l'opacité de ce jour de Sainte-Émilie, tels des fantômes recrachés par une brume froide et lente, deux cavaliers avancent au pas, engoncés dans d'épaisses couvertures bariolées. Derrière eux, emmitouflés dans des peaux, une grappe de mômes piétine dans la neige qui leur mange les genoux. Après un moment d'incrédulité, Artémise abandonne ses chaudrons pour se précipiter vers eux. Au passage, elle attrape Odahingum par le bras et lui intime l'ordre de l'accompagner.

– Oda ! Viens avec moi ! Trouve des couvertures sèches. La Louche, tu files allumer les poêles de la cambuse des rochers. Martin, va l'aider ! Ce bedeau est capable de se mettre le feu aux cheveux ! Zéphyrin, cours prévenir Lapierre !

Dix minutes plus tard, Artémise et Odahingum reviennent avec un groupe de mioches tétanisés de terreur et de froid. Cinq gamins mohawks, tremblants comme des feuilles sous le vent. Leurs vêtements détrempés sont tachés de sang. Pas un seul n'est en mesure de répondre aux questions qui les bousculent. Tous, sidérés d'être là, sont hypnotisés par le poêle contre lequel ils se regroupent, sanctifiant le foyer de leurs petites mains.

– Qui les accompagnait ? demande Martin à Artémise en panique.

– Une femme et un gars. Pas des autochtones. Lapierre et ses contremaîtres discutent avec eux.

– Qu'est-ce qui s'est passé ? insiste Martin, tandis qu'Odahingum frictionne le dos du plus chétif de la bande.

– Je n'en sais rien. Ils ne comprennent ni l'ojibwée ni l'atikamekw et encore moins la langue des Cris. Tous ont l'air choqués. Arrête avec tes questions et va plutôt pêcher, ça te calmera. Allez, ne reste pas dans mes jambes !

– Je t'énerve ?

– Non, tu m'encombres ! Tu ne vois pas que ces mômes pèlent de froid ?

– C'est ça, du balai ! insiste Artémise.

Poussé dehors, Martin se retrouve sur le seuil de la cambuse des rochers, désarçonné d'avoir été houspillé par les deux femmes. Là-bas, la Lièvre se contorsionne pour le séduire, enturbannée dans le foulard de ses nuées. Dans son esprit, le poids des mots d'Odahingum. Devant ses yeux, les ramures des pruches dessinent des fantômes sur la neige. L'eau blanche de la rivière devient miroir et lui renvoie ce qu'il est à cet instant précis. Un Irlandais perdu dans l'immensité de l'Outaouais. Riche de rien. Pauvre de tout.

Un pêcheur d'Irlande dans un océan d'arbres.

XLII

... la sauvagerie peut surgir de nulle part.

Une des barques a pris l'eau. L'autre, la coque mordue par les pierres de surface et les gravières, peut encore flotter à condition de ne pas s'aventurer trop longtemps dans des trous de rivière. Sur l'appontement qui avance sur la Lièvre, Lapierre, ses contremaîtres et les nouveaux arrivants sont en discussion. Le ton utilisé, les phrases qui se coupent, les rires parfois, rien ne colle à la situation dramatique des gamins mohawks arrivés à Wabos Sipi.

Stormage n'est pas avec eux, occupé à vérifier si les travaux d'intendance du dimanche vont bon train et si quelques fainéants n'abusent pas de la situation pour se la couler douce. Les Atikamekw, dociles et corvéables à merci, sont affectés au déneigement des allées du campement. Les Cris, moins malléables, dégagent la neige sur les toits des cambuses. Des six chasseurs prévus ce matin pour rapporter de la viande fraîche, seuls deux des trois gars de Gatineau sont partis. Le troisième, Placide Berger, et les cousins Lajoie ont été consignés bien malgré eux à la consolidation du réfectoire. La toiture de l'antre d'Artémise menace en effet de ne pas supporter le poids de l'hiver ou les rafales vicelardes d'un coup de noroît.

À l'écart de l'agitation, toujours peiné par les mots d'Odahingum, Martin charge les filets qu'il a fabriqués dans la barcasse disponible. Avec difficultés, il dénoue l'amarre qui retient la vétuste embarcation au pilotis des baraques. Sur les plats-bords, il range ses deux harpons puis pénètre dans l'eau jusqu'à mi-cuisse pour dégager le batelet des branches qui l'agrippent.

– Qu'est-ce que tu fiches là ? Qui t'a autorisé à prendre cette barque ?

Flayerty s'est adressé à lui en anglais. Martin ne lui répond pas et continue à pousser l'embarcation vers le courant. Le contremaître se tient les mains sur les hanches, jambes écartées, dans une posture d'homme important à qui on ne raconte pas de fadaises. Son visage n'exprime rien, sinon une violence capable d'exploser au moindre prétexte. Il avance de deux pas. Martin se fige.

– T'es sourd ? insiste le géant dans la buée de son haleine.

– Je comprends mal l'anglais, ment Martin. Je suis Breton… de Pleumeur-Bodou.

– C'est toi le mari de l'Indienne ? Dieu lui a donné un beau cul.

– Je te déconseille de t'en approcher, menace Martin qui se redresse.

– Sinon ?

– Sinon, tu ramasseras tes dents.

– J'aimerais bien voir ça !

Depuis la porte de sa baraque, Lapierre se mêle à l'échange sur le point de dégénérer.

– Flayerty ! Qu'est-ce qui se passe ?

– Cet abruti me chauffe les oreilles.

– Fiche la paix à cet homme ! Stormage lui a demandé de nous approvisionner en poisson. Nous lui devons le brochet qu'on a mangé hier soir.

Flayerty cramiote un jet de chique en direction de Martin. Trop content d'avoir évité la bagarre, ce dernier saute dans la barque et appuie sur une rame pour l'éloigner de l'appontement. Lorsqu'il se retourne, il reste médusé. Une femme s'avance, longiligne et dangereuse. Plutôt belle, mais marquée de vulgarité. Ses cheveux tirés en chignon lui donnent l'air d'une prêtresse vicieuse. Son regard, strié de méchanceté, fouille le corps de ce «pêcheur de brochets» susceptible de satisfaire ses plus basses envies. Le sourire qu'elle adresse à Martin est celui d'une vipère prête à mordre.

– On m'appelle Hell Cat Maggie. Et toi ?

– Martin.

– Bonne pêche, Martin.

Ses yeux brillent devant cette proie qu'elle convoite. Avant de regagner la cambuse des contremaîtres, du bout des doigts, la windigo lui expédie l'esquisse d'un baiser mortel.

Pendant plusieurs minutes, encore sous le coup de cette improbable rencontre, Martin laisse la Lièvre emporter la barque dans ses remous. Secoué par la pointe d'un étoc, il prend conscience de dériver trop vite vers une anse dissimulée derrière des branches basses dont il sera compliqué de se dépêtrer. Ses coups de rame le tiennent à distance sans parvenir à l'éloigner. Incapable de lutter, il se sert de la force du courant et de l'aviron de gouverne pour glisser le long de l'obstacle jusqu'à ce que la proue de l'embarcation cogne la berge. Pas question de pêcher en barque, il jettera son filet depuis les roches qui ferment la batture.

Chargé de ses deux harpons et de son filet, Martin remonte le sentier de portage étouffé sous la première couche de neige. Chaque pas est un piège et, pour ne pas risquer de se tordre une cheville, il emprunte le chemin de berge qui serpente vers la deuxième chute. Dans le crissement de ses pas et les accalmies du noroît, le bourdonnement des eaux est perceptible, lancinant, plus lourd qu'un soufflet de forge.

Aujourd'hui, la Lièvre le charme d'un ronronnement qu'il ne lui connaît pas. Plus assourdi, plus grave. Habitué depuis l'Irlande au chant des torrents et au murmure des lacs, il s'arrête entre deux troncs d'arbre pour mieux entendre le message de la rivière. C'est comme un râle de souffrance, une plainte capable de retourner le sang. À cet endroit, avec des grondements de bête blessée, l'onde s'arc-boute contre des grumes bloquées là par la main de Dieu, hérissées les unes contre les autres dans un tableau d'apocalypse.

Ivre des cascades qui se déversent des alentours, engourdie par la neige, impuissante devant la masse inextricable qui l'obstrue, la majestueuse rivière ressemble à un monstre sur le point de crever. Ses embruns giclent. Appuyé contre le redan de bois mort qui le soulage, Martin, démuni du pouvoir de l'aider ou de l'achever, comprend la supplique que la Lièvre lui crache au visage.

C'est une mélodie de banchee. Un envoûtement.

À se laisser séduire par les contorsions de l'eau et les spirales de ses remous, il prend alors conscience de ce qu'il souhaite vraiment. Une existence d'homme libre, au milieu des plaines infinies zébrées d'ondes capricieuses, innocentes du chahut des villes et des épidémies qui les gangrènent. C'est là qu'il veut vivre, comme Zéphyrin, à l'écart de tout, loin des hommes irrespectueux de la beauté des paysages offerts par Dieu. Avec Odahingum si elle accepte de rester avec lui.

Lorsque cette dernière pensée s'envole, Martin s'aperçoit qu'une partie du malaise qu'il traîne depuis quelques jours est liée à l'attitude de l'Indienne. Plus distante, plus sauvage, presque agressive dès qu'il s'agit d'aborder la stratégie à adopter vis-à-vis des suspects de Jason Oldbear. Depuis plusieurs jours, elle est devenue une autre. Une guerrière à l'affût qui n'a de cesse de palabrer avec les Cris ou les Atikamekw. Que fomentent-ils ?

Hier, après le souper, les gigues et les contes du samedi, Martin s'est écarté de la cambuse pour sonder le ciel. Les épaules couvertes d'une lourde pelisse, il s'est accordé un moment de solitude pour se souvenir de Kate et s'imprégner de la force des plaines et des torrents de l'Outaouais. Comme tous les soirs à la même heure, il a récité la lettre testament de l'adolescente, gravée à jamais dans son esprit.

Au bout d'un long moment, Odahingum s'est aventurée dans l'obscurité, sans doute inquiète de ne pas sentir la chaleur de son géant à ses côtés.

Désillusion.

– Qu'est-ce que tu fiches là à te cuire les yeux dans les étoiles ? Tu ne vois pas que la pluie devient lourde ? Encore une heure et tu ressembleras à un rocher sous la neige ! En plus, la porte du *shed* est restée entrouverte. Le froid me mord les chevilles. Je te préviens, cette nuit, c'est *la cambuse du cul tourné* !

Toujours appuyé contre le redan de bois qui lui évite de glisser dans la rivière, Martin se repasse la scène lorsqu'un coup de fusil roule dans les contreforts et disperse ses pensées. Les gars de Gatineau ont dû tomber sur du gibier. Le premier, Louis Guimbarde, est fin chasseur et capable de trouer un chelin à vingt pas. Le second, François Violet, meilleur vantard que bon fusil, n'a pas son pareil pour suivre une piste. Les deux ont la réputation d'être des têtes brûlées et des « s'en fout la mort », toujours à s'aventurer plus loin quand il s'agit d'abattre le plus gros spécimen de la parcelle de coupe. Les bravaches ne reculent devant rien, quitte à risquer un genou ou une cheville.

Alors qu'il est sur le point de retourner vers sa barque, il redevient pêcheur d'Irlande.

Là-bas, de longs remous rident la surface d'une anse fermée de branchages. Une courte rafale débarrasse la rivière des lambeaux de brume qui étouffent ses berges. Martin serre le manche de son harpon, surpris de ne pas sentir la fraîcheur du noroît lui glacer le dos. *Le vent tourne au sud*, pense-t-il, intrigué par les mouvements de l'eau. De nouveaux soubresauts dérangent l'onde stagnante de l'accul. Des brochets, coincés par la neige qui écrase les ramures dans si peu de profondeur, se grimpent les uns sur les autres pour se dégager. Des dos épais. Des gueules plus larges qu'une main de bûcheron. Vingt livres la bête, peut-être moins.

D'un geste ample, Martin jette son filet en éventail devant les roches immergées qui retiennent les branchages. L'anse est bouclée. Harpon en main, il termine le travail. Une heure plus tard, six brochets d'au moins quinze livres sont alignés au fond de la barque. Rageur d'en avoir loupé deux, il tire sur les avirons depuis l'autre bord, loin en aval de la première chute. La proue du batelet cogne la berge, lorsque deux coups de fusil claquent et résonnent en écho derrière une façade de mélèzes.

Les hurlements d'un homme répondent aux grognements d'une bête en furie. D'abord surpris, Martin cherche à situer dans quel endroit de ces sombres forêts la mort s'amuse. Un autre cri déchire la brume. Il vient de la gauche, en amont d'un sentier d'attelage qui s'enfonce au milieu d'une parcelle de coupe encore intacte. Cette fois, le hurlement se prolonge et s'étouffe, comme si la couche de poudreuse enfouissait la douleur. À la lisière des bois, des lambeaux d'épicéas sculptés par les gelées précoces prennent la pose sinistre d'hommes déchiquetés. L'hiver les a statufiés. Avertissement lugubre pour interdire de s'aventurer plus loin. Le drame se joue là, dans ce coin de forêt encombré d'un brouillard opaque.

Un repoussoir pour n'importe quel héros.

Armé du plus long de ses harpons, Martin s'avance au milieu des pins blancs que les herminettes des bûcherons ont dégagés de leurs branches basses. Sous ses pas, la neige se craquelle et il s'y enfonce à mi-bottes. Dans la futaie, des traces d'hommes pressés de détaler. Sur la droite, après un talus éboulé, les empreintes d'un ours dans le fracas des arbrisseaux écrasés sur son passage.

Encore trente pas.

La bête souffle, la gueule dégoulinante, magnifique et terrifiante.

Contre un enchevêtrement de troncs ourlés de mousse et de flocons, le corps en lambeaux de Louis guimbarde. Un tableau de chair et de sang. Sa tête méconnaissable pend sur le côté. Son bras droit a été arraché et traîne dans la boue vermillon.

L'ours rugit et se secoue l'échine en signe de victoire. Sous le poids de sa masse, il écrase la poitrine de Louis Violet, l'autre chasseur, et le balafre de plusieurs coups de griffes dans la gorge et sur les épaules. Le gars de Gatineau, insensible à la morsure qui lui déchire les flancs, tient encore la crosse de son fusil brisé en deux. Las de s'occuper de ce cadavre qui ne gesticule plus, l'animal en furie abandonne le corps sans vie dans une mare de fange rougeâtre. Sa fourrure tachée de sang ondule au gré de ses mouvements. Repu de la viande qu'il a mangée, il quitte les lieux du carnage.

Pétrifié par le spectacle, Martin se fige pour ne pas attirer l'attention de l'animal. Ses mains serrent la hampe de son arme de fortune. Sans doute prévenu par une odeur inconnue, l'ours brun s'arrête et se retourne pour contempler cet inconnu armé d'un harpon ridicule. Il ignore Martin. Son grognement est celui du mépris et la bête reprend sa lente déambulation vers la forêt. Au loin, dans l'épaisseur des bois, monte le hurlement des loups, alertés par les effluves de la mort.

Sidéré, Martin reste figé. Ici, en Outaouais, dans l'immensité des plaines et la solitude des forêts, la sauvagerie peut surgir de nulle part.

XLIII

... la belladone par la racine

Stormage insiste afin que les deux malheureux soient enterrés en fin d'après-midi de ce dimanche de Sainte-Émilie. D'après lui, pas question de guetter l'arrivée d'un curé qui mettrait trop de temps pour effectuer le voyage de Maniwaki à Wabos Sipi. Un tel trajet prendrait plus de quatre jours, même en disposant d'un bon attelage, de solides montures et d'un automne clément.

– La neige est là et risque de tenir, dit-il en conclusion. Attendre, avant de donner une sépulture à ces hommes, c'est courir le risque de se battre contre un temps de glace et d'être obligé de conserver les corps jusqu'aux fontes du printemps. Les cadavres, même gelés, attirent les loups, assène-t-il comme ultime argument aux gars qui s'offusquent.

À la simple idée de vivre à proximité des morts pendant plusieurs mois et de supporter les hurlements des meutes, les plus réticents acceptent de ramasser une pelle et de creuser.

Artémise revient de chez Lapierre, lestée d'une sacoche épaisse.

– Qu'est-ce que tu rapportes ? demande Odahingum.

– Du linge à laver et des nouvelles, répond la cuisinière pour écarter la question. Martin ! Zéphyrin ! Venez me rejoindre.

Les deux abandonnent leurs outils.

– J'ai cuisiné Lapierre. La fille s'appelle Hell Cat Maggie. Le type qui est arrivé avec elle et les mômes est un dénommé Jackson Lynch. Un borgne vicelard, si j'en crois ses sales manières. D'après Lapierre, ils sont tombés par hasard sur le campement des gamins. Des Mohawks selon lui. Des Agniers. Toute la tribu a été décimée.

Personne n'a le temps de donner son avis. Stormage regroupe tout le monde devant les tombes improvisées. La Louche se charge de clouer les croix. Lapierre, chapelet en main, prononce un discours embrouillé. Deux fois, il se trompe et inverse les prénoms des défunts. Agacé d'être repris par Placide Berger, le dernier gars de Gatineau, il se lance dans une insipide oraison funèbre.

Silencieux, les pieds dans la gadoue, fouettés par le grésil, les forestiers portent sans sourciller le poids de ces paroles vides de compassion. Ces âmes simples et pourtant fortes, égarées dans ce drame de forêts et de neige, gardent les yeux baissés sur leurs bottes à clous. Tous s'adressent à un dieu capable de les entendre prier, pleins d'une sourde colère et de la crainte d'être un jour allongés, comme leurs compagnons de labeur, sous un suaire de fortune puant le chien mouillé.

Mis à part Stormage, aucun des contremaîtres n'assiste à la cérémonie. Flayerty et Longlife restent au chaud dans leur cambuse, à jouer aux dés et à s'emboucaner de leur tabac en compagnie de Hell Cat Maggie et du borgne qui la suit comme son ombre.

Comme à son habitude, fâché avec le rituel imposé par la Grande Faucheuse, L'Enclume préfère la solitude de sa forge et la respiration de son soufflet. Depuis son antre, ses coups de marteau pour aplanir la lame voilée d'un godendart cognent aux oreilles, plus sinistres que le glas fissuré d'une église. À l'écart, accrochée au bras d'Artémise, Odahingum rumine sa rage. Les trois assassins de sa sœur de lait sont là, à portée de ses poisons, et il lui tarde de s'en servir. Silencieux, Zéphyrin et Martin se tiennent en retrait.

– Tu es resté avec Oda ce matin ?

– Oui et non. Quand tu es parti pêcher, ton Indienne s'occupait des gamins. Après, je l'ai vue prendre le sentier du bois de l'anse morte. Elle m'a dit qu'elle s'y rendait pour dénicher de quoi fabriquer des potions à donner aux mômes.

– Sous la neige ?

– Les racines sont toujours sous la neige, Martin. Celles qui soignent la maladie de mauvaise vie sont les plus profondes.

Lapierre en termine avec son oraison et gesticule un vague signe de croix marquant la fin de son déplorable discours. Les hommes sont sur le point de se disperser, mais Stormage les rappelle et grimpe sur un fût vide pour leur ordonner de se taire. La trogne empourprée, il redonne la parole à Lapierre.

– Merci, Monsieur Stormage. Encore un moment, Messieurs. Wabos Sipi vient de perdre deux bûcherons. Si j'ajoute Firmin Gringois et Blaise Quentin que nous avons enterrés en route, c'est quatre forestiers de valeur qui manqueront à l'appel. J'ai décidé d'envoyer des pigeons à Maniwaki afin de réclamer par message le recrutement d'une dizaine d'hommes. Monsieur Stormage partira dès demain pour les récupérer. Comme vous l'avez constaté, les chemins sont piégeux. Hell Cat Maggie et Jackson Lynch assureront la protection des chariots. Ils rapporteront aussi des vivres. Compte tenu du mauvais temps et des potentiels dangers, ils ne seront pas de retour avant une huitaine de jours. D'ici là, j'ai demandé à Messieurs Longlife et Flayerty de réduire les parcelles de coupe. Vous avez quartier libre pour cette fin de journée.

– Ces planqués sont des bons à rien ! Ne comptez pas sur moi, je ne reste pas ! hurle Placide Berger, toujours sous la colère d'avoir dû abandonner ses deux compagnons de village dans cette terre de l'Outaouais.

Stormage saute de son perchoir et colle son haleine faisandée sous le nez du gueulard qui ne bronche pas d'un pouce.

– Répète, pour voir !

Plutôt que de perdre du temps à répondre, Placide lui assène un magistral coup de tête. Incapable d'éviter l'impact, le chef de file s'étale les bras en croix dans la boue. Sans ajouter un mot, Placide Berger se dirige vers sa cambuse. Un moment plus tard, il en ressort chargé de son havresac, la tuque au ras des yeux, engoncé dans une pelisse épaisse. En passant devant la forge de L'Enclume, il récupère une paire de raquettes qu'il sangle en bandoulière. Personne ne le retient. Quinze jours au moins jusqu'à son village. C'est le temps dont il dispose pour trouver les mots ou les mensonges qu'il présentera aux familles des morts.

Stormage, encore chancelant du coup reçu, se tient le visage à pleines mains et se remet le nez en place dans un craquement qui lui arrache un cri de douleur. Les yeux gonflés, il regagne sa tanière, vexé de sa défaite. De rage, il ordonne aux cousins Lajoie de ramasser des pelles pour combler les tombes et planter les croix.

François Violet et Louis Guimbarde, nés à Gatineau, hier heureux de danser la gigue, de courir les promises, le gibier et les bois, sont devenus fantômes en Outaouais.

C'est une soirée sinistre. Personne ne parle de la semaine à venir et les brochets servis sur un lit de feuilles de chou ne remontent pas le moral des hommes. Artémise s'affaire aux fourneaux. D'humeur massacrante, la virago distribue des kyrielles de méchancetés à qui ose lui reprocher d'avoir trop cuit les poissons. La Louche, toujours lui, paie la note de cette mauvaise humeur et ramasse une engueulade dès qu'il revient les mains vides de la table.

Pendant le souper, Odahingum se contente de répondre par un sourire crispé aux attentions de Martin. Fini les repas où elle s'appuyait contre lui pour servir un plat ou remplir un pichet d'épinette. Entre eux, la complicité est devenue denrée rare. La nuit, leurs dos se touchent et leurs mains restent sages.

Combien de temps cela durera-t-il ? Quelle attitude adopter pour la séduire à nouveau ? Las de ces questions et désœuvré de manger, Martin repousse son assiette, salue l'assistance et quitte la table pour rejoindre son banc contre le *shed*. S'isoler un peu. Déchiffrer les bruits de la forêt. C'est là-bas, adossé contre cette palissade rugueuse, qu'il réfléchit le mieux, le regard perdu dans la trouée de mélèzes qui s'écarte devant le ciel.

Lorsqu'il longe l'enclos des chiens, les bêtes grondent et il les calme de plusieurs quignons de pain sec. Plus loin, vers l'antre de L'Enclume, quelques flammes dansent encore. Ce feu a un fumet de bois blanc. Où est la lourde senteur des moignons de tourbe qui se consument dans les brûlots de son Irlande ? Les odeurs de son pays lui manquent tout à coup. Celle de la brume qui s'évapore des champs de rhubarbe sauvage. Celle du port de Sligo et des tavernes qui l'encerclent. Celle encore du vent d'ouest qui porte le souffle des tourbières.

Avec le poids de la fatigue dans les reins, Martin s'appuie contre le *shed*. C'est dans des moments comme celui-ci qu'il regrette de ne pas fumer. Le kinnikinnick ou le raisin d'ours des ancêtres d'Odahingum lui éclairerait peut-être l'esprit ?

– Je peux partager ton silence ?

Martin sursaute. Zéphyrin le bouscule un peu et s'installe sur le banc. Le Métis bourre une pipe et met un temps infini à l'allumer de son silex. Rassasié de la longue bouffée qu'il inspire, il s'adosse au bois, reste silencieux et respire lourdement. Au fil des jours, Martin a su le déchiffrer. Ses mots sont lents, mais son âme palpite. Zéphyrin Dumoulin est un homme vivant parce qu'il s'inquiète en permanence des autres. Rien ne l'obsède. Quand il se décide enfin à raconter des morceaux de sa vie, les beaux souvenirs s'entremêlent aux regrets sans que rien le dérange.

Tête-de-Boule par sa mère, il sait se confondre avec la nature.

Français par son père, il hait tout ce qui est anglais.

La discussion s'installe sur les hommes de Wabos Sipi, du moins sur ceux qui sont encore vivants. Tite-Fouine et Grande-Fouine ont une réputation de joyeux. Les cousins Lajoie, même s'ils sont un peu bilieux, sont vaillants, mais peu causants. Ces trois gars de Mauricie disposent de ce qui manque à beaucoup : la fierté, l'honnêteté et le courage. Rien ne les arrête, ni la morsure du froid ni la pluie en rafales. Les quelques moqueries distillées çà et là par Zéphyrin ne sont jamais méchantes, sauf celles qu'il réserve à Thomas Bisson et Edgar Larue. Des sosies sans être des frères.

Menton carré, nez épaté, front fuyant et ridé de plusieurs hivers, les deux gars de Bytown sont capables de terribles colères. « Cœurs de bois et volonté de fer », conclut Martin pour changer de sujet.

– J'ai le sentiment que ton Indienne te mange le crâne. Je me trompe ?

Piqué d'être soudain mis à nu, Martin baisse les yeux et repousse la neige de la pointe de sa botte. Zéphyrin, mal à l'aise de l'avoir dérangé, le remue d'un coup d'épaule.

– Ravale ta déconvenue, Martin Soulevent. Odahingum attend qu'on agisse. Cette fille est une flèche, la vengeance est son arc et ceux qu'elle rêve de tuer sont devant ses yeux. Elle nous en veut de rester les bras croisés à contempler la lune posée comme une boule d'or au-dessus d'un vase de mélèzes.

– Arrête avec tes images d'Indien ! Moi aussi, j'en ai marre d'attendre. Si on ne décide rien, elle agira seule.

– Je sais, mais on bougera avant. Demain, Stormage partira chercher des renforts à Maniwaki. Hell Cat Maggie et Jackson Lynch les accompagneront. Au bas mot, ce seront une demi-douzaine de pistolets à silex qui ne se mettront pas en travers de notre plan.

– *Notre plan* ! Mais quel plan ?

– Ne sois pas mauvais clou, Martin ! C'est évident, bon sang de bois ! Seuls Longlife et Flayerty surveilleront les parcelles de coupe. Mis à part l'intendance, Wabos Sipi sera désert du lever du jour à la brunante. Lapierre restera au campement à dénombrer les billots, vérifier les quotas et les chelins qu'on lui a déjà rapportés. C'est là qu'il faudra agir.

– Comment ?

– On l'assomme et…

– Vous ressemblez à deux crapauds dans un nid de pygargue à tête blanche.

Surpris, Martin et Zéphyrin se retournent. Artémise se tient au coin du *shed*. La cuisinière garde sous le bras une sacoche avachie et soutient son ventre de ses mains enfoncées sous son tablier.

– Rentrez, ordonne-t-elle. À cette heure, tous les bourricots sont à l'écurie et croyez-moi, vous en êtes deux beaux. Faut qu'on cause. Oda nous a préparé un thé bien chaud et quelques potions que je vous déconseille de goûter.

– Et de quoi veux-tu nous parler? demande Zéphyrin, peu enclin à abandonner la nouvelle bouffarde qu'il vient de bourrer.

– De recettes de cuisine, imbécile. Celles que Jason Oldbear m'a apprises à L'Abord-à-Plouffe avant de me recruter. J'espère qu'il ne s'est pas trompé sur vous, sinon on risque de sucer la belladone par la racine.

XLIV

À moitié, seulement

Maniwaki est un bourbier. L'hiver précoce saccage l'automne. Maintenant, la neige s'en mêle. Visage exsangue, dos cassé par dix jours de progression dans des sentiers pierreux et des plaines humides, Deaglán Mullargh désigne une taverne aux deux autres. La bourgade pue le chou et le bousin.

– Ce soir, on mange, on boit et on dort dans un bon lit. Woodward, emmène les carnes aux écuries. Robert, arrange-toi pour que la charrette reste au sec cette nuit. On se retrouve à l'intérieur.

C'est plus une grange aménagée qu'une gargote. Autour des pichets, des besogneux larges d'épaules, hirsutes et dépenaillés partagent une gamelle de fèves au lard. Les discussions vont bon train, mais s'éteignent les unes après les autres quand les rustauds découvrent ce milicien bourbeux et harassé de son voyage pénétrer dans leur antre. Deaglán Mullargh choisit une table disponible et appelle la serveuse figée derrière son comptoir quand une montagne de muscles se lève et vient s'asseoir en face de lui.

Sept pieds de haut, un manteau en peau et une barbe qui lui descend jusqu'au milieu de la poitrine. Le pue-la-sueur se débarrasse de sa tuque et la pose devant ses grosses pognes de coureur des bois.

– T'es pas le bienvenu, milicien.

– J'ai l'habitude. Garde tes mauvaises manières, mes hommes et moi, on ne restera pas longtemps dans ce trou perdu.

– Tes hommes ? Et il y en a combien ?

– Deux.

– C'est tout ?

– C'est tout. On n'est pas là pour vous créer des ennuis, l'ami. Range ton envie de me chercher des noises, je t'offre à boire.

– C'est pas de refus.

– Si, parmi tes compagnons, tu connais un vrai pisteur, je l'engage.

– Pour aller où ? s'inquiète le géant soudain méfiant.

– Vers les parcelles d'abattage situées au nord des chutes de High Falls.

– C'est pas une bonne idée.

– Pourquoi ?

– L'hiver n'est pas bien loin et il sera difficile. La neige arrive déjà et, si le vent ne tourne pas, elle va s'incruster. Dans ce « trou perdu », comme tu dis, il peut en tomber une belle brassée en une seule nuit. Si ça dure huit jours, j'te raconte pas. En venant ici, j'ai pisté des tribus iroquoises qui descendaient vers leurs terres. Si tu pousses ton cheval vers High Falls, toi et tes gars, vous risquez de les croiser. Et là, gare à vos scalps ! Dans la région du lac du Poisson Blanc et du Réservoir aux sables, j'en ai rencontré d'autres. Les anses des chutes sont au nord des anciens postes de traite. C'est un endroit sauvage, à la limite des chemins forestiers, un vrai coupe-gorge si tu ne sais pas te repérer.

– Tu sembles connaître le coin, l'ami.

– J'y traîne depuis pas mal d'années.

– Et ça te dirait de nous guider ?

– Si tu paies bien, pourquoi pas ? Par contre, Je me vois mal m'embarquer seul avec trois miliciens empotés, même s'ils sont armés. Mon frère nous accompagnera, sinon trouve quelqu'un d'autre.

– D'accord. D'un autre côté, on est quand même bien arrivés jusque-là sans avoir besoin de personne !

– D'où tu viens ?

– De Gatineau, ment Deaglán.

– De Gatineau jusqu'à Maniwaki, c'est une promenade d'amoureux, milicien ! Monter jusqu'aux campements, ça va être un voyage au bout de l'enfer, surtout avec le temps qui s'annonce. C'est quoi ton nom ?

– Mullargh. Sergent Deaglán Mullargh.

– Moi, c'est Kenneth. J'ai la réputation d'être le meilleur braconnier de l'Outaouais. Mon frangin, on le surnomme Jovial. Réfléchis à un bon prix et double-le.

Robert et Woodward entrent à leur tour, amenant avec eux un vent glacial dans la taverne. Les présentations sont brèves et Kenneth prend à peine le temps de les saluer. Le gars recule sur sa chaise et renvoie à Deaglán un sourire édenté. La serveuse apporte quatre pichets sans que personne n'ait rien commandé.

– Dix livres par tête, ça te suffira ?

– Ta générosité t'honore, Sergent Mullargh !

– On peut partir quand ?

– Quatre ou cinq jours. Une expédition vers High Falls ne s'improvise pas. J'espère que ta bourse est encore pleine, parce qu'on aura besoin de nourriture et d'équipement pour la neige.

– Ne t'inquiète pas pour ma bourse. Tu as trois jours, pas un de plus.

– Tu ne m'as pas dit après qui vous êtes si pressés de cavaler ?

– Un égorgeur de fermière.

– Trois jours, d'accord, conclut Kenneth « longue barbe ». Profitez de la table et de vos paillasses. Dernière chose, occupez-vous d'acheter des chevaux si les vôtres sont des carnes. Icitte, pas besoin de bêtes rapides, mais comptez sur des montures lourdes et résistantes, capables de tirer un arbre couché en travers d'un sentier.

Le gars avale d'un trait sa bière d'épinette et rote de l'avoir bue trop vite. Sans saluer, il ramasse sa tuque et quitte la Taverne de La

Petite Cochonne. Un type lui emboîte le pas, large et haut comme une porte. Pas jovial pour un rond. Une gueule d'ours.

– T'es sûr que c'est une bonne idée d'engager ces gars-là ? demande Robert qui les regarde s'en aller. Ils ont l'air plus fourbes que des margoulins anglais. On dirait des égorgeurs de chiens.

– On restera sur nos gardes. L'important c'est déjà de partir par le bon sentier dans la bonne direction. J'sais pas vous, mais pour moi ce soir, ce sera chou farci et tranches de lard.

C'est une soirée de peu de mots. Woodward, gavé tel un goret, somnole au-dessus de sa gamelle sans pouvoir terminer sa troisième pinte de tord-boyaux. Lassé de le voir bayer aux corneilles, Deaglán Mullargh lui ordonne de rejoindre son grabat et de se tenir prêt dès matines, de préférence sans présenter une aussi vilaine gueule. L'ancien second du *Carrick* ne répond pas, salue et se lève en se malaxant les fesses pour calmer le feu de la selle. D'humeur plus sombre qu'un rat sur un cercueil, Robert allume sa bouffarde et glisse sa blague à tabac vers son père. Dans la taverne, le va-et-vient des marchands et des bûcherons se tarit. Chaque fois que l'un d'entre eux pousse la porte, un tourbillon de neige brasse la fumée des pipes. La serveuse propose une dernière pinte aux traîne-boisson avant de vider les lieux. C'est sur ces belles paroles que Kenneth « longue barbe » et son frère, qui n'a de jovial que le surnom, pointent à nouveau leur sale gueule et leurs mauvaises odeurs dans la taverne. Les épaules et la tuque couvertes de poudreuse, le premier s'approche de Deaglán et pose au milieu des pintes un rouleau de papier noué d'une cordelette.

– Apprends cette carte par cœur, Sergent Mullargh. C'est un trésor. Je l'ai échangée contre un fusil à un vieux coureur des bois qui avait brisé le sien. Les points de passage sont marqués. Tout y est : les raccourcis, les gués, les barrages des castors, les fermes où s'approvisionner. Le gars a été jusqu'à indiquer les endroits où se regroupent les meutes de loups et les tanières d'ours qu'il a rencontrés.

– Tu n'as pas peur que je te la vole ?

– Pourquoi ? Ça vole, un milicien ? Je ne suis pas fou. Ton chariot, tes vivres et tes chevaux sont à l'abri dans mes écuries. Mes gars les surveillent. Si tu t'en vas sans dire au revoir, tu ne franchiras pas la passerelle de Maniwaki.

– La confiance règne, à ce que je vois.

– Je te retourne l'évidence, Sergent Mullargh. Sur ce, bonne lecture et bonne nuit.

– Bonne nuit.

Robert décoche un sale regard aux deux gars qui disparaissent dans la tourmente. Deaglán prend le temps de s'allumer une dernière bouffarde et lui souffle la fumée au visage.

– J'ai un truc à te demander, fiston. Et évite de me mentir.

– Je t'écoute.

Le patriarche recule sur sa chaise, mais reste muet. Sourcils froncés, regard froid, il dévisage Robert avec une sorte de mépris que la fatigue du voyage exagère. L'autre comprend que La Vermine a parlé. Son paternel sait donc qu'il a épargné Sinéad en la confiant aux bons soins de ce traître de John D'Arcy. Vaincu d'avance, incapable de pouvoir se justifier, Robert baisse les yeux et commence sa confession. C'est un pénible monologue pendant lequel il se tord les doigts et bafouille presque à chaque phrase. Tout y passe. Depuis le début et cette sombre nuit chez les McBride où Martin Sullivan l'a terrassé d'un coup de poing avant de tuer Owen. Vient ensuite la liste de ses mensonges et de ses mauvaises décisions, obnubilé qu'il était par sa passion dévorante pour Sinéad. Arrivé au bout de ses explications, il s'effondre sur la table, le visage dans ses coudes.

De sa grosse pogne, son paternel lui tapote l'épaule.

– Je voulais simplement te demander si La Vermine avait souffert avant de mourir dans la grange. Je l'aimais bien, ce sale môme. Maintenant, faute avouée est à moitié pardonnée, fiston. Mais à moitié. À moitié, seulement…

XLV

La fumée des ancêtres

Personne n'ose parler. De toute manière, Artémise ne le permet pas. Sur ses genoux, la sacoche volée chez Lapierre. Son attitude presque renfrognée est étrange, comme si l'Outaouais lui appartenait. Les uns après les autres, elle les dévisage. Odahingum prépare une de ses infusions d'Indienne. Martin cherche en vain à croiser le regard de l'Anishinaabée, tandis que Zéphyrin cure le culot de sa bouffarde avec un clou rouillé. Méfiants et curieux, tous attendent la confession de la reine de la mélasse et des poches de viande.

– Bien, je vous dois des explications. En 1843, je suis cuisinière sur la rivière Noire. Comme à Wabos Sipi, on voit arriver au campement une dizaine de gamins autochtones. C'est le milieu de l'hiver et ils sont en piteux état. Je les nourris avec ce que j'ai. Six meurent de froid. Au printemps, avant la transhumance de la drave, des femmes viennent chercher les survivants pour les emmener je ne sais où. L'année suivante, sur la Coulonge, la même histoire recommence. Cette fois-ci, trois mômes résistent à l'hiver, les autres sont enterrés quelque part dans l'ancien territoire des Kichesipirinis. En 1845, sur la Gatineau, des coureurs des bois découvrent le massacre d'une tribu algonquine. On est à la mi-mai, la neige est rare et c'est le début du flottage. Comme par hasard, la semaine précédente, Flayerty et Longlife nous ont laissé sur les bras huit mômes Weskarinis avant de filer vers L'Abord-à-Plouffe, jurant leurs grands dieux de leur trouver des familles d'accueil. Par miracle, aucun ne passe par-dessus bord et on les garde en vie jusqu'à L'Abord-à-Plouffe. À l'arrivée, Jackson Lynch les récupère pour les emmener à Kingston.

– Et personne ne s'y oppose ? s'étonne Zéphyrin.

Martin coupe l'herbe sous le pied d'Artémise.

– Si, un certain George Hook, retrouvé pendu dans un mélèze. Jason Oldbear m'a raconté cette histoire.

– George Hook... répète Artémise, les yeux perdus dans le vague. C'était un brave homme et une belle âme. C'est en apprenant sa mort que je me suis rendue au poste de milice du village. Oldbear m'a entendue et m'a crue. Je suis restée à L'Abord-à-Plouffe, à travailler comme cuisinière à la Taverne du Clocher. Un an plus tard, c'est là qu'il m'a recrutée pour participer à ce camp forestier et à la drave qui suivra. Par tous les moyens, je dois lui rapporter les preuves des massacres et des enlèvements. Je dois aussi m'occuper de garder les gamins en vie pendant le flottage et, croyez-moi, avec les rapides, ça ne sera pas une mince affaire.

Zéphyrin s'étouffe de sa pipe.

– Une cuisinière-milicienne ! On aura tout vu !

– La ferme, imbécile ! gronde Odahingum qui reste concentrée sur l'histoire d'Artémise. Tu prétends avoir croisé Lynch, Flayerty et Longlife sur d'anciens campements, alors pourquoi ne t'ont-ils pas reconnue ?

– Quand ce genre d'hommes lorgnent les femmes de mon embonpoint, leurs regards nous passent au travers comme une flèche dans du beurre.

– Et pourquoi ne nous avoir rien dit ? s'étonne Martin.

– Je voulais savoir ce que vous aviez dans le ventre. Les costauds ne sont pas toujours des héros. Ce n'est pas le sujet. Une opportunité se présente avec les départs de Stormage et des autres pour Maniwaki. On a déjà cinq mômes sur les bras, en attendre d'autres et rester les doigts croisés, c'est cautionner un nouveau massacre.

– Que veux-tu dire par là ? insiste Odahingum.

– Avant l'enterrement des deux gars de Gatineau, je me suis faufilée dans le baraquement de Lapierre. Par chance, Hell Cat Maggie et les contremaîtres n'ont rien vu ni entendu, trop occupés à jouer aux dés, à fumer et à se vanter. C'était à celui qui inventait le plus gros mensonge pour plaire à cette sauvage. La garce leur a cloué le bec en racontant comment elle et ce borgne de Jackson Lynch avaient décimé deux familles mohawks avant d'arriver à Wabos Sipi avec leurs mômes. Des braconniers leur ont donné un coup de main.

Zéphyrin souffle la fumée de sa bouffarde.

– Où ça s'est passé ?

– Au nord de la Lièvre, vers la rivière aux Ours.

– Ce n'est pas une bonne nouvelle, le « peuple aux longues maisons » viendra les chercher ; les Haudenosaunee ne pardonnent rien. Jamais.

– Tu les connais ? demande Martin.

– Je les ai croisés une fois, dans mon ancienne vie de coureur des bois. Mon dos garde la trace de bien mauvaises brûlures. Tous les gars qui étaient avec moi ont été scalpés ou tués à coups de tomahawk. Je m'en suis tiré parce que j'ai menti sur mes origines, en disant que ma grand-mère était mohawk.

– Tu parles iroquois ? s'enquiert Odahingum.

– Non. Je connais quelques mots d'onondaga.

Agacé, Martin interrompt la discussion.

– On s'égare. Artémise, continue avec Hell Cat Maggie.

– La garce assurait avoir reçu une lettre de Kingston lui ordonnant de récupérer plus de quinze mômes. Donc, j'en déduis que la chasse est encore ouverte.

– Et cette fameuse missive est dans cette sacoche ?

– Faut vérifier, mais ça m'étonnerait. J'ai ramassé ce machin au hasard sur le bureau de Lapierre.

– Montre !

De nombreuses lettres sont marquées du sceau de Kingston et signées par John Counter. Sur les premières, rien de compromettant ; des échanges de forestiers et des réponses sans intérêt sur des zones d'abattage. Sur les suivantes, il n'est question que d'outils, de trinqueballes et de chevaux.

Un pli cacheté pique l'attention de Martin. Sur celui-ci, Counter impose la présence de Jackson Lynch, Flayerty et Longlife à Lapierre en tant que *foremen.* Dans une formule de politesse alambiquée, il précise que le non-respect de cette consigne lui attirera des ennuis. Dans un autre pli, plus autoritaire et direct, Counter prévient Lapierre d'une arrivée imminente. *Une personne des bas quartiers de New York.* Dans sa conclusion, le bourgeois de Kingston *ne doute pas que les sommes déjà versées* sauront convaincre son interlocuteur et ami de lui assurer le meilleur accueil possible.

– On a ce qu'il nous faut ?

Martin range les missives dans la sacoche.

– Oui et non, Zéphyrin. Ces courriers établissent le lien entre Counter, les trois contremaîtres et Lapierre, mais le nom de Hell Cat Maggie n'est pas cité. On n'a rien sur elle ni sur les détails de sa mission. Artémise, Lapierre garde-t-il d'autres sacoches comme celle-ci dans son baraquement ?

– Deux autres, dans l'armoire de son bureau, au milieu d'un fatras de papiers et de livres de comptes. Une chatte n'y retrouverait pas ses petits.

– Je m'occupe de les récupérer, propose Odahingum. Demain, les équipes partent vers la batture des chutes. C'est à plus de deux *miles,* j'ai largement le temps d'intervenir pendant que Lapierre palabrera au réfectoire avec Artémise.

– Non, Oda. Je m'en charge, insiste Zéphyrin. Prépare-moi une décoction qui me donnera une belle bave aux lèvres sans m'envoyer en enfer. Le moment venu, je prétexterai une mauvaise digestion et resterai au *shed.* Ça devrait marcher.

– Et après ?

– J'avise et je file, Martin. J'ai l'habitude de dormir à côté des ours et des loups. L'hiver ne m'effraie pas.

– C'est de la folie !

– Ne t'inquiète pas, C'est à moi de partir. Si tu fiches le camp, Oda en paiera le prix, tôt ou tard.

– Ça ne règle pas le problème des cinq mômes, insiste Artémise. La meute n'est pas facile à nourrir, mais dix de plus ! Je n'en parle même pas. La transhumance de la drave ne sera pas simple et si on doit les descendre sur un flottage, on risque d'en perdre la moitié en route.

– Pas question de les laisser ici, s'énerve Odahingum. Je me charge de les ramener dans leur tribu.

– Quelle tête de pioche, celle-là ! Martin, donne-moi la carte de l'Outaouais que nous a confiée Oldbear.

– Qu'est-ce que tu cherches ?

– Je cherche le moyen de clouer le bec de ton Indienne et de lui montrer où se trouvent ces Iroquois. Les chasseurs ne sont plus là. La saison est terminée et les groupes dispersés regagnent déjà leurs terres pour y passer l'hiver. On ne les reverra pas avant la fonte des neiges au printemps. C'est de la folie de leur courir après !

Zéphyrin déplie le document. C'est presque illisible pour qui ne sait pas dénicher un repère. Pas de nom de lieu, de montagne ou de rivière. C'est un enchevêtrement de taches plus ou moins sombres reliées entre elles par des veinules imprécises. Des lacs ? Des montagnes peut-être ? Des rivières ?

– Là, dit-il en tapotant une zone grise de son index. Au nord-ouest du territoire des Agniers, le long de la rivière Mohawk ou encore ici, vers les moulins de Sault-au-Récollet, au nord de Montréal et de la rivière des Prairies. C'est à plus de quinze journées de marche, peut-être le double avec des mômes dans la neige. Pour une femme seule, c'est impossible.

– Martin viendra avec moi.

– Oda, Martin ne connaît pas les pièges de la région. Il y a six mois, il crevait de faim dans l'Ancien Monde. Ici, c'est grand comme cent fois l'Irlande. Attendez au moins deux jours avant de décider n'importe quoi. Sur ce, la messe est dite, je regagne ma paillasse. L'Enclume doit déjà ronfler et demain la journée sera longue.

Un salut rapide. Zéphyrin ramasse la sacoche d'Artémise. La porte du *shed* s'ouvre sur la nuit et le Métis disparaît dans l'obscurité. Là-bas, vers l'enclos de Piquèt, les chiens s'énervent. La cuisinière colle un *bec* sur le front d'Odahingum et s'en va à son tour, enveloppée dans une lourde écharpe de laine.

Martin regarde l'Indienne enfourner deux morceaux de bois dans le poêle. Cela suffira-t-il à garder la nuit chaude ? L'envie de trouver les bons mots pour l'émouvoir lui tord l'esprit, mais rien ne vient sinon de creuses banalités. Lorsqu'il la voit tisonner le feu, il comprend qu'elle est déjà ailleurs, sur la piste des Iroquois, à traîner derrière elle une file de mômes effrayés.

Odahingum s'enveloppe dans une pelisse et prépare son calumet pour interroger les totems cachés dans les étoiles. Avant de sortir, elle baisse la flamme de la lampe à huile. Dehors, la lumière d'un quartier de lune projette un rayon de craie contre la façade sombre des mélèzes. Le hurlement d'un loup troue la nuit. La furie des chiens lui répond. Peu à peu, l'odeur du tabac s'insinue dans le *shed.*

La fumée des ancêtres.

XLVI

... une souffrance indécente.

La brunante est encore là lorsque la cloche du campement cogne le réveil. Dehors, tout est rétréci. Ce mercredi matin, Wabos Sipi baigne dans un brouillard froid, annonciateur de nouvelles neiges. Les cimes des plus hauts arbres s'enfoncent dans la brume. Les troncs ressemblent à des fantômes engoncés dans leur linceul. Une brise légère ne parvient pas à libérer les battures de la Lièvre du cocon qui les étouffe. Tout est humide, les vêtements autant que le pain rassis des jours derniers.

Dans le réfectoire d'Artémise, les mines renfrognées ne sont pas assez réveillées pour se souhaiter bonne journée. Des grognements répondent aux bonjours d'Odahingum. Les gars mettent un temps infini à se décaler un peu et à céder un bout de leur banc à un nouvel arrivant. Thé brûlant, lard et mélasse de bines. La Louche, fine mouche, esquive les réprimandes autant que les coups de torchon.

Depuis le départ de Stormage vers Maniwaki, le rythme des hommes sur les parcelles de coupe s'est étiolé. Les pauses s'allongent d'une bouffarde ou d'une autre tasse de thé. Flayerty et Longlife n'ont pas la maille du chef de file et Lapierre, dépassé par le manque de bras, ne cesse de donner des ordres contradictoires. Depuis trois jours, les quotas sont loin d'être respectés.

Sans que personne aborde le sujet, les absences conjointes de Jackson le borgne et d'Hell Cat Maggie ont apporté un peu plus de sérénité autour de la table du soir. Odahingum est la seule à regretter de les avoir vus partir. Ses fioles de poison étaient prêtes pour le souper que devait leur servir Artémise. Le dernier de leur misérable existence. Ce soir, seuls Flayerty et Longlife auront l'occasion d'en découvrir les effets. « En une heure, ce sera bouclé », a assuré l'Indienne devenue prophétesse redoutable.

Un long coup de corne appelle les hommes au travail. Zéphyrin repousse sa gamelle et bouscule le coude de Martin.

– Termine ta plâtrée, on bouge.

– On part sur quelle parcelle aujourd'hui ?

– J'en sais foutre rien. Eux non plus n'en savent rien. S'ils ne sont pas trop stupides, ce sera celle de la batture des chutes. Pour s'y rendre, c'est piégeux, mais les pins à abattre longent la Lièvre. On gagnera du temps pour aligner les pitounes.

Devant, les Atikamekw et les Cris mènent les chevaux et les trinqueballes chargés de scies à deux manches et de cordages pour soulever les billes à grappiner. Les hommes suivent, lestés de leurs haches et des havresacs remplis de la nourriture préparée par l'intendance. Longlife et Flayerty ferment le convoi, fusil en bandoulière, la main sur la crosse de leur pistolet.

Deux heures de marche, dans les affouillements gorgés d'eau et de boue. Un chemin de peine, encombré de racines et de souches à enjamber ou à contourner. C'est dans ce paysage écrasé par le grésil que la cohorte avance, silencieuse et courageuse, indifférente à cette averse poudreuse qui détrempe les barbes et empèse les pelisses sur les épaules.

Ici, après les chutes, la rivière est épaisse, alourdie des ruissellements des premières neiges, chargée des torrents qui se déversent dans son cours. Sur le sentier de bordure, derrière une rangée d'arbrisseaux, le râle sourd de la Lièvre en lutte avec les barrages qui encombrent ses rives et gonflent ses remous.

– Ça pue l'embâcle, grommelle Zéphyrin en tirant sur la sangle de sa gourde.

Martin le dévisage sans comprendre. Le Zéph désigne un large repaire de castors en amont.

– Le courant est fort et l'eau monte sur les berges. Les arbres déracinés seront emportés vers cette anse pour s'empêtrer dans ce barrage. Regarde, j'en compte déjà une dizaine qui se grimpent les uns sur les autres… Hé ! les gars ! ça bloque, là-bas ! crie le Métis.

Longlife et Flayerty talonnent leur monture et s'approchent sans comprendre, avant d'arrêter le convoi. Rejoints par les autochtones, les gars pataugent dans les ornières et s'extirpent des branchages pour escalader un empierrement. Le danger est là, sous leurs yeux.

– Reculez de la bordure ! hurle Zéphyrin.

Personne n'entend. Flayerty pousse son cheval vers la rivière et appelle les hommes en désignant l'embâcle qui se forme dans l'anse des castors. Le contremaître dégringole de sa monture.

– Piquet ! Trouve de la poudre et fais-moi sauter ce bouchon ! Prends deux gars avec toi. Les autres, ramassez vos gaffes et piquez vers le courant les billes déjà libres. Zéphyrin ! Martin ! Remuez-vous le cul ! Foutrebleu ! On a besoin de vos muscles !

Martin obéit, mais Zéphyrin lui barre le chemin de son bras.

– Reste derrière moi, on ne bouge pas.

C'est au tour de Longlife de s'en mêler. Le second couteau de Lapierre s'avance à son tour vers les deux récalcitrants.

– Qu'est-ce que vous ne comprenez pas quand Flayerty vous demande de « vous remuer le cul » ?

De son bâton, Zéphyrin désigne le flot de la Lièvre.

– Ce n'est pas cet embâcle qui doit sauter. Celui-là partira tout seul avec le courant. Par contre, j'en ai repéré deux autres en train de se former en aval. Un au milieu de la rivière et un autre au sommet des rapides. Ces deux-là sont des vicieux. C'est de ceux-là dont il faut s'occuper d'abord.

– Pourquoi, bon sang ? s'agace Longlife.

– Pour libérer la rivière sans grossir son cours. Regardez les chutes en amont, elles ne crachent presque rien. Je parie ma solde qu'un troisième embâcle s'amuse à les obstruer. Si tout craque en même temps, pas un des gars n'aura le temps de déguerpir. Là, je prédis l'enfer. Même le campement là-bas sera sous deux mètres d'eau.

– J'en ai rien à foutre de ton avis de Métis ! Ramasse ta gaffe et rejoins les autres ! Ça vaut aussi pour toi, Soulevent !

– Comme vous voulez, mais je persiste à dire que c'est une connerie.

Piqué de colère, Longlife porte la main à sa ceinture, dégaine son arme et pointe le canon sur le torse de Zéphyrin. Ce dernier écarte les mains en signe d'apaisement.

– C'est bon, c'est bon, on se calme. Tu t'expliqueras avec le diable.

Zéphyrin ramasse une gaffe, vérifie la solidité du manche et la tend à Martin. Dans le chariot de l'outillage, il en choisit une autre, plus épaisse qu'un harpon de baleinier.

– Celle-là nous sauvera peut-être la vie. Prends un toron de corde et des crochets à bois. Regarde où je pose la semelle et mets tes pieds dans mes pas. Si tu connais une prière, n'hésite pas à t'en servir.

– C'est dangereux ?

– C'est glissant et casse-gueule, donc, oui, c'est dangereux. Si tu entends un grondement sourd suivi d'un craquement sinistre, dépêche-toi de terminer ta supplique et imite tous mes gestes. Si je grimpe vers ce surplomb, tu me suis sans réfléchir. Si je saute dans l'eau, tu sautes aussi. Tu sais nager, au moins ?

– J'ai déjà coulé une fois, avec le *Carrick of Whitehaven*, et je m'en suis tiré…

Et tu m'as sauvé la vie, ajoute la petite voix de Kate dans sa tête.

Pleins de sourde colère, les hommes battent la bordure du sentier, écartent les branches basses de leurs gaffes et poussent les pierres qui les encombrent. Dans l'anse des castors, les billots sont bloqués, figés et immobiles, hérissés en statues de bois contre les redans de la cuve. La Lièvre, ivre de rage de heurter cet obstacle, cogne la masse inextricable. Autour, les embruns mordent les hommes. Les gaffes et les injures ne servent à rien sinon à harponner le vide.

Zéphyrin et Martin se tiennent en retrait. Le Métis épie chaque sursaut de l'onde en furie, prêt à hurler le sauve-qui-peut. Piquet, plus leste qu'un singe, avance sur les premières pitounes de l'embâcle. Quatre Atikamekw le suivent. Encordés les uns aux autres, ils avancent, plus hésitants que des mômes au bord d'un gouffre. Mingan mène le second groupe des Cris. Une première charge est placée sous un billot, une autre dans l'encoignure d'un immense pin et d'un érable, arrachés aux crues du dernier printemps. Sous la poussée constante des flots, trois billes se libèrent du carcan de bois et de broussailles qui les emprisonne. Au même moment, la tête de l'embâcle se soulève, sans doute réveillée par les crochets des gaffes. Des pitounes se délivrent, tourbillonnent et se cabrent comme des pur-sang enfermés dans un enclos, avant d'être emportées par le bouillonnement des remous.

La rivière gonfle soudain. Des craquements montent des rochers qui retiennent les arbres morts. C'est avec la violence d'une horde de chevaux sauvages que la Lièvre prolonge sa furie sur ses berges. Le déchaînement des flots arrache des parcelles de terre et de bois. En amont, les chutes presque taries vomissent d'un seul coup des tombereaux de billots déchiquetés. Dans un fracas de fin du monde, les troncs effeuillés se percutent, telle une armada de chaloupes en naufrage que le courant soulève avant de les couler. Rageuse de les perdre, la Lièvre les fait ressurgir plus loin, raides et menaçants. C'est alors une armée de pointes maudites dardées à l'assaut des hommes qui luttent en aval avec le monstre de l'embâcle.

– Foutez le camp ! Tirez-vous de là !

Étouffés par le chaos, les avertissements de Zéphyrin ne servent à rien. Le Métis saisit Martin par le col de sa pelisse et l'entraîne vers un empierrement avec une force insoupçonnée. Son harpon se plante dans le tronc d'un mélèze. Martin s'agrippe aux pierres, pique ses crochets dans les arbres pour s'extirper du déluge. Le sol se dérobe sous son ventre. Des branches arrachées lui déchirent les bras et les mains. Deux fois, les bottes à clous de Zéphyrin cognent son visage. Dans une encoignure de billots et de roches qui les protège enfin, ils regardent défiler l'enfer, un goût de sang dans la bouche, sans comprendre qu'ils sont toujours en vie.

La Lièvre se fiche de tuer. Sa volonté terrifiante est de grossir encore, charriant avec elle des centaines de billots plus lourds que des bœufs. Une vague monte sur la rive où se tiennent les gars et le flot les emporte. Hommes et chevaux, trinqueballes et chariots à scie, tout devient fétu de paille dans le courant qui tourbillonne vers les chutes.

Puis la rivière s'en va écumer sa colère plus loin, faucher d'autres arbres, noyer d'autres berges. Dans l'anse des castors, c'est un paysage de désolation, un enchevêtrement de pitounes fracassées. Vers un rocher en surplomb des chutes, un trinqueballe démantibulé pend dans le vide. Les chevaux d'attelage, affalés sur un empierrement en contrebas, gisent l'un sur l'autre dans un amas inextricable de jambes brisées, de gueules ouvertes et d'encolures tordues. Sur l'oreiller de roches qui les retient, la Lièvre devenue vampire s'abreuve du sang libéré par leurs flancs.

Les embruns se dissipent. Depuis leur caverne de fortune, Martin et Zéphyrin sont incapables de décoller le dos des redans contre lesquels ils s'appuient encore. Hébétés, ils regardent les remous tournoyer dans le courant chargé de débris. Lugubres comme un glas, les premiers mots de Zéphyrin résonnent dans le crâne de Martin.

– Rien de cassé ?

– Oda… Wabos Sipi doit être…

– On s'occupera du camp plus tard, on doit d'abord essayer de retrouver les gars qui ne sont pas noyés et de récupérer les cadavres des autres.

– Et ça servira à quoi de les aligner sur la berge ? Bon sang, Zéphyrin ! Je dois rentrer à Wabos Sipi sauver ce qui peut l'être encore.

– Comme tu veux, mais réfléchis un tantinet avant d'être un imbécile pour de bon. La crue a sans doute emporté les appontements de Lapierre et des contremaîtres, mais les cambuses de l'intendance sont à plus de dix pas au-dessus de l'eau. Artémise, L'Enclume et ton Indienne verront peut-être passer des cadavres ou des gars accrochés à un tronc d'arbre, mais aucun des trois n'aura les pieds mouillés.

Les paroles du Métis, pourtant de bon sens, ne parviennent pas à convaincre Martin. La colère et la peur chevillées au ventre, il imagine Odahingum flotter dans un torrent de boue, les lèvres bleuies, le regard éteint tourné vers le ciel. Qu'importe de s'agenouiller devant les morts ou de sauver la vie des autres ? C'est Odahingum qu'il veut en vie.

En bas, tout est en désastre. La rivière est devenue un cimetière ravagé, comme sur la plage de Saint-Alban-des-Rosiers couverte des débris du *Carrick* et des cadavres éparpillés par le naufrage. Dans ses oreilles, se mélangent la fureur de l'océan et les échos vengeurs d'une rivière qui se tord de douleur.

Zéphyrin se tait et respire fort. Son bras plaque toujours Martin contre la paroi pierreuse. Un pâtis de brouillard monte alors des battures pour envelopper le drame d'un manteau gris-bleu. Au loin, perdu dans les limbes immobiles, les cris d'un homme aux confins d'une souffrance indécente.

XLVII

... un mauvais pressentiment.

Depuis une heure, dans un crépuscule qui s'assombrit, ils cherchent. Toujours cette plainte sourde, plus lancinante qu'une terreur d'agonie. Le premier cadavre qu'ils découvrent est celui de Félicien Lajoie, l'éborgné de l'œil gauche au deuxième jour d'abattage. Le gars gît les bras en croix, poitrail offert au ciel ; une branche d'aulne lui traverse la gorge. Plus loin, ses deux cousins embrassent à pleines dents le rocher qui les défigure.

Dans un fouillis de ramures déchiquetées, Grande-Fouine est accroché par ses bretelles à un surgeon de mélèze. La Lièvre s'est acharnée à le noyer. À mieux le regarder, visage mort, gorgé d'eau et tête molle, le joueur de guimbarde ressemble à un crucifié décloué de son supplice, posé là par une main charitable dans un suaire de brume. Sur l'autre rive, cinq corps. Cinq pustules de chair étalées sur la gravière. Le courant s'affaire à les rincer, satisfait de les avoir éparpillés là. Depuis la futaie dans laquelle ils progressent, Martin et Zéphyrin sont incapables d'identifier ces cadavres. Des Atikamekw, peut-être ? Les autochtones étaient encordés pour s'occuper de l'embâcle. Si ce sont eux, où sont les trois Cris des Plaines qui les suivaient ? Mingan les guidait, il a peut-être réussi à les sauver ?

Deux cents pas en aval, toujours sur la rive opposée, Martin devine la silhouette longiligne de Piquet qui tente de s'extraire d'un amas de broussailles. Une fois libéré, le gars chargé par Flayerty de placer la dernière charge titube comme un ivrogne au bout de sa beuverie. Après quelques mètres, il s'agenouille, écarte les bras en soumission et remercie sans doute le ciel de l'avoir épargné.

Martin et Zéphyrin se précipitent vers lui. Même si la Lièvre se calme enfin, le chemin de bordure reste impraticable. Tous les quatre pas, ils s'enfoncent dans la boue jusqu'à mi-cuisse et n'ont d'autre ressource que de s'agripper aux branches basses pour se dégager. Martin se retourne.

– C'est un vrai bourbier ! On prend par le sous-bois.

Dans un enchevêtrement de billots censé les protéger, ils découvrent les corps de Thomas Bisson et d'Edgar Larue. Les deux inséparables, partis de Bytown pour chercher fortune en Outaouais, sont morts côte à côte, écrasés par le poids de l'eau contre les rochers.

Plus loin, Zéphyrin s'engouffre dans une trouée qui ouvre sur la rive.

– Piquet ! C'est moi, Zéphyrin ! Dis-moi où sont les autres ? Tu as vu des survivants ? Ohé ! Piquet ! Sors de tes prières, sacrée boutique de forge !

L'autre, ahuri, cherche dans le ciel si c'est Dieu qui lui parle. Quand il aperçoit enfin Martin et Zéphyrin sur la berge d'en face, son premier réflexe est de tomber sur les fesses. À la vitesse d'un crabe effrayé, le malheureux se carapate derrière un bosquet pour se protéger des démons qui l'interpellent.

– Bon sang de bois, Piquet ! C'est nous ! Sors de ta tanière ! Où sont les autres ? Tu penses qu'il y a des survivants ?

Reconnaissant la voix de Martin, le cousin de Blaise le musicien quitte son abri, possédé par la vision de la rivière qu'il a sous les yeux.

– J'en sais rien, crie-t-il enfin, au bout de sa terreur. J'ai vu les chutes emporter Flayerty avec son cheval. Mingan était accroché à un tronc avant de lâcher prise et de couler à pic. Les Cris sont tous morts, broyés par l'embâcle. Leurs cadavres ont été embarqués par le courant.

– Est-ce que Mingan s'en est tiré ? hurle Zéphyrin.

– Comment veux-tu que je sache ? J'ai avalé la moitié de la rivière !

C'est à cet instant que redoublent les gémissements de celui qui refuse encore de rendre son âme à Dieu. Le gars est plus en aval, à moins de cent pas. Martin désigne une anfractuosité de rocher fermée par des billes éventrées.

– Laisse tomber Piquet, décide-t-il. Il est au sec et saura rentrer à Wabos Sipi après avoir digéré sa peur. On doit d'abord s'occuper du malheureux coincé là-bas. C'est peut-être Mingan ?

La jambe de Longlife est pliée dans le mauvais sens. L'énorme rondin qui la bloque pèse le poids d'un âne mort. Son épaule droite descend au milieu de sa poitrine et l'os de son avant-bras passe au travers de sa chemise de bûcheron. Dans un effort démesuré, le contremaître tourne la tête vers ses sauveurs, malgré l'eau de la barbotière qui le recouvre presque. Son regard s'apaise. Plus spectral qu'un cierge de Pâques, il parvient à bredouiller.

– Ma jambe… Aidez-moi ! Je vous en supplie.

Zéphyrin s'avance et s'accroupit devant le supplicié, mais Martin le bouscule. D'un geste brusque, il empoigne le catogan de Longlife et lui tire la tête en arrière. Zéphyrin, médusé, lorgne la lame sur le cou du contremaître affolé.

– Il va crever, Zéph. On a d'autres chats à fouetter ! C'est de la part d'Odahingum et de Namid, sa sœur de lait.

Et il tranche la gorge de Longlife d'une oreille à l'autre.

– Encore une à saigner et la malédiction des windigos ne viendra pas me chercher, dit-il en essuyant le couteau sur la toile de son pantalon. On le balance à la flotte et on rentre à Wabos Sipi.

Après un copieux effort, ils dégagent le rondin et traînent le cadavre vers la Lièvre pour le pousser dans ses remous. La garce s'amuse avec le corps désarticulé comme une meute de loups dépèce un chevreuil. Geoffrey Longlife donne l'impression de savoir encore nager. Des branches le retiennent avant de desserrer leurs griffes et de l'abandonner dans la gueule des chutes de High Falls.

– Je ne t'imaginais pas capable de ça, ajoute Zéphyrin en remontant sur la berge.

– Moi non plus. On y va.

Le camp est noyé. Deux brasses d'eau sale recouvrent les emplacements des cambuses dont les toits émergent encore. Martin et Zéphyrin progressent dans les tourbillons, battant des bras au milieu des troncs décharnés qui prennent parfois forme humaine. Le froid leur broie les membres. Là-bas, vers la gravière de l'intendance, le réfectoire d'Artémise est toujours debout. La cheminée fume. Comme prédit par Zéphyrin, les *sheds* sont restés hors d'eau. Depuis le bord de l'empierrement, au-dessus du désastre, Odahingum regroupe les mômes avec l'opiniâtreté d'une bergère qui rameute ses cabris.

La neige revient.

À l'ouest, de l'autre côté du campement, la crue a brisé l'appontement et emporté le baraquement des contremaîtres. Au moindre caprice de la rivière, celui de Lapierre, encore sur ses pilotis, menace de filer dans le courant. Une des deux barques s'est déchiquetée contre les rochers, l'autre est éventrée, la proue enfoncée dans les ramures d'un épicéa. Archibald Lapierre se tient le ventre, adossé le cul par terre dans l'encadrement de sa cambuse. Le forestier contemple ce spectacle qu'il ne commande pas. Incapable sans doute de patauger dans plus d'un mètre d'eau glaciale pour regagner la gravière découverte au sud, il préfère rester là, à attendre d'éventuels secours.

– On s'occupera de l'autre fantoche plus tard, décide Martin. On doit d'abord sortir de ce bourbier.

– Merde ! Mon pied est coincé !

D'un geste puissant et dans un effort qui lui scie les reins, Martin aide Zéphyrin à s'extraire des griffes d'un bosquet dissimulé par l'eau fangeuse. De l'autre main, il empoigne une racine et se tire sur la berge en se traînant sur les rotules, harassé par le poids de ses frusques et celui du Métis qu'il tient à bout de bras.

– Comment va ta cheville ?

– Sans mes bottes, ma patte serait taillée en pointe. Rien de cassé, je pense. J'ai mal, mais c'est supportable.

Goûtant un moment de répit, allongés sur le dos, les deux hommes regardent le ciel se couvrir d'un édredon de nuages poussés par le noroît. Les flocons s'épaississent et fondent les uns après les autres sur leur front et leurs joues.

Zéphyrin brise l'instant de calme.

– On bouge ?

– On bouge. Toi, tu rejoins la cambuse d'Artémise. Demande à Oda de s'occuper de ta cheville. De mon côté, je file à la baraque de Lapierre.

– Laisse-le crever, il a l'air mal en point.

– Je n'y vais pas pour le tirer de là, j'ai des choses à récupérer chez lui.

– Ne joue pas les marioles, Martin. La Lièvre pousse contre l'appontement. Si les pilotis craquent, avec le courant, tu ne t'en sortiras pas ! Je n'ai pas envie d'annoncer ta mort à ton Indienne.

La fumée du fourneau d'Artémise râpe la gorge de La Louche d'une toux rêche. Plus loin, vers l'enclos de ses chiens, Piquet a allumé un brasier de planches et de bois tordus. Odahingum a cantonné les mômes dans leur cambuse. Interdiction de sortir. C'est la fin d'une effroyable peur que personne n'a envie de décrire.

Sur la longue table du réfectoire, au milieu des gamelles, une chemise cartonnée et deux registres. Le premier, le journal de bord du campement, regroupe l'énumération de la répartition des coupes, les attributions par bûcheron et le montant des paies. En face du nom de chaque homme, trois larges colonnes : *Renvoi*,

Décès, *Observations*. Dans le second, les preuves réclamées par Jason Oldbear. Des noms, des dates, des lieux d'enlèvements et une sinistre page répertoriant la liste des mômes arrachés à leur tribu, la valeur par tête, le nom de la famille susceptible de les accueillir. Dans la chemise, des missives signées John Counter. Des ordres plus que des encouragements. Sur chacune d'elles, griffonné au crayon, le début d'une réponse d'Archibald Lapierre.

Artémise rompt le silence.

– Martin, ne me dis pas que Lapierre t'a donné ces documents de gaieté de cœur !

– Pas besoin de lui demander. La pointe d'un étai lui a traversé le ventre et il blanchit à vue d'œil. À l'heure où je te parle, il est sans doute déjà mort.

Artémise assène une de ses remarques acerbes sur l'âme des exploiteurs, mais Martin lui ordonne de se taire. Lentement, il dévisage la troupe en déroute autour de la table.

Épargné de la crue par son mal de ventre qui le torture de vilaines chiasses, Tite-Fouine garde le nez dans sa gamelle. Le vantard de Québec, l'amuseur de la rue du Sault-au-Matelot ne parvient pas à digérer la nouvelle du décès de son frère. Perdu dans sa tristesse, rien de ce qui l'entoure ne semble plus le concerner. Sauf ses tripes. À côté de lui, L'Enclume, sauvé par les palissades de sa forge, lorgne ses grosses paluches marquées d'anciennes brûlures. Lui, c'est la colère qui ferme son visage.

Zéphyrin, piqué par sa cheville douloureuse, tente de ne rien montrer. Grimace aux lèvres, le Métis devine ce que Martin a décidé et, même s'il n'est pas d'accord, sa blessure lui interdit de s'y opposer.

Odahingum, le regard sombre, apporte des bols de soupe qu'Artémise complète d'une large rasade de rhum.

À l'écart, Piquet tourne le dos à tout le monde. Assis sur un fût vide, Jasper Quentin, de son vrai nom, caresse le flanc d'un des deux chiens que la Lièvre n'a pas emportés. Le reste, il s'en moque, d'autant qu'il est persuadé d'avoir entendu aboyer un de ses malamutes en contrebas des chutes.

– Voilà ce que je propose, annonce enfin Martin. Le journal de bord ne sert à rien, mais je vais rapporter ce registre et ces lettres à L'Abord-à-Plouffe. J'irai seul. Zéphyrin peut marcher, mais il est blessé et me ferait perdre du temps. Il accompagnera Odahingum qui veut ramener les gamins iroquois dans leur tribu. L'Enclume attellera un chariot léger sur des patins et ils utiliseront les chevaux de Lapierre. N'oubliez pas les raquettes. La neige est partie pour tomber pendant des jours.

– Tu sauras te débrouiller ? s'inquiète Artémise.

– J'ai repéré la carte. Direction plein est. J'ai deux rivières à traverser : celle de la Petite-Nation et la Rouge. Ensuite, je redescends jusqu'à retrouver celle des Outaouais. Après, c'est le chemin que l'on a emprunté pour quitter l'île Jésus.

– Plus facile à dire qu'à faire, grogne la cuisinière.

– Elle a raison, tu ne t'en sortiras pas tout seul, insiste Odahingum.

– Tu as une meilleure idée ?

– Prends La Louche avec toi, intervient L'Enclume, jusqu'alors muet. Je l'ai vu tirer, c'est un bon fusil. Ce gamin a oublié d'être idiot et, compte tenu de ce qui reste des troupes, on n'en a pas besoin à Wabos Sipi.

– Pas d'accord, s'agace Artémise qui n'a guère envie de se séparer de son souffre-douleur. La Louche est trop tendre pour s'aventurer dans un tel périple. T'as qu'à y aller, L'Enclume ! Toi non plus tu ne sers plus à rien. Sans bûcherons et sans chevaux, ta forge n'est bonne qu'à nous enfumer.

– J'y vais, annonce La Louche. Si Martin n'y voit pas d'inconvénient, j'y vais, répète-t-il, en s'essuyant les mains dans un torchon crasseux. L'Enclume est mieux placé que moi pour protéger le camp en attendant la relève. Je connais la rivière Rouge. À la mort de mes parents, j'ai vécu chez un oncle, à la Ferme-d'en-Bas, vers la Chute-aux-Iroquois. C'est lui qui m'a envoyé sur ce chantier.

– Martin ? insiste Zéphyrin.

– C'est d'accord.

– Et pour les cadavres ? demande L'Enclume.

Martin se lève. Silencieux, il range le registre et les courriers de Lapierre dans son havresac.

– Vous vous en occuperez demain et vous ne les retrouverez pas tous. Avec la nuit et les loups, c'est trop dangereux de les chercher. Sur le registre de Lapierre, marquez d'une croix et d'une date les noms des morts. N'oubliez pas les nôtres. Vous n'êtes que quatre survivants : Artémise, L'Enclume, Tite-Fouine et Piquet. Oda, Zéph, ne traînez pas pour décamper. Stormage et sa clique de bûcherons reviendront tôt ou tard à Wabos Sipi. Les mômes vont vous ralentir et vous aurez besoin de temps si le borgne et la furie vous prennent en chasse.

– Et toi, tu pars quand ?

– Le plus vite possible, Oda. Dès qu'on aura ramassé assez de vivres, de vêtements chauds, d'armes et de munitions.

– Je prépare un traîneau.

Tous les regards se tournent vers Piquet qui continue de caresser son chien. L'autre dort à l'écart, enroulé sur lui-même, le nez dans sa queue.

– Ces malamutes ne sont pas rapides, mais robustes. Les loups les craignent. Méfie-toi de la femelle. Elle est capable de tirer une pitoune, mais se retourne vite si tu approches la main sans lui parler. Si tu gagnes sa confiance, elle ira te chercher en enfer. Le mâle, c'est Tadi. Dans certains dialectes indiens, ça se traduit par « vent ». La chienne, c'est Yepa. « Princesse de l'hiver », si tu préfères. *Nâmâ !* Si elle est bien virée, c'est le seul ordre qu'elle comprenne. Si tu le cries assez fort, elle s'arrête et se couche. Ça veut dire « non » en langue atikamekw. Tu comptes mettre combien de temps jusqu'à l'île Jésus ?

– Une semaine, si on ne traîne pas.

– Alors, bonne route. Pour les malamutes, ce sera au moins deux livres de viande par jour. Économisez les provisions et tuez du gibier. Avec de la chance, vous tomberez sur du lièvre des neiges. Ces bestioles sont friandes de branchettes de saule. Chassez au collet la nuit, pas au fusil.

Sur le visage d'Odahingum, l'incompréhension et la tristesse remplacent la colère qui couve en elle depuis des semaines.

– C'est de la folie, Martin !

– Chez moi, en Irlande, la folie, ça se danse.

– C'est vrai ce que m'a raconté Zéphyrin ? Tu as tué Longlife ?

– C'est vrai. Et La Lièvre a emporté Flayerty dans ses chutes.

– Il reste encore Jackson Lynch.

– Je sais, Oda. Et j'espère bien qu'il me prendra en chasse. Le couteau de Makkitotosinew réclame une autre gorge, c'est ça ?

L'Indienne baisse les yeux

– Est-ce qu'on aura au moins le temps de se dire adieu ?

– Pourquoi *adieu*, ma belle ?

– J'ai un mauvais pressentiment.

XLVIII

... le cul de la vache.

Depuis le départ de Maniwaki, la pluie des premiers jours est devenue grésil. Les sentiers ouverts sur les plaines se dissimulent sous une couche de poudreuse que le froid durcit de plus en plus. L'automne se pare d'un manteau d'hiver sans laisser le temps aux érables pourpres d'étaler la beauté de leurs ramures.

Les hommes avancent en file indienne au milieu d'un sous-bois traversé par un chemin forestier qui semble ne devoir s'arrêter qu'aux portes des enfers. Le pas lourd des chevaux martèle la boue. La crinière et l'encolure perlées de gouttes d'eau gelée fument sous l'effort des bêtes. Rien ne les dérange, ni le hurlement lointain d'un loup ni le grognement sourd d'un ours qui rebrousse chemin devant cet équipage transi de froid. Depuis des heures, couverture sur les genoux et tuque au ras des yeux, Deaglán Mullargh ne voit que ses mains gantées sur le pommeau de sa selle. Dans son dos, Robert, figé d'humidité, imite son père. Derrière eux, en serre-file, Woodward encourage sa monture d'une kyrielle de jurons contre cette journée de merde, la neige et cette putain de selle qui maltraite son cul de marin.

Robert talonne son cheval pour remonter à hauteur de son père.

– J'les sens pas, ces deux-là.

– Moi non plus, fiston, j'les sens pas. Surtout le dénommé Jovial. Faut toujours se méfier d'un taiseux qui hoche la tête.

– Hier, à la Taverne de la Petite Cochonne, j'ai vu que tu discutais avec l'autre. Qu'est-ce qu'il t'a dit, le Kenneth ?

– Qu'on a encore deux bonnes journées de cheval avant les anses de High Falls.

– Comment tu sais que Sullivan est là-bas ?

– C'est ce que m'a raconté la femme de Jason Oldbear pendant que tu cavalais après sa fille. Quelqu'un qui souffre ne ment pas. Je me suis renseigné quand on était à Maniwaki : ça colle avec ce qu'elle a dit. Concernant ces deux épouvantails qui ouvrent la voie, préviens Woodward de se tenir sur ses gardes. On s'occupera d'eux une fois arrivés à la ferme Granget. C'est là-bas qu'on doit passer la nuit.

– C'est loin ?

– On vient de dépasser une deuxième cascade. On est à moins d'un demi-*mile*, au bout de ce chemin forestier, si j'en crois la carte.

– C'est quoi, cette ferme Granget ?

– Les dernières baraques dignes de ce nom avant l'Outaouais profond, d'après Kenneth. Une grange pour dormir au sec, des appentis et une bâtisse principale où on pourra s'approvisionner.

Une cinquantaine de pas devant, les guides coureurs des bois arrêtent leurs montures et flattent les encolures des bêtes. Sans se retourner, tous deux échangent quelques mots dans la buée de leur haleine.

– Ils se parlent.

– J'ai vu, fiston. Écarte ton cheval du mien. Avec leurs pétoires, on est encore trop loin pour qu'ils nous descendent. Prépare ton fusil et tire au moindre geste brusque.

Dehors, le blizzard éparpille le grésil. Après avoir craché une dernière rafale, il s'apaise. C'est un court moment d'accalmie dans un silence de cimetière. Sans prévenir, le crépuscule largue des flocons plus épais que les plumes d'un oreiller.

Le portail de la grange s'entrebâille sur la silhouette massive de Marthe Granget. Une pelisse couvre ses épaules et dissimule les vêtements noirs des deuils de sa vie. La rafale qui la précède ravive les braises que Jackson le borgne tisonne d'un morceau de fer.

– Je vous apporte une paire de couvertures pour la dame et des tranches de viande fumée. Pour demain…

Des détonations gardent sa phrase suspendue en l'air. La fermière sursaute et lâche ses présents dans la poussière. En écho, deux autres coups de fusil roulent autour de la ferme. Hell Cat Maggie saute sur le fusil posé contre une selle. Stormage reste incrédule, les mains tendues au-dessus du feu qui les réchauffe. Jackson se précipite pour entrouvrir le lourd battant de la grange.

– Ça vient de pas loin, du chemin forestier. Deux plus deux, des gars se tirent dessus.

– Ils visent peut-être des loups, ose Stormage qui récupère sa bourse de poudre et ses munitions.

– Non, les coups étaient trop rapprochés. Pas le temps de recharger. Pour tuer un loup, faut déjà l'avoir en ligne de mire, et ces bestioles attaquent les unes après les autres quand elles ont cerné une proie.

– Des Indiens, peut-être ?

– La ferme, Stormage ! Tu me saoules !

– Tu vois quelque chose ?

– Rien, Hell Cat, rien. Ça neige épais.

Prise de panique, Marthe Granget se précipite vers le portail et bouscule Jackson pour forcer le passage.

– Je rentre chez moi !

– Du calme, grand-mère ! Tu ne bouges pas d'un pouce tant qu'on ne sait pas ce qui se trame sous ce déluge.

– Mais, mon mari…

– Oublie la bagatelle, l'ancienne ! Il doit déjà ronfler, ton vieux. Écarte-toi de cette porte, ou je t'en colle une !

Dix longues minutes s'égrènent sans que rien se produise. Deux fois, Stormage vérifie par un fenestron latéral si la cour devant les appentis est toujours vide. Autour du puits, une brume crépusculaire.

– Des cavaliers sortent du chemin forestier, annonce Jackson. Deux cavaliers et un corps en travers du troisième cheval. Blessé ou mort peut-être. Deux autres canassons suivent sans personne pour les monter. J'vois pas bien, mais on dirait des miliciens.

– Qu'est-ce qu'on fait ? On les tire quand ils mettent pied à terre ?

– Non, Hell Cat, on attend. Ils ont dû apercevoir la flambée et ne laisseront pas le blessé crever dans le froid.

– Qu'est-ce que t'en sais ?

– Rien du tout ! Arrête de me buriner le cerveau avec tes questions, Stormage. J'me trompe peut-être, mais un milicien est toujours moins viandard qu'un coureur des bois. Toi, la vieille, tu vas te planquer derrière Hell Cat. Surtout, tu baisses la tête. Stormage, tiens-toi debout à côté du feu, comme si tu pissais ta bière d'épinette. Je reste derrière le portail. À une distance pareille, je n'ai jamais raté ma cible.

– Avec un seul œil, j'espère que tu dis vrai !

– J'porte ce bandeau pour mieux viser, crétin ! Maintenant, ferme-la pour de bon !

Les deux miliciens déposent le blessé devant les flammes. Le gars gémit de douleur, la joue gauche et l'oreille arrachées par le tir qui l'a touché. Le deuxième impact s'est fiché dans son ventre, côté cœur, trois pouces au-dessus du ceinturon. Exténué de souffrances, il perd connaissance. Le plus vieux des deux s'approche du feu, visage craquelé de froid, sourcils et barbe encore enneigés.

– Sergent Deaglán Mullargh, milice de Montréal, annonce le gars en s'ébrouant. Robert, mon adjoint.

Le rire de Jackson le borgne troue l'obscurité qui le dissimule.

– Gardez les mains loin de vos pétoires, les miennes sont pointées sur vous. Deaglán Mullargh en personne ! Déguisé en milicien, qui plus est ! J'aurais payé de mon autre œil pour être témoin de ça !

– Qui es-tu ? Sors de l'ombre et montre-moi ta gueule.

Jackson avance de deux pas, visage hilare, il range ses deux revolvers dans sa ceinture. Les autres se regardent, ahuris de les voir s'embrasser comme des larrons en foire, à grand renfort de claques dans le dos.

– Qu'est-ce que tu fiches en Outaouais, vieux brigand ?

– Je te retourne la question, borgne de malheur !

– Je prends le frais avec une amie. Viens, Hell Cat, que je te présente.

– Si ça ne vous dérange pas, je vais rejoindre mon mari.

– C'est qui celle-là ? demande Deaglán.

– Marthe Granget, la propriétaire de cette charmante ferme. Lui, le grand costaud, c'est Andrew Stormage, chef de file sur le chantier des chutes de High Falls.

Deaglán Mullargh ne fait cas ni de l'un ni de l'autre.

– Robert est mon fils, mais ça, Woodward te l'a déjà expliqué, d'après ce qu'il m'a raconté. Pour compléter les présentations, le Woodward en question, c'est le mec allongé par terre et qui est en train de se vider de son sang.

– Je n'l'avais pas reconnu, ironise Jackson Lynch. Faut dire qu'à Québec, il affichait meilleure mine. À mon humble avis, Deaglán, sans vouloir jouer les oiseaux de malheur, je ne pense pas qu'il s'en sorte, ce brave Stanley. Même avec le froid, une blessure pareille ça saigne et ça gèle. Ça ne cicatrise pas.

– Je sais. On aurait dû le laisser en pâture aux loups. De toute manière, je n'ai pas l'intention de me traîner ce boulet. Robert, abrège ses souffrances, s'il te plaît.

Un coup de revolver à silex tiré à bout portant réduit en bouillie le visage de Stanley Woodward. Marthe Granget se précipite en couinant vers la sortie de la grange. Cette fois-ci, c'est Deaglán qui lui expédie un coup de pétoire derrière le crâne. La lourde femme en deuil s'effondre contre le portail qu'elle repousse sans le vouloir.

– Bon, on y voit plus clair. Robert, tu recharges et tu vas t'occuper du nouveau veuf pendant qu'on cause.

Deaglán Mullargh, assis sur un billot, remonte le cours de tout son périple et les raisons qui l'ont amené jusqu'en Outaouais. Son discours est à peine interrompu par un dernier coup de feu qui permettra à Gustave Granget de ne pas laisser son épouse seule à cogner contre les portes du paradis. Personne ne lui coupe la parole. Hell Cat Maggie et Stormage paraissent peu concernés par la vengeance de ce père Irlandais. Quand il leur explique pourquoi un milicien dénommé Jason Oldbear a décidé d'envoyer à leurs trousses ce fameux Martin Sullivan qu'il a juré d'égorger, ils lèvent un sourcil.

– Voilà, vous savez tout, dit-il tandis que Robert vient s'asseoir à son tour et rend la pétoire à son père. Nos histoires ont un point commun.

Hell Cat Maggie, debout les bras croisés, dévisage le patriarche.

– Nos histoires n'ont rien en commun, Monsieur Mullargh. Jackson et moi, on est chargés par John Counter de ramener des mômes à Kingston, pas de courir après un Irlandais.

– Cet Irlandais, comme tu l'appelles, n'est pas tout seul. D'après mes renseignements, un certain Zéphyrin Dumoulin a été recruté avec lui. Sous la torture, la femme d'Oldbear a juré que son mari en avait engagé au moins deux autres.

– Qui ?

– Elle n'a pas eu le temps d'en dire plus, mais je ne pense pas qu'elle mentait. Ton Counter risque d'avoir chaud au cul si vous ne vous occupez pas de déblayer son terrain de jeu.

– On sait que ce milicien à la jambe de bois nous cavale au cul depuis des années, rétorque Hell Cat Maggie. On lui a toujours échappé. Je ne vois pas pourquoi cette année…

– Cette année, ce n'est pas la même musique, ma grande ! Quand on a tué sa moitié et sa gamine, Oldbear était en route pour Kingston, donc il gambade encore, et crois-moi, malgré sa patte folle, il ne lâchera pas le morceau.

– Qu'est-ce que tu proposes ?

– Rien ! Y a rien à proposer ! s'énerve Stormage qui se lève furibond. Lapierre a été très clair. Votre mission, à toi et au borgne, c'est de m'accompagner à Maniwaki ; le campement a besoin d'au moins vingt nouveaux gars ! Vous devez assurer la protection du convoi et…

Personne ne devine le geste. Un éclair tranche l'obscurité de la grange et la gorge de Stormage qui ne comprend pas pourquoi il n'a pas pu terminer sa phrase. L'information lui indiquant qu'il va mourir met un certain temps à parvenir à son cerveau. Ses mains sont incapables de retenir le sang qui file entre ses doigts. Il titube. Hell Cat Maggie lui plante sa serpette au milieu du front pour l'aider à tomber, les bras en croix dans la paille.

– J'ai un marché à te proposer, Mullargh, ajoute Hell Cat Maggie qui essuie sa lame dans la paille.

– Lequel ?

– Avec Jackson, on te donne un coup de main pour chasser ce Martin Sullivan et à « nettoyer le terrain de jeu » de Counter, comme tu dis. À nous quatre, on est assez nombreux pour ces miliciens de pacotille. Ensuite, toi et ton fils, vous nous rendez la pareille. Lorsqu'on aura récupéré et expédié les mômes qui nous manquent vers Kingston, on sera quittes. Marché conclu ? On tape sur le cul de la vache ?

– On tape sur le cul de la vache.

XLIX

... la couleur des fous.

Le jour tarde à se lever. Martin regarde le fiacre s'éloigner. Dans le décor de brume neigeuse et de pruches qui va l'absorber, le curieux attelage prend la direction du sud-est et des rapides des Chats. Zéphyrin en a décidé ainsi, pour éviter de mauvaises rencontres sur la route de Maniwaki. Ce sera ensuite un long périple plein sud, vers les terres mohawks, les «mangeurs d'hommes» d'après les Kichesipirinis. Le Métis, visage fermé, tient les rênes de la carriole. Dans son dos, Odahingum, emmitouflée dans une couverture, tente de rassurer les gamins protégés du froid par plusieurs épaisseurs de peaux d'ours.

J'ai un mauvais pressentiment.

Une bonne partie de la nuit, elle s'est collée contre Martin, dans la chaleur de la paille du *shed*. Pas un mot, juste des regards et leurs respirations entremêlées. Au matin, l'Indienne s'est levée, plus silencieuse qu'une ombre, pour terminer les préparatifs de son périlleux périple avec Zéphyrin et leurs protégés. Maintenant, sa dernière phrase tourne dans l'esprit de Martin comme un corbeau au-dessus d'un cimetière.

Le camp de Wabos Sipi en est un.

La Lièvre est encore en colère, mais la tueuse accepte peu à peu de rejoindre l'écrin de ses berges. Tout autour, des billots éventrés, des arbres et des morceaux de ramures enchevêtrées. L'appontement du baraquement de Lapierre a été victime de la rivière en furie. Pendant la nuit, sous le poids du courant, sans cesse heurtés par des branchages, les pilotis ont craqué. Archibald Lapierre, un morceau d'étai planté dans le ventre, est parti vers les chutes aval de High Falls avec son bureau, ses étagères et ses livres de comptes.

Trois heures après le départ de Zéphyrin et Odahingum, L'Enclume ajuste d'un vigoureux coup de marteau un dernier clou sur la ridelle latérale.

– C'est prêt.

Piquet gratifie ses chiens d'ultimes caresses et de mots tendres. Les deux bêtes se montrent les dents, agacées de piétiner dans la neige au lieu de déguerpir, empêtrées dans les sangles qui les attachent.

– Jamais deux dessus, dit le gars en désignant le traîneau. Même si elles sont capables de tirer de lourdes charges, avec votre poids et celui du chargement, les bêtes s'épuiseront si vous donnez l'ordre de cavaler. Le malamute peut trottiner pendant des jours, il n'apprécie pas de galoper. C'est un bœuf, pas un lièvre.

Il tend les brides à Martin.

– Sur les premiers *miles*, marche à côté d'eux et retiens-les. Parle à la chienne le plus souvent possible pour qu'elle s'habitue à ta voix. N'hésite pas à lui dire qu'elle est belle, elle adore ça. Ce n'est pas une femelle pour rien. Prends garde à ta main si tu l'approches sans la prévenir. La Louche se tiendra à l'arrière pour freiner si besoin. Yepa s'adaptera à ton rythme, elle pige vite. Des deux, c'est elle qui commande. Le gros Tadi suivra.

C'est un moment d'étreintes silencieuses et sincères. Artémise, la gorge nouée de sanglots, est incapable d'inventer une de ses vacheries. L'Enclume serre les mâchoires. Tite-Fouine, les yeux rougis, triture sa tuque, plus empoté qu'un innocent de village. Le gars de la Basse-Ville de Québec a décidé de ne pas rester à Wabos Sipi. Malgré les avertissements de tous, il partira après avoir retrouvé et enterré le cadavre de son frère. Sans son aîné, il n'est rien. Sourd aux conseils de L'Enclume, le fanfaron de la rue du Sault-au-Matelot assure avoir une mère et une sœur à consoler et n'a plus envie de jouer de la guimbarde pour divertir d'autres bûcherons. Piquet, qui n'a rien à dire, s'arme d'un balai de sorcière. La trogne triste, il s'en va nettoyer l'enclos de ses chiens, espérant que la Lièvre en ressuscitera un.

Sans se concerter, les quatre rescapés du camp de Wabos Sipi adressent au ciel des prières qui se ressemblent.

Le traîneau avance au pas de Martin. Yepa a compris son manège. Après avoir essayé de tirer plus fort, freinée par La Louche, la chienne s'est adaptée en grognant. Les flatteries ne l'apaisent pas et le gros Tadi en paie le prix de quelques coups de dents. Depuis une heure, l'attelage longe un sous-bois fermé d'une lisière de roches. Si la carte de Jason Oldbear est exacte, après avoir traversé une forêt en forme de poire, ils aborderont une clairière et un gué sur la rivière du Lièvre. Ensuite, c'est plein est jusqu'aux gravières de la Petite-Nation, à travers une plaine de limon et de tourbière.

– *Nâmâ! Nâmâ!*

Yepa ralentit et s'arrête sans que Martin tire sur sa bride. D'un morceau de viande fumée, il calme la mauvaise humeur des chiens.

– Le soleil arrive. Quand on verra le ciel, on s'accordera une pause. Toi, ça va?

– Ça va.

– Les fusils et tes pistolets à silex sont chargés?

– C'est bon. J'ai vérifié. Martin! tu ne m'as pas dit pourquoi L'Enclume a mis ces planches sur l'attelage ni à quoi serviront ces fichus harpons?

– Les planches remplaceront les ridelles cassées, les harpons, c'est pour pêcher. On continue. Allez, Yepa! Tire tout doux, ma belle!

La chienne se rapproche de la jambe de Martin et pose sa grosse patte sur sa raquette. Elle aboie deux fois en direction de la profondeur du sous-bois. De concert, Tadi gronde à son tour. Sur un replat neigeux, la silhouette d'un loup se détache. La bête les observe avant de disparaître dans l'obscurité des ramures. Quelques secondes plus tard, un hurlement lugubre troue le silence du sentier. La meute se regroupe. Martin enlève ses raquettes et saute sur le traîneau.

– La Louche ! On fiche le camp ! Sors la cloche de L'Enclume et cogne dessus avec le marteau ! Ça les tiendra éloignés pendant un moment.

Yepa et Tadi s'élancent. La poudreuse tourbillonne autour des chiens et brouille le paysage. Pour retarder la meute, Martin balance quelques lanières de viande dans les traces des patins.

– S'ils ont mangé, ils n'attaqueront pas ! hurle La Louche. Je les ai vus ; ils nous suivent depuis un moment.

– J'espère que tu as raison ! On ne doit pas être loin de leur tanière ou de leur territoire de chasse. Quoi qu'il en soit, on doit se tirer de ce sous-bois. Dirige les chiens vers la lisière des roches, ils ne pourront pas nous encercler !

La Louche a raison. La meute s'arrête à l'orée de la clairière indiquée sur la carte de Jason. Après s'être regroupés, les loups regagnent l'obscurité de la forêt les uns après les autres. Un seul reste en sentinelle, majestueux et fier de sa victoire. Devant la barrière de mélèzes et de bouleaux jaunes, une étendue neigeuse descend vers un gué qui enjambe un torrent fougueux. Sur l'autre berge, une plaine immaculée rejoint un horizon de chênes blancs. Au loin, dans un écrin de brume, se cachent sans doute les méandres des berges de la Petite-Nation.

Martin désigne à La Louche deux rochers derrière d'épais buissons.

– Pousse les chiens vers cet abri. On prend une pause.

– Et les loups ?

– Celui qui nous surveille semble ne pas avoir faim. Nous, si.

C'est un repas de viande séchée et de patates déjà cuites à la braise. La Louche allume un feu pour bouillir du thé. Le blondinet aux yeux clairs, le nez plongé sur la carte de Jason Oldbear, partage de temps en temps sa pitance avec Tadi. Gueule baveuse, le malamute ne cesse de le harceler de sa grosse patte. De son côté, la femelle s'est roulée en boule devant Martin, indifférente aux odeurs de gras et de lard fumé. Lorsqu'il la sollicite de la pointe de sa botte, Yepa se redresse et vient s'appuyer contre sa jambe, les yeux tournés vers le loup qui les observe toujours.

– Cette carte est précise. Elle a été tracée par des Atikamekw, annonce La Louche la bouche pleine.

– Comment tu le sais ?

– Regarde, ici. Sous cette zone sombre, c'est écrit *kicik,* ça signifie « cèdre » ou « arbre sacré ». Là, sur le trait qui délimite la partie grisée, c'est marqué *aiekwa,* « attention », en français.

– « Attention » à quoi ?

– À tout. Aux loups ou aux ours, aux pièges du terrain. C'est peut-être une partie marécageuse ou une tourbière.

– Et qui t'a appris tout ça, La Louche ?

– À la Ferme-d'en-Bas, chez mon oncle, j'ai grandi dans les jupons d'une cuisinière atikamekw. Son mari est un fin chasseur et un pêcheur hors pair. Il m'a enseigné la langue des Nehirowisiwok, le peuple des « hommes habiles ». Il m'a aussi montré comment déchiffrer une carte.

– Explique-moi.

La Louche adopte un air d'importance, satisfait d'être considéré. Le souffre-douleur d'Artémise décrit ce qu'il a sous les yeux. Ici, une forêt de mélèzes délimitée par ces traits interrompus. Là, un sentier qui se faufile entre les mamelons d'une colline. Chaque point sur la carte prend alors une signification. Les creux des combes ou les reliefs des monts vallonnés. Les dangers des culs-de-sac au milieu des marécages. Les gués sur les torrents ou encore les clairières aux abords des lacs.

– Regarde... Ici, c'est la rivière du Lièvre. Wabos Sipi est là, le chemin forestier de Maniwaki serpente à l'ouest.

– Ici, c'est quoi ?

– Le lac des Ravages. On lui a donné ce nom à cause des orignaux qui piétinent ses berges. C'est à moins de cinq *miles.* Large de cinquante brasses, mais profond au milieu en raison des crêts qui l'entourent. Dix coulées, je dirais. C'est un entonnoir, orienté plein nord, dans un carcan de roches. Avec le froid des derniers jours, ça doit être une vraie glissoire recouverte de neige. La croix marquée à son extrémité indique l'emplacement d'une cabane, sans doute le repère d'un ancien coureur des bois.

– Et c'est possible de le traverser à pied ?

– Je n'en sais rien, Martin. Je ne m'y risquerais pas, sauf si le gel tient plusieurs jours. Sans vouloir te brusquer, on devrait lever le camp. Ce loup qui nous surveille me fiche la trouille.

– Je peux te poser une dernière question, La Louche ?

– Vas-y.

– Est-ce que tu te sens capable de mener seul ce traîneau ?

– C'est quoi l'idée stupide que tu as derrière la tête ?

– À deux, on avance trop lentement. Toi, tu pèses le poids d'un mouton et…

– Et quoi ?

– Stormage et les sbires de Lapierre sont partis à Maniwaki pour enrôler de nouveaux bûcherons. Donc, ils reviendront un jour ou l'autre. Je te dois la vérité…

– Ne perds pas ta salive, Martin. Artémise m'a déjà tout raconté. Après deux compliments, cette vacharde est incapable de tenir sa langue. Moi aussi, j'ai des oreilles. Je vous ai entendus parler, avec Zéphyrin et Odahingum. Tu es en train de m'expliquer que la fille aux ongles en laiton et le borgne n'ont pas pour vocation d'abattre des arbres, mais de nous prendre en chasse, c'est bien ça ?

– Qu'ils nous suivent ne m'inquiète pas, La Louche. Ce qui m'angoisse, c'est qu'ils partent aux basques d'Oda et de Zéphyrin pour récupérer les gamins mohawks.

– Arrête de m'appeler *La Louche* ! Mon nom c'est Isidore Granville. Pour répondre à ta question, oui je suis capable de mener seul le traîneau, à condition de me laisser Tadi. La chienne, je ne la maîtrise pas et elle semble t'avoir à la bonne.

– Désolé, Isidore. Donc, on se sépare et…

– C'est bon, j'ai compris. Tu restes ici ou tu retournes à Wabos Sipi, dans l'espoir de retarder les deux dingues qui risquent de nous prendre en chasse. Moi, je file à L'Abord-à-Plouffe pour remettre les preuves à Jason Oldbear. Tu me rejoindras plus tard. J'ai des oreilles, j't'ai déjà dit !

– Je peux compter sur toi, Isidore ?

– Tu peux.

– Parfait. Je vire les planches pour alléger le traîneau. Tu partages les sacs de nourriture, les torches et les haches. Garde les deux fusils ; je prends les pistolets, les harpons et la longue-vue. Tu vas assurer ?

– Pas de soucis, l'Irlandais. C'est plat et dégagé jusqu'à la rivière de la Petite-Nation. Après, c'est chez moi. Je sais où sont cachées les anciennes cambuses des contrebandiers, et je parle atikamekw.

– Alors, on boit un autre bol de thé et on se sépare. Une fois arrivé sur l'île Jésus, demande le milicien à la jambe de bois, tout le monde connaît Jason Oldbear à L'Abord-à-Plouffe. Tu lui diras de préparer une bonne bouteille de vin de sacristie pour fêter mon arrivée.

– Je peux t'ennuyer avec une dernière question à mon tour, Martin ? Odahingum, c'est vraiment ta femme ?

Martin baisse les yeux. L'ombre de « son » Indienne glisse dans son esprit et le bouscule. Les souvenirs remontent d'un seul coup. La crosse et les autochtones bariolés vers le pont Lachapelle. Le voyage jusqu'à L'Abord-à-Plouffe. Leurs premières étreintes sous la charrette à Maniwaki. Leurs disputes pour un mot de travers. Son parfum envoûtant dans la paille du *shed* de Wabos Sipi. Sa longue mèche blanche qui descend sur son visage alors qu'il sait qu'elle ne dort pas.

– Non, Isidore. Ce n'est pas ma femme. Cette fille n'appartient pas à notre monde. Pour elle, la vérité se lit dans le *kinnikinnick* ou le raisin d'ours de sa bouffarde, lorsque sa fumée monte vers l'âme de ses ancêtres. C'est à la fois une sorcière et une déesse.

– Donc, si je comprends bien, tu l'aimes ?

– Elle ne m'en a pas laissé le temps, Isidore. Quand elle est partie, la terre n'étouffait pas encore vraiment sous la couleur des fous.

L

... le lac des Ravages.

Tous les cent pas, Jackson le borgne s'arrête. Son cheval renâcle. À travers ce paysage de poudreuse et de grésil, impossible d'accélérer l'allure sans prendre le risque de se diriger vers un fossé dans lequel sa monture laisserait une jambe. Derrière l'ancien coureur des bois, les trois autres avancent, préoccupés de suivre ses traces dans la neige.

Deaglán Mullargh ferme la marche, la main gauche sur le pommeau de sa selle, la droite serrée sur la crosse du calibre 45 qu'il garde chargé en permanence. Recouvert d'une pelisse raidie par le gel, le patriarche rumine ses mauvaises pensées. L'autre soir, à Maniwaki, dans la Taverne de la Petite Cochonne, la confession involontaire de Robert l'a assommé de colère et de mépris. Depuis, tout l'agace dans l'attitude de son corniaud de fils. Sa façon de parler, celle de ne pas comprendre ou de contester ses décisions. Celle aussi de se comporter comme un imbécile transi devant cette garce aux ongles en laiton pour espérer la séduire d'un bon mot. Cette femelle n'est pas de la même maille que lui. Qu'est-ce qu'il s'imagine, cette couille molle ? Qu'elle succombera à son charme de bouseux d'Irlandais ? Cette fille est de la race des louves. Des agneaux bêlants, sa lame a dû en égorger plus d'un et le dernier en date, le chef de file du camp forestier, mesurait plus de six pieds de haut. Avec elle, Sinéad O'Leary n'aurait même pas eu le temps de commencer à prier.

Deaglán fouille dans sa poche et cherche une portion de tabac à chiquer. Avant de la placer entre sa lèvre inférieure et ses dents, il crache la précédente et le jus jaune qui l'écœure. Son canasson ralentit le pas. Devant lui, Robert et Hell Cat Maggie le distancent un peu. Hormis le froid et la poudreuse qui tourbillonne, les deux ressemblent à des amoureux en balade sous la neige. Sa main se crispe sur la crosse de son 45. D'ici, impossible de manquer sa cible. Lequel viser ? L'*héritier* ou la *sanguinaire* ?

En formulant la question à voix basse, Deaglán se rend compte de la vraie raison de son malaise. Encore vert dans ses colères, toujours aussi tenace dans ses luttes, Robert l'a rendu vieux en le trahissant. Quelle raison est assez forte pour qu'un père tue son fils quand la vie ne lui en a laissé qu'un seul ? Sera-t-il capable de surmonter son dégoût et de transmettre à ce félon son savoir et ses biens ? Alors, Deaglán Mullargh baisse les yeux. Depuis la mort d'Owen, les quais de Sligo devront se contenter d'un traître pour les diriger. Lui, le maître absolu des terres du comté, se jure de prendre le temps de maudire ce fils haïssable. Si Dieu le permet, peut-être aura-t-il la force de dénicher un gars digne de lui succéder parmi les bâtards qu'il a essaimés en Irlande.

À la lisière du sous-bois qu'ils longent depuis plus d'un *mile*, pas un mouvement de bête qui s'enfuit, pas un bruit. Les loups ne hurlent plus. Le paysage s'épaissit. L'automne n'a pas existé et ses couleurs sont passées de la boue ocre au grisâtre. Avant de virer au blanc immaculé de l'hiver, le décor se confond pour l'instant avec la palette d'un peintre qui ne dispose que de teintes sales à déposer sur sa toile.

Jackson Lynch arrête sa monture et tire son fusil de l'étui qui pend sur sa selle. Le groupe se fige derrière lui. D'un geste, l'ancien coureur des bois réclame le silence. Les doigts ouverts en V devant l'œil qui lui sert encore, il désigne ensuite un endroit quelconque du sous-bois et descend de son cheval comme s'il devait mettre sa botte dans un panier d'œufs. Hell Cat Maggie, serpe en main, l'imite avec la souplesse d'une amazone. Lorsque Deaglán s'inquiète de savoir ce qu'il se passe, le borgne lui ordonne de la fermer.

La viande est trop cuite, plus sèche et salée qu'une semelle de botte à clous. Calé le dos contre une souche dans un encastrement de rochers, Tite-Fouine surveille les branches de mélèzes. En face de lui, un maigre feu crépite sans le réchauffer. Son thé est à peine plus tiède que de la pisse de bouc. Un coup de vent bouscule les braises et expédie la fumée dans sa direction pour lui piquer les yeux et lui tirer des poumons une toux de vieux briscard. Lorsque sa vision redevient nette, deux silhouettes écartent les broussailles et s'avancent vers lui. Dans leurs dos, deux quidams suivent. Engoncés dans des pelisses épaisses, tuque au ras des sourcils, barbe de plusieurs jours accrochée au menton, les gars se tiennent en retrait, pétoire en main.

Une langue de trouille court sur l'échine de Tite-Fouine lorsqu'il reconnaît le borgne et la sauvageonne arrivés à Wabos Sipi juste avant la crue. Les deux autres, les ours mal léchés, il ne les a jamais vus. Qu'est-ce qu'ils foutent ici ? En principe, Stormage devrait être avec eux, lui aussi. En essayant de ne rien montrer de sa surprise, le jeunot de la rue du Sault-au-Matelot désigne deux billots et propose aux nouveaux arrivants de s'installer. Au lieu de lui répondre, Jackson le borgne lui assène une gifle qui expédie le gamin cul par-dessus tête dans un édredon de poudreuse.

– Qui es-tu ? Qu'est-ce que tu fous ici ?

Tite-Fouine, éberlué, se relève et essuie la neige collée à ses frusques. Le niaiseux tarde à retrouver ses esprits et se masse la joue d'un air ahuri.

– J'étais à Wabos Sipi. La crue les a presque tous tués.

– La crue ? Quelle crue ? s'agace Hell Cat Maggie.

– La Lièvre est devenue folle. Après votre départ, les *foremen* nous ont envoyés sur une parcelle d'abattage, vers les chutes, en amont de High Falls. C'était l'enfer sur terre !

– Qui s'en est sorti ? Lapierre est toujours en vie ?

– J'en sais rien, M'dame. Quand j'suis parti, il avait un morceau de bois dans le ventre. Monsieur Stormage n'est pas avec vous ?

– Ne t'occupe pas de Stormage ! s'énerve le plus vieux des sales gueules. Martin Sullivan est encore vivant ?

– Je… Je…

Une nouvelle claque monstrueuse dévisse la mâchoire de Tite-Fouine qui retourne brouter la neige. Un coup de botte dans les côtes le force à se relever.

– Raconte, au lieu de chialer comme une pisseuse !

Le gamin s'exécute. Piteux, il dit tout du désastre et des morts emportés par la rivière en colère. Pour chacun d'entre eux, il se signe. Quand il prononce enfin le nom de son aîné, il ne peut se retenir de sangloter. Pendant un court instant, le borgne et le vieux cessent de le harceler de questions. Planqué derrière ses larmes, Tite-Fouine en profite pour se remettre le cœur. Ses pensées vont vers sa mère et sa sœur. Sa seule chance de les retrouver un jour est de tout avouer sur ce Martin et les gamins mohawks partis avec Odahingum et Zéphyrin. Alors, il s'assoit sur sa souche, devant le feu qui lui pique les yeux et commence son récit. Au bout d'un long moment, démuni de mots, il dévisage ses inquisiteurs.

– Voilà, vous savez tout.

– Qu'est-ce qui nous dit que c'est la vérité ? s'énerve encore une fois Hell Cat Maggie.

– Et pourquoi je mentirais ? J'ai enterré mon frère. Je n'ai qu'un espoir, c'est de rentrer chez moi pour annoncer la mauvaise nouvelle à ma famille.

– L'Indienne est en route pour le sud, c'est ça ? demande le borgne en se curant les dents d'un bout de bois.

– C'est ce que j'ai compris. Elle est avec Zéphyrin, le Métis. Celui que vous appelez Sullivan a pris la direction de L'Abord-à-Plouffe.

La Louche, le cuistot, l'accompagne. Ils doivent redescendre par les berges de la Petite-Nation ou de la Rouge. Vous n'avez qu'à suivre leurs traces.

– Je connais le secteur… C'est bien, petit. Par contre, je ne suis pas certain que tes aveux te sauvent la vie.

Jackson Lynch lève le canon de son fusil et arme les deux chiens. Dans un geste désespéré, Tite-Fouine plonge la main dans sa pelisse pour sortir un pistolet à silex déjà chargé. Sans vraiment viser, il tire au hasard. Le borgne reçoit le coup mortel en plein front. Sa tuque et sa cervelle giclent. Encore debout, ses doigts crispés sur sa pétoire pressent la double détente. Tite-Fouine, recule à son tour sous les impacts, sans comprendre d'où vient la douleur qui lui broie la poitrine. Allongé dans la boue de ses bottes, il regarde le ciel et les nuages qui se mélangent. Lorsqu'il tourne la tête, il aperçoit ce fichu borgne, les bras en croix dans la neige, auréolé du sang dégoulinant de son crâne.

Hell Cat Maggie, impassible, s'avance vers lui et le bouscule de la pointe de sa chaussure. Le gamin de la rue du Sault-au-Matelot crache la bile visqueuse qui l'étouffe. La garce s'agenouille. La lame de sa serpe lui tranche la gorge.

– Et maintenant ? demande la sauvage en essuyant son arme dans la neige.

– On ne change rien ! Deux types qui se déplacent avec des chiens et un traîneau sont faciles à suivre. On nettoie la place et on profite du campement pour y passer la nuit. Demain sera un autre jour.

– C'est une erreur d'insister, Mullargh. Jackson Lynch connaissait le secteur, pas nous.

– J'ai une carte précise de la région et j'ai repéré où on se trouve. Dis-toi bien qu'un Irlandais ne se perd jamais quand il poursuit son gibier.

– Peut-être, mais tu ne sais rien du comportement des loups et des ours.

– Foutaise ! Avec les cadavres qu'on sème derrière nous, tes bestioles ont de quoi bouffer pendant des jours. Robert ! Allume plusieurs feux !

Après des heures d'une pénible progression, l'obscurité avance. Le paysage, assombri par les rafales de neige, prend une teinte grisâtre. C'est là qu'ils ont décidé de se séparer, devant une plaine bossuée qui s'enfonce dans le brouillard des gravières. Martin regarde le traîneau tiré par Tadi partir vers les berges brumeuses de la rivière de la Petite-Nation. Au loin, il aperçoit La louche envoyer un dernier salut. À écouter le gamin décrire son périple, les sentiers forestiers qu'il empruntera ou les cabanes de coureurs des bois dans lesquelles il dormira, Martin a compris toute sa détermination. « Une mission, un objectif, une réussite » a claironné le gamin avant de grimper sur l'attelage. Encore un personnage qui sort de son histoire après l'avoir traversée par hasard. Combien sont-ils depuis son départ d'Irlande ?

Perdu dans ses pensées, Martin cite quelques noms à voix basse. Certains déclenchent sa nostalgie, d'autres sa haine ou sa colère. Parfois, un sourire un peu triste accompagne le souvenir de l'un d'eux. Le seul qui reste accroché à des regrets est celui de Kate McBride. Tête de pioche et sensible. Pas encore belle et pourtant charmeuse. Dieu a soufflé la bougie de l'âme de cette fille, alors qu'elle illuminait déjà le monde.

Pourquoi ?

Pourquoi a-t-il respecté la promesse qu'il lui avait donnée ? Quelle force l'a poussé à venir se perdre dans ce pays majestueux où chaque arbre est un piège, chaque rivière un danger ? Ici, la violence couve en permanence. Dans ce territoire d'ours et de meutes, les hommes ne sont pas les bienvenus. Le loup qui le surveille toujours en est la preuve. Alors, pour se calmer, Martin récite un des passages de la lettre que Kate lui avait écrite et qu'il connaît par cœur.

«Je serai le vent que tu respireras dans tes plus magnifiques voyages. Je serai l'automne qui flamboie et le feu de cheminée de tes hivers. Je serai le rayon de soleil au matin de tes printemps et la brise fraîche de tes nuits d'été.»

Martin avale une profonde goulée d'air glacé et continue à marmonner :

«Je t'ordonne de me ranger dans un coin de ta tête et de m'emmener vers cet Outaouais où nous devions vivre ensemble. Je veux que cette terre devienne ton nouveau pays.»

Ses émotions se bousculent. Il se lève. Devant le feu qui crépite, Martin écarte les bras et penche la tête en arrière. Un cri sort de sa poitrine. C'est une douleur violente, presque impossible à expulser. Dans ses veines, son sang se transforme en verre pilé. Là-bas, le loup, dérangé par la plainte qui le surprend, se redresse et hurle à la mort pour lui répondre. Lentement, la meute se regroupe sur la gravière enneigée. Soudain, le roulement de lointaines détonations la disperse dans la tourmente.

Martin entasse des branchages devant le trou de roche où il passera la nuit et les entrecroise sur deux rangées serrées. À quelques pas, le feu continue à danser avant de s'étouffer peu à peu. Sans s'occuper de lui, Yepa le rejoint, s'allonge contre les peaux d'ours qui le protègent et grogne son plaisir d'être au chaud.

L'Outaouais, n'oublie pas, c'est chez nous. Sois riche de ça et de l'amour que j'ai pour toi.

Les phrases de Kate reviennent en ritournelle, sans qu'il parvienne à les repousser. La chienne remue. Martin se retourne pour ne pas respirer l'haleine fétide qu'elle lui souffle au visage. Très loin vers l'ouest, il croit deviner un halo dans l'obscurité. Soudain, le blizzard s'énerve et la faible lueur disparaît dans les tourbillons de neige qu'il soulève.

La nuit vient de lui envoyer un signal.

Une rafale lui mord le visage. Martin enfonce sa tuque et remonte un coin de peau d'ours pour se protéger. «Dans le froid de l'hiver, tes oreilles sauront te rappeler ta bêtise», avait prédit Jason Oldbear. Si la chasse doit bientôt commencer, c'est à lui de choisir l'endroit de l'affrontement. Sur la carte du vieux milicien, La Louche lui a montré un lac aux berges piétinées par les troupeaux d'orignaux. Si la cabane du coureur des bois est encore debout, c'est parfait pour piéger des poursuivants.

Dans trois heures, départ pour le lac des Ravages.

LI

... un tourbillon noir et glacé.

C'est un sentier tortueux au milieu d'une étendue de pruches. Les flocons poussés par les rafales s'accumulent en congères contre les talus. Dans cette tourmente, le crissement des raquettes dans la neige imite des coquilles de noix qui se cassent les unes contre les autres. Yepa, les poils chargés de boules de givre, trace la voie. Rien ne ralentit son allure, ni les souches enfouies, ni les fossés qu'elle traverse. Au loin, le long brame d'un cerf troue l'opacité feutrée du décor. Un mâle rival lui répond. La chienne dresse les oreilles. Indifférente à l'appel de la forêt, elle saute, avec l'agilité d'un mouton, pour se dépêtrer de la poudreuse dans laquelle elle s'enfonce.

Au détour d'un buisson, Martin se fige. Croyant croiser un ours, il dégaine un pistolet de sa vareuse de bûcheron. C'est un rocher qui encombre le passage. Depuis six heures, il progresse d'un pas lent et régulier, le souffle court, les épaules sciées par le poids de ses deux havresacs. Dans ce paysage d'hiver, rien ne bouge sinon des épaisseurs de neige larguées par les branches alourdies qui se redressent soudain. Pour s'encourager, Il rêve d'entendre siffler les braises d'un feu dans lequel il regarde griller des lanières de viande, un thé brûlant au creux des mains.

Le noroît forcit encore et disperse la brume. Une étrange clarté s'infiltre alors à travers les pruches. Là-bas, les talus s'écartent devant une étendue recouverte d'un édredon bossué de poudreuse. Le lac des Ravages. Sur ses rives, la neige gomme les formes des arbrisseaux et des empierrements qui les surplombent. Autour, l'écrin de rochers décrit par La Louche. Tout au fond de ce décor figé, la cambuse des coureurs des bois marquée d'une croix sur la carte de Jason Oldbear. Reste à vérifier, sans prendre de risque, l'épaisseur de la glace sur ce lac blanc comme un linceul.

Martin décide de le traverser sur toute sa longueur. Yepa, attachée à une souche, se roule en boule pour l'attendre. Pas à pas, il avance, comme un équilibriste de foire sur son fil, la peur vrillée au ventre d'être happé dans un vide glacial. Le lac des Ravages, pourtant inerte, continue de respirer et de chanter. Des bruits étouffés se répondent sous la neige. Certains plus sinistres que le claquement d'un fouet, d'autres aussi profonds que la lame d'une scie qui se tord. Une heure plus tard, l'obscurité s'installe quand Martin pousse la porte de la cabane, l'esprit et le corps cisaillés par le froid.

Pendant plusieurs heures, une nouvelle tempête se déchaîne et bouscule les congères qui ne cessent de gonfler et de se déformer. Dehors, à travers des tourbillons de flocons brassés par le vent fou, impossible de distinguer quoi que ce soit à plus de trois pas. La cambuse craque de toutes parts. Yepa est rentrée et dort dans un coin, le dos tourné vers le poêle que Martin a allumé. Avec un tel blizzard, il ne se passera rien avant l'aube. À peine réchauffé et rassasié de plusieurs lanières de viande, il se glisse sous ses peaux d'ours et prie pour trouver le sommeil. La chienne se lève et s'allonge contre lui. C'est devenu un rituel, maintenant.

Lorsque Martin ouvre un œil, une clarté bleutée s'insinue à travers le fenestron. Dans la cabane, le feu s'éteint. De la pointe d'un harpon, il écarte les dernières braises, enfourne du bois sec et attise la faible flambée pour relancer les flammes. Dehors, l'aube n'est pas encore là. Les rayons d'une lune crayeuse se reflètent sur la neige, éclairant un décor de formes molles irisées de reflets. Tout a changé. Les arbres ploient. La neige s'accroche à leurs ramures. Les rochers ont disparu. Les berges du lac des Ravages ressemblent à des dos de moutons endormis. Martin ramasse sa pelisse et sort dans la poudreuse qui monte au-dessus de ses bottes et lui glace les genoux. Après s'être écarté de plusieurs enjambées, il se cogne contre un tronc, dégage une place pour s'asseoir et baisse son pantalon pour se soulager.

Tandis qu'il se nettoie le derrière avec de la neige, il aperçoit une file de cinq cavaliers à l'autre bout du lac. Deux autres suivent un peu plus loin. Un travois de branchages est accroché à leur selle. Dessus, Martin croit distinguer les pattes et le trophée d'un cerf. Tout en se refroquant, il se carapate vers la cabane et récupère sa longue-vue. Son impression est bonne. Des Indiens rentrent d'un périple de chasse nocturne avec la bête qu'ils ont tuée. Yepa profite de la porte entrouverte et cavale dans leur direction, bien décidée à les intimider. La colonne s'immobilise. Quand Martin aperçoit le meneur tirer un fusil de son étui et le charger pour l'abattre, il se précipite dehors.

– Yepa ! *AIEKWA ! NÂMÂ ! NÂMÂ !*

La chienne s'arrête et se couche. L'autochtone baisse son arme, envoie un geste qui ressemble à une salutation de bienvenue et crie à son tour des mots incompréhensibles. Yepa dresse les oreilles et se relève en remuant la queue. La colonne reprend sa lente progression avant de disparaître au détour d'un invisible sentier. Plutôt que d'obéir à Martin, la bête têtue décide de suivre la piste des chasseurs, sans se préoccuper de la poudreuse qui la freine.

L'aube arrive enfin. Au bout de deux longues heures glaciales, le noroît dégage le ciel de ses nuages et libère les rives du lac des Ravages de leur écrin brumeux. Éberlué par la beauté du paysage qu'il a sous les yeux, Martin avance de quelques pas dans la poudreuse. Devant lui, un calme tableau, azur et blanc immaculé, agrémenté çà et là par les touches vert sombre des épicéas et les courbes marron ocre des rochers en surplomb. Pas un bruit, sinon le chant profond et les claquements de la glace sous la neige.

Yepa n'est pas revenue. Le dos mordu par le froid, Martin est sur le point de rentrer dans la cabane pour se réchauffer lorsque trois cavaliers s'installent en arc de cercle à l'extrémité du lac. Sans brusquer leurs montures, ils s'écartent les uns des autres pour fermer l'anse nord et restent là, statufiés, plus raides que des spectres maléfiques.

Le visage de Hell Cat Maggie apparaît dans la longue-vue. Malgré les tuques et les barbes qui mangent leurs visages, Martin reconnaît ensuite Deaglán Mullargh et son cocu de fils. Une boule d'angoisse lui noue la gorge. Qu'est-ce qu'ils foutent ici ? Pourquoi ces trois-là sont-ils ensemble ? Où est Stormage ? Sur l'ordre de son père, Robert talonne sa monture qu'il tient au pas. Ce corniaud d'Irlandais sait-il sur quoi il s'aventure ? Malgré son poids et celui de son cheval, la glace les supporte sur une bonne dizaine de mètres. Martin saisit son Bounty Hunter 45, arme le chien et vise le téméraire tout en priant le ciel que le lac des Ravages se brise pour commettre à sa place le crime parfait.

Rien ne se produit.

Alors, son doigt presse la détente. Une détonation roule dans la cuvette rocheuse. La balle percute Robert à l'épaule. Son cheval se cabre et le désarçonne, mais la botte du blessé reste coincée dans l'étrier. Martin tire avec son autre arme. La bête affolée se dresse de nouveau. Ses sabots heurtent avec violence le visage de son cavalier. Lorsqu'elle galope vers les rochers, elle traîne avec elle le malheureux retenu par le pied. Une ligne de sang suit le crâne qui rebondit contre les morceaux de glace dissimulés sous la neige. Bloqué par les empierrements des berges, le cheval prend le mors et détale, poursuivi par ce cadavre démantibulé qui l'encombre malgré ses ruades. Chaque impact du corps contre les rochers laisse la trace rouge vif de son empreinte.

Une nouvelle détonation résonne.

Une violente morsure transperce la cuisse de Martin. Sa jambe gauche ne le tient plus et il s'affale dans la poudreuse. Lorsqu'il lève les yeux, à travers les cristaux de froid qui embuent sa vue, il aperçoit Deaglán lancer sa monture à la poursuite du destrier fou qui promène le cadavre de son fils autour du lac. Dans un brouillard de glace, la silhouette de Hell Cat Maggie se détache. La windigo glisse de sa selle et s'avance sans précipitation, certaine d'achever la proie qu'elle convoite. À une cinquantaine de pas, l'ombre mortelle tient sa serpe à bout de bras. Martin tente de se relever, mais son genou refuse de le porter. Le souffle coupé par la douleur, il rampe vers la porte de la cabane, priant le ciel d'y arriver à temps pour recharger un de ses pistolets.

À l'intérieur, la chaleur le surprend.

Le pied de la tueuse appuie sur son cou et lui écrase la joue sur le plancher. Dans l'obscurité, Martin aperçoit la longue forme d'un manche. La pression de la botte sur sa nuque se relâche un peu. La garce va frapper. Alors, avec l'énergie du désespoir il saisit le harpon. Au hasard, il plante la pointe vers l'ombre qu'il devine. Serpe levée, Hell Cat Maggie reçoit le coup au milieu de la poitrine. Son bras retombe. Sa lame fend l'air et l'épaule de Martin qu'elle tranche jusqu'à l'os. Sous la violence du choc, l'arme lui échappe. Le visage tordu de douleur et de surprise, elle griffe le vide de ses ongles en laiton pour défigurer celui qui la tue. Le manche du harpon cède sous le poids de l'hystérique. La hampe brisée percute le sol et la transperce. Collée sur sa proie, elle se redresse encore, avide de lui crever les yeux.

Si la mort existe, elle a cette tête-là !

C'est ce que pense Martin lorsqu'il enfonce le couteau de Makkitotosinew dans le cou du vampire. La lame de la « femme aux gros seins » rencontre enfin sa cinquième gorge à trancher.

Tant bien que mal, Martin se relève en s'aidant d'une bille de bois. Appuyé contre la paroi de la cambuse, il soulage son genou, incapable de se tenir dessus. Dans sa nuque et son cou, dans les chairs de son épaule et de sa jambe, les douleurs s'installent.

Devant lui, le cadavre de la windigo tressaute encore. Son âme pourrie gesticule sans parvenir à s'extirper du corps qui l'emprisonne.

Un coup violent derrière le crâne. L'intérieur de la cabane bascule et Martin ne comprend pas pourquoi le plancher lui saute au visage. Tout devient noir.

Le froid le réveille. Martin tente de se dégager. Il est nu, écartelé par des cordes enroulées à des pieux plantés dans la neige. Autour, un édredon de poudreuse. Une ombre glisse. Deaglán Mullargh, les yeux fous, le torse ensanglanté par le cadavre de son fils, s'avance vers lui. Dans sa grosse pogne de tueur, un couteau à même de désosser un orignal. Avec un calme qui contrarie sa fureur, le patriarche sort de son étui un pistolet à silex, le charge sans se précipiter et bourre une balle dans le canon.

– Tu connais ma devise, salopard : pour un œil les deux yeux, pour une dent toute la gueule.

Et il tire dans l'autre cuisse. Le froid n'éteint pas la brûlure. Toujours aussi calme, le regard vide et gris, le vieux cinglé recharge et tire de nouveau. Dans l'épaule, cette fois-ci. Sous l'impact et la déchirure, Martin se cambre.

– J'ai juré de t'égorger, saloperie, mais je vais prendre mon temps. Je veux te voir souffrir, t'arracher la peau lambeau par lambeau avant de te couper les couilles et te les enfoncer dans la gorge. Je veux t'entendre hurler pour me souvenir plus tard de tes cris, quand les fantômes de mes fils viendront me hanter. Sais-tu combien de personnes sont mortes depuis que je te cours après ?

Deaglán Mullargh écarte un tas de neige sur un billot et s'assoit. Tel un conteur un soir d'hiver, il commence à décrire les méandres de sa vengeance. Les noms de ses victimes défilent. Malgré la sourde colère qui le ronge, il explique pour quelles raisons elles méritaient la mort. Deux fois, Martin s'évanouit. Tétanisé de froid et de douleur, il reprend connaissance. Deaglán est plus loin dans son récit sanguinaire, au moment du meurtre d'Apolline. Ceux d'Hortense et de la femme de Jason Oldbear sont racontés sur un ton badin qui lui amène un sourire.

– Tu sais ce que c'est ? ajoute-t-il, montrant à Martin un pendentif. On dirait une abeille en or. Robert voulait m'en faire cadeau, mais j'ai refusé. Je n'aime pas avoir des trucs autour du cou. Il l'a récupéré sur le cadavre de la fille du milicien, après avoir tué La Vermine, le demi-frère de cette putain de Sinéad. Cloué contre le portail de la grange, le môme. Je suis incapable de te dire si Robert a violé la gamine avant de lui tirer une balle dans la gorge, mais ça ne m'étonnerait qu'à moitié.

D'un geste méprisant, Deaglán expédie le bijou sur la poitrine de sa victime et s'appuie sur ses genoux pour mieux se relever.

– Bon, assez causé. On passe au dépeçage.

Et il s'arrête. Deux fois, sa carcasse enveloppée dans une peau d'ours remue de manière bizarre, comme si un gamin malicieux lui balançait des boules de neige dans le dos. Il avance encore, mais titube. Un sifflement. Une flèche lui troue la gorge. Le patriarche ne lâche pas son couteau. Les yeux ronds, il s'agenouille avant de s'aplatir lourdement dans la neige.

Yepa, surgie de nulle part, plante ses crocs dans le cou de l'Irlandais pour le tuer un peu plus. Derrière la chienne aux babines trempées de sang, des Indiens se déploient. Cinq guerriers, aux visages bariolés de peintures de guerre, comme les autochtones qui jouaient à la crosse, vers le pont Lachapelle.

Le corps perclus de souffrances, Martin essaie de prononcer un mot qui ne sort pas. Sans pouvoir freiner sa chute, il glisse vers un gouffre sans fond. Celui du lac des Ravages, quand sa surface se disloque pour former un tourbillon noir et glacé.

LII

... l'étendue bleue.

Pendant un temps qu'il n'est pas en mesure de compter, Martin flotte dans un état de quasi-inconscience. C'est un paysage de limbes percés de visions étranges, de moments d'apaisement entrecoupés de douleurs aiguës ou de pénibles transpirations. Chaque fois qu'il en émerge, la sensation d'un froid glacial suit la chaleur qui l'étouffe. Des rêves incohérents l'emportent vers des personnages inconnus. Des hommes et des femmes, surtout des femmes, qui parlent peu, mais rient souvent. Certaines dansent autour de lui et s'enroulent dans la fumée âcre qu'elles tirent de fines bouffardes. D'autres, plus vieilles et plus grosses, allument des carrés odorants dans des coupelles qu'elles promènent au milieu de leurs incantations.

Il ne sait pas s'il mange, mais il n'a pas faim. Personne ne lui a expliqué comment et quand satisfaire ses besoins les plus intimes, ni si quelqu'un l'aide à cette occasion, mais il est propre.

Lorsque Martin émerge d'un monde de brouillard cotonneux pour goûter à de courts moments de clairvoyance, il n'a pas le temps de comprendre ce qui lui arrive. Son corps lui ordonne de repousser les douleurs. Quand les lancinements redeviennent insupportables, son esprit les occulte. Alors, il s'enfonce dans la ouate silencieuse de ses délires où il trouve enfin le calme, malgré une boule malodorante qui pèse sur son ventre.

C'est ce qui le réveille, ce matin-là.

Ce poids et une lueur bleutée. Celle d'un jour qui se lève. Martin, nu comme un enfant qui vient de naître, est protégé du froid par une épaisse pelisse. Allongé sur une couche de fines ramures, il distingue au-dessus de lui une armature de trois perches en forme de tromblon renversé, amincie vers le haut. À plus de quinze pieds, de la fumée s'échappe d'un orifice à son sommet. La structure est recouverte de peaux cousues, décorée de piquants de porc-épic et de peintures de chasse. Les rabats entrouverts ventilent l'intérieur large de plusieurs enjambées où trois feux se consument. S'il se souvient des descriptions de Zéphyrin, il se trouve dans un tipi. Reste à savoir à quelle tribu il appartient.

La lourdeur sur son abdomen, c'est la gueule de Yepa qui le surveille. Quand la chienne sent que Martin se réveille, elle file dehors et aboie sa folie de le voir de nouveau en vie.

Une vieille femme passe la tête entre les rabats qui retombent dès qu'elle se retire. De longs et incompréhensibles conciliabules s'ensuivent. Un homme pénètre à son tour dans le tipi. Ses jambières en cuir sont couvertes de neige. Un carré en peau de castor dissimule sa chemise à franges. Sur son torse puissant, un cercle d'os autour d'une croix peinte. Un Indien au visage taillé à la serpe, le menton haut, et au regard de loup. Même s'il est encore jeune, son front dégarni à cause de ses cheveux tirés en arrière lui donne déjà l'allure d'un chef. Il se cogne deux fois le poing sur la poitrine.

– Mistahimaskwa.

Martin tente de se redresser, mais une douleur violente lui transperce le genou et le cloue sur sa natte de ramures.

– Moi… moi, c'est Martin, parvient-il à articuler au milieu d'une grimace.

– Français ? C'est bien. Je parle un peu ta langue. Toi, pas bouger. Encore mort. Pas marcher pendant des lunes.

Et il s'en va.

Au fil des semaines, Martin comprend à quoi correspondent les sensations qui jonchent ses rêves.

La chaleur étouffante est celle de la suerie où on l'emmène presque tous les jours. Une hutte en forme de dôme, drapée de peaux de cerfs. À l'intérieur, la chaleur des enfers. Aux ordres du gardien du feu, les femmes vaporisent de l'eau sur des roches brûlantes pour débarrasser le corps des toxines qui le rongent. Mistahimaskwa explique à Martin que c'est un lieu magique, assimilé au ventre de la Terre-Mère. Les plantes médicinales écrasées en onguents soignent les blessures. Celui qui dirige le rituel de purification est son père, Muckitoo, un Cri des Plaines qui a grandi en Saskatchewan, bien plus au nord, le long de la rivière du même nom. À la fin des séances, le tabac des prières est fumé en offrande sacrée, dans le bruit des hochets et des tambours. Et la porte de la hutte de sudation s'ouvre enfin.

Le froid glacial est celui de la neige lorsque les femmes emportent Martin satisfaire ses besoins et le lavent ensuite dans un bain de poudreuse. Le chaman les surveille d'un air sévère, veillant à ce qu'aucune ne pouffe ou ne se moque de ce géant blanc qu'elles prennent plaisir à nettoyer sous toutes les coutures. Depuis qu'il sait que son corps n'a aucun secret pour les Indiennes de la tribu, Martin les regarde d'un autre œil, incapable de réfréner sa honte d'être ainsi choyé par des inconnues.

Hormis dans la hutte de sudation, Yepa le suit partout où on l'emmène. Pour la tribu, elle est devenue le symbole de sa résurrection. Martin est considéré comme l'Homme-Chien, celui qui est récompensé par les ancêtres pour sa fidélité envers son animal totem et sa bravoure devant la souffrance.

Les semaines s'égrènent au milieu d'un hiver sans fin. Après une nette amélioration, même s'il ne marche toujours pas sans l'aide des femmes, la fièvre reprend Martin. La maladie du windigo s'installe dans la plaie de son épaule et ses délires recommencent. Au cours d'un rare moment de lucidité, il voit Mistahimaskwa s'approcher de sa couche, s'agenouiller devant lui et poser la main sur son torse.

– Je vais chercher la Midewiwin, sinon ta vie partira.

– La quoi ?

– La Grande Médecine, mon ami. Celle des guérisons par le pouvoir de la bourse sacrée et du langage rituel de l'ojibwé. Les *Mide* sauront te soigner. Ils viendront tous, je les connais. La belette et le vison. Patte d'ours, le lynx roux, le hibou et la buse. Mon père est le serpent à sonnette.

– Qu'est-ce que…

– Tais-toi, Martin. Repars vers les plaines de tes brouillards et prépare ton corps à combattre. Je reviens dans trois jours. En attendant, garde les onguents sur ta mauvaise blessure. Le mal les mangera et s'endormira.

Une semaine plus tard, Martin ouvre les yeux sans avoir eu conscience de quoi que ce soit. La nuit est là. Au milieu du tipi, un feu se consume. Mistahimaskwa est couché à même le sol, enroulé dans une peau d'ours. La fièvre et les douleurs ont disparu et Yepa a toujours la gueule posée sur son ventre. Presque sans s'en rendre compte, Martin se redresse et s'assoit. Avec la prudence d'un Cri en chasse, il se relève. Ses jambes vacillent, mais le soutiennent. Un pas hésitant, puis un autre. La tête lui tourne et Mistahimaskwa se précipite pour éviter qu'il ne s'affale au milieu du tipi.

– À partir de maintenant, Homme-Chien, tu marcheras tous les jours jusqu'à ce que la neige rentre dans le sol et que le printemps ouvre les premières fleurs.

– Je dois retourner chez moi.

– C'est où chez toi ?

Martin ne sait quoi répondre. Les potions, les pipes sacrées qu'il a fumées, les onguents de la hutte de sudation l'ont éloigné de la réalité. Son cerveau, rétréci par les drogues, était en mode « survie » et n'avait qu'un objectif : guérir. D'un seul coup, il prend conscience de ne plus appartenir au monde dans lequel il vivait jusqu'alors. Où sont Zéphyrin, Odahingum et tous les autres ? Pas un seul instant depuis que les Cris l'ont sauvé, il n'a songé à eux. Pendant tout le temps de sa fièvre, même Kate était absente de ses pensées alors que d'habitude elle n'a de cesse de le titiller dans ses rêves à la moindre occasion.

Et l'horreur des drames qui ont jalonné sa route lui revient enfin.

Les cadavres de la crue. Ceux du lac des Ravages. Les tortures infligées par Deaglán Mullargh avant que des flèches ne le transpercent. Les aveux de ses meurtres pour le retrouver et la liste de ceux qui en ont payé le prix. Parmi eux, Apolline de la Taverne de Neptune, Joséphine, la femme de Jason, Hortense, sa fille, dont il conserve le pendentif autour du cou.

– Mon pays, c'est celui des morts, Mistahimaskwa.

– Ceux des Ravages ont été emportés par les loups.

– Je ne parle pas d'eux, mais des autres.

– Lesquels ?

– Tu vois ce bijou ? Il appartenait à une jeune fille tuée à cause de moi. Je me dois de le rapporter à son père.

– C'est une abeille ? C'est bien ce que je disais. Sois patient et reprends des forces. Une abeille ne butine pas sous la neige. Apprends à marcher sans boiter. Convoque les fantômes qui te hantent et repousse-les, les uns après les autres. Que le souvenir de ceux que tu haïssais t'indiffère. Que la disparition de ceux que tu aimais devienne supportable. Fume du kinnikinnick ou du raisin d'ours si tu ne parviens pas à apaiser tes tourments.

– C'est tout ?

– Non, ce n'est pas tout. Quand tu pourras monter à cheval, je t'emmènerai au lac des Ravages.

– Pourquoi veux-tu que j'y retourne ?
– Pour te sentir vivant, Homme-Chien.

Les jours déclinent et passent, marqués d'un trait sur un tronc de chêne équarri. Une barre en travers indique la semaine complète. L'hiver apporte des températures glaciales. Autour des tipis disposés en cercle, la rivière étouffée par la neige a gelé. Dans ce décor figé, le sablier des heures s'est grippé. Ces dernières, interminables, ne se comptent plus.

Tout est hors du temps.

Celui de la fabrication des *babiches*, ces cordes traditionnelles qui servent à tresser les raquettes et les filets de pêche quand la saison reviendra. Les femmes montrent à Martin comment retirer les poils et la chair du cuir du cerf ou du wapiti avant de le tremper pour l'étirer. Elles l'aident aussi à le découper en fines et longues lanières pour qu'elles deviennent les cordes d'un arc ou les liens des lignes de harpons.

Celui de la fabrication des raquettes pour remplacer celles qui se brisent. Là, il apprend à reconnaître le bon bois à récolter et comment le cuire à la vapeur pour l'assouplir. En riant, les femmes lui expliquent pourquoi la forme d'une larme permet de mieux affronter une neige lourde et profonde alors qu'une queue de castor est indispensable pour traverser les zones montagneuses ou les forêts denses.

Celui des rituels et de la spiritualité décrivant le lien de l'homme avec la nature. La responsabilité des peuples face à leurs actes. Les conséquences des erreurs commises. Pendant les interminables séances d'initiation, Martin découvre la mythologie du Wisakedak, ce filou irrévérencieux qui a fini par apprendre comment vivre une bonne vie et devenir un demi-dieu.

L'hiver décide enfin de s'en aller. Les torrents se gonflent de la fonte des neiges. Dans les sous-bois, à l'orée des haies de mélèzes, les congères s'effacent. Même si une longue marche l'oblige à boiter, Martin chasse et pêche si l'occasion se présente. Ce soir, dans le tipi de sa guérison, il invite Mistahimaskwa à partager son poisson. Les deux hommes ne parlent presque pas. Ils savent que ce sera leur dernier repas.

– Je pars demain, annonce l'Indien.

– Où vas-tu ?

– Sur les terres de mes ancêtres, vers les plaines du nord-ouest et de Fort Pitt. J'ai reçu la vision de l'esprit de l'ours pour préparer une lointaine bataille contre les Pieds-Noirs, les ennemis de mon peuple. J'ai pour mission d'unifier les tribus des Cris et d'apporter la paix après la victoire.

– Le printemps n'est pas loin. Mes jambes tiennent. Si tu t'en vas, je pars moi aussi.

– Je sais, Homme-Chien. Tu auras un cheval, un arc et un carquois de flèches sacrées. Yepa va me manquer.

– Pas moi ?

– Non, toi tu resteras là.

Et l'Indien cogne son poing contre son cœur.

– Je n'oublierai jamais ce que tu m'as donné et appris, Mistahimaskwa.

– Raconte-moi ton voyage, Homme-Chien. Mes pensées te protégeront.

Martin explique la route qu'il prendra, celle qu'il a empruntée pour arriver jusqu'au campement de Wabos Sipi. Le sentier de la ferme Granget puis celui de la Grange aux Ours. Maniwaki, où il passera plusieurs nuits et la descente interminable vers la rivière des Outaouais. Ensuite, sa route le conduira au pont Porteous. Là, il traversera la rivière des Mille-Îles pour L'île Jésus où il rencontrera l'homme à qui il rendra le pendentif à l'abeille. Peut-être dormira-t-il chez lui ? Le lendemain, il rejoindra le Lachapelle, qui mène vers l'île de Montréal. C'est là qu'il espère retrouver Odahingum, l'Atikamekw devenue sa femme pendant sa vie de milicien-bûcheron. La description du périple s'allonge de leur histoire.

Martin parle de la légende du couteau donné par la « femme aux gros seins » et des gorges qu'il réclamait.

Mistahimaskwa ferme les yeux.

Martin se tait enfin. Un silence s'installe entre les deux amis, aussi intense qu'un instant de communion, jusqu'à ce que le Cri pose la main sur son bras et se lève.

– Ta route ne se finira pas sur cette île, Homme-Chien. Ton esprit s'inclinera ailleurs, devant d'autres croix. Retourne-toi. Ton âme saura te convaincre de ne pas traverser l'étendue bleue.

LIII

... du vin de sacristie.

Le fiacre postal s'arrête sur la place de L'Abord-à-Plouffe. Yepa saute de la banquette. La chienne tourne autour de l'attelage pour renifler les odeurs qu'elle découvre. Martin lui ordonne de se tenir au pied et salue le cocher qui a eu la gentillesse de les convoyer, sans bourse délier, depuis Maniwaki jusqu'ici. La sienne est presque vide. Des vingt livres de Kate, données avec sa lettre d'adieu, il ne reste que trois malheureux *pence* de monnaie. Des quatre dollars canadiens de Jason Oldbear ne subsistent que les souvenirs de quelques bières d'épinette éclusées avec Casimir Brochu pendant que le draveur contait les secrets des rivières de l'Outaouais.

Retour aux sources. Ce matin, le bourg se réveille et prépare le marché. Les boutiquiers écartent les planches devant leur vitrine et montent les étals. Le maréchal-ferrant cogne l'arbre d'une roue sur son enclume. Dans un concert de jurons, il engueule une fichue goupille qui ne veut pas traverser l'axe du moyeu. Vers le presbytère du père Théodore, une meute de mitrons s'échappe de la boulangerie, les bras chargés de panières garnies de boules croustillantes. L'odeur de bon pain parfume la place. Les filles des tavernes déplacent les bancs et les tables, nettoient le dépotoir des beuveries. Le cul par terre, adossé contre un abreuvoir à bestiaux, un boit-sans-soif reprend ses esprits, le regard gris, la barbe collée de son dégueulis.

Au-dessus de l'entrée du Hand-Hook, le drapeau cousu de la croix de saint Georges pend, toujours aussi sale que les braies d'un troll. L'endroit appelle le souvenir d'Odahingum et de Zéphyrin lors du recrutement organisé par Lapierre, les présences sournoises de Longlife et Stormage à côté du forestier. Arrivent ensuite les ombres de ceux qui étaient présents ce soir-là. De ces gars jeunes et vaillants, prêts à donner du poing pour rejoindre les forêts de l'Outaouais, peu ont échappé à la crue de la Lièvre. Si Martin a déjà oublié certains noms, leurs visages autour de la table d'Artémise restent gravés dans sa mémoire. Dans quelques semaines, à la fin de la drave, les survivants sortiront des forêts et des rivières. Il sait qu'il ne sera plus là quand ils rentreront fêter leur retour et gaspiller leur solde.

Un vent de cloches sonne à Tierce.

La placette s'anime des cancans des fermières qui se regroupent vers l'enclos de traite pour attendre les vaches. Les grenouilles de bénitier quittent l'office, bien décidées à revenir aux vêpres chanter les psaumes et le cantique de la Vierge. Pendant les heures d'antienne, leurs époux lèveront le coude à la santé du Bon Dieu. « Le dimanche n'est pas un jour à boulanger la terre », aimait à répéter Zéphyrin. Et Martin repense aux moments de pause, lorsque le matin fumait sa brume sur un océan de pins blancs. Les uns après les autres, il revoit défiler les hommes qui sortaient d'une nuit aux rêves durs, les reins encore piqués des douleurs de la veille.

Ici, dans ce bourg où il a appris à devenir bûcheron, il ne reconnaît personne. Le regard des passants ne distille que de la curiosité. Qui est ce géant à la tignasse noire et bouclée, déguisé en Cri des Plaines ? Pourquoi ce chien de traîneau le suit-il comme son ombre ?

Martin traverse le village. Dans les jardinets, des tas de feuilles brûlent. Sous les appentis des granges, les gamins roulent les bûches à fendre avant de les corder bois dessous. Les paysans reprennent possession de leurs terres cachées par l'hiver, ajustent un pieu sur une clôture et revisitent les sentiers des labours. Pour éviter d'emprunter le chemin des glacières qui longe le cimetière, Martin coupe par le bois du moulin du Crochet. Une réflexion le tracasse. Joséphine et Hortense doivent être enterrées là, dans la tombe où reposent déjà le fils de Jason et toute la tristesse du monde. Dans quel désespoir le vieux milicien se débat-il aujourd'hui ? Parvient-il à surmonter ce drame et à le repousser de ses cauchemars ? Quel sens donne-t-il à sa vie ? Ose-t-il regarder la chaise où s'assoyait Joséphine, la broderie inachevée d'Hortense qui prend la poussière sur le coin du buffet ?

Le fouet d'une branche sur son visage efface ses pensées. Martin avance dans un sous-bois broussailleux, encore encombré par des restes de neige sale. Comme à son habitude, Yepa ouvre la voie, agacée de le voir marcher aussi lentement. Après un ruisselet, c'est un dédale de ronciers puis le sentier débouche sur une futaie aux arbres biscornus. Dans une cuve de soleil, la maison de Jason.

Quels mots prononcer pour soulager sa culpabilité ? La chasse meurtrière lancée par le clan Mullargh a entraîné les meurtres de Joséphine et d'Hortense. De bien d'autres aussi, à en croire le patriarche fou. Depuis son départ d'Irlande avec Kate McBride, la mort le suit, fauchant ceux que le hasard met sur sa route. Quand la malédiction cessera-t-elle ? Est-ce que la cinquième gorge tranchée, celle de Hell Cat Maggie, apaisera enfin la fureur du windigo ?

Un chien de berger aboie derrière la barrière. Jason, assis sur un banc, tance un jeunot occupé à biner le jardin. Sous le porche, une femme arrose les plantations. Au milieu de la cour, une autre, plus âgée et plus austère, tire l'eau du puits. Les deux sont des autochtones. Odahingum ?

Lorsque Martin pousse le portail, Jason glisse la main vers le fusil appuyé contre l'abreuvoir. Le milicien siffle. Yepa dresse les oreilles et se colle à la jambe de son maître en grondant. Un premier chien arrive, truffe au ras du sol, déjà occupé à renifler l'odeur de ce malamute qu'il ne connaît pas. L'Indien inconnu l'indiffère. Jason s'appuie sur le pommeau de sa canne et se lève. Lorsqu'il comprend qui est celui qui entre dans sa cour, il baisse les yeux et dodeline de la tête.

– Tu es bizarrement accoutré, Martin Soulevent. Où est la tenue de bûcheron que je t'ai achetée ?

– Je l'ai perdue en route.

– Tu l'as échangée contre un chien de traîneau ?

– C'est une chienne. Elle s'appelle Yepa. Je lui dois d'être en vie. J'ai à vous parler, Jason.

– Ça tombe bien, moi aussi. Ce que nous devons nous raconter n'a rien d'une belle histoire. Le problème est de savoir qui de nous deux ouvrira le livre des mauvaises nouvelles. En principe, honneur à la vieillesse.

– C'est le privilège de l'âge ?

– Tout à fait, Martin. Donc je commencerai. Ça te laissera le temps de ranger tes phrases dans l'ordre. Entre, que je débouche une bouteille de vin de sacristie pour fêter ton retour. C'est bien la consigne que tu as donnée à Isidore, celui que vous avez surnommé La Louche ?

– Il est arrivé jusqu'ici ?

– En gros, c'est ce que je viens de te dire. Ôte-moi d'un doute, Martin, l'hiver t'aurait-il gelé le cerveau ?

Jason remplit les verres et vide le sien d'un coup de menton.

– C'est pour avoir le courage de parler, dit-il en s'essuyant les lèvres d'un revers de main. Isidore, La Louche si tu préfères, m'a raconté l'histoire du voyage jusqu'au camp de Wabos Sipi, le drame de la crue. Pas la peine de revenir dessus. Son histoire avec toi s'arrête quand vous vous êtes séparés vers le gué de la Lièvre, cernés par les loups.

– Jason, désolé de vous interrompre. Je n'ai qu'une question : avez-vous des nouvelles d'Odahingum et de Zéphyrin ?

– J'en ai.

– Et?

Oldbear remplit à nouveau son verre. Son front est barré de mauvaises rides.

– Autant te l'avouer tout de suite. Si Zéphyrin est rentré, Odahingum est morte.

Martin se lève et bouscule sa chaise. Yepa, couchée à ses pieds, sursaute et, comme lorsqu'elle sent approcher un danger, vient se coller contre sa jambe en grondant.

– Comment?

– La maladie du froid, Martin. Celle qui assèche la peau avant de se glisser dans le sang pour geler le cœur et les poumons. C'est une mort lente contre laquelle on ne peut rien.

– Zéphyrin était avec elle, pourtant!

– Leur chariot s'est renversé. Zéphyrin était blessé et incapable de bouger. Odahingum avait perdu connaissance. Il a envoyé les gamins mohawks chercher leur tribu. Quand ils les ont retrouvés, une semaine s'était envolée; c'était trop tard pour Odahingum. La chance de Zéphyrin a été de posséder une carcasse plus longue à congeler. D'après lui, Odahingum s'est éteinte doucement, sans souffrir. Le dernier mot qu'elle a prononcé était ton prénom. Il paraît qu'elle souriait.

Un coup de poing. Un coup de poing et une envie de hurler à la mort, comme la nuit devant le feu lorsque les loups se regroupaient sur la gravière pour lui répondre. La légende est donc vérifiée. Dans la solitude d'un froid extrême, la faim et la peur, un autre windigo s'est vengé de la cinquième gorge qu'il a tranchée. La mort de Hell Cat Maggie n'a pas suffi à apaiser la malédiction. Odahingum en a payé le prix de sa vie.

D'une voix monocorde, presque hachée, Jason continue son discours. La Louche a rapporté les preuves qui permettent de coincer John Counter. La police à cheval s'en occupe et une escouade s'est mise en route hier vers Kingston pour l'arrêter. Les chantiers du forestier ont été vendus aux enchères, sauf celui de Wabos Sipi, encombré de trop de morts. Le mauvais œil ne s'achète pas. Artémise est rentrée. Un mois plus tard, au retour de Zéphyrin, ils sont partis avec La Louche pour ouvrir un poste de milice avancé dans la région de la Ferme-d'en-Bas. C'est un endroit encore sans ordre ni loi, pas très loin de la Chute-aux-Iroquois, au nord de la rivière Rouge. Tous trois ont pour mission de surveiller les campements de bûcheronnage. Ils doivent aussi valider l'attribution des parcelles de coupe pour éviter qu'elles n'empiètent trop sur les terres des tribus. Compte tenu de sa taille, Zéphyrin s'occupera aussi des braconniers, des tavernes et des prostituées.

Martin s'en contrefiche.

Jason Oldbear raconte ensuite quand et comment il a appris les meurtres de Joséphine et Hortense. Ce jour-là, lorsque l'horrible nouvelle est tombée, il était à Gatineau, sur le point de partir vers Kingston. Il a mis plus de huit jours pour rentrer à L'Abord-à-Plouffe et est arrivé pendant que le père Théodore bénissait les cercueils dans l'église. Depuis, malgré la neige de l'hiver, la boue de ce début de printemps et sa jambe de bois, il se rend tous les jours au cimetière. Discuter avec une tombe ne sert à rien, mais ça le réconforte. Aujourd'hui, même si certaines nuits sont pénibles, il s'est habitué à vivre avec sa tristesse. Les deux Indiennes qui s'occupent de la maison sont des Attikamekw. La plus jeune, celle qui arrose les plantes sous le porche a le teint fleuri et la phrase imagée des Métis. La plus âgée, d'origine Chippewa, sait tout faire de ses mains. L'inconvénient, c'est qu'elle parle peu. La taiseuse, sage de plusieurs veuvages, parvient à prédire le temps dans une lune cernée de nuages, le vol d'une hirondelle qui bavole ou la fumée dressée en épi au-dessus d'un toit. Jason se satisfait de ses silences. Ce qui lui mord l'esprit est de ne pas pouvoir mettre la main au collet de ceux qui ont tué sa femme et sa fille.

Soudain, une évidence.

La mort d'Odahingum n'est rien comparée à la douleur de Jason. Le vieux milicien a payé trop cher le prix de cette aventure. Alors, Martin cherche le pendentif autour de son cou et le pose sur la table.

– C'est…

– C'est l'abeille que vous avez offerte à votre fille. Je suis responsable de ce qui leur est arrivé. Ceux qui les ont assassinées me poursuivaient. Robert Mullargh portait ce bijou avec lui. Il l'a volé après avoir abattu Hortense dans la grange. Son père, Deaglán, m'a avoué avoir forcé Joséphine à dire ce qu'elle savait de mon périple en Outaouais avant de lui donner la mort.

– Tu les as tués ?

– Je les ai tués.

– C'est bien. C'est la première bonne nouvelle depuis longtemps.

Jason se sert un autre verre. Pour masquer les larmes qui lui viennent, il s'essuie à nouveau les lèvres de sa manche.

– Martin, tu n'es responsable de rien. C'est moi qui me suis cogné contre toi dans la rue du Sault-au-Matelot, pas l'inverse. La Taverne de Neptune, tu t'en souviens ?

– Je ne suis pas près de l'oublier, Jason. Dans la liste des mauvaises nouvelles, Mullargh m'a dit avoir aussi tué Apolline.

– C'est vrai. Je l'ai appris par Timothy Dunn. C'était un sacré beau brin de fille, cette Apolline. La Basse-Ville de Québec a perdu son plus joli sourire. Que Dieu ait son âme. Je prie pour elle, sais-tu ? Qu'est-ce que tu comptes faire, Martin ?

– Me rendre sur la tombe de Kate McBride. Après… Après je n'ai encore rien décidé.

– Ce n'est pas une bonne idée d'aller sur la Grosse-Île, mais je n'ai pas le courage de t'en dissuader. Tu auras besoin de ça.

Jason Oldbear se lève et claudique jusqu'à son bureau. Il en revient et dépose deux plaques en cuivre sur la table qu'il pousse vers Martin.

– La première, c'est la *Concordia Salus*, l'insigne des miliciens de l'Outaouais. Je t'en avais donné une, mais tu as dû la perdre. N'oublie pas que tu appartiens toujours à mes troupes. L'autre, c'est celle de la police à cheval ; elle est officielle. Elle te permettra de clouer le bec de ceux qui voudront t'empêcher de te rendre sur l'île de la Quarantaine.

Il me suffit de remplir les papiers confirmant ton grade et ton affectation. J'espère que ça ne te dérange pas de porter la tunique Norfolk rouge des Anglais. Sergent-major, ça te convient? La paie est bonne, crois-moi. D'ailleurs, en parlant de paie, je te dois la tienne.

– La paie de quoi?

– De ta mission. Cinq livres par mois depuis juillet dernier. On est fin mars. Jusqu'à aujourd'hui, j'en compte neuf. Quarante-cinq livres, donc. De quoi voir venir.

– Je ne veux pas de cet argent.

– Martin, j'ai beau être trop vieux à mon goût, je ne suis pas idiot. Tu vas sur la tombe de Kate McBride pour te souvenir de ton passé et répondre à la question qui te cuit le ciboulot. Est-ce que je reste dans ce fichu pays où je ne connais plus grand monde ou est-ce que je retourne sur ma Terre d'Irlande?

– La famine se terminera un jour ou l'autre.

– Sans doute, mais quand? Après ta visite sur la Grosse-Île, tu peux revenir à L'Abord-à-Plouffe. La maison est trop vaste pour moi et le vieux milicien que je suis ne t'encombrera pas. Si tu décides de quitter le Nouveau Monde, accepte cette bourse. Tu pourras te payer la traversée sur un bateau capable de fendre l'océan sans couler. Pour recommencer sa vie, encore faut-il être vivant.

– Merci.

– Pas de quoi. Tu restes à dormir cette nuit. Ce n'est pas une question, c'est un ordre.

– Encore merci. Par contre, je refuse d'enfiler cet uniforme qui pue l'Anglais.

– Toujours pas de quoi. Habille-toi comme bon te semble, mais garde le tambourin sur la tête. Cette toque plate se porte inclinée. Avec ça, ta plaque de policier à cheval prendra tout son sens. Maintenant, J'ai très envie que tu me racontes comment tu t'en es tiré, pourquoi une chienne malamute t'accompagne et qui t'a déguisé en Cri des Plaines. Ça me sortira peut-être de cette tristesse que je connais mieux que le fond de ma botte.

Une nouvelle fois, il remplit les verres du vin de sacristie.

LIV

... le Nouveau Monde est petit.

Dès les premières lueurs de l'aube, Martin enfourche sa monture, un cheval isabelle un rien revêche. Yepa, déjà sur le départ, file vers le portail et rabroue d'un coup de croc le chien qui s'approche pour lui renifler le derrière. La clarté de l'aurore s'insinue entre les pointes des mélèzes et dessine le contour des forêts. Depuis les berges de la rivière des Mille-Îles, une brume matinale monte vers la maison de Jason. Le vieux milicien est assis sous le porche, dans sa chaise à bascule où les malheurs de la vie l'ont habitué à bercer ses insomnies. Quand Martin se retourne pour le saluer, il le voit allumer sa bouffarde, s'enrouler dans la fumée de son tabac avant de rentrer dans la cuisine cirer la botte de sa jambe valide.

La soirée s'est prolongée tard, arrosée de vin de sacristie et de bière d'épinette, quand la dernière bouteille offerte par le père Théodore a rejoint les cadavres des autres. Sourcils froncés, Jason a écouté Martin raconter la fin de Hell Cat Maggie. Trois fois il a demandé à entendre l'histoire de la mort de Robert et Deaglán Mullargh pour être bien certain que les assassins de Joséphine et Hortense ne s'en étaient pas sortis.

– T'es sûr que les loups les ont bouffés ?

– Quand on est retournés au lac des Ravages, avec Mistahimaskwa, les corps n'étaient plus là. Des traces sales partaient en direction des sous-bois.

– Vous les avez suivies ?

– Les meutes sont dangereuses quand on s'approche de leurs tanières. Ça vaut pour les hommes comme pour les ours.

– Braves bêtes… Dorénavant, le hurlement des loups me paraîtra plus doux.

Un vent frais se lève. Martin se retourne une dernière fois. Yepa s'arrête, elle aussi. Derrière la baraque de Jason, la rivière gonfle des torrents alentour et nettoie ses berges des débris coincés par les glaces de l'hiver. C'est un paysage apaisé sous un défilé de nuages effilochés. Là-bas, le miroir de l'eau serpente entre les pruches. Un ciel de printemps se dégage. Le clocher de L'Abord-à-Plouffe sonne le départ. La route est tracée. Si tout se passe bien, dans une semaine il arrivera à destination.

Sur l'île de Montréal, il dormira dans l'Auberge du Crottin de Louise. Avec un peu de chance et si la « femme aux gros seins » est de bonne humeur, il goûtera à son roulé de chou farci et aux délicieuses galettes d'avoine au sirop d'érable. Puisque cette femme lit dans les osselets, saura-t-elle lui prédire un meilleur avenir ? Une vie de fermier ou de pêcheur, en Irlande, loin des windigos du Nouveau Monde.

Ensuite, ce sera le pont Lachapelle et la route vers Montréal, où il embarquera pour Québec. Gardant en mémoire les avertissements de Jason, il ne s'attardera pas dans la grande ville. Trop de rats et de typhus. Trop de choléra et de variole. Les filles des tavernes sont sales. Les gars se surinent pour un regard de travers.

Québec enfin. Moyennant quelques pièces, il cherchera un matelot qui acceptera de l'amener sur la Grosse-Île. En chaloupe, en barge, en cotre à hunier, qu'importe pourvu qu'il se recueille sur la tombe de Kate. C'est là qu'il décidera s'il reste dans ce Nouveau Monde où elle est enterrée ou s'il rejoint sa terre d'Irlande.

Parce qu'au fond de lui, c'est ce rêve qui le berce.

Patauger dans la tourbe du printemps pour contourner un lac plus immobile qu'une pierre tombale. S'asseoir sur un rocher. Demeurer sans pensées et attendre un gobage dans la noirceur de l'onde. Sentir s'éveiller ses sens avec la nature pour recevoir le silence. Apercevoir enfin les premières éclosions et les truites se gaver des éphémères de mai dans le ventre des eaux sombres.

– Hop, Yepa ! Hop ! On y va, ma belle.

Cette fin de matinée, la place de la Basse-Ville de Québec grouille de monde. Une populace de jour de marché, pressée de remplir ses paniers de fruits ou de légumes, de poissons encore frais et de viandes goûteuses. Martin retient Yepa en laisse depuis le pommeau de sa selle. La chienne grogne et les gens s'écartent quand elle montre les crocs.

– *Nâmâ,* Yepa ! Du calme…

Des attelages sont rangés autour des quais, vers les ruelles des cordiers et des tavernes. Une bourgeoise se tient debout sur le marchepied de sa voiture, indifférente aux mains des vilains qui se tendent vers elle. Des groupes de pauvresses égrènent les noms des saints qu'elles connaissent pour attirer son attention. Rien n'y fait. Ni les suppliques ni les larmes, encore moins les menaces. La galante, indisposée par le raffut, donne une pièce au cocher et s'éloigne de cette piétaille dont elle désire la mort. Guindée dans sa robe, elle se dirige vers un attroupement devant l'église comme si le parvis était son royaume. Des fleurs sont disposées en bouquets de chaque côté des marches.

Costume noir et haut-de-forme, monocle et barbe bien taillée, la foule des notables patiente. À leur bras, leurs épouses attendent d'être remarquées, plus fardées que des perruches, affublées de chapeaux à voilettes décorés de plumes.

Celle qui tient le pompon des accoutrements est une noire callipyge. Sa coiffe extravagante est une œuvre d'art et un défi à l'équilibre. Jupe en taffetas mauve et jaune, chemisier en soie blanche orné d'un jabot en dentelle pailletée d'or, la maîtresse femme est entourée de sa cour. Des filles endimanchées, aux poitrines fermes et arrogantes qu'elles ne cachent qu'à moitié. Toutes sont maquillées avec outrance. Les clins d'œil que les gourgandines expédient aux hommes à gousset exacerbent le courroux de leurs dames qui les foudroient du regard.

Encerclé par une cohorte d'enfants de chœur, le curé attend, mains jointes sur son ventre que les récipiendaires arrivent. Mariage ou baptême ? Martin s'en fiche. Il descend de son cheval, dégage le fusil de son étui pour le passer en bandoulière et tire sa monture vers l'enclos d'un maréchal-ferrant. Yepa marche à côté de lui, presque appuyée contre sa jambe.

– Tambourin sur le crâne, havresac de toile blanche et tunique de Cri des Plaines, on dirait un Anglais déguisé en Indien. Heureusement que j'ai gardé ta taille et ta largeur d'épaules dans l'œil ! Tu as adopté un chien des neiges ?

Martin sursaute. Yepa se retourne et il l'attrape par le collier.

– *Nâmâ* ! Bon sang de bois ! Papy Paddy !

– Lui-même, matelot. T'as pris de la carrure, à ce que je vois. Déjà que tu n'en manquais pas... Si tu as le temps, je t'offre un gobelet d'épinette. J'ai une heure à tuer. Depuis le naufrage du *Carrick*, j'ai juré de ne jamais remettre les pieds dans une église.

– Je n'ai rien de prévu. Qu'est-ce qui se passe là-bas ?

– C'est une messe, justement. Un mariage où je suis invité. La Taverne de Neptune, ça te va ?

– Pas celle-ci, Papy Paddy. J'ai trop peur d'y croiser un fantôme.

– Celui d'Apolline, c'est ça ? Ne tire pas cette tête-là, matelot ! Dans la Basse-Ville, tout se sait. Viens, on en trouvera une autre. Ce n'est pas ce qui manque, icitte. Faut qu'on cause.

La Taverne des Maringouins donne sur les quais des bateaux en partance vers l'Ancien Monde. Ceux qui en arrivent sont amarrés au large, la proue tournée vers le port. Le va-et-vient des chaloupes chargées d'immigrants rythme les regroupements des curieux sur la jetée. Le vieux Paddy laisse Martin s'imprégner de ce tableau de crânes rasés qui débarquent, lestés de maigres valises, le regard vidé par la quarantaine. La chienne est couchée sur les pieds de son maître, attentive au moindre mouvement autour de la table.

– Quel jour est-on, Papy ?

– Le 8 avril.

– Il y a un an, je partais avec Kate McBride pour le Nouveau Monde. Je n'imaginais pas que ce serait celui de la sauvagerie.

– J'y étais, moi aussi, sur ce fichu *Carrick*, je te rappelle. Et on a eu une sacrée chance de s'en sortir. Raconte-moi ton histoire, Martin Sullivan.

– J'ai changé de nom. Je suis aujourd'hui Martin Soulevent, sergent-major de la police à cheval de l'Outaouais, pour quelques jours encore.

Une serveuse apporte deux pichets de bière d'épinette. Papy Paddy en commande un troisième, persuadé que leurs confessions permettront de le boire, et Martin se lance dans son récit. Tout commence par l'exil du vieux gabier, vers les hauteurs de la Pointe Forillon, accompagné de la famille Kavanagh. De temps en temps, il s'arrête, soucieux de ne rien oublier des gens qu'il a rencontrés ou que la mort a fauchés sans qu'il puisse les sauver. Il s'égare alors et récite des passages de la lettre de Kate, enterrée sur la Grosse-Île. Lorsqu'il apprend la nouvelle, Papy Paddy baisse les yeux. Vient ensuite l'histoire du camp de Wabos Sipi. Sa vie avec Odahingum, les soirées passées avec Zéphyrin le Métis qui lui a tout raconté du danger des forêts et de la folie des rivières. Martin décrit le métier de bûcheron dans la boue de l'automne et la neige de l'hiver. Enfin, il explique son départ vers le lac des Ravages pour entraîner le clan Mullargh à ses trousses.

Lorsque Martin prononce ce nom, Papy Paddy s'étouffe avec sa bière et la postillonne sur la table.

– Ils t'ont retrouvé ?

– Bien sûr qu'ils m'ont retrouvé. J'étais acculé dans une cabane de coureur des bois et j'ai tiré sur Robert pour le blesser à l'épaule.

Son cheval s'est emballé sur le lac gelé. La glace n'a pas craqué et sa monture l'a achevé contre des rochers. Une femme les accompagnait. Une folle que j'ai réussi à tuer elle aussi. Le vieux Deaglán est parti récupérer le cadavre de son fils ; quand il est revenu, il était devenu fou.

Martin se tait, incapable de poursuivre.

– Raconte !

– Non, Papy. Ça ne sert à rien de décrire la torture. Sans le chien qui dort sur mes bottes et les Cris des Plaines, tu discuterais avec un fantôme découpé en lanières.

– Donc, Deaglán Mullargh est mort.

– C'est ça.

– Bonne nouvelle ! J'en connais une qui va être bougrement contente de l'apprendre ! Ça va être la fête au Bon Dieu, ce soir au mariage !

– Mais de qui parles-tu, Papy ? Le mariage ? Quel mariage ?

– Celui de Sinéad O'Leary.

La surprise cloue le bec de Martin qui s'attendait à tout sauf à entendre surgir le prénom de son ancienne bien-aimée dans la discussion. Devant son air ahuri, le gabier raconte alors l'histoire de sa rencontre fortuite avec l'intrépide Sinéad dans la taverne de Mélanie Butterfly, la mère maquerelle de Saint-Alban-des-Rosiers. Son arrivée ensuite, dans la Basse-Ville de Québec où il l'a présentée à Elizabeth Dixon, une vieille amie qui tient boutique de plaisirs sur la Côte de l'Allégresse. Sinéad a su s'y prendre, car elle est devenue la directrice de l'établissement. C'est là qu'elle a rencontré son futur mari, William Mercury, un officier de la police fluviale. L'heureux élu est un fils de famille fortunée, plutôt beau gars, mais un peu collet monté, comme tous les Anglais.

– Ça ne m'étonnerait pas si un jour des cornes poussaient sur la tête du fringant policier, ajoute Papy Paddy en attaquant le troisième pichet. Ils se marient aujourd'hui, d'où ma présence dans le coin.

– Je ne savais pas que tu connaissais Sinéad.

– Tu ne me l'as jamais demandé. Cette môme a sauté sur mes genoux avant même d'être propre. Sans trahir un secret de caleçon, Deaglán bourriquait sa mère. Une belle femme, la Maeva. Pas fainéante pour dérouler du cordage, si tu vois ce que je veux dire. C'était la régulière du patriarche et «l'enivrante» savait s'y prendre pour le saouler de plaisirs.

– Ne me dis pas que…

– Que Sinéad était sa fille ? Mais non, imbécile ! Quand la Maeva s'est installée à Sligo, elle était déjà enceinte jusqu'aux yeux. Par contre, le demi-frère de Sinéad, celui qu'on surnomme La Vermine, est bien un bâtard de Deaglán. Lui, personne ne sait ce qu'il est devenu. Un jour, c'était bien avant l'hiver, Sinéad a cru le voir rôder autour du bouge de la Côte de l'Allégresse.

Martin repense alors à Deaglán Mullargh, le regard gris et vide, avouer les meurtres qui ont jalonné sa chasse. «C'est un cadeau de Robert, quand il a exécuté la fille du milicien après avoir tué La Vermine, le demi-frère de cette putain de Sinéad. Cloué contre le portail de la grange, le môme.»

– Tu as l'air ailleurs, Martin.

– Désolé… Sans doute la fatigue de la route et la bière d'épinette.

– Accompagne-moi au mariage, Sinéad sera contente de te revoir.

– Ce n'est pas une bonne idée, Papy Paddy. Ça ne sert à rien de remuer le fumier du passé avec la fourche du diable, surtout dans une église. Et puis, pour être franc, j'en ai un peu marre de raconter sans cesse mon histoire. J'ai besoin de silence.

– Tu as attrapé la maladie des bûcherons.

– Peut-être.

– Où comptes-tu aller ?

– Sur la tombe de Kate McBride.

– Je ne sais pas si c'est raisonnable, Martin. Le typhus et le choléra des bateaux s'en donnent à cœur joie sur ce caillou de quarantaine. Les mariniers n'aiment pas traîner leurs chaloupes autour de la Grosse-Île.

– J'ai de quoi payer.

– Comme tu veux… Je peux t'en conseiller un. C'est un ancien coureur des bois qui a changé de métier. On le surnomme Touladi, je ne connais pas son nom. Tu le trouveras vers les appontements des peaux, au bout du port. Viens de ma part, on a bourlingué ensemble jadis.

– Merci, Papy.

– Est-ce que je peux au moins embrasser Sinéad pour toi ? En cadeau de mariage.

– Pourquoi pas ? À toi de voir. Dis-lui que l'Irlande me manque. Je n'ai plus rien à faire ici. Je rentre au pays.

– Alors, ne traîne pas trop sur la Grosse-Île. Le brick que tu aperçois à quai, c'est le *Nimian.* Il lève l'ancre demain, en fin de journée, avec à son bord quelques notables pressés de s'enrichir. C'est un rafiot solide qui rapporte du bois et des vivres à Limerick. Le capitaine Thomson ne refusera pas les bras d'un marin, surtout s'il a coulé avec lui sur le *Carrick of Whitehaven.* Tu vois, Martin, même le Nouveau Monde est petit.

LV

Outaouais

Presque toutes voiles dehors, le navire descend à bonne allure la rive nord du Saint-Laurent. Touladi, le coureur des bois reconverti en marin, tient la barre au grand largue avec un vent trois quarts arrière. L'homme parle tout seul et cramiote souvent par-dessus le plat-bord, sans se préoccuper de savoir si le jus jaune de sa chique arrive dans l'eau. Sur sa vareuse de marin, son épaule gauche en garde les traces. C'est un ombrageux au nez de Don Quichotte, mince et plus arqué que la pointe d'une faux. D'après le marin, ils toucheront la Grosse-Île avant la tombée de la nuit, à condition de tenir les douze nœuds. Pas question pour lui de pioncer sur ce caillou de malheur, sauf à augmenter le prix de la traversée de deux livres, soit le salaire d'un médecin sur l'île pendant une semaine. Le reste, il s'en moque.

Martin, assis sur des cordages, s'adosse contre la mâture de la grand-voile. Un roulis désagréable secoue le cotre et Touladi affale le perroquet et le hunier. Les berges s'éloignent lorsqu'il prend tribord à la pointe de l'île au Ruau et dirige sa proue en face de plusieurs îlots engoncés dans la brume du fleuve.

Peu à peu, les contours de la Grosse-Île se précisent. C'est toujours le même sombre caillou saupoudré d'un nombre incalculable de tentes et de hangars. De nouveaux lazarets ont été construits, surtout sur la zone est de l'île. Sur la partie ouest, des collines chargées d'épaisses forêts encerclent un cimetière piqué de croix blanches. Au large, une dizaine de bateaux-cercueils amarrés en funeste cortège attendent de débarquer leur cargaison de malades et de morts.

La proue du cotre à hunier cogne le ponton. Martin attache Yepa à la lisse et lui ordonne de ne pas bouger. Touladi jette un cordage au pied d'une volée de nonnes grises qui se précipitent. Derrière, vers la guérite du garde, George Mellis Douglas, le surintendant de la Grosse-Île, surveille la manœuvre d'appontement, les mains jointes sur le pommeau nacré de sa canne. Martin saute sur le quai en bois et présente sa plaque officielle. Douglas s'avance, mais s'arrête à bonne distance. Visage las, regard fatigué, l'Écossais a pris dix ans à s'occuper des mourants.

– Bel insigne ! Il n'est pas courant d'accueillir un policier à cheval sur l'île de la Quarantaine. J'ai plutôt l'habitude de voir débarquer des aumôniers ou des croque-morts. Pourquoi êtes-vous là ?

– Comme bon nombre d'Irlandais, j'ai séjourné sur votre île, Docteur Douglas. Ma sœur y est enterrée. J'ai décidé de me recueillir sur sa tombe avant de rentrer au pays.

– Sa tombe ? Savez-vous combien nous avons enseveli de victimes l'année dernière ? À qui ai-je l'honneur ?

– Sergent-major Martin Soulevent.

– Ravi, jeune homme. Cinq mille quatre cent vingt-quatre, selon mes registres. Nous avons été débordés par les enterrements et, par mesure de précaution,[2] j'ai demandé aux autorités d'avoir recours aux fosses communes.

– Aux fosses communes !

– Vous avez bien entendu. Les corps sont placés dans des cercueils empilés sur trois niveaux. Depuis six mois, comme la terre manque sur l'île pour les recouvrir, des bateaux doivent transférer les cadavres sur le Nouveau Monde. Je suis désolé pour votre sœur, mais je crains qu'il ne reste d'elle qu'un nom sur un registre. Vous voyez ces navires au large ? Tous les jours, ils m'apportent d'autres squelettes vivants. Lorsqu'ils rendront l'âme pour de bon, je serai incapable de les mettre en terre, non par manque de charité chrétienne, mais par manque de place. Quand est morte votre sœur ?

– Sa dernière lettre est datée du 24 mai 1847.

– C'est moi qui la lui ai donnée, Monsieur Douglas. La petite s'appelait Kate McBride.

Sœur Marcelle fend le groupe des nonnettes. D'un pas hésitant, elle avance sur le ponton. Dans son regard, l'incrédulité d'une bonne chrétienne apercevant un macchabée sortir d'un cimetière. Lorsqu'elle reconnaît Martin, elle se précipite dans ses bras, les épaules secouées de sanglots. Ses mains pétrissent le visage et caressent le torse de ce géant qu'elle pensait ne jamais revoir.

– Mon Dieu ! Martin, c'est bien toi ?

– Vous ne rêvez pas, sœur Marcelle. Les forêts de l'Outaouais m'ont épargné. J'expliquais à monsieur Douglas les raisons de ma présence sur la Grosse-Île.

– J'ai entendu.

Puis la religieuse se retourne vers le surintendant.

– Docteur, permettez-moi d'accompagner Martin. Kate McBride est enterrée dans le cimetière des Irlandais. Je connais l'emplacement de sa tombe.

– Vous n'êtes pas sans savoir, sœur Marcelle, qu'il est interdit de se déplacer d'un secteur à l'autre de l'île sans appliquer les consignes d'isolement.

– Et comment que je le sais ! Je les respecte tous les jours, vos fichues consignes ! Sans vouloir vous manquer de respect, elles concernent les contagieux, pas ceux qui sont déjà six pieds sous terre. Le typhus et le choléra ne fleurissent pas au pied des croix, que je sache.

– Vous m'irritez, sœur Marcelle !

– Alors, grattez-vous ! Si vous refusez à Martin le droit de s'agenouiller devant la tombe de la petite, je rends mon tablier de cuisinière et je rentre avec lui sur le bateau qui l'a amené jusqu'ici.

Dépité par l'arrogance de la nonne, Douglas cogne la pointe de sa canne sur l'appontement et tourne les talons.

– Que son chien reste sur le bateau ! Vous êtes plus têtue qu'une Écossaise, ma sœur ! De ma part, c'est presque un compliment !

– Vous prêchez une convaincue, Docteur. Viens, Martin.

– N'oublie pas de marcher vite et de ne pas te perdre en prières inutiles ! crie Touladi depuis son cotre à hunier.

– Si tu tiens à ta main, ne l'approche pas de la chienne ! répond Martin sans se retourner.

Le chemin qui mène vers le cimetière longe la côte sur un demi-*mile* avant de grimper vers une colline de mélèzes. Le soleil couchant flamboie autour des cimes et transforme les nuages en horizon de feu. C'est une sente peu inclinée, mais qui devient vite un parcours de pénitence pour sœur Marcelle, encombrée de son poids et de ce qu'elle doit dire. Le souffle court, et pour ne pas parler de Kate, elle explique comment s'est organisée la vie sur l'île de la Quarantaine. Depuis l'année dernière, la maladie régresse, mais fauche encore beaucoup de monde. Aux pires journées de l'épidémie, en automne, c'était plus de soixante cadavres qu'il fallait enterrer, surtout des Irlandais. D'ailleurs, le cimetière où ils se rendent est le leur. Ils sont tous là, protestants ou catholiques, sans distinction de privilèges, enfouis sous une croix gravée de leur nom et de la date de leur mort à défaut de connaître celle de leur naissance.

C'est une prairie paisible, à peine vallonnée. Les tombes sont espacées de quelques pas. Martin s'arrête devant le triste décor, incapable de prononcer la moindre parole. Sœur Marcelle désigne trois bouleaux jaunes autour d'un rocher en forme de croissant.

– C'est ici. Celle du milieu, en retrait de la dernière rangée.

– Quand est-elle morte ?

– Peu de temps après ton départ. La croix a été plantée en juin de la sinistre année.

– Elle a souffert ?

– Kate a été consciente jusqu'au bout. Sa douleur ne l'intéressait pas.

– Accompagnez-moi, sœur Marcelle.

Kate McBride, 21 mars 1831 – 24 juin 1847. Dessous, une plaque de bois clouée sur le pied de la croix blanche.

Mon âme n'est pas là.

Gorge nouée, Martin s'agenouille. La poitrine broyée de tristesse, il récite avec lenteur les plus tristes passages de la lettre de Kate et se les approprie.

– Tu resteras le vent que je respire dans mes plus magnifiques voyages. Tu resteras l'automne qui flamboie et le feu de cheminée de mes hivers. Tu resteras le rayon de soleil au matin de mes printemps et la brise fraîche de mes nuits d'été.

Un silence douloureux étouffe ses mots, mais il continue.

– Avant toi, j'étais un gamin insouciant et sauvage. Avec toi, j'ai côtoyé la mort et traversé un océan. La nuit, sur le *Carrick*, lorsque tu te blottissais contre moi pour t'apaiser ou te réchauffer, j'ai compris ce qu'était le bonheur.

La main de sœur Marcelle se pose alors sur son épaule, peut-être pour l'aider à terminer son poignant monologue.

– Petite Kate, tu seras à jamais dans un coin de ma tête et je regrette de n'avoir pu t'emmener vers cet Outaouais où nous devions vivre ensemble. Je regrette que ce pays ne soit pas devenu ton nouveau royaume. Pendant mon voyage, je n'ai trouvé personne à vraiment aimer parce que tu étais toujours là, à me bousculer dans mes pensées. La vie a décidé pour moi et je n'ai pas eu le temps de répondre oui à ta demande en mariage. Alors, je te le dis maintenant, agenouillé devant ton nom. Oui, Kate McBride, j'accepte de devenir ton époux, même si tu ne m'offriras jamais de descendance. Je rentre en Irlande pour continuer ma vie sans toi.

Puis Martin se signe et se relève. Sœur Marcelle tire un mouchoir de sa manche. Visage fermé, elle essuie ses larmes et tourne les talons pour reprendre le sentier de la côte. Martin la rattrape et la nonne s'accroche à son bras. La cuisinière du Bon Dieu lui retourne un regard sombre.

– Tu embarques quand ?

– Demain, en fin de journée.

– Tu restes sur la Grosse-Île cette nuit ? Un transfert de *guéris* est prévu à l'aube. Ils accosteront à Québec en début d'après-midi.

– Non, sœur Marcelle. Le marin qui m'a amené ici refuse de dormir sur ce caillou, sauf à en réclamer le prix. Je n'ai pas envie de rater le départ du *Nimian*.

– Comme tu veux. Dis-moi Martin, comment ta chienne des neiges va-t-elle se débrouiller en Irlande ? Elle sait ce qui l'attend ?

– Je lui apprendrai à marcher dans la tourbe.

Pendant une heure, Martin erre sur les quais de la Basse-Ville à la recherche de la taverne où les matelots et les officiers du *Nimian* passeront leur dernière nuit sur terre. Le Gîte des Castors donne sur le quai où est amarré le brick. Le capitaine Thomson n'est pas avec ses hommes, mais son second, un gars de Galway bâti comme un hercule de foire, surveille ses troupes avec l'œil d'un berger au cul de ses moutons. Le rouquin possède la mine joviale des buveurs irlandais, le coup de fourchette sérieux et une barbe de bûcheron qui ne dépareillerait pas au plus profond de l'Outaouais. Lorsque Martin lui explique sa demande d'embarquer et les circonstances terribles de la traversée sur le *Carrick of Whitehaven,* le gaillard cesse de mastiquer ses fèves au lard.

– Tu connais le capitaine Thomson ?

– Connaître est un bien grand mot, mais j'étais du naufrage de Saint-Alban-des-Rosiers.

– Donne-moi des noms de ceux qui naviguaient avec toi ? demande le gars soudain suspicieux.

– Un gabier de Sligo, surnommé Papy Paddy, s'occupait du gaillard d'arrière, Stanley Woodward était le second du navire. Les autres, je les ai oubliés.

– Comment t'appelles-tu ?

– Martin Sullivan.

– Sois mon invité, Martin Sullivan. Toi et le malamute qui te colle aux fesses. On embarque demain en fin d'après-midi. Thompson sera ravi de t'avoir à bord.

– Merci, Monsieur.

Le marin de Galway lève son pichet, annonce la nouvelle à ses matelots et décide d'une tournée générale. La première d'une longue série. Vers minuit, lorsque les falotiers effectuent leur tournée des réverbères éteints, Martin regagne sa chambre sous les toits. Peu lui importe le raffut des discussions et des rires qui explosent autour du comptoir du Gîte des Castors, c'est un sommeil de plomb qui l'attend. Yepa, la truffe collée sur les marches de l'escalier, le précède sans se préoccuper de savoir où elle va. Devant la troisième porte du sombre couloir, la chienne baisse les oreilles, se met en position et pisse avant de filer vers la seule turne ouverte et de sauter sur la paillasse.

La journée défile dans le va-et-vient des quais. Vers midi, plusieurs chaloupes en provenance de la Grosse-Île débarquent leur cargaison de « crânes rasés ». Des nonnettes grises les accompagnent vers les guérites de la police fluviale. Un mot rassurant par-ci, un « bienvenue à Québec » par-là. Les survivants, visage hébété, traînent leurs valises avec ce qui reste de leur famille et présentent les uns après les autres leur certificat de guérison aux miliciens. Puis, en troupeau serré, ils partent vers le dispensaire de l'église Saint-Patrick où ils seront parqués devant le bureau d'un fonctionnaire qui les enregistrera comme de vulgaires bovins.

Martin se revoit, au milieu de ces dépenaillés, passer le marché d'en bas sous les quolibets et les jets de fruits pourris, longer la halle des bouchers en lorgnant ses godillots sans lambiner en route. Pour s'éviter de ruminer de sombres pensées, il résiste à l'envie de les suivre, de remonter les ruelles de la Basse-ville vers la rue du Sault-au-Matelot et la Taverne de Neptune. L'idée de pousser jusqu'à la Côte de l'Allégresse lui traverse l'esprit, mais il s'abstient. À cette heure-ci, Sinéad O'Leary, devenue madame Mercury, doit avoir autre chose en tête que d'être confrontée à la présence d'un embarrassant souvenir. Alors, Martin achète deux boules de pain et du fromage, des lanières de viande fumée pour Yepa, et tous deux se dirigent vers le quai du *Nimian.*

La passerelle est jetée.

Les matelots vérifient les gréements. Du haut de la dunette, le second l'aperçoit et glisse un mot à l'oreille du capitaine Thompson. Ce dernier lui envoie un bref salut avant de replonger le nez dans son journal de bord. Les mousses astiquent le pont sur lequel se pavanent des hommes qui deviendront riches des marchandises qu'ils rapportent en Irlande. Yepa s'éloigne un peu. La chienne fourre la truffe dans un tas de filets aux mailles déchirées puis se dirige vers une bitte d'amarrage qu'elle renifle comme un trésor. Martin s'assoit sur un rouleau de cordages pour goûter ces dernières heures dans le Nouveau Monde. Il se fiche de ce qui l'attend, les six ou sept semaines de traversée lui laisseront le temps de s'inventer le rêve d'une meilleure vie.

Avec une chienne malamute.

Yepa bat de la queue et trottine vers une nonnette qui s'arrête, la regarde et s'accroupit pour la caresser.

– Non ! hurle Martin.

Il lâche sa boule de pain et se précipite pour éviter le drame. D'un coup d'épaule, il bouscule deux bourgeois en discussion. Leurs hauts-de-forme roulent vers le bord de la jetée où les notables se précipitent dans une litanie de jurons. Plus loin, c'est un môme qu'il renverse dans les cris de sa mère. Un étal qu'il accroche, des robes que ses pieds maculent de boue quand ses bottes claquent dans une flaque.

– NON ! Non, hurle-t-il encore en craignant le pire.

À trois pas devant lui, la bonne sœur tend la main pour gratter le cou et les oreilles de la chienne puis elle se baisse pour l'enlacer. La bête, surprise d'être ainsi cajolée, remercie la religieuse d'un coup de langue qui remonte sa coiffe et la fait rire. Et Martin reçoit ce rire comme une violente blessure qui coupe son élan avant de le figer sur place.

– Kate ?

La nonnette se relève et le dévisage.

– Kate McBride est morte depuis longtemps, Martin. Tu le sais bien, toi qui as vu sa tombe. Contre son gré, sœur Marcelle m'a raconté ta visite et ce que tu as dit devant la croix gravée de mon nom. Tes mots devaient être forts, car ils l'ont convaincue de me parler.

– J'ai… J'ai juste récité des passages de ta lettre.

– Martin, murmure-t-elle d'une voix résignée, il faut que tu saches que Kate n'existe plus. Pour des raisons que tu devineras sans doute, j'ai choisi de me prénommer Dolorès. Sœur Dolorès. Et puisque Dieu a eu la bonté de me guérir, c'est lui que j'ai décidé d'épouser. C'était un mois après ton départ, et j'ai demandé à sœur Marcelle de m'aider à enterrer officiellement Kate McBride.

Martin reste sans voix. Un mois, juste quatre pauvres semaines, et il est passé à côté de son amour et de son destin. Il hésite entre s'effondrer à genoux ou se maudire de rage. Tout ça pour ça ! Pour quelques jours et une mort qui n'existait pas, et il était prêt à reconstruire sa vie dans le souvenir de Kate. Et voilà qu'elle lui plante l'épieu de la malchance en plein cœur. Hurler ou pleurer ?

– D'un autre côté, reprend la nonnette d'une voix bien plus « Kate » que « sœur Dolorès », je dois admettre qu'à soigner les malades sur la Grosse-Île, je n'ai pas eu le temps de prononcer mes vœux.

– Qu'est-ce que… ? bredouille Martin.

– Ça signifie que tu n'as qu'un mot à dire pour que je ressuscite et que je divorce du Bon Dieu.

Martin se précipite pour la prendre dans ses bras et la soulever comme un sac de vent.

– Repose-moi, les gens nous regardent !

– Kate McBride, veux-tu devenir…

– Bien sûr que je le veux ! À condition de vivre avec toi en Outaouais.

FIN

Retrouvez

Page COMANN

Souviens-toi de Sarah
Dans la collection M+ éditions et Mini+

Diane, éditrice chez Sandwood Publishing à Londres, reçoit un manuscrit anonyme. Une jeune adolescente, Sarah, y confie sa vie de misère dans les années sombres de l'Angleterre des années 60. Elle y avoue aussi les crimes qu'elle a dû commettre pour échapper à son destin. Vraie confession ou habile fiction d'un écrivain contemporain ?

Bouleversée par ce manuscrit, Diane cherche à en retrouver l'auteur et part sur les lieux où Sarah dit avoir vécu et souffert. Dans sa quête de vérité, elle traverse les paysages époustouflants d'Irlande et d'Écosse.

Mais ce qui commence comme une enquête littéraire vire à l'horreur. En ouvrant le journal de Sarah, Diane a poussé la porte de l'enfer… c'était hier et rien n'est effacé. Aujourd'hui encore, des forces obscures manœuvrent dans l'ombre pour dissimuler leurs crimes.

Prix du Cercle du Sablier 2022
Prix Clair-Obscur Dora Suarez 2022
Prix Découverte Noir Charbon 2022

M+ éditions
5, place Puvis de Chavannes
69006 Lyon
mpluseditions.fr.